[美] 赛珍珠 / 著

张文明 / 译

民主与建设出版社

· 北京 ·

图书在版编目（CIP）数据

分家 / (美) 赛珍珠著；张文明译. -- 北京：民

主与建设出版社, 2025. 3. -- ISBN 978-7-5139-4888-3

Ⅰ . I712.45

中国国家版本馆CIP数据核字第2025UD6593号

分家
FENJIA

著　　者	〔美〕赛珍珠	
译　　者	张文明	
责任编辑	金　弦	
特约策划	罗　双	
封面设计	海　凝	
出版发行	民主与建设出版社有限责任公司	
电　　话	（010）59417749　59419778	
社　　址	北京市朝阳区宏泰东街远洋万和南区伍号公馆4层	
邮　　编	100102	
印　　刷	三河市同力彩印有限公司	
版　　次	2025年3月第1版	
印　　次	2025年5月第1次印刷	
开　　本	880毫米×1230毫米　1/32	
印　　张	10	
字　　数	241千字	
书　　号	ISBN 978-7-5139-4888-3	
定　　价	49.80元	

注：如有印、装质量问题，请与出版社联系。

前　言

　　《分家》是美国女作家赛珍珠《大地三部曲》的终章，叙述了中国青年王源，作为一个地主的孙子和军阀的儿子，在时代变迁过程中，是如何完成自我救赎的。原作者虽是美国人，却在4个月大的时候由身为传教士的父母带到中国，在中国生活了近40年，对中国的了解不可谓不深刻。凭借其创作的描写中国农民生活的长篇小说《大地》，赛珍珠于1932年获得普利策小说奖，并于1938年获得诺贝尔文学奖。

　　这是我的第七本译著，也是我第一次翻译由外国人创作的、讲述旧中国及其人民命运的文学作品。在本次翻译过程中，我最深刻的感受是对原作的内容产生了前所未有的强烈共鸣，很多时候，甚至在脑海中可以生成栩栩如生的画面。这在我之前的翻译实践中是不多见的。究其原因，我想一方面要归功于赛珍珠细腻的笔触，另一方面更要得益于对小说的背景诸如文化、风俗等方面的了解。所以说，翻译绝对不仅仅是两种语言之间的转换，它所涉及的是以语言为载体的两个庞大复杂的文化体系。之前我所翻译的6本译著，皆是以英语文化为背景的文学作品，所以在翻译过程中，捉襟见肘、举步维艰的情况时有发生，盖为学识未能贯通中西之故。然现实生活中，有机会亲历并深度浸淫中西文化之译者可谓凤毛麟角，如何忠实再现原著内容，于译者而言，唯有多方查证、力求确凿无误一条路可行。

　　就此展开，结合译者多年的翻译实践，浅谈下严复先生提出的译事三难"信达雅"的关系问题。这三条准则一经提出，多年来一直被奉为金科玉律，经久不衰。一众文学及翻译大师在严复的基础上，也提出了各自的翻译标准，例如鲁迅先生的"信、顺"，林语堂先生的"忠实、通顺、美"，朱生豪先生的"神韵为上、信达其次，逐字翻译弃之"，傅雷先生的"神似大于形似"，钱锺书先生的"化境"，可谓是各抒己见、百家争鸣。然追本溯源，或多或少都受到了"信达雅"三字经的启迪。时至今日，一百二十多年过去了，严复先生提出的这三个翻译标准对于翻译的实践与反思仍有着不容忽视的作用。可是，"信达雅"这三个标准之间是什么关系，孰轻孰重？可谓众说纷纭，莫衷一是。窃以为，后人的研究在很大程度上丰富了"信达雅"的内涵，有很多东西可能当初严复先生提出来的时候是没有的。所以，我们首先不妨以系统的目光来看待这三者的共生关系——既相互制约又彼此依赖。如果孤立地、对立地讨论这三者之间的关系，是欠妥的。好的翻译，一定是"信达雅"都满足。其次，"信达雅"之间的关系，译者认为，应该与翻译过程结合起来探讨。翻译过程可以大略分为三个阶段：理解、表达、润色。这三个阶段之间其实也没有明确的界限，比如润色亦是一种表达，而理解的同时，大脑也已经开始预加工准备产出了。不过，各阶段的侧重点不同，对原文的依赖程度也不一样。在理解阶段，侧重点在于"信"，务必通读全文，确知其意旨之所在；在表达阶段，侧重点在于"达"，务必字斟句酌，确保行文通顺自然；在润色阶段，侧重点在于"雅"，务必摆脱原文，确保译文兼具一定的文学性。

以上是译者基于本次翻译实践，获得的一点对翻译的思考，一家之言，仅供参考。读者看完这本小说，若能对王源这个角色的心路历程产生一定的共鸣，便知我所言不虚。"知之者不如好之者，好之者不如乐之者"，倘若这本译著能让一些人爱上翻译，余愿足矣。

张文明

写于 2025 年 1 月 4 日夜

目录

第一章

就这样，源，也就是王虎的儿子——王源，平生第一次走进了他爷爷王龙的小土屋。

十九岁的源从南方赶回家，和父亲一见面就吵了起来。那是一个冬夜，雪花在北风的裹挟下，落在窗棂上。王虎独自一人在大厅里，像往常一样，窝在生了炭的火盆上，想象着他的儿子有一天会回来，已然是个顶天立地的男子汉，可以统率父亲的军队。王虎深知，自己年事已高，那些未竟的大业，只能寄希望于儿子了。而就在那晚，他的儿子源，却没有任何预兆地回来了。

他站在父亲面前，穿着一身王虎没见过的制服。那是王虎之流、所有军阀视为眼中钉的革命党人的制服。等老头明白过来后，颤颤巍巍站起身，盯着儿子，去摸一直放在身边的那把锋利的窄剑。他要像杀死任何敌人一样，杀了这个兔崽子。可是这一次，儿子将过去从未敢展现的怒火宣泄了出来。他一把扯开蓝色外套，露出光滑而泛着棕色的胸膛，大喊道："我早知道你想杀了我，你不就这点能耐吗？！来啊，杀我啊！"

不过，源虽然喊得声嘶力竭，却也知道父亲不会真杀了他。他看着父亲抬起的胳膊慢慢垂下，手中的剑也轻轻滑落。他目不转睛地盯着父亲，后者的嘴唇抽搐着，好像就要哭了，但老头抬起手，笨拙地触碰自己的嘴，想要镇定下来。

就在父子俩面对面站着的时候，豁嘴老奴端着一壶热酒走了进来。王虎每晚睡觉前都要喝点酒安神，豁嘴老奴对王虎忠心耿耿，打小俩人就认识，服侍了王虎一辈子。他压根就没看见王源，眼里只有老爷。看到老爷脸色煞白，还似乎夹杂着一丝愠怒，他"啊呀"一声，小跑着向前，赶紧倒了酒。然后，王虎不再理会儿子，放下了剑，两手颤巍巍地扶住了酒碗，端到了嘴边。他喝了一碗又一碗，豁嘴老奴则手捧着锡壶，不停地倒酒。王虎不断地嘟囔道："倒酒，倒酒。"已然忘了哭。

源就站在那里，看着他俩。这两个老人，一个在受委屈后，因为热酒的抚慰变得热切而幼稚，另一个弯着腰在倒酒，丑陋的面容却尽显温柔。他们只是两个老人罢了，即使在这样的时刻，脑子里想着的也不过是酒精及其慰藉而已。

源觉得自己被遗忘了。他的心，刚刚一直跳得剧烈而炽热，此刻在胸腔中变平静了，堵在喉咙处的怨恨突然消融，眼眶竟涌起了一股湿润。但他不会让眼泪掉下来。绝不，在军校的磨炼教会了他坚强。他弯下腰，拾起刚才扔掉的皮带，默默地走开了。走路的时候，他把身子绷得笔直，来到了儿时每天学习的房间，当时教他学习的是一位年轻老师，后来成为他在军校的教官。房间漆黑一片，他凭感觉摸到了课桌旁的椅子，坐了下来。他要放松身体，因为他的心已经碎了。

现在他想通了，没有必要对父亲如此惧怕，对，不用惧怕他，也不用太爱他，不能因为老头抛弃了他的同志和理想。源的脑海里，一遍又一遍地浮现出刚刚看到的父亲的模样，哪怕是现在，他还坐在大厅里喝酒。但脑海中父亲的样子，让他几乎不敢相信这是他的父亲王虎。因为王源一直惧怕父亲，但也爱父亲，虽然这份爱有点不情愿，内心总有一种莫名的抵触。他害怕父亲突然大发雷霆，咆哮不止，然后飞快地拔出手边的那把明晃晃的窄剑。作为一个孤独的小男孩，源经常在夜里醒来，满头大汗，因为他梦到自己不知怎的又惹父亲生气了，其实他大可不必那么害怕，因为王虎不可能真的生儿子的气。但是男孩看到他经常对别人发火，或者黑着个脸，因为王虎觉得，发火是种武器，可以用来管教他的兵。于是，在漆黑的夜里，男孩一想起父亲怒目圆睁，生气地捋胡子的样子，就被吓得在被窝里瑟瑟发抖。那些当兵的也怕他，在军营流传着一句半开玩笑的话，叫"老虎的胡须扯不得！"。

然而，虽然脾气暴躁，但是王虎却独爱儿子，这点源也知道。他不仅知道，还害怕，因为这份爱也像一种怒火，是那么炽热和霸道，压得他喘不过气来。在王虎身边，连个女人都没有，谁又能冷却他的激情呢？别的军阀年事已高、退隐山林时，往往会带几个女人以供消遣，但是王虎一个都不带。就连自个的妻妾，他都不来往。他有一个小妾，在娘家是独生女，父亲是位医生，留给了她一大笔银子。多年前，她就带着和王虎生的唯一的女儿，去了一座著名的海边城市，在那里定居下来，并将女儿送去了一所外国人办的学校。因此，对源来说，父亲一直是他情感世界的全部，他爱父亲，也惧怕父亲，这种交织的矛盾情感像一只无形的大手笼罩在他四周，让他无处可逃。他怕父亲，却又承载着父亲唯一的、全部的爱，这让他倍感压抑，几乎喘不过气来。

就这样，一直以来，王虎都把儿子控制得死死的，哪怕是在源一生中最艰难的时候，那是在南方的军校，源的同志们面对着教官，为这项崭新的伟大事业宣誓，他们将夺取执政席位，打倒无能的当权者，为了饱受军阀和外敌双重摧残的劳苦大众发动正义之战，从而重塑国威。就在这些年轻人前仆后继、誓死明志时，王源却退缩了，他心中充斥着对父亲的惧怕和爱，因为父亲正是这些人所痛斥的军阀之一啊。不过，他的心是和同志们在一起的。他的脑海里，浮现出老百姓受苦受难的一连串残酷回忆。他记得目睹长势正旺的庄稼被父亲手下的战马践踏一地时，老百姓脸上的心疼与绝望。他记得父亲要求征收粮食或赋税时，某个村庄里一位长者脸上的无助、仇恨与恐惧。他记得地上尸体横陈，父亲和他的部下却视若无睹，毫无波澜。他记得洪水和饥荒，有一次他和父亲骑马通过一条堤坝，到处都是水，坝上挤满了饥肠辘辘、骨瘦如柴的男男女女，士兵们粗暴地驱赶他们，以免挨着司令和他那金贵的儿子。是的，这些事源都记得，还有许多其他事，他记得当时目睹这些场景时，心里有多羞愧，为什么他是一个军阀的儿子！不管他是和同志们在一起，还是因为父亲的缘故，而悄悄退出他想奋斗终生的事业，他都对自己痛恨万分。

一个人坐在漆黑的儿时房间里，源想起了对父亲做出的牺牲，此时此刻，他觉得一点都不值得。他真希望当初自己没那么做，因为父亲是不会理解，也不会珍惜的。因为老头，源离开了同龄人，弃同志情谊于不顾，可父亲在乎吗？源觉得从小到大，从来都没有按照自己的意愿活过。父亲曾施加于他的点滴伤害，一下子都涌上他的心头，他记得自己在读一本书爱不释手时，父亲却逼着他出门观看部下操练，他记得有人来乞讨食物，父亲却掏枪将他们射杀了。想起了这么多可恨的事情，源不禁咬紧牙关，喃喃自语道："他这辈子都没爱过我！他觉得他爱我，视我为他的唯一珍宝，却从来没有问过我，我到底想要什么，就算他问过，如果我说的不是他想要的，也会断然拒绝我。所以，我总是说那些他爱听的，呵呵，我哪有自由可言！"

然后，源想到了他的同志，他们一定非常鄙视他吧，现在，他再也没有机会和他们并肩作战、重振国威了，想到这，他又低声揶揄道："我压根就没想过要上那所军校，是他非要我上，不然我哪也去不了！"

源越发感到气恼，孤独之意袭上心头，黑暗中，他艰难地咽了口唾沫，飞快地眨了眨眼，像一个受伤的孩子，气呼呼地喃喃自语道："就你懂，说是关心我，我还不如当个革命党呢！干脆追随我的教官得了，现在好了，没人了，一个人都没了！"

源一个人坐在那，觉得自己是这世上最孤独的人，内心苦闷得很，也没有人过来招呼他。那晚接下来的时间里，连个仆人都没来看看他的状况。所有人都知道老爷王虎在生少爷的气，因为爷俩在争吵的时候，偏房可都听着了，现在谁敢来安慰少爷，惹火上身哪。有生以来第一次，源遭到了冷落，所以他越发觉得孤独了。

他继续坐在那，既不想点蜡烛，也不想喊仆人。他俯向桌子，支起胳膊，将头靠在上面，任由悲伤的浪潮将自己淹没。但最终，他还是睡着了，他太累了。

待到他醒来，天色已破晓。他猛地抬起头，环顾四周；然后他想起了昨晚和父亲的争吵，心中的悲痛竟仍未减半分。他站起身，走到通往院子的外门，向外看去。微弱的亮光下，院子里一片寂静、空旷和朦胧。风停了，夜里下的雪也已融化。大门旁边，守夜人睡着了，蜷缩在墙角保暖，一截空心竹子，还有一根用来击打竹子以吓退盗贼的棍子，放在了旁边的地砖上。看着那人熟睡的脸，源觉得是那么丑陋，整张脸松垮垮的，下巴耷拉着，露出参差不齐的牙齿，这让源感到一阵忧伤；要知道，这个人是个老好人，在源小时候，其实也没几年前，源常常央求这个人在街头集市买糖果和玩具之类的东西呢。但如今在源眼中，这个人既老又丑，对年轻主人的痛苦漠不关心。对，源现在告诉自己，他之前在这里的一切生活都毫无意义，他要反抗，他要猛烈地反抗。这个念头，倒也不是空穴来风。他和父亲之间一直存在着一场秘密战争，一场他几乎不知道如何发展起来的战争，现在，是时候公开化了。

在源幼年时期，他的西方老师曾教导过他，训练过他，一直向他灌输革命、改造国家的言论，直到这个孩子的内心因这些伟大而勇敢的迷人词语而热血沸腾。可是，当老师压低音量、热切万分地说："将来有一天你会有一支军队，你要好好使用它；为了国家，你得好好使用它，因为我们不能再有这些军阀了。"他感觉心中的火焰又熄灭了。

就这样，王虎并未察觉，他聘请的这位家庭教师潜移默化间在教他的儿子与他为敌。而男孩看着西方老师熠熠生辉的双眼，听着激情四射的话语，心潮澎湃，却又受制于他说不出口的话而备受煎熬。那句话在他心里是最清楚不过了："可是，我的父亲是个军阀啊！"整个童年，男孩的内心都悄无声息地经历着天人交战，却无人知晓。他变得严肃、沉默，遭受着他这个年纪不该有的压力，因为他虽然爱着父亲，却并不能以他为荣。

在这样灰蒙蒙的一个黎明，源突然感到，这么多年来自己内心的交战已耗尽了自己所有的力气。他想逃离，管他是什么战争，或者出于什么动机，他都想躲得远远的。但是，他能到哪儿去呢？父亲的爱给他筑起了层层高墙，将他保护得密不透风，他一个朋友都没有，也无处可逃。

然后，他想起了一个地方，是他从小在各种打仗期间见过的最安宁的地方。那是他爷爷王龙还是个农民的时候，住过的小土屋，后来他发达了，又在镇上建了栋大宅院，摇身一变成为"富人王"。但是，那座土屋仍然矗立在一个小村庄的边上，三面都是静谧的田野。源记得，土屋附近有一小块隆起的山坡，建着他爷爷王龙，还有家族其他成员的坟墓。源记得这么清楚，是因为小时候有一两回，甚至好几回，跟着父亲经过那里，去拜访他的两位伯伯，他们一个是地主，另一个是商人，都住在离土屋最近的那座城。

嗯，源对自己说，小土屋应该很安宁，他可以一个人待着，屋子基本上是空着的，除了有时候父亲会让年迈的佃户在那过夜，在那之前，源记得老屋还住过一个沉默寡言、表情严肃的女人，后来出家当了尼姑。在这个女人出家之前，源曾见到过一次，身边跟着两个奇怪的孩子，一个是个白头发的傻子，听说已经死掉了，另一个是个驼子，是源的大伯的三儿子，后来成为一名僧人。源记得，当时他看见这个表情严肃的女人时，就以为她是个尼姑，因为她立即转过脸，不看任何男人，而且穿着一件灰色交领长袍，只是头发还没有剃掉。但她的脸很像尼姑的脸，苍白如残月，皮肤细腻，紧致地贴在娇小的脸骨上，看起来很年轻，只有走近了，才能看见上面细如发丝的皱纹。

但是，这个女人已经去当尼姑了。现在，房子是空着的，只有两个年迈的佃户，他可以去那里。

于是，源转过身又回到了自己的房间，现在，他知道可以去哪儿了，一心想着马上离开。但首先，他要脱掉讨厌的士兵制服，于是打开了一个皮革箱子，想找一找自己以前穿的衣服。他找到了一件羊皮长袍、一双布鞋和一件白色衬衣，二话不说，开开心心地穿上了。然后，他一声不吭地去取自己的马，牵着马悄悄地穿过已经泛白的庭院，经过一个头枕在枪上睡觉的卫兵，出了大门，把门半掩着，然后骑上了马背。

源骑着马走了一会儿，穿过几条街道，转进小巷，待到出了巷子，一大片田野旋即映入眼帘，举目望去，太阳在远处山峰后的一片红光中呼之欲出，不消片刻冉冉升起，在那个暮冬早晨的清冷空气中，金光闪闪、格外醒目。美景如斯，不知不觉间，他的忧伤似乎在一定程度上得到了缓解，过了一会儿，他觉得饿了。看到路边有一家饭馆，他停了下来，从饭馆土墙的矮门里，冒出来的烟温暖而诱人，他点了一碗热粥、一条咸鱼、撒着厚厚芝麻的小麦烧饼，还有一壶茶。待将食物一扫而空，他喝了茶，漱了口，付钱给打哈欠的饭馆老板，那个男人一边在梳头，一边洗了把脏兮兮的脸。源再一次骑上马，此时，红日已当空，温暖的阳光洒在结了霜的麦田和村舍的茅草屋顶上。

源毕竟还很年轻，于是在这样的一个早晨，他突然觉得，没有谁的生活，即便是他的，是毫无生机的。他的心情一下子变得舒畅起来，骑在马背上一边走，一边望着这片土地，想起了以前他总是说，他要住在有树有田的地方，附近还要有水，可以听见水声，他心想：也许，这就是现在我可以做的。既然没人在意，我干吗不做点自己喜欢的事呢？于是，这样一个小小的新念想在他的心底萌生了，还没等他反应过来，大脑已开始加工词语，一首诗歌呼之欲出。他一下子忘记了自己的烦恼。

一直以来，源发现自己对作诗情有独钟，他把那些精美的小诗写在纸扇的背面，写在他住过的每一个房间的大白墙上。他的老师对此总是嗤之以鼻，因为源写的都是些柔弱之物，比如秋天飘落水面的树叶，池塘边新绿的柳枝，春天薄雾中的粉红桃花，或者新翻过的黑色肥沃泥土。作为一个军阀的儿子，他从来没写过战争或荣耀，他的同志们逼他写了一首革命赞歌，却因歌词太过温和，达不到他们的期望，因为那首歌写的不是胜利，而是死亡，对于同志们的不悦，源感到十分苦恼。他喃喃道："韵律如此，只能这样写啊。"他也不会再试，因为他看起来似乎很安静、很温顺，但很大程度都是演的，本质上他是个很固执的人，自从那件事后，他再也没给外人看过他写的诗。

平生第一次，源是独自一人，不用听从任何人的指令，这种感觉太美妙了，特别是在这里，骑着马独自穿过他乐于见到的土地，简直妙不可言。不知不觉间，心中的抑郁之情消退了大半。他感觉自己像换了一个人似的，充满了活力，清澈的冷空气钻入鼻孔，沁人心脾。很快，他就忘记了一切，陶醉于脑海中即将完工的那首小诗。不过，他并未急于求成，而是环顾四周，看着光秃秃的山丘，袒露的褐色山脊在一尘不染的蓝天映衬下，格外醒目。他期待着他的诗能像山丘一样棱角分明，能像裸山映衬碧空一样完美。

就这样，这孤独而惬意的一天过去了，抚平了他的忧伤，让他忘记了爱和惧怕，什么同志啊、打仗啊、纷争啊，全都抛在了脑后。夜幕降临时，他找了一家乡村旅馆，打算在那过夜。店主是个孤僻的老头，还有一个安静的女人，那是他的第二个老婆，岁数也不算小，所以和老头在一起的生活也不太乏味。那晚就源一个客人，夫妇俩把他照顾得很好，女人端给他几个馍，里面塞满了香喷喷的猪肉末。吃完后，源呷了几口茶，便回房睡觉了。躺在铺好的床上，他感觉困得眼睛都睁不开了。虽然在睡着之前，还是隐隐想起了父亲以及和他的争吵，但很快，他也会全给忘了的。一想到这一天在太阳落山之前，他的那首小诗能如他梦想的那样出炉，像他期待的那样形成完美的四行，每个字都熠熠生辉，他就心满意足地进入了梦乡。

源就这样自由自在地生活了三天，每一天都胜似前一天，每一天都是暖阳高照，空气干爽，群山和峡谷似乎都罩上了一层玻璃罩子。一扫之前的低落，甚至怀着某种期待，源骑着马，来到了爷爷住过的小村庄。一大清早，他骑马走进了那条小街，街道两旁是一些茅草土屋，共有二十多间。他热切地环顾四周，看到一些农民和他们的妻儿，或站在门口，或蹲在门槛上，吃着烧饼和粥。在源的眼里，他们都是好人，都是他的朋友，他觉得十分亲切。以前他一次又一次地听教官呐喊，要为平民百姓而战，而所谓的平民百姓，就是眼前的这些人吧。

但是，他们回看源的眼神，却充满了疑虑和不安，因为源虽然讨厌打仗，痛恨战争的残酷，但他不知道的是，自己看起来仍像个士兵。他的内心是什么姑且不论，他的身体却被父亲训练得又高又壮，骑马时身姿犹如将军般挺拔，哪有半分农民的松垮样。

因此，这些人看着他，满脸疑虑，一来不知道他是什么来头，二来也有对陌生人的恐惧。村子里的许多孩子，手里抓着一小块烧饼，跟在他的马后面奔跑，看他是要到哪儿去。终于，他在印象中的土屋前停了下来，那帮孩子也围成一圈站在那，目不转睛地盯着他，啃着手中捏着的烧饼，互相推搡着，还不时吸溜着鼻子。过了一会儿，他们看腻了，就一个接一个地跑回去告诉大人，那个又高又黑的年轻人在王家的屋前停下了，然后从那匹大红马上下来了，然后把马拴在一棵柳树上了，然后进屋了，然后进屋的时候他得弯下腰，因为他个子太高了，门对他来说太矮了。源听见孩子们在街上尖声喊着这些话，压根就没放在心上。但那些大人在听到后，更加怀疑他了，没有一个人敢靠近王家的土屋，免得那个又高又黑的陌生年轻人对他们做出什么不好的事情来。

于是，源以一个陌生人的身份走进了他先辈在这片土地上的住所。来到房子的堂屋，他停住了脚步，四下打量。那两个老佃农听见了他进屋的声音，于是从厨房走了出来，看见了他，因为不知道他是谁，心里也很害怕。源见状微笑着说道："你们不要害怕，我是王虎司令的儿子，我爷爷王龙，以前住在这里。"

他说这话是让这对老夫妻放心，他来这儿也没必要大惊小怪的，但很显然，他们并没有放心。老夫妻俩面面相觑，嘴里准备咽下的烧饼如鲠在喉，咽不下去了。然后，老妇人将手中的烧饼放在了桌子上，用手背擦了擦嘴，而老头则一声不吭，走近了几步，低头鞠躬，一边试图咽下烧饼，一边颤抖地说："尊贵的少东家，我们能为您做什么，您需要什么？您请吩咐。"

源找了条长凳坐了下来，听惯了这些人的恭维之词，他觉得不必害怕他们，于是笑着摇了摇头，坦率地回答道："我什么都不需要，就想在我爷爷的房子里住一段时间，也许，我就在这生活了，我也说不好，一直以来，我对有田、有树和有水的地方都特别向往。虽然我对这片土地上的生活一无所知，但就在刚刚，我决定了，我要过一段没人打搅的日子，而且，就在这里。"

他说这话，是想让老两口放心，但他们还是很忐忑。俩人你看看我，我看看你，不知说什么好了。最后，老头也放下了手中的烧饼，皱巴巴的脸上爬满了焦虑，下巴上几根稀疏的白胡子颤抖着，他小心翼翼地说道："小少爷，您要是想清静，这可不是个好地方。您的家族，在这一片，可是太有名了……呃，老头子我是个粗人，不懂得说话的礼数，但有一说一，令尊是个军阀，在这儿并不受欢迎，您的两位伯伯，也好不到哪里去。"老头停顿了一下，四处看了看，然后凑近源的耳朵，小声说道："小少爷，这一片的人对您的大伯恨之入骨，他们夫妇俩都吓坏了，带着儿子们搬到一个海边城市生活了，那里有外国军队维持秩序，而您的二伯来收租的时候，也得到镇上雇一群当兵的陪着！这年头，兵荒马乱的，这儿的人饱受打仗和征税的苦，真是没活路了啊。小少爷，接下来十年的税我们都交了哇。这真不是您可以清静的地方啊。"

老妇人将她那满是裂纹、关节扭曲的双手伸进打着补丁的蓝色棉布围裙里，也尖着嗓子说道："真的，这儿不是个清静的好地方，小少爷！"

然后，老夫妇俩就站在那里，惶恐不安又满心期待，希望他不要留下来。

但是，源并没把他俩说的当回事。终于过上了无拘无束的日子，他心花怒放，对这儿看到的一切都心满意足，而且每天都是阳光明媚，什么都阻止不了他要留下来的决心。他满意地笑了笑，刻意地大声说道："无论如何我都会留下来！你们也不要太担心，你们吃什么，我就吃什么，我至少会在这儿待一段日子。"

然后，他坐在这间简陋的堂屋里，四处瞅了起来，靠墙摆着一张犁和钉耙，墙上挂着几串红辣椒、一两只风干的腌制家禽，还有几颗洋葱。所有这一切对他来说都很新鲜，让他心生欢喜。

突然他感到一阵饥饿感袭来，老夫妇俩刚才在吃的烧饼夹蒜看起来似乎还不错，于是他说道："我饿了，给我点吃的，好阿婆。"

老妇人慌忙回道："哎呀，小少爷，现在我能拿什么来招待您啊。我得先把家里的四只鸡逮一只杀了，现在哪有什么可吃的，只有这拿不出手的烧饼，还不是面粉做的！"

"我喜欢吃，我喜欢吃！"源热切地回应道，"这里我什么都喜欢。"

于是，虽然还是很惶恐，但老妇人还是给他拿来了一整张烧饼，裹着一截大葱，不过她觉得这样过于寒碜了，然后找到了一点她在秋天腌制并储存的鱼，当作美味端上来。他把东西全吃了，对他来说，味道好极了，要比他吃过的任何东西都好吃，因为现在他有了自由。

吃完饭后，他突然感到一阵倦意，于是站起身，问道："床在哪里？我想睡一会儿。"

老头回道："这里有间房我们一般不用，您爷爷曾住过，后来是您爷爷的第三位太太在住，我们都很爱戴三夫人，她有着菩萨心肠，后来出家做尼姑了。那间房里有张床，您可以在那睡。"

老头推开了侧墙的一扇木门，源看到了一间昏暗的旧房间，窗户仅是一个小方洞，上面糊着一张白纸，房间内没什么摆设，也很安静。

他走进房间，关上了门，平生第一次在他被庇护的生活里，真的可以独自一人睡觉，这种感觉实在是太美妙了。不过，站在这个昏暗的土墙房间里，有一瞬间，他突然有一种十分奇怪的感觉，好像前人仍然鲜活地在那里生活一样。他环顾四周，非常困惑。这是他见过的最简陋的房间，一张挂着麻布帘子的床，一张没有上漆的桌子和一条凳子，泥土地面被脚踩得硬实，床和房门边上更是踩出了几处坑洼。房间里除了自己并无他人，但他却感应到了一种气息，一种他不理解的、世俗的欲念，然后又消失了。突然之间，他感应不到前人的生活了，又是独自一人了。他笑了笑，感觉疲到发腻，他必须睡觉了，因为眼皮已经在打架了。他走到那张宽敞的大床前，撩开床帘，扑倒在床上，将贴墙卷着的蓝花旧被子裹在身上。眨眼工夫，在这座静谧的古老房子里，他就美美地进入了梦乡。

这一觉睡着，待到源再次睁开眼，已经是晚上了。他在黑暗中坐起身，迅速拉开床帘，朝外看去。房间里一片寂静，黑漆漆的，就连窗户处的那一方微弱光线也消失了。他重新躺了下来，享受着平生第一次独自醒来的惬意。对他而言，看到没有仆人在边上等着他醒，都是一件开心的事。此刻，他什么都不想，只是享受着这一片寂静。没有一点杂音，没有某个粗鲁的警卫睡觉时发出的呼噜声，没有马蹄落在院子地砖上发出的咔嗒声，没有剑从剑鞘中拔出时发出的当啷声。什么声音都没有，只有令人沉醉的静谧。

突然间，传来一阵响动。在静谧的黑暗中，源听见了某种声响，那是有人走进堂屋，窃窃私语的声音。他侧过身，透过床帘看向那扇摇摇晃晃、没有上漆的房门。有人小心翼翼地将门开了一道缝，然后又开大了点。一束烛光照进房间，光束中有个人头。很快，这头又缩了回去，另一个头探进来，这个头的下方，还有几个头。源在床上动了动，床发出了吱吱的响声，一只手立刻轻轻地关上了门，房间顿时又一片黑暗。

但现在他睡不着了。躺在床上，他在想父亲是不是已经猜到了他的去向，并且派人来接他。果真如此的话，他发誓绝不会起床。但他也不能安心躺着，因为现在满脑子的烦躁和疑虑。突然，他想起了自己的马，他把它拴在打谷场的一棵柳树上，也没吩咐老头喂它，或者照看它，可能现在它还在那里等着。想到这，他连忙起身，因为对这样的事情，他比大多数人要更软心肠。

房间现在有点冷了，他将羊皮大衣紧紧裹在身上，找到鞋子，把脚塞进去，沿着墙摸索着走到门口，打开门进了堂屋。

堂屋点着蜡烛，他看到有二十个左右的农民，有年轻人也有老年人。这些人看见了他，先后站起身，都盯着他看。他有点愕然，这些人中，除了那个老佃农，其他人他一个都不认识。这时，一个长相体面、身穿蓝色大褂的农民走上前来，他是这些人中年纪最长的，一头白发仍依旧俗编成辫子垂在身后。他先鞠了一躬，然后对源说道："我等乃本村之老者，特此前来看望贵客。"

源微微欠身，示意他们都坐下，自己也在清理一空的桌子旁最尊贵的座位上坐了下来，这个座位是特意为他留的。他一声不吭，终于，老者问道："令尊不知何时会来？"

源淡淡回道："他不来。是我想一个人在这待一阵子。"

众人面面相觑，看得出老者是领头的，他又咳了两声，然后说道："少爷，这个村子里都是穷人，一直备受欺压。您的大伯，自打搬去那座遥远的海边城市，可谓是挥金如土，然后强行在我们头上收取难以承受的租金。我们不仅要向军阀交税，还要向土匪交保护费，简直是没活路了。不过，您的需求是什么还请告知，我们想办法尽量满足，如此您是否可以移驾别处，我们亦可避免雪上加霜？"

源环顾四周，一脸诧异，厉声说道："我到我自己的爷爷家里，还要先跟你们协商，真是笑话！我不要你们的钱。"顿了顿，看着他们老实巴交、疑惑不解的脸，他又说道："好吧，我还是跟你们说实情吧。南方正在闹革命，要打倒我们北方的军阀，我呢，身为人子，是不能拿起武器来对付我父亲的，不，我不能，哪怕是和我的同志们一道。所以，我日夜兼程，带着我的卫兵队，逃回了家。结果，我的父亲一看到我的军装就大发雷霆，然后我们大吵了一架。我想我会在这里躲一阵子，因为我担心我的教官会生我的气，然后派人找我，将我秘密处决，所以，我来到了这里。"

说完，源看了看众人凝重的面孔，现在，他迫切地想要说服他们，同时对他们的狐疑也有点恼火了，于是又郑重其事地说道："不过，我来这里并不仅仅是为了避难，这片土地的宁静亦是我的最爱。我的父亲想把我培养成一个军阀，但是我讨厌鲜血和杀戮，对枪支和军队的一切都深恶痛绝。当我还是个孩子的时候，有一次我和我的父亲经过这里，看见一个女人带着两个奇怪的小孩，就那俩小孩，我都好羡慕他们。当我在军校和我的同志们在一块的时候，我还想起了这个地方。我也很羡慕你们，因为你们的家就在这个村子里。"

众人再次面面相觑，谁也不理解，也不相信还有人会羡慕他们的生活，因为对他们来说，这种生活太悲惨了。这个年轻人坐在那里，居然热切而任性地侃侃而谈，说他喜欢土房子，真不知道葫芦里卖的是什么药。他们太知道他的生活有多奢侈了，因为他们知道他的堂兄弟们是怎么生活的，还有他的两位伯伯，一个在遥远的城市活得像皇帝，另一个是王大贾，现在成了他们的东家，也靠高利贷闷声发了大财。这两个人，他们都非常憎恨，但同时又羡慕他们的富有，看着眼前的这个年轻人，他们是又恨又怕，打心底觉得他在撒谎，因为他们压根不信，在这个世上，居然有人大宅子不住，却要住土房子。

他们站起身，源也起身，虽然他并不知道有没有必要站，因为除了在几个上级面前，他很少会站，对于这些穿着补丁外套、陈旧棉衫的老百姓，他不确定是否需要以礼相待。不过，在某种程度上，他还是想和他们搞好关系，所以才起了身。他们向他鞠了一躬，说了一两句客套话，质朴的脸上写满了狐疑，然后离开了。

现在，只剩下老佃户和他的老伴在一脸焦虑地看着源，最后，老头带着恳求的语气说道："小少爷，您来这里到底要干什么，就给句实话吧，我们也好有个心理准备。您说说，令尊又要打什么仗，所以派您来查探。您就帮帮我们这些苦命人吧，能不能活，不仅要听天由命，还要看军阀、富人、官员等各种强大势力的心情啊！"

源终于明白他们为啥害怕了，于是问道："我不是探子，我发誓！我的父亲并没有派我来，我为什么来这里，我已经一五一十、一字不差地告诉你们了。"

老夫妇俩还是不相信他说的，老头叹了一口气，转身离开了，而老妇人仍一声不吭，可怜巴巴地站在那里。源不知道如何是好，心里就要生出不耐烦的情绪来，突然想起了他的马，于是问道："我的马呢？我忘了……"

"我把它牵到厨房了，小少爷，"老头答道，"我给它喂了些稻草和干豌豆，还从池塘里打了水给它喝。"源连忙道谢，老头回道："没什么，谁叫您是我老东家的孙子呢！"说完，他突然跪倒在源的面前，大声哀号道："小少爷，您爷爷之前也是这儿的，跟我们一样，也是个普通人，就住在这个村子。但是他的命要比我们的好，我们一直是一贫如洗，日子难以为继！看在您爷爷曾经也和我们一样的分上，您就跟我们说实话，为什么到这里来吧！"

源连忙扶起老人，但动作也不太温和，因为他开始对这些怀疑感到厌烦了，要知道，作为一个大人物的儿子，一直都是他说什么别人都深信不疑的，他厉声说道："我说的就是实话，我不会再说了！你就等着瞧吧，我会不会给你们带来什么灾祸！"然后他转向老妇人，"给我拿点吃的来，阿婆，我饿了！"

老夫妇俩一言不发，给他端来了食物，他吃了起来。可是今晚的食物吃起来，似乎并没有早上那么可口，很快他就饱了，然后他站起身，什么话都没说，回到房间，躺在床上准备睡觉。

好一阵子他都睡不着，这些人脑子就一根弦，让他火大。"一群蠢驴！"他在心里骂道，"看着老实，实则愚不可及！井底之蛙，什么也不知道！统统都给我闭嘴！"就这样的人，真的值得为之奋斗吗？跟这些人相比，他觉得自己要聪明多了，嗯，不可同日而语，带着这样的满足感，在静悄悄的黑暗中，他又一次沉沉睡去。

在父亲找到他之前，源在这个土屋住了六天，这六天，是他这辈子最幸福的时光。那些村民再也没来烦他，老夫妇俩安静地服侍着他，他也忘记了他们对他的猜疑，既不回想过去，也不考虑将来，只想着过好每一天。他也不去镇上，连住在大宅子里的二伯都一次没去看望过。每晚天一黑他就躺下睡觉，第二天一早，天边出现冬日第一缕冰冷的阳光时，他就起床。每天早饭前，他会看向门外，注视着被冬小麦染成淡绿色的田野。大地在他视野中延伸至远方，平旷无垠，点缀其中的，有一些蓝色的斑点，那是为即将来临的春天给田地松土的男男女女，还有行走在城镇和村庄之间小路上的人们。每天早晨，他都会思考诗句，远处砂岩刻成的群山，映衬着万里无云的蓝天，每一帧的美景他都记得，平生第一次，他看见了自己国家的美。

在整个童年时期，源一直听他的教官提到"我的国家"，或者"我们的国家"，有时候，他无比热切地对源说"你的国家"。不过，源在听到这些话时，心中并没有什么触动。事实上，跟父亲一起住在深深的庭院中，源的生活十分狭小与封闭。就连士兵们一起打闹、吃饭和睡觉的军营，他都很少去，甚至在王虎去国外打仗时，源的身边也是围着一支警卫队，由一群沉默寡言的中年老兵组成，在年轻的主人面前，他们不可以多话，也不可以开黄腔。所以，在源和这个世界之间，总是隔着一队士兵。

现在，他和周遭世界之间已无阻隔，每天他想看什么就看什么。他可以直接眺望天地接壤的远方，他可以看见散落在这片土地上、树木繁茂的小村庄，然后一直往西，一尘不染的天空下，锯齿状的黑色城墙。就这样，每天他随心所欲四处眺望，要么走路要么骑马，突然发现他现在知道"国家"是什么了。那些田野，这块土地，这片天空，那些贫瘠但可爱的浅色山丘，这些，就是他的国家。

这时发生了一件奇怪的事，那就是，源甚至都不再骑马了，理由是骑马似乎将他与土地隔离开来。起初他骑马是因为一贯如此，于他而言，骑马与步行是一回事。但现在，无论他骑到哪里，田地里劳作的农民都会盯着他看，刚开始不认识他，总是交头接耳议论道："噢，那是一匹战马，肯定是的，从来没扛过重物。"两三天过后，关于他的闲言碎语就传开了："王虎的那个儿子，骑着他的高头大马到处溜达，一看就是王家的人，一副作威作福样。他来干吗？肯定是来看看土地，给他老子统计收成，好打算在我们头上征收新的战争税。"后来，只要源骑马路过，他们都充满敌意地盯着他，然后转过头，朝地上狠狠地呸一口。

一开始，这种鄙夷式的吐痰让源既生气又惊讶，什么时候他受到过这样的对待，除了父亲，他从未怕过任何人，也早已习惯身边仆人成群，随时听候他的差遣。但是，过了一会儿，他开始思考为什么会这样，之前他在军校就了解到，这些人受到了地主和军阀的残酷压迫，这样一想，他也就没那么计较了，吐痰就吐痰吧，他们开心就好。

后来，他甚至把马拴在柳树上，开始步行了，虽然对他来说，这一开始有点难，但一两天后，他就适应了。他将一直穿的皮鞋搁了起来，穿上了农民们穿的草鞋，他喜欢感受脚下的土地，在连月的冬日照射下，干燥而又坚实。路上遇到人擦肩而过时，他也不再回避对方的注视，好像自己只是一个刚来的生人，而不是某个让人惧怕、活该受诅咒的军阀之子。

在那屈指可数的几天里，源的心底萌生了一种从未有过的爱国之情。他过得自由自在，细品孤独，一些诗句竟能无须雕琢，在脑海中熠熠生辉，跃然纸上。他几乎都不用苦思冥想，直接写下内心感悟即可。土屋里没有书也没有纸，只有一支旧毛笔，可能是他的爷爷当初买的，用来在土地购买契约上画押。不过，这支笔貌似还能用，外加找到的一小块破损的干墨锭，源将自己的诗句写在了堂屋的大白墙上，目不识丁的老佃户则在一旁像看戏法一样，眼神中既有羡慕，又有些许惧怕。现在，源写的诗有了新的内容，不再仅仅是柳枝轻拂湖面、飘浮的白云、淫雨霏霏或者飘落的花瓣了。新的诗句从他内心深处涌出，虽然读起来并没有那么顺口，但写的是他的国家和他全新的爱国之情。如果说他以前的诗句很优美，但空有其表，好比他思想表面可爱的气泡，现在他写的诗句，可能没那么美，但更具深意，让他茶饭不思，也许还不能得窥全貌，韵律方面也更粗糙、不甚合拍。

日子就这样一天天地过去了，源独自生活在他日益膨胀的理想中。未来会怎样，他不得而知，脑子里的想法虽多，但没一个是明确的，可以说清楚他的未来。不过目前，他是满足的，身处这片粗犷明朗的北方大地，呼吸着新鲜的空气，放眼望去，一切都是清澈的样子，万里无云，阳光似乎都是蓝色的，从湛蓝的天空倾泻而下。他听着小村庄街道上人们的谈笑声；和坐在路边饭馆的男人们混在一起，听他们聊天，但自己几乎不说话，就好像在听一种完全不懂，却很悦耳动听的语言；他听得优哉游哉，十分惬意，没人会讨论打仗，只有一些东家长西家短的话题，比如谁家生儿子了，哪家买卖土地了，什么价格，谁家要娶媳妇、嫁女儿了，该播什么种子了，诸如此类的日常琐碎。

他从这一切当中得到的快乐与日俱增，待到快溢出来了，脑海中就会浮现一首诗，然后他写下来，之后那种快乐爆棚感才会缓和一阵子。不过这里有一件事很奇怪，他自己都很纳闷，虽然这些天他很快乐，但他创作的诗并不欢快，而且还带着深深的忧伤，好像在他的心底，藏着一口悲伤的井，他不知道为什么会这样。

然而，作为王虎的独子，他怎么可以一直这样生活下去！乡亲们逢人就说："有个黑黑的年轻人，高个子，很奇怪，像个傻子一样到处游荡。听说他是王虎的儿子，王大贾的侄子。可是，这种权贵人家的孩子，怎么会这样独自游荡呢？他居然住在王龙的老土屋里面，肯定是脑子坏了。"

这个八卦甚至传到了镇上王大贾的耳朵里，是他家账房的一个老会计跟他说的。王大贾听后厉声说道："这肯定不是我弟弟的儿子，他回来了我会不知道？再说了，我弟弟会让他唯一的宝贝儿子这样放任不管？这可能吗？明天我就派个仆人，去看看是谁住在我父亲的房子里。除了那对佃户夫妻，我没允许谁住在那啊。"虽然没明说，他其实也担心，这个寄居的人可能是个伪装的土匪眼线。

可是，这个明天永远不会来了，因为王虎的部下也听到了这个八卦。那天，源像往常一样起床，站在门口就着烧饼抿口茶，悠闲地向外眺望并浮想联翩时，突然看到远方有几个人肩上抬着一把轿椅，紧接着又有一把，这些人的周围还有一队士兵，从服装上看，源知道那是父亲的部下。他赶忙退回门内，再无心情吃喝了，于是将食物放到桌子上，定在那里等着，心乱如麻："估计是父亲，待会照面该说什么呢？"他甚至有种冲动，想跟所有孩子一样穿过田野逃走，但是他知道，这次见面迟早有一天会来，他不可能一直逃。于是，他焦急地等待着，强压着儿时的恐惧，再无胃口吃得下任何东西了。

不过，当轿椅越来越近，最终在门前放下时，出来的并不是他的父亲，而是两个女人；一个是他的母亲，另一个是母亲的侍女。

这让源倍感惊讶，因为他很少见到母亲，也从来没听说她离开过家，于是他缓缓走出门，见过母亲，心里却不知道她这趟来是何用意。在侍女的搀扶下，母亲朝他走来。母亲头发都白了，穿了一件体面的黑色服装，牙齿都掉光了，两颊凹陷，但脸色仍然很红润，如果说她的脸看上去有点朴素，不如说有点傻气，却也很和善。看到儿子，她立刻像个乡下妇女般哭喊起来，要知道，年轻的时候她也只是个乡下少女："儿子啊，你父亲派我来告诉你，他病了，快要死啦。他说，只要你在他死之前赶快回家，以后你想干什么都行。他要我跟你说，他不生气，只是希望你能回家。"

她说得很大声，所有人都能听见，事实上，村民们已经聚在一起看热闹了。但是，源并没有注意到这些人，母亲的话让他的脑子有点蒙。这些天来，他已经下定决心，绝不会在违背自己的意愿下离开这里，但是，如果父亲真的要死了，他能拒绝父亲的请求吗？然而，母亲说的是真的吗？然后，他想起了那天晚上，父亲颤抖着双手，急切地去够酒壶，寻求慰藉的画面，他担心母亲说的有可能是真的，作为儿子，是不应该拒绝父亲任何要求的。

这时，那个侍女觉察到他的疑虑，认为自己有责任帮助她的女主人，也哭喊了起来，同时还四处看看村民，来凸显自己的重要性："啊哟，我的少爷啊，这是真的哟！我们都快急死了，所有的大夫都没法子了哇！老爷快不行了，你要是想见他最后一面，得抓紧走哇。我发誓，他活不长了，我要是说假话，就不得好死啊！"所有村民都竖起耳朵听着，得知王虎快要死了，不禁意味深长地看向对方。

但是，源还是不能完全相信她俩的话，主要是他感觉到，这两人身上有种隐隐的渴望，想要把他逼回家。侍女看到他还在怀疑，一下扑倒在他面前的地上，把头撞向结实的打谷场地面，假装大哭道："你看看你的母亲吧，我的小少爷唉，你再看看老奴我吧，求求你唉，求求你唉。"

磕了一两个头后，她站起身，掸掉灰棉衣上的灰尘，傲慢地盯着四周挤在一块、目瞪口呆的村民。她的职责已经完成，于是退步站到一边，摇身一变又成了富贵人家里的高贵下人，岂是这些平民百姓能比。

但是源压根没理会她。他转向母亲，心里明白不管有多不情愿，他也得履行人子的责任，于是，他喊母亲进屋坐下，而围观的村民也紧随其后，挤在门口看热闹。不过，源的母亲并没在意这些人，作为有钱人，她已经习惯了普通人那种没见过世面的围观行为。

她环顾堂屋，不无惆怅地说道："这个屋子，我还是第一次来。小时候，我就听过这个屋子的许多故事。王龙是怎么发家的，是怎么买了一个茶馆女孩，然后这个女孩又是怎么拴住他的心的，不过，也没有能拴多久。关于这个女孩，她的长相、饮食和穿着，有很多传说，可以说是尽人皆知，传遍了整个乡下。不过这都是过去的事了，那时候王龙已经老了，而我还是个孩子呢。现在我想起来了，据说王龙为了给她买个红宝石戒指，甚至卖了一块地。但后来，他又把那块地买回来了。这个女的我就见过一回，是我结婚那天，哦，我的娘啊！听说后来她变得又胖又丑！唉……"

她咧着没牙的嘴放声大笑，开心地环顾四周，源看她说话的语气这么平静与直率，于是迫切地想知道真相，就直接问道："母亲，父亲真的病了吗？"

这一问让她想起了此行的目的，连忙从她那光秃秃的牙龈间发出沙哑的低声："他病了，我的儿啊。我不晓得他病得有多重，他就坐在那，也不睡觉，也不吃饭，整个人都蜡黄蜡黄的。我发誓从来没见过那种黄哦。谁都不敢靠近他，也不敢问他一声，他一直都在骂骂咧咧，吹胡子瞪眼睛。他要再不吃东西，肯定活不了了，肯定的。"

"是哦，是哦，千真万确哦！要是不吃东西他肯定活不了。"侍女附和着。她站在女主人的椅子旁，摇着头，对刚才说话时的忧伤语气甚是满意，然后，两个女人一起叹起气来，神情严肃，偷偷地看着源。

源极其不耐烦地思索了片刻，尽管他仍心存疑虑，心里认为父亲说的都是对的，所有女人都是傻瓜，但是他知道，如果父亲真的病得如此严重，他肯定是要回去的，于是他说道："那我就回去。母亲，您在这歇一两天再走，舟车劳顿，您应该也累了。"

他确保将母亲安顿妥当，看着她坐在这间安静的屋子，要知道，现在他似乎已经把这当成自己家了，所以要离开了，他还是挺伤心的。待到母亲吃完饭，他迫使自己忘掉这几天来的愉快和美好，再一次骑上马，面朝北方，望向父亲的方向。他不禁又怀疑起这两个女人，因为对于他的离开，她们未免过于开心了，按道理如果一家之主病了，不应该这么开心的啊。

在他身后，跟着二十个左右他父亲的士兵。听到这些人讲着荤段子且哈哈大笑，他再也无法忍受了，生气地转向他们，对他马屁股后面熟悉的马蹄声厌恶到了极点。但是，当他厉声质问他们为什么要跟着他时，他们坚定地回答道："少爷，令尊的亲信命令我们要跟着你，以免对头有机可乘，抓住你索要赎金，甚至杀了你。乡下有许多土匪，而令尊只有你这么一个宝贝儿子。"

源一声不吭。他嘟囔着，将头执拗地转向北方。他是蠢到何种程度竟然想要自由？他是父亲唯一的儿子，这是最令人绝望的，是唯一的儿子！

目睹他经过的村民和乡下人中，没有一个看到他再次离开而不兴高采烈的，因为他们压根就不理解他，也不相信他，他不得不离开，对于这件事，源能看得出他们的满意溢于言表，这一幕，让他这些天来的自由与快乐蒙上了一层阴影。

于是，源违背自己的意愿，策马朝着父亲的住所前行，护卫队紧随其后。自始至终，他们都没有离开他半步，很快源就意识到，他们除了要保护他不受土匪的伤害，也在防止他突然逃跑。好多次，他差点就冲着他们脱口而出："你们不用这么担心，那是我的亲生父亲，我不会逃避的！是我自己要来见他的！"

但他什么也没说。他一声不吭，轻蔑地看着他们，不愿跟他们说话，相反的，他尽可能地策马狂奔，一脸不屑地享受着自己的快马对这些士兵的普通马的轻松碾压，他们只能不停地鞭打着自己可怜的坐骑。不过，他知道不管怎么跑，自己仍是一个囚犯。现在，他也没作诗的灵感了，那片美丽的土地，他也几乎看不见了。

就这样不情愿地骑着马赶了两天路，在第二天晚上，他终于来到了父亲的屋前。他翻身下马，突然一阵强烈的倦意袭来，不过还是拖着沉重的步伐，向父亲睡觉的房间走去。路上碰到些士兵和仆人，都在偷偷盯着他看，有的还向他请安，他都没有理会。

但是，父亲并不在房间，而此时已经很晚了。于是他问了一个懒洋洋的卫兵，后者答道："司令在大厅里。"

听闻此言，源不禁有些恼火，他心里想，父亲应该病得不严重，只是哄骗他回家的一个借口罢了。他让这团怒火在胸口燃烧，这样见到父亲时，就不会惧怕他了，而再回想起在小村庄度过的逍遥自在的日子，他甚至觉得可以正面对抗父亲了。可是，待到走进大厅看到父亲时，源的怒气一下子减弱了许多，因为他发现，可能这并不是借口。父亲坐在他的那张旧椅子上，雕刻的椅背上披着一张虎皮，椅子前面，装满煤的火盆发着红光。他把自己裹在毛茸茸的羊皮长袍里，头上戴着一顶高高的皮帽子，但看起来他仍然像一具尸体，毫无生气。他的脸色蜡黄，像生了一层锈，眼睛干涩、空洞，眼眶凹陷，长时间没刮的花白胡子格外醒目。源进来的时候，他抬头看了一眼儿子，然后又低下头看着炭火，并未打招呼。

源走上前，向着父亲鞠了一躬，说："得知父亲病了，所以孩儿来了。"

王虎喃喃道："我没病，都是妇人之言。"他都不肯看儿子一眼。

源只好问道："父亲不是因为病了，才派人找我吗？"王虎又喃喃道："我没派人找你。他们问我你在哪，我说：'他爱待哪待哪'。"说完他低下头，死死地盯着火盆，把手伸到透着红光的炭火上方。

这种语气，换作是谁，听了都不舒服，更别提在那个年代，年轻人都不大待见自己的父母。所以，源很容易就可以横下心，再次离开家，随心所欲去做自己喜欢的事，但是，看到父亲的两只手伸出来，颤巍巍、干巴巴的，活脱脱一双老年人的手，无助地寻求一点温暖，他连一句生气的话都说不出来。现在，跟所有心地柔软的儿子一样，他意识到，孤独的父亲慢慢地又变成一个孩子了，得把他当成小孩，不管他说什么气话，都不要发火，要依着他。父亲的这种弱小，将源的怒气一下子击个粉碎，眼眶竟有了莫名的湿意，要是他敢，他一定会伸出手去抚摸父亲，但是某种天生的羞耻感阻止了他。于是，他只是侧身坐在旁边的椅子上，凝视着父亲，一声不吭，耐心地等着，说不定父亲接下来还会说什么话。

这样的等待，却给了他自由。他知道，自己对父亲的恐惧感永远地消失了。他再也不会害怕这个老头的咆哮、阴沉的脸色、紧皱的眉头，以及为了让人惧怕他而惯用的种种伎俩了。因为源看到了真相，这些伎俩，虽然父亲并未意识到，只是他的武器，是他手中的一面盾牌，就像人们会拿着剑挥舞一通，却永远不会真正砍到任何人的身上一样。所以，这些伎俩，掩盖了王虎的内心，他从来都不够坚强、不够残忍，也不够快乐，他成不了真正的大军阀。在这一刻，源看着父亲，终于读懂了父亲，内心涌起了一股无所畏惧的爱。

但是王虎并不知道儿子的变化，继续盘坐在那里，一言不发，似乎忘记了儿子的存在。他就一直这样坐着，一动不动，最后，源看着父亲死灰般的脸色，整个人瘦得不成人形，颧骨如刀削般突出着，不禁轻声说道："去床上躺着睡一会儿，是不是好些呢，父亲？"

再次听见儿子的声音，王虎有气无力地抬起头，憔悴的双眼盯着儿子，看了一会儿，许久才嘶哑地、慢吞吞地、一字一字地说道："因为你，我放过了一百七十三个人，这些人本来都不配活下去的！"然后，他抬起右手，想跟以前一样触碰自己的嘴，但却因为过于虚弱，手又掉了下来。他就垂着手，仍旧盯着儿子，又说道："这是真的。是因为你，我才没有杀他们。"

"我很开心，父亲，"源说，知道那些人可以活，虽然他很高兴，也很欣慰，但更触动他的，是父亲想要向他邀功的幼稚念头，"我讨厌看到有人被杀，父亲。"他说道。

"哈，我晓得，你胆子一直很小。"王虎无精打采地回道，又一言不发地盯着炭火发呆。

源又在想该怎样催促父亲到床上睡觉，因为父亲那干瘪下垂的嘴巴和一脸的病容，他实在是不忍心再看了。于是他起身，来到蹲在门口、不住打盹的豁嘴老奴身旁，低声对他说："连你都劝不了我父亲上床睡觉吗？"

老奴被惊醒了，连忙颤巍巍地起身，嘶哑着回答道："我都试过了，我的小少爷。我劝他晚上到床上睡，他都不听。就算他躺下了，不到半个时辰，他又会起来，回到椅子上坐着，我也只能蹲在这，现在我瞌睡得要命。但是老爷就坐在那，一直醒着！"

源只好回到父亲跟前，哄他说："父亲，我也困了。我们到床上睡一会儿可好？我好困啊。我就在你身边，你可以随时喊我，我不走，一直就在你身边。"

听到这话，王虎稍稍动了一下，好像要站起来，但又缩了回去。他摇了摇头，不肯起身，说道："不，我的话还没说完。还有些事，我一下子不能都想起来，刚刚我用右手数了下，有两件事我一定要说。你先找个地方坐下，等我想到了再说。"

王虎现在说话的语气又像以前一样透着威严，让源体会到了儿时对父亲唯命是从的那种感觉。不过，如今他的内心也有一种从未有过的无所畏惧，似乎在呐喊着："他不过是个烦人的、任性的老头罢了，我却要迁就他，在这坐着等！"他的眼神流露出一丝不悦，正要说话，恰好让豁嘴老奴看到了，赶紧上前哄他道："你就依着老爷吧，少爷，他病得这么重，我们都得听他的，就听他怎么说吧。"源只好作罢，也是害怕在这样的时候跟父亲唱反调，会加重他的病情，要知道，从来都没人敢反对父亲，于是，他侧身在旁边的椅子坐下，只是已经没有刚才那么有耐心了。过了一会儿，王虎突然说道："我想起来了。第一件事是我必须把你藏起来，因为我记得昨天你回家时跟我说的话。我必须让你远离我的那些对头。"

源忍不住失声叫道："可是，父亲，我不是昨天回来的啊！"

王虎生气地瞪了儿子一眼，拍了拍干瘪的手掌，怒斥道："我说什么我自己不清楚？你怎么不是昨天回来的？你就是昨天回来的！"

豁嘴老奴赶紧站到王虎和源之间，恳求道："哎呀，哎呀，是昨天啊！"源顿时低下了头，虽面有难色，但也不能再争辩了。现在源的感受很奇怪，一开始他对父亲的同情，如同一阵微风轻掠过他的心际，已不复存在，而父亲脸上熟悉的生气表情，激起了他内心某种更强烈的情感。那是一种怨恨之情，他告诉自己，不要再惧怕父亲，不过，他得不断地给自己打气。

而王虎还是和以前一样倔，故意拖了很长时间都不说话，他觉得，儿子打断了他的话，这是忤逆之举，所以他要等更长的时间再继续说话。但真实原因是王虎要说一件他不想说的事，所以他就拖着。而在此期间，源对父亲的怒火噌噌往上涨，比以往任何时候都要强烈。他想起了多少回，他被父亲吓到噤声；他想起了无数次，他跟自己厌恶的武器打交道；他想起了这些天自由的时光，再一次被中断，突然间，他无法再忍受父亲了。可恨！他的身子不自觉地往回缩，对父亲突然感到很厌恶，既不洗澡也不刮胡子，袍子上尽是酒渍和饭菜汁。对父亲，他没有任何喜爱之处，至少在这一刻如此。

王虎哪里晓得，儿子心里对他是这么厌恶，最终还是说出了他不得不说的话："但是，你是我唯一的宝贝儿子。除了希望你健健康康，我还有什么别的指望？你母亲破天荒地说对了一句话。她过来跟我说：'要是他不结婚，我们哪能抱孙子呢？'我当时跟她讲：'去四处打听下，找个健康的好姑娘，只要身体好，怀得快，其他的都无所谓，女人都差不多，无好坏之分。找到了就带回来，与他成亲，成亲后他就可以去国外躲一躲，等打仗结束了再回来。这样，老王家的香火就断不了了。'"

这些话，王虎说得非常仔细，每个字他都先在脑子里过了一遍，然后强打起精神，在放儿子走之前，说给他听。这件事，但凡是位好父亲，都应该操心，也是每个好儿子必须期待的，为人子就应该为了父母接受这样选中的妻子，与她成亲，让她怀上孩子，然后他就自由了，想到哪觅得真爱都行。但是，源不是这样的儿子。他深受新思想的毒害，内心充斥着他自己都不知道的各种自由思潮，以及父亲对女性的憎恨观念，正因如此，他现在感到所有的怒火都迸发了。是的，此刻他的怒火在体内就如同一股被抑制的洪流，他的整个人生都危在旦夕。

一开始，他根本不信父亲真的说了这些话，因为一直以来，他早已习惯听父亲说女人要么是傻子，要么是叛徒，永远不值得信任。但是，这些话，的确出自父亲之口，而现在，父亲跟刚才一样，坐在那盯着炭火发呆。源突然明白了，为什么母亲和侍女背地里如此急切地想把他请回家，而且当他准备回家时，她们那么开心，因为这些女人脑子里没有别的，只有说媒和成亲之类的事。

哼，他不会屈服于他们的！他骤然起身，对父亲的爱也好，惧怕也罢，全然抛之脑后，厉声喝道："我早料到会有这么一天！对，我的同志们跟我讲，他们是怎么被迫结婚的！他们好多人就是因为这个才离开家的！我本来还觉得自己挺幸运的呢！但是你和他们的父母是一样的，只想着永远掌控我们！控制我们的身体！逼我们跟你们选的女人结婚！逼我们传宗接代！告诉你，我不会让你得逞的！我绝不会任由你摆布，将我的人生和你捆绑在一起！我恨你！我一直都恨你！我恨死你了！"

源一股脑儿将心中的恨意宣泄了出来，然后开始控制不住地抽泣，豁嘴老奴何时见过少爷如此失控，吓得赶紧跑过来，一把搂住了源的腰，本想说些什么，但是却说不出来，因为他那豁嘴都全歪了。源低下头，看见了老奴，精神失常的他抬起手来，紧握拳头，用力一挥，击中了老奴那张丑陋的老脸，老奴应声跌倒在地上。

这时，王虎站起身，踉踉跄跄走了过来，却全然无视他的儿子。

不对，刚刚他还一直茫然地盯着源，好像不理解源的那些话，眼神不知所措。看见自己的老奴倒在地上，他过来扶他起来。

源转身迅速跑开了，一秒都不想留在那看接下来会发生什么事。他跑过院子，远远地看见自己的马拴在一棵树上。他穿过那扇宏伟的大门，无视旁边注视着的士兵，解开缰绳，跳上马背，疾驰而去，心里暗暗发誓，这辈子都不要再回来。

源满腔怒火地离开了父亲的家，这团火在他体内熊熊燃烧，如果不能冷却，他会死的。而这团火也的确冷了下来。他开始思考，自己现在已经孑然一身，与同志们还有父亲都断了联系，接下来的路该怎么走。那一天的天气也起了作用，因为这冬日的阳光，虽然在源待在土屋的那段日子里似乎是取之不尽的，如今也并非一直都在了。天空灰蒙蒙的，寒冷的东风吹在脸上，亦是苦涩的味道，源任由马儿慢悠悠地走着，多日奔波，这头牲口也疲倦了，而脚下的土地，也是灰的，在这片灰色中，源感觉自己渐渐被吞噬，人也冷静了下来。这片土地上的人们，也呈现出同样的灰色，他们和土地几乎融为一体，日出而作，日落而息，就连神情都与土地同步，几乎听不见说话声，一举一动都静悄悄的。也许在阳光下，他们的脸色是红润的，经常洋溢着欢乐，如今在灰色的天空下，他们的眼神空洞，嘴角冷漠，衣服是灰不溜秋的，身体是迟钝呆板的。土地和山丘上散落的鲜艳色彩，大人外套的蓝，小孩上衣的大红，少女裤子的深红，这些在阳光下十分醒目且鲜活的色调，现在都黯然失色了。现在，源骑着马穿过这片灰色的乡下，不禁纳闷自己以前怎么会喜欢上这片土地的。他本想着回过头去找自己的教官，继续追寻自己的理想，但是他又想起了那些村民，一直以来，他们有多么讨厌他，而今天他在路上遇到的这些人，也一脸愠色，他不禁在内心痛苦地发问："为了这些人，我要献出自己的生命，值得吗？"还有，就连这片土地如今对他都似乎是冷冰冰的。如果这还不够的话，他的马开始一瘸一拐起来，在他经过的某个小镇附近他下马查看，发现马蹄被石头磕伤了，已经无法行走了。

现在，源只好停下来，弯着腰查看马蹄，而就在这个时候，他听见了一阵巨大的轰鸣声，他连忙抬起头，发现一列火车呼啸着从他旁边开过，冒着浓烟，疾驰而过。但即便如此，源还是瞅见车厢里坐着许多人，因为当时他离得特别近，跪蹲在马旁边。那些人坐在车厢里，既温暖又安全，车速还快，这让源十分羡慕，顿觉自己的马太慢了，现在又不能用了，心中不禁叫苦不迭，但很快想到了一个自认为很聪明的对策："我要去镇上把这匹马卖了，然后乘坐那列火车，离开这个地方，越远越好！"

那天晚上，他躺在镇上一家非常脏的客栈里，无法入睡，有臭虫在他身上爬，他只能睁着眼躺着，心里盘算着，接下来他该怎么办。他身上还有些钱，因为王虎总是要他贴身系着一个钱袋，以备不时之需，而且，他还有一匹马要卖。但是，他要去哪里，他要做什么，很长时间他都想不出个答案。

要知道，源并不是一个普通无知的少年。他读过国学，也读过西方的新书，他的家庭老师曾教过他。也是因为这位老师，他可以说一口流利的外语，所以，他并非目不识丁，无法自立。于是，他躺在那家客栈的硬床板上辗转反侧，思考着自己身上的银圆，还有脑中的知识，可以用来干什么。他在心中反复问自己，是不是最好回头去找教官。回去的时候他可以这样说："我已经悔过自新了，让我归队吧。"而且，要是他说，他已经与他的父亲断绝往来，还将豁嘴老奴打倒在地，那这事准成，因为在这帮革命党中间，反抗父母就是通行证，也是献忠心，所以这些年轻人中的一些人，有男有女，为了展示他们的忠诚，甚至杀害了自己的父母。

不过，源尽管知道自己会受到欢迎，不知怎的却不想再走这条路。

这一天的灰色记忆仍然让他感到很抑郁，他想起了那些灰头灰脸的农户，对这些人他没有一点好感。他自言自语道："这辈子我从未有过快乐。其他男孩子的所有寻常快乐，我都没有。我的生活，只有对父亲的义务，还有就是这项我不能追随的事业。"突然间，他觉得自己想要一种从未见过的生活，一种更快乐、有笑声的生活。源突然意识到，他这一生都很沉重，也没有玩伴，但是人生除了工作，肯定还有快乐呀。

想到玩耍，他记起了自己很小的时候，有个他曾经熟识的妹妹，经常撒开脚丫轻快地跑来跑去，一边跑一边哈哈笑，他和妹妹一起时，他也经常大笑。好吧，他为什么不去找她呢？她是自己的妹妹呀，他们是一家人啊。这些年，他一直与父亲的生活纠缠不休，都忘了自己还有别的亲人。

突然间，他想起了许多人，他有不少亲戚呢。他可以去找二伯王大贾。有那么一会儿，他觉得去二伯家应该会很愉快，他的脑子里浮现出了一张和蔼可亲的脸，那是他的婶婶，他想起了婶婶还有他的几个堂亲。但接着，他又执拗地想到，不行，他不要离他父亲那么近，因为二伯肯定会告诉他父亲的，两家太近了！他要坐火车，跑得远远的。他的妹妹倒是离得很远，在很远的一个海边城市。他想在那个城市住一阵子，看看他的妹妹，欣赏下美丽的风景，瞧一瞧所有那些他只听过但从未见过的西洋货。

他已经急不可耐了。天还没亮他就跳下床，大声喊客栈的伙计给他送热水洗漱，他把衣服脱下，使劲抖，以防上面还有臭虫。等到伙计来的时候，就客栈的卫生问题，他把那人大骂了一顿，然后迫不及待地想动身了。

伙计看源一脸的不耐烦，估猜他是个富人家的儿子，因为穷人是不敢这么肆无忌惮地咒骂别人的，于是他变得卑躬屈膝，赶紧张罗早饭，所以天亮前，源就吃饱了，牵着他的大红马去卖。这头可怜的牲口，被他以很低的价钱卖给了一家肉铺。有那么一刻，源心里确实挺难过的，想到他的马即将被宰，然后当成食物端上饭桌，他有点动摇了，但随后，又狠心告诉自己不要妇人之仁。现在他不需要马了，他已经不再是司令之子了。他就是他，王源，一个自由自在的年轻人，想去哪去哪，想干吗干吗。就在那天，他登上了那列火车，前往那座海边大城市。

说来也巧，王虎的那位博学的小妾自从搬到那座海边城市居住后，偶尔会给王虎写信，有时候，源要给父亲读这些信。因为王虎年事已高，懒得阅读任何东西，虽说年轻时他也不少读书，但在这个岁数，已经忘了好多字，阅读也变得有点为难了。这位女士每年会给王虎写两封信，信的文风高雅，并不易读，得由源向父亲阅读并解释信的内容。现在回想起来，他还记得她说过，她住在哪，在那座大城市的哪个方位，在哪条街道。所以，当火车跨过一条河，绕过一两片湖，穿过许多座山，经过春麦正在抽芽的大片良田，行驶了整整一天一夜后，源从火车上下来，心里很清楚自己要去哪里。那儿离车站并不近，于是他叫了辆黄包车把自己拉到那，坐在车上穿过灯火通明的城市街道，他像个农民一样饶有兴趣地东张西望，因为没有人认识他。

他从未到过这样的城市。街道两边的房屋拔地而起，高耸入云，就算有明晃晃的路灯，他也看不见楼顶在哪，许是在漆黑夜空的某处吧。不过，在源站着的高楼脚下，灯光够亮了，人们走起路来就像在白天一样。在这儿，他见到了来自世界各地的人，有着不同的种族和肤色；他看见来自印度的黑人，他们的女人头裹金布，面披白纱；身着红袍，衬托出黑肤之美。他看见健步如飞的白种女人，身边的男人衣着总是一样，鼻子都很长，源看着这些男人，禁不住想这些女人是如何将自己的丈夫和别的男人区分开来的，因为这些男人看起来都差不多，除了有些人大腹便便，有些人谢了顶，或者有其他缺陷。

不过，在大街上，源看到的绝大多数人还是自己的同胞，可谓是三教九流。富人们开着豪华的汽车前往某个风月场所，在路上肆无忌惮地按喇叭，载着源的黄包车车夫得往路边靠，停下来等汽车过去，就好像旧时候皇帝出巡一样。除了富人，也有穷人、乞丐、残疾和病人，在竭力卖惨以得到点滴施舍，但基本上很少得到垂怜，从富人钱包里漏出来的都是些残缺不全的小额零钱。这些富人走在街上，一般都是鼻孔朝天，对这些人视而不见。源虽说对享乐充满了渴望，但对这些傲慢的富人，也产生了片刻的憎恨，认为他们应该施舍点给乞丐的。

穿过熙熙攘攘的人群，源坐在寒碜的黄包车里渐渐远去，直到车夫在一扇门前停了下来，不再气喘吁吁。那扇门立在一堵长长的墙里，门的两边大约还有二十扇别人家的门。这就是源要找的地方，于是他下了车，掏出之前许诺车夫的车钱，递了过去。刚才在街上，看到那些有钱的老爷和太太对乞丐的乞讨漠不关心，一脸嫌弃地推开伸在他们面前的瘦骨嶙峋的手，源甚是愤慨。可是，当这个满头大汗的车夫注意到源穿的丝绸长袍，整个人满面红光，于是颤抖着、谦卑地哀求道："先生，您发发善心，再加点吧。"这在源看来，又不是一码事了。首先，他并不觉得自己是有钱人，另外众所周知，这些拉黄包车的永远都不会知足。于是他断然喝道："车钱先前不是说好了吗？"车夫叹着气回道："是的，是的，车钱是说好的，不过我想您心肠好……"

可是源已经不再理会他。他转身走到门口，看见门上有门铃，就按了上去。车夫看见没人搭理，又叹了口气，用搭在脖子上的一块脏布擦了擦汗涔涔的脸，然后拉着车晃悠悠地走开了。夜晚的寒风冷得他瑟瑟发抖，身上的汗一会儿就结冰了。

有个用人前来开门，盯着源上下打量了好久，感觉不认识，就不让进。在这座城市，有些衣着考究的陌生人会敲门，说是房主的朋友或亲戚，而一旦获准进屋，就掏枪实施抢劫杀人，为所欲为，有时候还有同伙，协助抓走一个小孩或大人，以索要赎金。因此，那个用人又迅速把门关上了，尽管源大声说着自己的名字，但也只能在门外等。过了一会儿，门又开了，这回他看到了一位文静的女士，表情严肃，一头白发，身穿一袭紫红色的缎子长袍。她和源互相打量着，源觉得她的面相很和蔼，面色苍白，没什么皱纹，但也谈不上漂亮，可能嘴巴太大了，鼻子也很大，而且还很塌。不过，眼神很慈祥且善解人意，于是源鼓起勇气，羞涩地笑了笑，说："夫人，我这样前来属实冒昧，还请包涵。我叫王源，是王虎的儿子，我已离开了我的父亲。这次我一个人来，也别无所求，只是希望可以看望您和我的妹妹。"

那位女士一直盯着他看，待到他说完，她轻声说道："刚才用人说是你，我也不信。上次见到你都是很久以前的事了，要不是你长得跟你父亲太像，我还真认不出你。谁都能一眼看出来，你是王虎的儿子呢。快进来吧，就当是自己家。"

尽管那个用人看起来仍心存戒备，那位女士还是催促源进屋，她表现得十分温和平静，似乎一点儿都不吃惊，或者说，现在这世上似乎没什么能让她吃惊的了。她领着源走进一个狭窄的门厅，吩咐用人收拾一间带床的房间，问源有没有吃饭，然后开门进了客厅，让源坐下休息，自己则去拿些物件送到用人收拾好的房间，好让源住得舒服点。所有这一切，她做得十分自然，又热情洋溢，让源觉得既高兴又感动，唉，终于有人待见自己了，这对他而言，如同久旱逢甘雨，因为和父亲之间的纷争让他早已疲惫不堪。

客厅里，源找了把安乐椅坐了下来，有点忐忑地等着，这样的客厅他还从来没见过呢，不过，以他的个性，他仍然一脸严肃，绝不会露出一丝惊讶或兴奋之情。他就安静地坐着，穿一袭深色的丝绸长袍，只是稍稍打量了下四周，并没有看太仔细，以免有人进来，让他吓一跳。他这个人，绝对不允许自己在一个新地方看上去很怪或者不自在。客厅很小，方方正正的，特别干净，地上铺着一张羊毛地毯，饰有花卉图案，也是一尘不染。地毯正上方，摆着一张桌子，桌上铺着一块红色天鹅绒布，正中央摆着一瓶粉红色的纸花，十分逼真，只是叶子不是绿色，而是银色的。像他坐的椅子一共有六把，坐垫很柔软，上面铺着粉红色的缎子。窗户边挂着白色细纱窗帘，墙上挂着一幅西洋画，画框嵌有一块玻璃。画中有巍峨的群山，层峦叠翠，还有一湖碧水，相得益彰，山顶有他从未见过的西洋建筑。整幅画色调明亮，令人赏心悦目。

突然，屋子某处响起一阵铃声，他转头看下门口。他听见急促的脚步声，有个女孩在大声说笑。他倾听着，可以感觉到她在和某人说话，但听不见回应的说话声，而且，她说的好些话他都听不懂，还时不时夹杂着某种外语。

"啊，是你吗？……不，我不忙……哦，今天我好累，昨晚我跳舞跳得太晚了……你在笑话我……她比我漂亮多了……你嘲笑我……她跳得比我好多了……就连白人男人都想跟她跳舞……是的，没错，我是和那个年轻的美国人跳舞了……啊，他居然会跳舞……我才不告诉你他说了什么！……不要，不要，不要……那我今晚跟你一起去……十点！我先吃晚饭……"

他听见了一阵柔美的笑声，然后门突然开了，一个女孩出现在门口。他连忙起身作揖，目光礼节性地朝下，以免与这个女孩直视。但是她飞快地朝他跑过来，像一只优雅飞翔的燕子，向他张开双臂。"你是我的源哥哥！"她高兴地叫道，那柔软的嗓音感觉像是高高地飘浮在空中。"我妈说你突然就来了……"她抓住了他的手，大笑道，"你这身长袍好老土啊！像这样握手……现在见面大家都握手了！"

他感觉到她那光滑的小手抓住了他的手，赶紧把手抽开了，他太害羞了。他盯着她看，女孩又是一阵大笑，坐在椅子的扶手上，仰着脸看他，这张美丽至极的小脸，像只小猫咪，一头乌黑亮丽的卷发，脸蛋圆圆的。但最吸引他的是女孩的眼睛，是这世上最明亮、最深邃的目光，充满了光与笑声，然后是她红色的小嘴，嘴唇饱满红润，却小巧精致。

"坐下。"她喊道，像一个专横的女王。

于是他坐下，小心翼翼地挨着椅子边，尽量不靠近她，她又大笑起来。

"我是艾兰，"她欢快地继续说道，"你记得我吗？我可记得你。你现在长得比以前好看多了……以前你就是个丑丑的小男孩……你的脸太长了。你一定要有新衣服……我所有的堂兄弟现在都穿洋装……你穿也会很好看的……你好高啊！你会跳舞吗？我喜欢跳舞。你跟我们的堂兄弟打过交道吗？我的大堂哥，他老婆跳舞像仙女一样！你应该见见我的大伯！他也喜欢跳舞，但他太老了，又超级胖，我大妈不让他跳舞。你应该看看他是怎么挨大妈骂的，谁让他盯着漂亮女孩看！"说完她又咯咯咯地笑个不停。

源偷偷地瞄了她一眼。她要比他见过的任何生物都要苗条，身材跟个孩子一样娇小，绿色的丝绸礼服紧裹在她身上，好比花萼护住花苞一样，高高的衣领紧贴着她纤细的脖子，耳朵上戴着小巧的珍珠和金耳环。他又将目光看向别处，抬手掩住嘴巴，轻轻咳嗽了一声。

"此次我是前来看望母亲和你的。"他说。

她听闻一笑，似乎在嘲笑他的稳重，这个笑容让她的脸闪闪发亮，她起身朝门口走去，步履轻盈，如同小跑一般。

"我去找她，哥哥。"她故作庄重地说话来笑话他。然后，她又大声笑了起来，用她那猫咪般的黑色眼睛戏弄地瞄了他一眼。

女孩走后，房间里一片寂静，好似一阵喧嚣的风突然停了下来。源坐在那，脑子嗡嗡的，无法理解这个女孩。在他整个的军旅生涯中，他从未见过女孩这样的人。他想努力回忆起他俩都还很小，在一起时她是什么样子的，那时候，父亲还没有下令要他离开母亲的院子。记忆里，她也是这样的轻盈，这样的话多，这样的黑黑的大眼睛。他还记得，没有了她，他的生活一开始是多么无趣乏味，父亲的院子是多么死气沉沉。想到这，他甚至感觉现在这个房间太安静、太孤独了，他希望她能回到这，他盼望可以多多见到她，可以常常听见她的笑声。突然间，他又想到他这一生都少有笑声，总是充斥着这样那样的责任，从来没有过玩耍和欢乐，连大街上穷人家的孩子都比不上，就连一群干苦力的男人在中午的阳光下稍作休息，围在一起吃午饭的快乐，对他都是一种奢望。他的心跳有点急促起来。这个城市可以带给他什么，所有年轻人都热爱的欢笑和快乐吗？一种全新的闪亮生活吗？

因此，当门口再次传来响声时，他急切地看过去，却发现不是艾兰。是那位女士，她静悄悄地走进来，感觉不像是主人，倒像个给她收拾屋子，确保生活舒适自在的管家。她身后是那个用人，端着个托盘，上面是几碗热腾腾的食物。她说："搁在这儿吧。小源啊，不要见外，你得再吃点，我知道火车上的饭菜不合口。吃吧，我的儿子……小源，你就是我的儿子，我自己也没生儿子，我很高兴你来找我，你跟妈说说，发生什么事了，你是怎么来的？"

这位好心的女士说话是这么和蔼可亲，情真意切，嗓音是如此抚慰人心，温和的小眼睛透着期许，看着她在桌旁给自己摆了一把椅子，源感觉不争气的泪水涌上了眼眶。从来没有！他内心激动地呐喊，这辈子都没人如此温柔地欢迎过他！没有！没人对他这么好过！突然间，屋子的温暖，房间色调的欢快，脑子里艾兰的笑声，还有这位女士的安慰，如潮水般涌来，将他团团围住。于是他狼吞虎咽地吃起来，一来他觉得饿了，二来食物经过了精心调味，不像外面的食物缺油少汁。之前他也狼吞虎咽地吃过农家饭菜，觉得十分可口，但现在，他觉得这才是他吃过的最美味的食物，于是大快朵颐。不过，他很快就吃饱了，因为过于油腻而且调味太重了，尽管女士一再催促，他还是吃不下了。

他在吃的时候，女士就在边上等着，待到饭毕，她邀他坐回安乐椅。暖暖的，饱饱的，源感到十分舒适，跟她说了所有的事，甚至一些他自己都快忘记的事。女士注视着他，那是一种专心的、期盼的注视，源迎了上去，突然间，他不再感到羞涩，开始说话，告诉她所有他想说的……他有多痛恨打仗，他有多渴望靠土地过活，但不是像农民那样愚昧，而是一个有智慧的农人，用足够的学识教会农民更好的生活方式。他说因为父亲，他偷偷地离开了教官，而现在，智慧让他对自己有了新的认识，他苦恼地说："我以为我逃跑是因为不想对抗父亲，可是姨娘，正如我所说的，我逃走一定程度上是因为我讨厌我的同志们有一天会进行的杀戮，哪怕是以正义之名。我杀不了人……我不勇敢，我知道。事实上，不管我有多恨一个人，我都不会杀了他。而且，我总是知道这个人的感受。"

他谦卑地看着女士，为袒露他的软弱而感到羞耻。但是，她轻声回道："并不是所有人都能杀人，这是事实，不然我们会死光的，我的儿子。"过了一会儿，她更和蔼地说道："源，我很高兴你不能杀人。虽然我不信佛，但我认为，救人比杀人要好。"

但是，直到听见他支支吾吾、略显羞涩地提起，父亲要他无论如何都得随便找个女孩成亲，女士才大为动容。刚刚她一直听他诉说，表情透露着关切和理解，在他停顿时，还不时低声表示赞同。现在，他低下头说道："我知道他有权这么要求……我知道法律和习俗……可是我接受不了。我不能……我不能……我自己的身体我要自己做主……"说话间又唤醒了自己对父亲的憎恨，他得一股脑儿宣泄出来，于是继续说道："这些天不断听闻有儿子杀死了自己的父亲，我差不多能理解这种行为……不是说我真的要这么做，但是对于这些行动派的感受，我是可以理解的。"

他看着女士，想知道这样的言语对她来说是否过于偏激了，但是并没有。她用一种比刚才更肯定、更有力的语气说道："你是对的，小源。我经常告诉现在年轻人的父母、艾兰朋友的父母，甚至是你的大伯大妈，他们总是抱怨这一代年轻人，我跟他们讲，至少在这件事上，年轻人是对的。嗯，我很清楚，你的想法绝对没错。在结婚这件事上，我绝不会强迫艾兰……在这件事上，如果有需要，我会帮助你反抗你父亲的，因为我相信，你是百分百对的。"

她的语气透着唏嘘，或许是她自己的生活经历给了她某种激情，源惊讶地发现，她那恬静的小眼睛变得炯炯有神，平和的面容也变得激动起来。不过，他终究还是太年轻，除了对他自己，对别人的关注并不会维持太久，在她安慰的话语和这间安静又舒适的屋子的双重作用下，他急切地说道："在我想通我该怎么办之前，不知道我能不能在这待一阵子……"

"你哪都不用去，"她亲切地答道，"只要你需要，你就一直待在这。我一直想有个自己的儿子，小源，你就是我的儿子。"

现在的情况是，女士突然间就喜欢上了这个黑黑的高个青年，她喜欢他满脸的真诚，她喜欢他沉稳的举止，虽然他颧骨有点高，嘴巴太大了，按照大众的审美也许并不算帅，但他比大多数年轻人都要高，她喜欢他说话时的那种羞涩与温柔，尽管他有点倔强，但貌似并不太了解自己的秉性。不过，他的温柔只在于他的言辞，他的嗓音雄厚洪亮，男人味十足。

源察觉到了她的溺爱，心里更加暖和，感觉这儿就是自己的家了。他们又聊了一会儿，然后她领着他去一个即将属于他的小房间。他们先上楼，然后再上一截小旋梯，房间就在阁楼，收拾得干干净净，该有的东西一应俱全。待到她离开，他一个人，来到窗边向外看去，每条街道都灯火通明，整个城市流光溢彩，熠熠生辉，黑暗中，他似乎在审视一个新天堂。

的确，现在对源而言，新生活开始了，这样的全新生活，是他做梦都不敢想的。第二天早上，他起床洗漱，穿好衣服，下了楼梯，女士已经在等着他了，依旧笑容可掬，让他倍感自在。她领着源来到早餐桌，迫不及待地讲起了给他制定的规划，不过说的时候甚是小心，唯恐违背了他的意愿。首先，她说要给他添置些衣服，因为他离开家时，仅有身上穿的一套衣服，然后，她要送他去城里的学校上学。她说："孩子，你不要急着找工作。这阵子最好先学习新知识，不然以后工作也赚得少。我会把你当成自己的儿子，艾兰有的，你也一样不落。你应该在这儿上学，搞清楚自己的专长，完成学业后，你要么工作，要么去国外待一段时间。现在的年轻人，不管是男孩还是女孩，都热衷于出国，在我看来，出国对他们是件好事。虽然你大伯痛斥出国没什么用，回国后一身的花里胡哨，根本没法一起生活，但我还是认为，年轻人出国学有所长，回国后报效祖国，这事应该提倡。我倒希望艾兰……"这时，女士停顿了一会，神情落寞，好像因为内心的困扰而不知从何说起了。不过，她又拾掇好心情，坚定地说："嗯，我不应该主导艾兰的生活！如果她不愿意，那就不要……我也不会主宰你的生活，孩子！我只是说如果你愿意，你自己想要，那么我会想办法帮你的。"

源一下子听了这么多新奇的事，有点晕头转向，压根不能完全理解，只是一脸兴奋、结结巴巴地说道："夫人，我，我肯定得感谢您，您说的这些，我，我高兴都来不及……"然后他坐了下来，带着年轻人的饥饿感，沉浸在怡然自得的快乐和有家的归属感中，他美美地吃了一顿早餐，女士十分开心，大笑着说："小源，说真的，你能来我太高兴了，就算不为别的，看你吃饭就挺好的，艾兰特别怕长肉，长一点都不行，几乎都不怎么吃，饭量跟个小猫差不多，早上也不起床，就怕看见她想吃的。我这个孩子，只在乎身材。不过我倒喜欢看年轻人吃饭！"

说完，她拿起筷子，将鱼啊、鸡啊最好吃的部位夹给了源，比起自己吃，看着他大快朵颐更让她开心。

就这样，源开始了新生活。首先，女士跑了一圈大商店，那儿的丝绸和羊毛料子都是西洋货，然后，她把裁缝喊到家里，请他们依照城里的时尚，裁剪和丈量料子，给源制作礼服。她还请裁缝赶工，因为源穿着他的旧长袍，不仅过于宽松，而且是乡下的式样，她可不想他穿这样的衣服去见大伯和堂兄弟。艾兰肯定告诉过他们源来了，而他们也已经邀请他去参加欢迎宴会。但女士请他们往后推一天，因为源最好的礼服还没完工，这套礼服是缎面料子，孔雀蓝色，饰有同色花卉图案，还有一件短款长袖夹克，也是黑色的缎面料子。源很高兴她这样做了，因为当他穿上新衬衣，请了一个城里的理发师来给他理发，并刮去脸上柔软的绒毛，穿上女士给他买的新皮鞋，穿上黑色短款丝绸夹克，戴上每个年轻人都戴的西洋毡帽，凝视自己房间墙上的镜子时，禁不住地在想，他这身行头，让他看上去十分体面，和这个城市里的所有年轻人并无二样。所以，他感到高兴，也是理所当然的了。

然而，正是这一点让他感到不好意思，他非常害羞地下楼来到那位女士等他的房间，而艾兰也在那，看到他后，拍手大喊道："源哥哥，你现在好帅啊！"说完她调侃地大笑起来，源感到体内的血直往上冲，脸和脖子变得通红，见状她又大笑起来。女士轻斥了她一声，然后拉着源转身看看是否合身，效果的确很不错，她对源又是赞不绝口，衣服衬得他的身材挺拔伟岸，让她觉得自己的张罗忙碌都是值得的。

第二天，宴会已经订好了，源和妹妹以及他现在已经称呼为母亲的女士一起前往大伯家，不知怎的，母亲这个词，源称呼女士甚至比称呼自己的亲生母亲更自然。他们是坐车去的，但坐的不是马车，而是一辆带引擎、由专人开的车，源从未坐过这样的车，但十分喜欢，因为这车跑起来像溜冰一样丝滑。

在路上，还没到大伯家，源就对大伯、几位大妈，以及一众堂亲了解甚多了，因为艾兰一直在八卦，还笑个不停，她那戏谑的表情，还有嘟起的圆圆的小红嘴唇，让每句话都更加风趣。听着她的描述，源似乎都能看见这些亲戚的真人了，尽管他一向稳重，也禁不住大笑起来，她太机灵、太俏皮了。当她揶揄他大伯时，他好像真看到了大伯一样："他超级胖，源哥哥，肚子巨……大，我敢对天发誓，他需要再长一条腿才能支撑他的肚子，还有他的双下巴，天啦，都垂到胸部啦，他还秃头，跟个和尚一样！但他可不是和尚，源哥哥，他只是对自己的肥肉感到恼火，因为他不能像他儿子们一样跳舞……哈哈，他多想拽住个年轻女孩，往自己身上靠……"说到这，艾兰禁不住大笑起来，她妈妈虽然做轻斥状，但两眼也是闪闪发亮："艾兰，注意你的用词，我的孩子。他可是你的大伯。"

"是又怎么样，我想说什么就说什么，"她粗鲁地回道，"还有我大妈，源哥哥，大伯的第一个老婆，她讨厌这里，想回到乡下去。可是她又不敢离开大伯，担心会有年轻女孩因为图钱而傍上大伯，现在的女孩子，肯定不甘心只做个姨太太，而是想做正房，这样她就有可能被抛弃了。就这件事，大伯的两房姨太太也很关注，她们绝不会让大伯再添第三位姨太太……有点像现在的女子联盟，源哥哥……还有我的三个堂兄弟……嗯，大堂哥你知道吧，已经结婚了，他老婆在家里是管事的，对他管得好严，可怜的大堂哥，想要寻点乐子都要偷偷摸摸的，可是他老婆又太聪明了，但凡闻到他身上有新香水的气味，或者查到衣服上有胭脂粉，或者搜到口袋里有情书，那他就跟大伯一样死定啦。二堂哥是盛哥哥，他是个诗人，一个好看的诗人，他给杂志写诗，还有为爱而死的故事，从某种意义上来说，他是一位叛逆者，一个温柔、好看、微笑的叛逆者，总是邂逅新的恋情。但是，三堂弟才是真正的叛逆者，源哥哥。他是一个革命党……我知道他是！"

听到这话，她母亲连忙斥责道："艾兰，说话注意点！他可是我们的亲戚，那个词，如今在这个城市是个很危险的词。"

"他自己跟我这么说的。"艾兰一边压低了声音回道，一边瞥了一眼开车的男人的后背。

就这样，艾兰叽里呱啦说了一路，当源走进大伯家时，已经差不多对那里的每个人都了如指掌了。

这栋房子，跟王龙在那个古老的北方乡村小镇买下并留给儿子们的大宅子相比，确实不太一样。那幢宅子年代久远，高门大院，正屋宽敞幽深，偏房围着庭院又小又暗，没有二楼，房间一间接一间地铺开，庭院深深，屋顶很高，架有横梁，很有年代感，窗户装有从南方运来的某种贝壳格栅。

但是这座新城市的这栋新房子，和其他一样外观的房子紧紧地挤在一条街上。房子是西洋风格的，又高又窄，没有庭院，也没有花园，屋内的房间布局也很紧凑，一般都不大，不过因为装有好多扇不带格栅的玻璃窗，采光很好。明晃晃的阳光肆无忌惮地倾泻进房间，照亮了墙上或花缎覆盖的桌椅上的每一种色调，以及女人鲜艳的丝绸服饰和她们涂成朱红色的嘴唇，当源走进他所有亲戚都在的房间时，觉得眼前光彩夺目，美轮美奂。

这时，他的大伯双手从膝盖处端起那巨大的肚子站起身，身上的锦缎长袍像窗帘一样垂下来，他喘着气发出欢迎致辞："欢迎，弟妹，侄儿，还有艾兰！嗯，这个小源啊，长得又高又壮，也是黑黑的，跟他父亲简直一个样……不对，也不太像，我发誓……比他父亲要温和，我感觉……"

他哈哈大笑，喘着粗气，又一屁股坐了下来。然后，他的老婆起身，源侧身望去，是个干净整洁、脸色灰白的女人，身穿黑色缎面外套和裙子，十分素雅得体，双手交叉笼在袖子里，一双小脚似乎并不能很稳地支撑她的身体。她招呼道："别来无恙，弟妹，侄儿。艾兰，你变瘦了……太瘦了。现在的女孩子，宁愿饿死自己，也要穿跟男人衣服一样显身材的那种小直筒裤。快请坐，弟妹……"

在她旁边，站着一个源根本不认识的女人，脸红通通的，皮肤用肥皂洗得发亮，头发直直地从额头梳下来，是那种乡下的发式，眼睛很明亮，但似乎缺乏智慧的光。没有人想到要说这个女人的名字，源甚至都不知道她是不是个用人，直到他的姨娘对这个女人说了一句亲切的问候，源才意识到，这是他大伯的一位姨太太。他微微点了点头，这个女人脸更红了，像乡下女人一样鞠了一躬，两手笼在袖子里，什么话也没说。

待到双方礼毕，堂兄弟们招呼源到另一个房间和他们一起喝茶，他和艾兰爽快答应了，很高兴可以摆脱长辈。源安静地坐着，听那些彼此熟悉的人唠个不停，虽然大家都是堂亲，但貌似只有他是个陌生人。

但是他很快就把他们一个个地认出来了，大堂哥已经不再年轻，也不再苗条，只见肚子的长势越发像他父亲了。他穿着一件深色羊毛西装，看上去有点像外国人，白皙的脸依然英俊，一双手柔软而光滑，游离躁动的目光哪怕停留在堂妹身上过久，他那声音尖锐的老婆也会在说其他什么话时，莫名地发出一丝冷笑以示警诫。还有诗人盛，他的二堂哥，头发又直又长，手指纤长、白皙而精致，脸上永远一副微笑中沉思的模样。只有那个年轻的三堂弟，无论是在长相还是举止上都不太圆滑。他约莫十六岁的年纪，穿着一件普通的灰色校服，扣子扣到脖子处，他的脸根本谈不上漂亮，五官长得比较随意，还一脸痘痘，一双手骨瘦如柴，伸出袖口老长一截，无力地耷拉着。当其他人在叽叽喳喳说个不停时，他一言不发地坐在那，狼吞虎咽地吃着面前一个盘子里的花生，但是脸上却带着一种闷闷不乐的表情，让人看了肯定会认为他压根不想吃。

房间里，还有一群年幼的孩子围着他们跑来跑去，有两个小男孩，一个十岁，另一个八岁，两个小女孩，一个尖叫的两岁孩子，腰上拴着一条布带子，另一头在一个侍女的手中拽着，还有一个婴儿，躺在一个奶妈的怀里吮吸乳汁。这些孩子，有的是源大伯的姨太所生，有的是他堂哥的孩子，不过源不太会逗孩子玩，也就没理他们。

一开始，大家都在聊天，而源则安静地坐着，小桌子上摆满了碟子，上面尽是各种点心，他们的确也招呼源随便吃，可是，当他的二堂嫂喊一个侍女倒茶时，他们似乎把他给忘了，并未理会他所学过的礼节。于是，他悄无声息地敲碎了几颗坚果，抿了一口茶，听他们聊天，时不时害羞地递给一个孩子一块坚果仁，小孩一把塞进嘴里大嚼起来，一句谢谢也没有。

但很快，堂亲之间似乎也没什么可聊的了。大堂哥的确问过源一两件事，比如他会在哪上学，当他听到源可能会出国时，甚是羡慕地说："我也希望能出国啊，可是家父绝不会给我花这笔钱。"然后，他打了个哈欠，将一根手指伸进鼻孔里，陷入了沉思，最后，他把最小的孩子抱到膝盖上，喂他糖果，开始捉弄他，等到小孩生气地叫起来，他哈哈大笑，而当小孩气呼呼地举起小拳头打他时，他笑得更欢了。艾兰开始和堂嫂低声聊了起来，堂嫂言语间透着怨气，虽已经压低了音量，但源还是能听到她的话，好像是关于她婆婆的，在说她婆婆居然要求她一些事情，而这些事如今已没有女人会要求另一个女人去做。

"这里一屋子的用人,她还叫我给她倒茶,艾兰……而且如果这个月的用米量比上个月多,她还会责怪我!我跟你讲,我真受不了。现在哪有多少女人会跟公婆住在一个屋檐下,我也不想住了!"后面是更多诸如此类的女人间的聊天。

所有人当中,源最好奇他的二堂哥盛,也就是艾兰口中的诗人,一部分原因是源本人热爱诗歌,还有一部分原因是他喜欢这个年轻人的优雅,纤瘦的身材在深色西洋简装下显得格外明显。他一表人才,玉树临风,而源格外喜欢美好的事物,目光几乎无法从盛好看的瓜子脸上移开,还有那双少女般的杏眼,柔软深邃,让人沉醉,在这个堂哥身上,有一种气质、一种内心的共情,击中了源的心,让他渴望和盛交流。可是盛和源什么也没说,过了一会儿,盛开始读起书来,而在吃完手中的坚果仁后,源也走开了。

不过,在这个拥挤的房间里聊天,也不是一件容易的事。小孩们总是在哭鼻子,门吱吱作响,用人们端着茶和点心不停地进出,还有堂嫂的窃窃私语、艾兰的笑声以及在听完八卦后发出的不屑声。

这一晚注定漫长难熬。晚餐很丰盛,大伯和大堂哥胃口好得惊人,如果有道菜做得没有达到他们的预期,他俩会一块儿抱怨,而且还会比较肉类和甜点的烹饪技巧,如果有道菜味道不错,他们会大声称赞,并且把厨子叫过来,当面听他们的点评。厨子来了,围裙上满是油渍,又脏又黑,他志忑地听着,被夸奖时油乎乎的脸上会堆满笑容,而被指责时,则会垂着头一个劲地许诺。

而源的大妈看上去则有点心烦,因为她得弄清楚哪道菜有肉、哪道菜有猪油或者有鸡蛋,她现在上了年纪,开始信奉佛教戒律,不食荤腥,所以她有自己的厨子,专门给她做素菜,但看上去像各种肉类，栩栩如生，比如有一道菜，大家都认为汤里是鸽子蛋，但实际上根本不是，上了一条鱼，有鱼眼有鱼鳞，十分逼真，大家都觉得是鱼，但划开鱼身后才发现，根本没有鱼肉和鱼骨。不过这些事儿，她都使唤丈夫的妾来处理，不仅使唤，还趾高气扬地说："妹妹，这本该是我儿媳干的活，可现如今的儿媳跟过去不一样了。我哪敢使唤儿媳啊，有跟没有一个样。"

她那大儿媳就坐在那，身体笔直而僵硬，楚楚动人却冷若冰霜，假装什么也没听见。但是这个小妾脾气温和，总想着息事宁人，亲切地回道："我不介意，姐姐。我这个人，闲下来反而憋得慌。"

于是，她忙里忙外，张罗各种琐碎小事，为了每个人都开心。就是这样一个面色红润、相貌平平、精力充沛、总是面带微笑的女人，她最大的幸福就是偷得片刻闲暇，可以给自己和孩子们的鞋子做刺绣。她总是留着些缎子边角料，以及精心裁剪的花鸟树叶的纸样，脖子上挂着各色丝线，中指上总是戴着她的黄铜顶针，有好多次夜里，她忘了取下来就睡觉了，第二天到处寻它，然后惊奇地发现在自己的手指上，禁不住发出孩子般快乐的大笑，惹得所有听见的人都哈哈大笑起来。

在这样的家常聊天和嘈杂声中，在孩子们的哭哭啼啼和大快朵颐的喧嚣声中，艾兰的母亲，这位有学识的女士一直安静地保持着她的体面，如果有人与她说话，她就回答，吃得很斯文，且不会过分在意食物的味道，甚至对小孩也很有礼貌。她的目光温和而庄重，蕴含着一种极其内敛的肃穆，让艾兰在口不择言或者笑得过于花枝乱颤时会有所收敛。不知怎的，这么一大屋子人，她坐在那，和蔼可亲的样子，似乎让所有人都变得更彬彬有礼了。这样的感悟，更加深了源对她的敬重之情，称呼她为母亲也是满满的骄傲。

在接下来的一段日子里，源过得无忧无虑，从未想过生活原来可以这么美好。他什么都听女士的，就像是她的小孩一样服从她，而且是心甘情愿、满心欢喜的那种，因为她从来不对他发号施令，总是会询问，她的某个计划是不是他最中意的，而且问的方式非常贴心，让源老是觉得，如果这个计划是他本人先想到的，那他也一定会实施的。

有一天，他俩坐在艾兰从未加入过的早餐桌旁，她对他说："我的儿啊，就这样离开你的父亲，却不告诉他你在哪儿，是不是不太像话？如果你愿意，我可以写封信给他，告诉他你和我在一起很安全，他的那些对头不能对你怎么样，因为这座海边城市受外国人的管辖，战火是不会烧到这儿来的。我会恳求他让你解除婚约，让你像现在的年轻人一样，有朝一日可以自己选择配偶。我会告诉他你会在这里上学，你一切都好，我会照顾好你，因为对你，我会视如己出。"

对父亲，源其实并未完全释怀。白天，当他在街上溜达观光时，当他身处陌生的城市人潮中时，或者，当他在这座整洁安静的房子里，阅读为上学而买的书籍时，他还在告诉自己要坚定，内心呐喊着他有权过这样自由的生活，父亲不能强迫他回去。但是在夜里，或者天还没亮的清晨，因为还未习惯街道早早传来的噪声而醒来时，他又觉得自由似乎是不可能的，儿时的那种熟悉的恐惧又将他笼罩，他内心挣扎道："我真的可以留在这里吗？要是父亲来了，带着部下又要接我回去怎么办？"

在这样的时刻，源彻底忘记了父亲对他的关怀和宠爱，忘记了父亲的年纪和疾病，只记得父亲老是生气，老是一意孤行，然后，儿时那种挥之不去的悲伤和恐惧又袭遍源的全身。多少次，源心里盘算着该怎么给父亲写信，该怎么哀求父亲，或者要是父亲来了，他又该往哪里逃。

所以，如今女士提了这个建议，这似乎是最简单、最可靠的方法了，于是他感激地说道："母亲，您能帮我是最好不过了。"然后他长舒一口气，开始吃早饭，转念一想，觉得有必要再强调下，于是又说："就是您写信时，写得直白点，他的视力没以前好了，您要讲清楚，我不会回去接受他包办的婚姻的，如果要过这样任人摆布的生活，我永远都不会回去了，哪怕是去看望他。"

源越说越激动，而女士则是平静地笑着，温和地说道："会的，我会说的，只是会更客气些。"她看上去是那么的平静和笃定，源终于打消了最后的恐惧，心里已经认定她就是自己的亲生母亲。他再也不害怕了，只觉得自己在这里的生活是安全的，是确定的，开始热切地期盼接下来的各种美好。

到目前为止，源的生活一直极其单调。在父亲的宅院里，一直以来，他可以做的事情屈指可数，而在军校这个他知道的唯一别处，也是千篇一律地读书和军训，以及在为数不多的闲暇时间里，和认识的伙伴争吵或交友，因为他们是不允许和民众接触的，必须为了他们伟大的事业和即将到来的战争而接受最严厉的训练。

但是，在这个喧嚣匆忙的大城市里，源发现自己的生活如同一本书，每一页他都爱不释手，恨不得一口气全部读完，这样他就可以过着几十种不同的生活，而他是如此贪婪、如此激动和如此渴望，舍不得让任何一种生活从他身边溜走。

而就在这所房子里，离他最近的地方，就是他渴望的快乐生活。源以前从未和别的孩子一起笑过、玩过，也从未忘记自己的责任，如今和艾兰妹妹一起，似乎找到了虽然迟来但却是全新的童年。这两人，可以争吵而不生气，可以玩一样的游戏或者各玩各的，然后逗彼此大笑，到最后，源忘记了一切，只剩自己的笑声。起初在艾兰面前，他还很腼腆，只是微笑而不是大笑，因为他的天性一直遭受压抑，所以不能自由地释放。长期以来，他所受到的教导是头脑要保持清醒，举止要得体稳重，表情要严肃正直，回答要深思熟虑，所以他不知道如何和艾兰这个搞怪少女相处，她会笑话他，她那动人的小脸为了模仿他严肃的表情，拉得跟他的脸一样长，女士都禁不住笑了，甚至连源自己都大笑起来，虽然一开始他并不确定自己是否喜欢如此被捉弄，因为之前从来没人这样对他过。但是艾兰绝不会让他板着个脸。不，在成功逗笑他之前，她决不罢休，而当他说了一句好笑的话时，她也会激动地鼓掌。

有一天，她嚷嚷道："妈妈，我敢说，我们家的这位老学究正在返老还童！我们会把他变回年轻人的。我知道应该怎么干……我们应该给他买些洋装，而我，会教他跳舞，他得跟我一起去跳舞！"

但这对于初尝快乐滋味的源来说，太过了。他知道艾兰经常出门是为了这种叫作"跳舞"的西洋消遣，有时候晚上路过某处闪烁着光怪陆离灯光的地方时，他也见过有人跳舞，但他总是把视线转向别处，在他看来，一个男人将一个不是自己妻子的女人紧紧地搂着，这也太大胆了，即使是自己的妻子，在这样的公众场合，也是不合时宜的。可是艾兰看到他突然板着个脸，就越发倔强，并坚持自己的观点，当源害羞地搪塞道："我永远学不会，我的腿太长了。"她回道："有些外国男人的腿比你的长，但他们也会跳舞。前几天晚上，我在凌家和一个白人跳舞，我发誓，我的头发一直挂在他的马甲纽扣上，可是他就像风中的一棵大树翩翩起舞。你这不是理由，你找点别的借口吧，源哥哥！"

可是真正的原因他又羞于启齿，艾兰大笑起来，在他面前摇着小小的食指说道："我知道为什么……你觉得所有的女孩都会爱上你，而你害怕爱情！"

这时，女士轻声说道："艾兰……艾兰……别瞎说，我的孩子。"源有点窘迫地大笑起来，这事也就这么过去了。

但艾兰不会这么轻易放过他，每天她都对他嚷嚷："源哥哥，你是躲不掉我的……我还要教你跳舞！"她的每一天几乎都充满了欢乐的时光，每次放学回到家，她把书包一扔，把校服换成更艳丽的服装，再出去看场电影，或者皮影戏，这种皮影戏很逼真，人物不仅会动还会说话呢，然而，即使是在这样的日子里，只要看到源一两分钟，她就会取笑他，说明后天开始她就要教他跳舞了，他得鼓起勇气去思考爱情。

自己和艾兰之间可能会发生什么样的事，源无从知晓，因为他对艾兰身边那些叽叽喳喳的漂亮女孩，仍心存怯意，哪怕艾兰跟他说过她们的名字，也对她们介绍说："这是我的源哥哥。"但他仍然记不住，这些女孩看起来都差不多，都很漂亮。不过较之这些漂亮女孩，他更害怕自己内心深处的某种蛰伏力量，害怕这种力量会苏醒并恣意生长。

不过，有一天发生了一件事，在某种程度上让艾兰的诡计得逞了。那是一个晚上，源走出房间吃晚饭，发现他称为母亲的女士独自在桌旁等他，由于艾兰不在，房间里很安静。这种情况源早就习以为常了，经常这两人一起吃饭，而艾兰则和朋友们一起出去玩。但是那晚，他刚刚坐上桌，女士就平静地说道："小源，很早我就想问你件事了，但是知道你一直很忙，用功读书，每天早起，需要充足的睡眠，所以我一直没说。但事实上，有件事我已经无计可施了。我必须得到帮助，既然我把你看成亲生儿子，有些话我觉得不能对别人说，但是对你可以说。"

源十分诧异,因为一直以来,女士都是那么自信、那么平静,七窍玲珑,衣食无忧,谁也不觉得她还需要任何人的任何帮助。他端着碗怔住了,抬起头看着她,疑惑地说道:"您放心,母亲,不管什么事,我都愿意。自打我来到这里,您比我亲生母亲还要亲,对我好得不能再好了。"

源满脸诚挚,声音里透着质朴的真切,一下子瓦解了女士的故作庄重。她坚毅的嘴唇颤抖起来,说道:"是你的妹妹。对她,我命都可以不要。她刚出生那会儿,因为不是男孩,我遭受冷落。我和你亲生母亲是差不多时候怀上的,然后你父亲就出去打仗了,等到他回来时,我俩都已经生产了。小源,你不知道我有多么希望你是我的孩子。你父亲他……他都没看我一眼。你父亲这个人,我总觉得在感情方面捉摸不透,我所认识的人中没有一个像他的,除了你。我不明白他为什么这么讨厌女人。但是我一直知道,他很想要个儿子,他不在的那几个月里,我常常对自己说,如果我怀的是儿子……虽然大多数女人是很愚昧,小源,但我不是……我父亲将他所有的学识都传授给了我。我一直认为,只要你父亲能看看我的内在,看见我的内心,他也许会因为我所拥有的一点点智慧而感到欣慰。可是没有,对他而言,我只不过是一个可能会给他生个儿子的女人……而我没生儿子,只有艾兰。他打了胜仗凯旋,你的母亲抱着你,他只会看你,小源。我把艾兰打扮得像个勇敢的小男孩,可漂亮了。但他一眼都没看。好多回,我找理由把艾兰送到他身边,或者带着她找他,她那么聪明,比同龄小孩聪明得多,我觉得你父亲一定要看看她。但是,你父亲对所有女性都有着不可理喻的抵触。他只看到她是个女孩。最后我绝望了,小源,我告诉自己,我要离开你父亲……不是决裂,而是以女儿上学为借口，我发誓，儿子有的艾兰都会有，我要竭尽所能粉碎这种生为女性的束缚。在这一点上，你父亲还是很大度的，小源……他一直寄钱过来……什么都不缺，除了他不在意我是生是死，还有我的女儿……我帮你，不是为他，而是为了你自己，我的儿。"

说完她意味深长地看了他一眼，源捕捉到了她的目光，有点不知所措，因为他理解了女士的生活和思想，而对方是自己的长辈，他感到一阵窘迫，一时说不出话来。然后她继续说："为了艾兰，我愿意做出牺牲。艾兰呢，也一直是个可爱、快乐的孩子。我曾想过，有朝一日她肯定可以出人头地，也许，成为一名大画家或者大诗人，或者最好跟我父亲一样，成为一名医生，因为现在也有女医生了，或者最差，成为这个新时代的某个女领导吧。在我看来，我生下的这个孩子一定会有出息，成为我自己本可以成为的那种人……学识渊博，剔透玲珑。我从来没有机会可以接受我梦寐以求的西式教育。我看过她扔到一边的学校课本，我很难过地发现里面有许多我永远无法知道的知识……但我现在意识到了，她不可能会有多大出息的。她唯一能拿得出手的，是她的笑声、她的搞怪、她漂亮的脸蛋，还有各种虏获人心的伎俩。做什么事她都不会太努力。除了享乐，她对什么都不上心……她心地不坏，但也仅此而已。她心地不坏，只是因为这样的生活比钩心斗角可以带给她更多的快乐。现在我别无所求，只希望将来有一天，她可以觅得良缘。她必须结婚的，小源，她这样的女孩子，必须有个男人来照顾她。而她从小到大，一直生活在自由的环境中，在结婚这件事上，她是不会听我的。而且她还很倔强，要是她自暴自弃，随便找个男孩子或者嫁给一个愚蠢的老男人，我一定会痛不欲生的。有段时间，她甚至执拗地对一个白人有好感，觉得和那个男人一起参加舞会是种荣誉。但我现在不担心这个了，这事已经过去了，我倒是担心一直跟她见面的一个男人。我也不能一直跟着她，她的那些堂兄，还有大堂嫂，我觉得一个都靠不住。小源，为了我，有时候晚上你能跟她一起出去吗？看看她是不是安全。"

女士说了这么久，就在这时，艾兰打扮得漂漂亮亮地走进房间。她穿着一袭深红色的长裙，缀以银色，脚穿一双银色皮鞋，西洋高跟款式，裙子是无领设计，十分新潮，她那柔软的颈子露在外面，纤细、光滑、如婴儿般娇嫩，袖子也是无袖样式，剪到几近肩膀处，她那美丽纤细、柔弱无骨的胳膊和手一览无余，真正是肤如凝脂，吹弹可破。她的手腕如孩子般细小，却又有着女人的圆润，戴着一副雕花银手镯，双手中指又各戴了一枚银戒指和玉戒指，脸上的妆容精致且可爱，一头乌黑的卷发如绸缎般丝滑。肩上披着一件纯白软毛披毡，但并未系紧，她进来时，将披毡往身后一甩，笑嘻嘻地先看着源，再看着母亲，心里清楚得很，自己有多漂亮，并且一脸天真地为自己的美丽而骄傲。

源和女士都目不转睛地看着她，根本无法将目光从她身上移开，艾兰也发现了这点，咯咯地笑了起来，笑声充满了纯粹的喜悦与自豪。正是这笑声打断了母亲的目光，女士平静地问道："孩子，今晚你是和谁一起出去？"

"和盛堂哥的一个朋友，"她高兴地答道，"他是一位作家，妈妈……他写的故事可有名啦……他叫吴立阳！"

这个名字源听到过几回……这个人的确有点名气，他写的故事具有西式风格，十分大胆、自由，充斥着男女之间的情爱之事，而且往往以死亡告终。源对这个人十分好奇，也偷偷地读过他写的故事，虽然读的时候有些不好意思。

"有时候你也可以带上小源，"女士温和地说道，"我跟他说，他学习太刻苦了，应该偶尔也跟妹妹和堂兄弟们一起玩玩。"

"你早该这样了，源哥哥，很早我就想带你去玩了，"艾兰大声说道，笑靥如花，乌黑的大眼睛看着他，"但是你得买些衣服。妈妈，给他买洋装和鞋子……没有袍子的束缚，他会跳得更好的。嗯，我喜欢男孩子穿洋装……我们明天就去给他添置所有行头！你又不丑，源哥哥，你知道的。你的长相不比任何一个穿洋装的男孩子差。而且我会教你跳舞，源哥哥。明天就开始教！"

听到这话，源脸红了，摇了摇头，但这并非他的第一反应，因为他想到了女士刚刚跟他说的话，而且禁不住想到她对他多么好，这是报答她的一种方式。艾兰又大嚷起来，"你要是不会跳舞，你能干吗？你总不能老是一个人坐在桌子旁吧……我们年轻人都跳舞的！"

"这的确是潮流，小源，"女士轻叹了一口气说，"一种奇怪、说不上好的潮流，从西方传过来的，我讨厌这种潮流，从未觉得有什么好，但现实就是这样。"

"妈妈，你这个人最古怪、最迂腐了，不过我还是爱你。"艾兰大笑道。

源正要开口说话，门开了，盛走了进来，穿着黑白相间的洋装，和他一起的还有另一个男的，源知道就是那个作家，除了他俩，还有一个漂亮女孩，和艾兰一模一样的打扮，只是裙子是黄绿配色。不过在源眼里，所有的女孩看上去都差不多，都很漂亮，都像孩子一样柔弱，都化妆，都有银铃般的嗓音，开心或难过时会发出一连串的撒娇声。所以，他并没在意这个女孩，而是看着那位有名的年轻人，此人身材高挑圆润，大脸盘子，但肤色白皙，嘴唇窄而红润，眼睛细长深邃，两道剑眉黝黑如墨，真是好一张俊脸。但他最引人注目的是他的手，即使他不再说话，手也在动个不停，手很大，但感觉像女人的手，手指很尖，手掌厚实柔软，整个手光滑、油润、芳香……肉感十足，源在打招呼握手时，感觉到这个人的手似乎都要融化了，一股暖意包裹住他的手指，源突然感到一阵不适，讨厌触碰到这只手了。

但艾兰和这个男人的目光紧紧地交汇在一起，他的眼神近乎赤裸地袒露了他对艾兰美貌的想法，目睹此景，女士露出了不安的神情。

然后，这四个人突然像一阵风似的，急匆匆地走了，空气中只剩残留的香气，房间里静悄悄的，只剩下源和女士，后者怔怔地看着他。

"小源，你知道我为什么要请你帮忙吗？"她平静地说，"那人已经结婚了，我是知道的。我问过盛，一开始他还不说，后来才轻描淡写地跟我说，现在这个社会，如果一个男人是在父母的安排下，娶了一个守旧的女人，那他跟其他女孩结伴出入，就不会被说三道四。可是小源，我不希望那个女孩是我的女儿！"

"我会去的。"源说，现在他觉得这样做没什么不妥的了，因为他是为了女士。

接下来，就是给源买洋装了，艾兰和她母亲带着他去了一家洋行，在那儿请个裁缝给他量了量尺寸，在端详一番后，选了一块纯黑细丝布料做西装、一块深棕粗线布料做西装换着穿。还买了皮鞋、帽子、手套等外国男人可能会穿戴的小物件，从头至尾，艾兰一直叽叽喳喳说个不停，笑个不停，伸出她那双漂亮灵动的手扯扯这个，推推那个，歪着头看着源，比较着他穿哪件最好看，直到源因为不好意思也大笑起来，感觉这辈子从来都没有这么开心过。就连那个店员也因为艾兰的话而笑了起来，偷偷地看着她，她是那么自由自在、漂亮迷人。只有母亲在微笑时叹了一口气，因为这个女孩根本不在意自己的言谈举止，只想着让大家因为她而开心，并且会下意识地去看别人的眼神，如果别人认为她漂亮，一般总是如此的，她会变得越发快乐。

最终，源置办了一身行头，事实上，虽然他之前习惯了摆动的长袍，可如今一旦适应了腿部的某种裸露感，他还是十分喜欢洋装的。他可以不受束缚地走路，也喜欢许多口袋的设计，可以存放他日常需要的小物件。而且，第一天穿上新衣服，他确实也心花怒放，因为艾兰看到他时，拍着手大喊道："源哥哥，你好帅哦！妈妈，你看看他！是不是好帅！你看这红领带……我就知道跟他的肤色好搭，不错吧……源哥哥，我真为你骄傲！等等，我来演示下……程小姐，这是我的源哥哥，我希望你们能成为朋友。李小姐，这是我的哥哥！"

艾兰假装把他介绍给一排漂亮的女孩，源不知道如何克服自己的羞涩，站在那尴尬地微笑，黝黑的脸庞涨得通红，一如那条新领带。但尽管如此，他的内心仍然有一丝甜蜜荡漾。艾兰打开了她的留声机，音乐在房间里响起，她抓住了他，让他的胳膊环住自己的腰，握住他的手，温柔地牵引着他移动起来。他顺从着她的操纵，有点不知所措，但是，依然觉得很愉悦。他发现自己有着一种天生的节奏感，很快，他的脚就可以随着音乐的节拍自己动起来，艾兰感觉到了他的这份从容，别提有多高兴了。

就这样，源开始了这种新的快乐，对他而言，这的确是一种快乐。有时候，他很羞愧地发觉，这种快乐唤醒了他血液中的某种渴望，这时候，他必须克制自己，因为不管他是与哪个女孩共舞，他都渴望将她搂得更紧，一起沉沦于这种渴望之中。确实，这有点为难源了，要知道，他从来都没有碰过任何一个女孩的手，也没有和他妹妹或堂妹之外的任何一个女孩说过话，而如今，却要在暧昧灯光的笼罩下，随着奇怪的西洋音乐节拍，搂着一个女孩来回走动。在起初的第一个晚上，他心中恐惧极了，生怕自己的脚不听话，走错了舞步，所以脑子里什么都不再想，只想着怎样恰当地迈步子。

但是用不了多久，他就跟别人一样，可以自如丝滑地移动自己的脚了，音乐就是向导，源再也不用把注意力放在脚上了。在这个城市拥挤的舞厅里，有着来自各个国家不同肤色的人，源感觉自己像个异类，一个人都不认识，迷失在陌生的人群中。他独自一人，就算身上靠着一个女孩，手中握着她的手，他还是觉得很孤单。这些女孩，在刚开始的几天里，在他眼中都差不多，一样的漂亮，一样都是艾兰的朋友，一样都很主动，而他也不挑剔，他要的也只不过有个女孩搂着，一点一点引燃自己内心被压抑的渴望火苗。

如果第二天白日的光亮和教室的素净让他清醒过来，而感到羞愧，他仍然不用对自己说，这样做是危险的，应该避免再次发生，因为他还有对女士的承诺，他可以说这是在帮助她。

的确，在看着妹妹这件事上，他最上心不过了，每天晚上舞会结束时，他都等到艾兰一起回家，从来没有邀请其他女孩与他同行，因为他怕要带女孩回家，这样就得离开艾兰了。他这样上心，一来是想给他热衷度过的这几个小时冠以正当之名，二来更重要的是，那位吴姓男子的确经常见艾兰。就这个事，可以让源抛开所有其他事，就算有时候音乐节奏太强，怀中的女孩紧紧地抓着他，一种突如其来的甜蜜眩晕感袭来，一想到这个事，他也能立马清醒过来，特别是他看见艾兰和那个姓吴的一起转向另一个房间，或者看到她在找个阳台透透气时，他就心神不宁，等到舞曲一结束，就去找到她，待在她身旁。

但艾兰可不是一直都能受得了这样。她经常对他噘着嘴，有时甚至生气地嚷嚷：“源哥哥，我希望你不要老是黏着我！现在你可以单独行动，自己去找舞伴啦。你不再需要我了。你跳舞不比任何人差了。我希望你不要干涉我！”

对于她的抱怨，源一言不发。他不会说出女士的担忧，况且，艾兰就算有点生气，对他的行为，也没有说得太露骨。好像她也害怕口不择言，说出一些她不想说的话，而且等到她气消了，她会把不快又忘了，跟他在一起又像以前一样开心。

后来，她变得狡猾起来，甚至都不生他的气了。相反地，她会笑嘻嘻地让他跟着她，似乎希望他能对她友好点。因为不管艾兰到哪里，那个小说家都在。他似乎知道了这个少女的母亲不喜欢他，因为现在他从不去她家了。但是在别的地方，不管是在公共场所还是朋友家，他总是会出现在艾兰身边，好像他知道艾兰会去哪儿一样。源注意到艾兰和这个男的跳舞，每次都板着个小脸。这种严肃的表情很少见，源经常感到困惑不解，有一两次他都打算要告诉女士这个事。但是也没什么确凿的可说，因为艾兰和许多人都跳过舞，有天晚上他俩一起回家，源问她为什么和那个男的在一起时板着脸，她哈哈大笑，然后轻声说道："也许，我不喜欢和他跳舞吧！"然后她撇了撇嘴，冲着源噘起她那涂成红色的小嘴唇，取笑他。

"那干吗还要跳呢？"源直言不讳地问道。她哈哈大笑，眼中流露出一丝狡黠，最后说道："源哥哥，我不能太无礼了。"于是，他虽心存疑虑，但也不再纠结了，不过这个事仍在一定程度上削弱了他的快乐。

还有一件事，也破坏了他的快乐，一件很小的寻常事，但的确存在。每次午夜时分，他从热闹非凡、灯红酒绿、穷奢极欲的舞厅出来时，似乎一下子又迈进了他想要忘掉的另一个世界。因为在黑暗中或者凌晨的微光中，一些乞丐和绝望的穷人蜷缩在门口，有的想努力地睡着，而有的则像流浪狗一般，在客人离开后，偷偷溜进舞厅，趴在桌底下，争抢扔在那儿的食物碎末。这样的场景可能非常短暂，因为服务生会一边大声呵斥，一边用脚踹，然后拽住他们的腿将他们拖出来，随即关上大门。这些可怜的生物，艾兰和她的玩伴从来都没有看到过，就算看到了，也毫不在意，在她们眼中跟流浪动物没什么两样，她们只会继续大笑，坐在各自的车里呼唤彼此，然后开开心心地回家睡觉。

但是，源真真切切看到了。哪怕不是他的本意，他就是看到了，然后即使在夜晚的快乐之中，在音乐和舞蹈之中，他依然十分恐慌，脑海中浮现出那一刻，他必须走进灰色的街道，看见那些畏缩的身影和穷人饿狼般的馋相。有时候，面对这群快乐却又漠然的夫人，这些穷人中的一个会绝望地伸出一只手，紧紧拽住一位女士的缎袍，死不撒手。

这时，一个男人会傲慢地呵斥道："把你的手拿开！你怎么敢把你肮脏的手碰到我夫人的缎袍，都弄脏了！"然后，站在那儿的一个警察就会冲上前，狠狠击打这只鸡爪状的脏手，直至松开。

目睹这一切，源却退缩了，低着头，慌忙走开了。他觉得，这根木制警棍似乎是敲打在他的身上，是自己的手颤巍巍地缩了回去，被打折了而垂了下来。这个年纪的源，还是贪图享乐的，他不愿意见到穷人，但是，他那悲天悯人的内心却驱使他目睹了这一切，哪怕他希望他并未看见。

但如今在源的生活里，并非仅仅有这样的夜晚，还有在学校和同学们一起学习的刻苦生活，让他更加了解他的堂亲盛和孟，也就是艾兰口中的诗人和革命者。在学校里，这俩人才是真正的自己。年轻的堂兄弟仨，在教室里读书，或者在操场上随意扔出一个好球，快乐到忘乎所以。他们可以一本正经地坐在教室里听老师上课，或者蹦起来冲着同伴大喊大叫，肆无忌惮地嘲讽一次糟糕的比赛，源对这两个堂兄弟，逐渐有了在家里从未有过的认识。

就年轻男孩子而言，在家里跟长辈在一起时，从来都不是真正的自己，这俩人也是这样，盛在家里总是沉默寡言，对每个人都彬彬有礼，对自己的诗只字不提，而孟则总是闷闷不乐，喜欢对着一桌子的小玩具和茶杯敲敲打打，这时，他的母亲总是会怒斥他："我把你们兄弟几个生下来，只有你在家像一头野牛。你就不能像盛一样站有站相，坐有坐相吗？"而当盛晚上出去玩回来太晚，第二天不能准时起床去上学时，她又冲着盛大喊："我就是这世上最苦命的母亲，所有的儿子都不成器。你就不能跟孟一样，晚上乖乖地待在家吗？我就没见过他晚上穿着不人不鬼的洋服，偷偷溜去什么下三烂的地方鬼混！你学你哥哥，你哥哥学你父亲。真是上梁不正下梁歪，我都看透了。"

事实上，盛从来都没有去过他哥哥去的那种风月场所，因为他喜欢更高雅的娱乐，源经常在艾兰去的舞厅见到他。有时候，他会和源、艾兰一起去，但更多的时候，他会和当时他喜欢的某个女孩单独去，俩人一整晚都在一起跳舞，享受那静谧而完美的时光。

于是，在这个喧嚣的大城市里，这兄弟俩各行其道，各自有着自己的秘密生活。但是，尽管盛和孟性格迥异，在外人眼里可能会很容易争吵，至少要比跟大哥相处更容易争吵，可实际上他俩从不争吵。说到这，大哥的年纪要比他俩大很多，因为在大哥和他俩之间，本来还有两个兄弟，一个年轻时上吊自杀了，另一个过继给了王虎。而这俩人不争吵的原因，一方面盛总是笑盈盈的，是一个真正的谦谦君子，觉得没什么值得争吵的，就对孟听之任之；另一方面是俩人都知道对方的秘密。孟知道盛去过一些地方，而盛也知道孟是一个秘密的革命党，有几处秘密的聚会场所，虽然不是为了娱乐，但却更危险。于是兄弟俩对彼此守口如瓶，绝不会在母亲面前以牺牲对方为代价为自己辩护。而且，随着认识的时间久了，他俩都越来越了解源，也越来越喜欢源，因为他俩不管单独跟源说过什么，源从来都不会告诉他俩中的另外一个。

如今，这所学校开始成为源生活中的一大消遣了，因为他真的很爱学习。他买了一大摞新书，抱在怀里，他买了好多支铅笔，最后还自豪地买了一支其他所有学生都有的外国钢笔，插在外套的口袋沿上，将旧毛笔永远地搁在一边，只有每个月给父亲写一封信时才会用。

所有的书本对源来说都是一个魔法世界。他如饥似渴地翻阅着那些崭新的、未知的书页，渴望着把每一个字都印在脑海里，对学习的热爱让他不知疲倦。每天早上一醒来，他就起床读书，碰到不理解的，他就死记硬背，整页整页地记住。待到吃完早饭，一般都是一个人，因为不管是艾兰还是女士，都没有他上学时起得早，他匆匆出门，穿过依然空荡荡的街道，总是第一个到达教室。如果老师也来得有点早，源会视其为学习的一个机会，然后克服自己的羞涩，将心中的问题悉数问出。如果有时候某个老师压根不来，源也不会像其他学生一样，为这一个小时的假期欢呼雀跃。不，相反地，他会视其为一种他无法愉悦承受的损失，然后花一个小时学习老师如果来了可能会教的知识。

所以，这样的学习对源而言是世界上最甜蜜的消遣。他如痴如醉，学习世界各国历史，学习外国文学和诗歌，学习兽体研究；他尤其热爱研究植物叶子、种子和根的内部结构，了解雨水和阳光如何培育土壤，学习各种作物的种植时令、如何选种、如何增收。所有这一切，还有更多。他舍不得将时间浪费在吃饭和睡觉上，但是他那正值青春期的身体总是很饿，需要食物和睡眠的滋养。不过，女士将这一切看在眼里，虽然什么都没说，尽管他几乎不会知道，但她会确保他爱吃的几道菜总是摆在他的餐桌前。

他也会经常见到他的堂兄弟，他们是源每天生活的一部分，因为盛和他在一个教室上课，老师经常会喊人大声朗读盛写的诗并加以表扬。每每此时，源看着他，谦卑中夹杂着一丝嫉妒，梦想着自己的诗也能如此朗朗上口，而盛则非常谦虚地低着头，假装没什么值得表扬的。要不是他那漂亮的嘴角经常会浮现一丝骄傲的微笑，在不知情的情况下出卖了自己，大家还真就信他了。至于源，这个时候他很少写诗，因为他太忙于眼前了，哪有时间追逐梦想，即使他偶有写诗，诗句也很生硬，没有办法像以前一样流畅。在他看来，他的思想对他来说过于宏大了，还未成型，很难被捕捉并落成文字。哪怕他润色、打磨、修改很多遍，他的那位老学究教师经常说："有点意思，写得不错，但是我不知道你想要表达什么。"

有一天，源写了一首关于种子的诗，他不知道如何评价，而源自己也说不清这首诗要表达的意思，只能结结巴巴地说："我的意思是……我是想说，在种子里，在种子的最后一个原子里，当种子被扔进土里，有一个瞬间，或者一个地方，种子不再是一种物质，而是一种精神、一种能量、一种生命、一种精神和物质之间的时刻，如果我们能抓住那个转化瞬间，当种子开始生长，并理解这种改变……"

"嗯……是的。"老师半信半疑地说道。他是一位和蔼的老者，喜欢把眼镜挂在鼻子很低的地方，现在正透过镜片盯着源。教了这么多年书，他很清楚自己想要看到什么，什么样的诗是好的，然后，他放下源的诗，推了推眼镜，一边拿起下一张纸，一边思忖着说道："不是很清晰，我觉得啊，你的想法……喏，这有首更好的，题目是《夏日漫步》……非常好……我来读下。"那是盛那天写的诗。

源沉默不语，将自己的想法埋藏于心，听着老师读盛的诗。他嫉妒盛优美流畅的思绪和纯净的韵律；不过，那不是苦涩的嫉妒，而是非常谦卑和钦佩的嫉妒，有点类似于源偷偷地喜欢他堂哥英俊的外表，觉得比自己要英俊得多。

然而，源从来都没真正了解盛，因为盛这个人，虽然总是面带微笑，彬彬有礼，似乎很坦率，但没有人可以真正了解他。他可以随口说出最温和的赞美和最善意的话，但是，尽管他将这些话挂在嘴边，他的话却从来没有说出他内心的真实想法。有时候他来找源，说："今天放学我们去看场电影吧……大世界剧院有一部很好看的外国电影。"于是，他俩一起走到那里，在电影院坐了三个小时，然后又走回来，虽然源很喜欢跟这个堂兄待在一起，可当他回想起这件事时，却记不起来盛说过什么。他只记得在昏暗的剧院里，盛的笑脸和他那闪亮、如少女般的杏眼。仅有一回，盛谈到了孟和他的志向："我和他们不是一路人……我永远不会成为一名革命党。我对我的生活很满意，我只爱美好的事物，也只会被美打动。我没想过为任何志向而赴死。将来有一天，我要出国去，如果国外比这更美，我可能再也不会回来了……我也不确定。不过，我没想过要为百姓而受苦。这些人很脏，身上有股大蒜味。让他们死去吧。谁会想他们啊！"

盛说这话的语气，十分平静和愉悦，当时他俩坐在金碧辉煌的剧院里，身边都是穿着考究的男女，都吃着蛋糕、坚果，或者抽着外国香烟，盛说的话可能道出了所有这些人的心声。然而，虽然源很喜欢他的堂兄，但听到他平静地说出"让他们死去吧"这样的话，仍不禁感到一阵冷漠。虽然源也憎恨死亡，而且在这个阶段，他和穷人隔得很远，他还是不想这些人去死。

但盛那天的话促使源下次想问有关孟更多的问题。源和孟并不经常聊天，但他俩在同一个球队打球，源喜欢孟的那种勇往直前的冲劲。孟的体格是他们当中最结实的。绝大多数男孩子都脸色苍白，身形松垮，穿的衣服太多不容易脱，跑起来像小孩似的，失球漏球，传球像个女生，踢球一点儿力气都没有，球滚了没一会，就停了下来。但是孟不一样，他扑向球就像扑向敌人一样，穿着硬皮鞋踢向球，球腾空而起，重重地落了下来，又反弹起来，整场比赛他的身体都坚硬如铁，源非常喜欢这一点，一如他喜欢盛的英俊。

于是，有一天他问盛："你怎么知道孟是一个革命党？"盛答道："他跟我说的呀。他做什么一般都会跟我讲，我应该是他唯一的倾诉对象吧。有时候吧，我也有点害怕他。我不敢告诉我的父亲、我的母亲，甚至我的大哥，关于他的事，因为我知道，他们肯定会指责他。而他这个人，脾气十分暴躁，他肯定会离家出走的。他现在信任我，告诉了我许多事情，所以我知道他在做什么。当然了，我知道他有些秘密是不会告诉我的，因为我听说啊，他曾宣誓要爱国，而且是割臂盟誓的那种，很疯狂的。"

"那，我们学校有许多这样的革命党吗？"源有点不安地问道，因为他本来觉得，他在这儿是很安全的，但现在看来，似乎也不安全，因为这样的事，他在军校的同志们也在做，可他还是不想加入他们。

"有很多，"盛答道，"而且，他们当中还有女生。"

这下源有点瞠目结舌了。因为在他上学的这所学校有女生，在这个新兴的海边城市，根据法律，很多男校也可以招收女生，尽管当时敢于上学的，或者家里允许上学的女孩子并不多，但在源读书的这所学校里，还是有二三十个女生的，源在教室外面见到过，但没有理会过她们，也不会把她们当作自己在这生活的一部分，因为这些女生一般都不太漂亮，而且总是在埋头读书。

但自打那天后，因为受到盛说的话的困扰，他看这些女生就很好奇了，每次经过一个女生身边，看到她胳膊夹着几本书，眼睛低垂，他都禁不住在想，这样端庄的一个女生，有没有可能也参与了某种秘密计划。有一个女生他尤其关注，因为她是他们班上唯一的女生。她身材苗条，瘦得像一只饥饿的小鸟，面容清秀消瘦，颧骨很高，嘴唇很薄，没什么血色，鼻子挺直。她在课堂上从不说话，她的想法也没人知道，因为她的文笔谈不上好也说不上坏，也没有得到过老师的点评。但是，她一直在，坐在位置上听老师的每一句话，只有从她那双窄窄的、忧郁的眼睛中，有时会看到她饶有兴趣的光芒。

源好奇地看着她，直到有一天，这个女孩感觉到了他的凝视，回看了他，打那以后，源每次看她，总是发现她在隐蔽而坚定地看着他，于是他再也不看她了。但是当他向盛提起这个女生，说她跟所有人都保持距离的时候，盛大笑着说道："那个女生啊！她就是他们当中的一个。她是孟的一个朋友……她和孟经常背地里交谈和计划……你看看她那冷冰冰的脸！冷酷的人才是最坚定的革命党。孟头脑太热了，他能今天满腔热血，明天又心如死灰。但是这个女孩，她总是冷若冰霜，像冰一样一成不变，像冰一样冷酷无情。说实话，我讨厌女孩这样。但是，当孟头脑发热，过早地显摆一些计划时，她可以给他降温，而当他感到绝望时，她的一成不变又可以给他提升士气。她来自一个内陆省份，那里已经爆发了革命。"

"他们在计划什么？"源好奇地问，声音压低了。

"哦，他们计划等军队来的时候，高调与之会合，"盛说，耸了耸肩，看到旁边有人可能会听见他俩的谈话，装着漫不经心地走开了，"最重要的是，他们拉拢工厂的工人，那些人一天的工资只有几分钱，他们煽动黄包车车夫，灌输被人瞧不起、被外国警察残酷压榨，诸如此类的事情，这样，如果胜利的这一天来临的话，这些底层百姓会奋起反抗，夺取政权。哦对了，源……他们会来找你的，看能不能拉拢你。孟迟早会来找你的。就在前几天，他还问我你是什么样的一个人，内心是不是一个革命党。"

终于有一天，源察觉到孟确实在找他。孟伸出一只手，拽住源的衣服，像往常一样闷闷不乐地说："咱俩是堂兄弟耶，搞得像陌生人一样，都不怎么单独见面。走，咱俩去校门口的那家茶馆，一起吃个饭。"

源还不好拒绝，因为当时已经没课了，大家都很空，所以他跟着孟去了。在茶馆他俩坐了一会儿，都没怎么说话，因为孟看上去好像没什么想说的，只是坐在那，盯着街道，看着过往的路人，只有在看到什么的时候，才会开口说一个恶俗的笑话。比如他说："看汽车里的那个死肥猪！哼哧哼哧地吃，往那一瘫！就是个吸血鬼……不是放高利贷的，就是开银行的，要么开工厂的。我太清楚这副嘴脸了！呵呵，他不知道他在玩火！"

源知道堂弟是什么意思，却一句话没说，而且说实话，他觉得孟自己的父亲要比这个人还要胖呢。

又比如孟说："看那个拼命拉黄包车的……他快饿死了……看，他刚刚违规啦。估计刚从乡下来，不知道如果警察是这个手势，他是不能过马路的。快看，我说的吧！你看警察怎么揍他的……啊哟，一把逼停黄包车，扯住那个坐垫！好了吧，车子没了，一天的收入也没有了。今晚他还得去租车的地方，付那个租车费，一分不少！"

目睹整起事件的来龙去脉，看着黄包车车夫垂头丧气，绝望地转身离开，孟的声音变得颤抖起来，源诧异地看着他，发现这个奇怪的少年气极而泣，却又粗鲁地强忍眼泪。注意到源一脸同情地看着自己，孟哽咽着说："我们找个可以说话的地方吧。我发誓，如果我不说话，我会疯掉的。这帮蠢货，这么能忍受压迫，我恨不得都给杀了。"

为了安慰这个少年，源将他带到自己的房间，关上门，让他说话。

与孟的这番谈话，深深地唤醒了源心中一种他不愿记起的良知。这段日子以来，他过得十分安逸，有欢乐也有躁动，不用负什么责任，只用做他喜欢的事。屋子里的两个女人，女士和他的妹妹，对他不吝褒奖之词，呵护有加，让他感受到了深深的暖意和善良。但这样的生活，会让他忘记还有许多人仍衣不蔽体、食不果腹。每天他都过得开开心心，不会想到任何悲伤的事情，虽然偶尔天还没亮的时候，他会想到父亲仍然可以对他发号施令，但是他也不太在意，因为他相信女士，一定可以机智应对，并照顾好他的。而如今，孟跟他诉说的这些穷人又给他的生活蒙上了一层阴影，似曾相识的阴影，以及其他各种阴影，都是他不愿触及的。

然而，通过这样的谈话，源开始以一种从未有过的视角看自己的国家。在土屋的那些日子里，他看见的是绵延的美丽的土地，看见的是祖国的美丽。不过，对人民他并没有深切的感受。但是在这儿，在城市的这些街道，孟教会了他如何看见国家的灵魂。任何施加于卑贱之人或劳动者身上的鄙夷，哪怕是最轻微的那种，这个比他小的男生都能觉察并心生愤慨，源于是也学会了观察。因为但凡有富人的地方，总是也有穷人。自从来到了这个城市，源走在街头，看到了许许多多这样的人，因为街上大多数人都是穷人，最穷的莫过于那些挨饿的孩子，双眼失明，蓬头垢面，从不洗澡，身上散发着恶臭，在最漂亮、最明亮的街道上，两边售卖各种商品的大商店比比皆是，丝绸横幅在商店门头飘扬，露台上，一群乐者被请来弹奏乐曲，吸引了大批顾客，哪怕是在这样的街道，仍有最脏兮兮的乞丐在哀号，个个面黄肌瘦，还有一些妓女，天还没黑就出来吆喝她们的皮肉生意。

这一切，他都看在眼里，最后，他内心的触动比孟的更甚，孟属于那种有理想追求的人，为了实现他的理想，可以扭曲一切。每次他看到一个挨饿的人，或者看到一堆穷人围在工厂的大门外，这些工厂将鸡蛋通过船只运送到国外，有些鸡蛋坏了就给扔了，这些穷人花一分钱买几个坏鸡蛋，然后喝掉充饥，或者看到苦力扛着连动物都不堪重负的货物步履蹒跚，或者看到游手好闲的富人和身穿绸缎、妆容精致的女人，嘲笑乞讨的穷人并以此为乐时，他就怒不可遏，对他的满腔愤慨，他总是痛心疾呼："除非我们的理想得以实现，否则这样的事情绝不会有好转。我们必须革命！我们必须打倒所有的富人，将这些压榨我们的外国人统统赶走，所有的穷人都应该翻身做主，革命！只有革命才能实现！源，你什么时候才能看到这些，然后加入我们的事业？我们需要你……我们的国家需要我们所有人！"

孟将熊熊燃烧、怒不可遏的眼光转向源，似乎要死死地烙在他身上，直至他答应为止。

但是源不能答应，因为他害怕这个事业。毕竟，当初他逃离的，正是这一模一样的事业。

在某种程度上，源并不能相信任何理想可以治愈这些不公，也做不到和孟一样可以这样毫不遮掩、义正词严地痛恨每一个富人。在孟的眼中，一个富人丰腴的体态，手指上的戒指，外套的毛皮内衬，太太耳朵上的珠宝，以及脸上的胭脂水粉，都可以成为他追求革命的理由。但在源的眼中，一个富人如果脸上露出了善意的表情，哪怕源略感意外，但他是能看得见的；一个妆容精致的女人，哪怕穿的是缎面外套，如果心生怜悯，施舍点零钱给乞丐，他也是能看得见的；而且，他喜欢笑声，并不在意发笑的是富人还是穷人；他喜欢爱笑的人，哪怕他知道这人品行不好。事实上，孟会因为一个人是白人或黑人而心生喜爱或厌恶，但是，源永远不可能会说："这个人有钱所以是个坏人，那个人贫穷所以是个好人。"所以，不管某项事业有多伟大，他都不大可能为之动心。

对于街头人群中的那些外国人，孟深恶痛绝，但是源也做不到和他一样。这个城市与世界各地的贸易都很发达，所以能够见到各种肤色、说着各种语言的外国人，源在大街上随处都可见到他们，有些比较和善，而有些则比较吵闹、讨厌，经常醉醺醺的，富人穷人都有。孟憎恨富人，但如果说他特别憎恨某个富人的话，那这个人一定是个外国人；如果他看到一个醉醺醺的外国水手踢一个黄包车车夫，或者一个白人妇女在小贩那买东西，却执意要压价，或者诸如此类在外国人聚集的任何一个海边城市都司空见惯的事情，他都觉得残忍至极、无法忍受。

对于这些外国人，孟觉得他们都不配呼吸空气。如果在街上他迎面碰到一个外国人，他断然不会退让半步。他那闷闷不乐的脸会变得更阴沉，然后甩开膀子开路，要是能将外国人撞开，哪怕是个女的，那也别提有多爽了，而且他还咬牙切齿地嘀咕道："这些家伙根本就不该来我们国家！他们只会大肆掠夺！用宗教来毒害我们的思想，用贸易来抢夺我们的财物。"

有一天，源和孟一起放学回家，在街上碰到一个瘦弱的男人，肤色是白的，鼻子和白人男子一样的高，但眼睛和头发很黑，不像白人。孟恶狠狠地瞪了那个男人一眼，然后大声对源说："在这个城市，如果说有什么事儿我最厌恶，就是这种人，简直一个四不像！靠不住、没归属的杂交货！任何时候我都无法理解，我们的国人，不管男女，都会数典忘祖，跟外国人生杂交种。这些人我要以叛国罪统统杀掉，连同刚刚我们碰到的那些杂交种，也一并杀光！"

但是，源却记得那个男人看起来很温和，脸色虽然苍白，却是很有耐心的样子，于是他说："他看起来很友好啊，我不能仅仅因为他的肤色白，是混血，就认定他坏吧。他没法子选择自己的父母啊。"

孟大叫道："源，你应该恨他！你没听过白人的所作所为吗？他们用血淋淋的不平等条约，像对待囚犯一样控制我们！我们连自己的法律都不能有……凭什么！要是白人杀了我们的同胞，几乎都不会受到惩罚……连出庭都不需要……"

源听着孟的咆哮，脸上挂着一丝微笑，似乎在表达自己的歉意，他这个人，对别人的激动情绪总是报以温和，然后觉得是不是他确实应该去仇恨这些人，哪怕是为了国家的缘故，但是，他做不到。

所以，源还是不能加入孟的事业。孟求他的时候，他什么也没说，只是腼腆地笑着，也说不出口他不愿意，而是以太忙了的理由加以婉拒……压根没有时间追求这样宏大的事业，最终，孟对他也就听之任之，甚至都不再跟他说话了，只是在碰到的时候，粗鲁地点下头。遇到节日和爱国日，所有人都得挥舞旗帜、唱着国歌游行，源也会加入，因为所有人都在，他要是不去，怕会被当作叛徒，但是，他从不参加任何秘密会议，也不策划任何密谋。有时候，他会听到一些关于这些密谋者的八卦：有个密谋者在房间里藏了一枚炸弹，准备炸死某个大人物，结果被发现了；有一次，一帮密谋者殴打了一位老师泄愤，因为这个老师与外国人是好朋友。但是，当听到这些传闻时，源会更加专注地看起书来，绝不允许自己的注意力受到干扰。

　　事实上，源这时候忙得团团转，哪有时间思考每件事情的意义。在他想明白贫富差距问题之前，或者在理解孟的事业的意义之前，甚至在享受生活的快乐之前，别的什么事就又占据了他的大脑，比如说他在学校学到的许多东西，上的一些奇怪的课，以及科学在实验室里向他呈现的魔幻世界。哪怕是在他讨厌的化学课上，因为他脆弱的鼻子受不了那种臭味，他依然沉醉于他制作的试剂的色彩，并且感到十分好奇，两种温和的液体混在一起，怎么就突然起泡，然后变成了一种全新的液体，拥有了新的生命、新的颜色和新的气味。这些天来，在这个会聚各色人种的大城市里，各种思潮和见解涌进他的大脑，让他应接不暇，根本没有时间去想其中的含义。他不可能只专注于某一件事，因为他的事太多了，有时候，他打心底羡慕他的堂兄弟和妹妹，堂兄盛生活在他的梦想和爱情中，堂弟孟生活在他的事业中，而艾兰妹妹则生活在她的美貌和享乐中，对源而言，这些似乎都很容易，因为他的生活太多样了。

　　就连城里的这些穷人，源也觉得他们的样子甚是讨厌，并不能真正感受到他们的可怜。他确实同情这些人，也确实想要他们吃饱穿暖，几乎每次他只要身上有零钱，有乞丐伸出手拽他的胳膊，他就会有回应。但是他担心，他这么做也不全是出自同情，一定程度上是想摆脱那只脏兮兮的手，以及耳边的哀号声："行行好吧，大少爷，行行好吧，少爷，我都要饿死了，还有我的孩子们啊！"在这个城市，要说还有比看见乞丐更虐心的景象，那就是看见乞讨的儿童。源根本见不得那些哀鸣的穷人孩子，小脸上那副乞怜模样早已驾轻就熟。最让源不忍直视的，是那些衣不蔽体、缩在女人袒露着的干瘦胸部的饥肠辘辘的婴儿。是的，对于所有这些人，源都心生惧意，想尽快逃离。他将硬币扔给他们，然后移开目光，仓皇离开。他心里在想：

"这些可怜的人，如果他们不是这么令人讨厌，我也许会加入孟的事业呢。"

不过，还是有一些东西，使得他没有完全与这些同胞疏离，那就是他一直以来对土地、田野和树木的热爱。在城里，冬天的时候这种热爱渐渐消退，源都不大记得了。但如今，春天来了，他感到了内心的躁动。天气转暖，在小小的城市花园里，树木开始发芽吐绿，街上出现了小贩，挑着的竹篮里是一株株盛开的李树盆栽，或者是一大簇紫罗兰和百合花。在这样温和的春风里，源变得躁动不安，春风让他想起了土屋所在的小村庄，他渴望站在真正的土地上，而不是城里的这些人行道上。于是，在新的春季学期，他选修了那个学校的一门种植课程，然后和其他几位同学一道，分到了城外的一小块地，来实践他们学到的书本知识，而源的任务是播种、除草，诸如此类的事情。

而源恰好分到的那一点地在所有其他同学的最远端，旁边就是一个农民的地。源第一次出城去看他的那块地，是一个人去的，当时那个农民正好也在，站在那盯着他看，咧着嘴一脸兴奋地大声说："你们学生娃在这搞什么？你们不是只会啃书本嘛！"

源答道："现在我们也学播种和收割庄稼呢，而且还要学习在播种前如何翻土，我今天来就是为这事的。"

听到这话，农民哈哈大笑，一脸不屑地说："我还从来没听过有教这个的！这还要学校教？农民跟儿子讲，儿子跟孙子讲……只需要看看邻居，照葫芦画瓢就行了！"

"那，要是邻居不对呢？"源笑着问道。

"就换个邻居看，换个厉害的。"农民说，又大笑起来，开始在自家地里锄地，一边还自言自语，然后停下来挠头，晃了晃脑袋，又大笑着说道："我这辈子都没听说过这样的事！哈哈，得亏没送我的儿子们去上学，让他们学干农活，这不花冤枉钱嘛！不是吹牛，我教要比学校教好得多！"

要知道，源这辈子都没用过锄头，当他拿起这把笨拙的长柄物件时，感觉十分沉重，根本挥不动。不管他把锄头扬得多高，挥下来的时候总是歪的，切不进夯实的土壤。他汗流浃背，但还是做不到，虽然当时春寒料峭，寒风凛冽，他却像在夏天一样汗如雨下。

最终他绝望了，偷偷地瞟了一眼农民，想看看他是怎么干的，只见农民的锄头稳定地上下挥舞，每一下都能切进土壤。源希望农民没注意到他的偷瞟，因为说实话，他还是有点要面子的。但是很快，他发现农民注意到他了，不仅注意到他，而且一直看着他乱舞锄头的样子，还一边在偷笑。现在捕捉到了源的偷瞟，他放声大笑，大踏步跨过土块，走到源跟前大声说道："别跟我讲你在偷师旁边的农民，书上不都教了你怎么干吗？！"说完他哈哈大笑，然后又说："你的书不会连锄头怎么拿都没教吧？"

源暗暗压制住自己心中的些许不悦，他也没料到，听见这个农民笑话自己，会这么不舒服，而且他自己也不得不沮丧地承认，如果连这一小块地的土都松不了，还能指望在里面播种？但他的理性最终战胜了羞耻，他放下锄头，也咧着嘴笑了笑，忍受着农民的嘲笑，擦了擦汗涔涔的脸颊，羞怯地说："你说得对，邻居。书上是没教。如果你愿意让我学你，我就把你当成我的老师。"

这句话似乎让农民十分受用，他对源有了好感，也就停止了嘲笑。说实话，他内心应该十分骄傲，他这样一个身份低下的农民，居然可以教这个年轻人，这个来自学校，而且明眼人都能看得出的言谈举止都很有涵养的年轻人。于是，农民盯着源，脸上带着煞有介事又十分优越的神情，严肃地说道："首先，看看我，再看看你自己，我问你，怎么可以挥舞锄头而不怎么出汗？"

源看着农民，这是个强壮的男人，裸着上身，裤子卷到膝盖处，脚上穿着一双凉鞋，棕色的皮肤，一张饱经风霜的脸透着棕红色，整个人看上去健康而怡然自得。源什么也没说，只是微笑着，脱掉了厚厚的外套，接着是衬衣，把袖子卷到手肘处，摆好了架势。农民在一边看着，突然又大叫道："哈哈，你这皮肤，像女人一样！你看看我的胳膊！"他把胳膊伸到源的胳膊边上，然后张开手掌，"把手张开！你看看你的手掌，全是水泡！锄头握得这么松，别说你这嫩手了，就是我的手都会磨出水泡来。"

然后，他捡起锄头，向源展示如何用双手握住它，靠近身子的手要握紧以保持柄把稳定，另一只手握远点，以引导锄头挥动的方向。源学起来并不忸怩作态，他不停地练习，直到最后锄头每次落下，都能结结实实地切开一块土，然后农民表扬了他，这让源十分开心，就好像他写了一首诗得到了老师表扬一样，虽然他也不知道自己为什么这么开心，毕竟，这个农民只是个老百姓罢了。

每一天，源都到他的这一小块地里干活，他最喜欢的是所有同伴都不在的时候，因为如果有其他人在，农民根本就不会靠近，而是在离得更远的地里干活。但如果只有源一个人，他就会过来和源聊天，教源如何播种，在幼苗发芽时如何间拔，以及如何提防那些随时准备吃掉每一棵幼苗的蠕虫和昆虫。

源也有当老师的时候，比如说发现了害虫，他在书上学到过有一种外国农药，可以将害虫杀死，于是他就使用了这种农药。他第一次这么干的时候，农民嘲笑他，并大声说道："哈哈，你还记得你是怎么学我的吗？你的书管用吗？教了你豆子要埋多深、什么时候要除草吗？"

但是，当他看见虫子在打了农药的大豆叶子上缩成一团，然后死掉的时候，他变得严肃起来，疑惑不解地低声说道："本来打死我都不会相信的。原来这些害虫并不是老天的意思，人是可以有法子消除它的。看来书里还是有点东西的……嗯，可能还不止一点，毕竟，要是虫子把菜都啃光了，播种就没有什么用了。"

然后，他为自己的菜地求了点农药，源很开心地给了他，在这样的赠予中，两人成为某种意义上的朋友。源的菜地是所有同学中最好的一块，为此他感谢了农民，而农民也感谢了源，因为他地里的豆子长势很旺，并没有像其他农民地里的那样被虫子吃掉。

有这样的一个朋友，还有这样的一小块地可以劳作，这对源来说是件好事。在这样的春日，当他弯腰在地里干活时，常常会感到一种从未有过的满足。他学着换掉自己的衣服，穿上跟农民身上一样的普通衣服，甚至把鞋子换成了凉鞋。农民让源在他家不要见外，他家没有女儿待字闺中，他老婆现在也又老又丑。源把干活的衣服就放在他家，每天来这里把自己变成一个农民。他对土地的热爱超出了他的想象，看着种子发芽让他心情愉悦，甚至有种诗意蕴含其中，他曾试图将这种心情表达出来，还写了一首诗，但是很难说得清楚。他喜欢在地里干活，经常把自己地里的活干完后，还去农民的地里搭把手，有时候在农民的邀请下，他会在农民家的打谷场吃顿饭，随着天气转暖，农民的老婆会在那摆上饭桌。时间流逝，他整个人也变得硬朗，皮肤黝黑，有一天艾兰冲着他喊道："源哥哥，你怎么一天比一天黑啊？跟一个农民一样！"

源于是咧着嘴，笑着答道："我就是个农民，艾兰，我这么说，你肯定不会相信的！"

很多时候，当他远离了那一小块地，在看书，甚至晚上玩得正开心，突然就想到了那块地。读书也好，玩耍也罢，他会突然走神，盘算着要不要播一些新种子，或者在思考，也许他种的某个蔬菜适合在夏天到来之前采摘，或者在焦虑，因为他想到了某个蔬菜的顶端已经开始泛黄了。

有时候源心里在想："要是所有的穷人都像这个人一样，我也许会愿意加入孟的事业，为之奋斗。"

对这一小块借给他的土地，源有着一种虔诚而秘密的满足感，这是件好事。这是个秘密，因为如果他想说，他早就告诉所有人，他为什么喜欢在地里干活了。在他这样的年纪，他甚至对这种喜爱感到有点羞耻，因为城里的那些年轻人瞧不起乡下人，叫他们笨蛋、"大萝卜"诸如此类的绰号，而源在意同伴们的评论。哪怕是跟盛，他都没有说过此事，虽然他和盛可以聊的东西有很多，比如他俩在什么地方不经意间都看见的某种美丽的色彩或形状；至于艾兰，就更不可能会跟她说，这一小块土地带给他的快乐是多么不可名状，却又强烈真切。倘若有必要的话，他可能会跟他称为母亲的女士提及，因为尽管他俩不会谈太多心里话，但如果只有他俩在家吃饭的时候，女士的确经常一脸严肃地跟他说起她的爱好。

女士喜欢安静，所行之事皆为善举，不像城里的许多女性，沉迷于赌博、宴会或者看赛马和赛狗。这些对她来说都不是乐趣，尽管艾兰想去的时候，她也会陪她一起，坐着观看比赛，但又显得十分优雅，与周围格格不入，好像她来只是一种责任，并非出自她本意。她真正的乐趣在于一件为儿童所做的义举，那些儿童都是刚刚出生的女娃，被穷人家给丢弃的。只要发现这样的婴儿，她都会把她们带到一个她经营的住处，那里有她雇用的两个妇女担起了喂养的职责，她本人也每天都去，教这些孩子识字，看望生了病的或者营养不良的孩子，这样的弃婴她已经收养了将近二十个了。这件事她有时候会跟源提起，并且还告诉源，她打算教会这些女婴一些质朴实用的生活技能，等她们长大了，把她们许给诚实本分的男人，农民啊，生意人啊，或者织布工啊，或者想娶勤劳本分女子的任何男人。

有一次，源和女士去了那个住处，在一向严肃稳重的女士身上，他很惊讶地发现了不同的一面。那个地方十分简陋，因为女士也没花太多钱在这上面，哪怕是建了这样的一个住所，她也不愿降低艾兰的生活品质。他俩刚刚走进门，孩子们就扑到女士身上，大叫着"妈妈"，拉着她的衣服和手，热烈地表达着爱意，女士也大笑起来，有点不好意思地看着源，而源站在那，有点愣住了，他还从来没见过女士大笑过。

"艾兰知不知道这些孩子？"他问。

女士的脸又严肃了起来，她点了点头，只说了句："她现在忙着自己的生活。"

然后，她领着源四处逛了逛，从院子到厨房，很简陋，但是很干净，她说："我觉得没有必要花很多钱，毕竟，她们以后是要嫁给劳动人民的。"不过，她很快又补充说道："要是在这些女孩当中发现一个，就一个，适合我给艾兰的规划……我就把她挑出来，带回我自己的家里，亲自教导她。我好像发现了一个……我还不是很确定……"她喊了一个名字，一个孩子从另一个房间走了出来，这个孩子要比其他的大，神情有点严肃，看起来不会超过十二三岁的样子。她一脸自信地走了过来，将自己的一只手放进女士的手里，仰着头看着女士，甜甜地说道："我来了，妈妈。"

"这个孩子，"女士郑重其事地说，低头看着孩子仰起的脸，"身上有股子劲，不过，我还不是太肯定。这个孩子，我是自己发现的，她刚出生不久，就被放在这个门口，我把她抱了进来。她年纪是最大的，也是我找到的第一个。她识字特别快，不管教什么，她学得都很认真，特别好学，她要是一直这样，一两年内我就会把她带回我自己家……嗯，美玲，你去玩吧。"

女孩迅速给了女士一个灿烂的微笑，然后深深地看了源一眼，尽管她还只是个孩子，但是源忘不了那个眼神，十分明亮，毫不遮掩地表达着质疑，但又好像不是特别针对他这个人的。然后，女孩走开了。

所以，跟这样的一个女士，源本可以告诉她的，但实际上也没什么可说的。他只知道，在与土地打交道的时光里，他很享受。这样的时光，让他有种归属感，这样他就不会像许多人一样，没有根，游离在这个城市的生活表面上。

一次又一次，当源感到躁动不安或者心有困扰的时候，就来到这一小块地上，在阳光下流汗，在冷雨中淋雨，默不作声地干活，或者有一搭没一搭地和隔壁的农民拉家常。尽管这样的劳作、这样的聊天，似乎上不了台面，也没任何意义，但是当夜幕降临，源回家时，却有一种焕然一新的感觉，内心的烦躁荡然无存。他可以读他的书，然后愉悦地冥想，或者和艾兰以及她的朋友们一道出去玩，在噪声、灯光和舞蹈中度过几个小时而不受干扰，内心仍留有他在土地上学到的那份宁静。

是的，他非常需要土地给他的宁静、给他的归属感。因为在这个春天，他的生活发生了他做梦都没梦到过的转折。有一件事，他远不及盛和艾兰，甚至连孟都比不上，这三个人的生活氛围要比源的开放得多。在这个大城市里，他们仨度过了自己的青春，城市的所有燥热都已倾注进他们的血液里。对年轻人来说，城里有太多太多的燥热：

墙上画的爱情和美女的图画，游乐园里上演的陌生男女在异国他乡坠入爱河的演出，花一点点钱就可以买一个女人过夜的舞厅，这些，都是最粗鲁的燥热。

除此之外，还有一些关于爱情的小说、故事和诗歌的印刷物，在任何一家小店里都有售。在过去，这些书籍都被视为洪水猛兽，是禁书，是点燃男人或少女内心欲望的火炬，没有人会公开阅读。但现如今，狡猾的西方国家给这些披上艺术和天才之类的华丽外衣，让年轻人随地阅读并加以研究，但不管包装有多华丽，火炬依然是火炬，点燃的依然是欲望。

年轻的男人变得大胆，女孩子也是，传统礼仪被抛之脑后。拉手不再像过去那样被视为逾规越矩，一个年轻男孩子甚至可以自己开口，请一个女孩嫁给他，而女孩的父亲并不会到衙门去告男孩父亲的状，这种事，如果是发生在以前，或者在还未被西洋糟粕侵蚀的某个内陆城市，女孩父亲一定会对簿公堂的。而在公开订婚后，两人就可以自由地同进同出，像蛮化未开似的，如果有时候，实际上一定会发生的，两人情欲上头，很快就行了鱼水之欢，也不会像他们的父辈年轻时那样，因为伤风败俗而被打死。不会的，只是结婚的日子会提前，这样孩子就是婚生的，小夫妻俩一点都不在乎，好像觉得很体面，双方父母如果觉得有失颜面，也只能暗地里痛苦地对视，打落牙齿和血吞，因为这是新时代了。但是这个新时代，许多父亲为了儿子而诅咒它，许多母亲为了女儿而诅咒它。但是，这就是新的时代了，谁也不能扭转乾坤。

盛就是生活在这样的新时代，他的弟弟孟，还有艾兰亦如此，他们是新时代的一部分，并不知道还有别的什么时代。但是，源并非如此。王虎对他的培养遵循了每一个旧时的传统，并且还强加了他本人对所有女人的厌恶。源甚至连做梦都从未梦到过女人。或者，如果他在睡着后无意中梦到了女人，醒来后会十分羞愧，立刻跳下床，要么专心致志地看书，要么在街上走一段时间，或者诸如此类的事情，来清除心中的杂念。他知道，总有一天，他必须像所有人一样要结婚，得体地拥有自己的孩子，但这不是他要思考的事情，他有那么多东西要学习，现在他只渴望学习。之前他就明确告诉过他的父亲，现在，他仍然没有改变。

但是，在这个春天，他被夜间的梦境所困扰，一个接一个关于女人的梦，让他苦不堪言。这未免也太奇怪了，因为白天他从来不去想爱情或者女人。然而等他睡着了，脑子里竟是一些十分荒淫的场景，让他醒来后羞愧得无地自容，唯有当他大踏步地迈向那一小块地，在那拼命地劳作时，他才会心无杂念，如果白天他在那干活的时间越长，晚上他就会梦得越少，睡得越香。所以，他对到那块地里干活变得越发渴望。

虽然源自己没有意识到，但是对于男欢女爱，他的内心和其他年轻人一样炙热，甚至比盛还要炙热得多，后者终日风花雪月，内心早已疲惫不堪，也比孟要炙热，后者另有别的追求。源离开了童年的冰冷院子，来到了这个燥热的城市。对于从来都没有碰过任何女孩的手的他来说，现在要搂着一个女孩纤细的腰肢，将女孩的手握在自己手中，怎么可能不自责呢？感受着女孩的气息拂过他的脸颊，踩着音乐的节拍引导着女孩的身体，心头怎么可能不涌起他既爱又怕的甜蜜冲动呢？不过一直以来，他还是很礼貌得体，尽管遭到了艾兰的无情嘲笑，他几乎从不触摸握着的女孩的手，也从不将女孩的身体靠在自己身上，要知道，很多男人都乐此不疲，而且也没遭到女生的指责，但是艾兰的嘲笑还是让他春心荡漾，虽然他以前从来不敢想这个，也希望自己不要想。

艾兰有时候会噘起她可爱的嘴唇，大声说道："源哥哥，你太传统了！你老是那样把女孩推开的话，怎么可能跳得好舞？看，你应该这样搂着一个女孩！"

在极少数的晚上，艾兰会待在家，他们仨一起坐在客厅，艾兰打开唱片机，紧紧地靠在他怀里，让自己的身体贴着他，两只脚和他的脚交织在一起，来回穿梭。要是还有其他女孩在场，她一样还是会嘲笑他，大笑着叫道："如果你想和我的源哥哥跳舞，你得逼着他抱紧你。他最想做的事就是把你推到某个墙角，然后他自己一个人跳！"或者她会说："源哥哥，你很帅，这个我们都晓得，但是也没帅到要防着每个女生的地步！你要知道，我们当中有些人已经有心上人啦！"

那些女生听了艾兰这样的戏谑，都嘻嘻笑了起来，有几个胆儿大的女孩子变得越发大胆，将身子挑逗地挨着他的身体，虽然他想反抗，但又害怕艾兰接着调侃，进而引发女孩子们更大胆的举动，只好尽力忍受着。就连那些胆儿小的女孩子跟他跳舞时，也变得比跟胆大的男生跳舞时更放得开，笑嘻嘻地仰视着他，手握得更热情，用大腿触碰他的大腿，施展女孩子与生俱来的所有小伎俩。

最后，受困于自己的那些春梦，加上因为艾兰的调侃，那些女孩子变得越来越肆无忌惮，他再也不想跟艾兰一起出去玩了，可是女士仍然时不时地向他诉苦："小源，你要是跟艾兰在一起，我就会很放心；哪怕带她出去玩的是别的男的，如果我知道你在场，也会觉得好一些。"

而艾兰也很乐意让源跟她一起出去玩，因为她觉得源让她倍儿有面子，毕竟，源身材高大，长相并不难看，而且她知道有几个女孩子，是希望她能带着源一道的。就这样，源内心的那团火，尽管他并无意将之点燃，却已是一碰就着了。

总有一天，火会被点燃，而他根本无法预见，事实上，也没有任何人可以预见。

事情是这样的。有一天，下课后源待在教室里没走，写老师留在黑板上作为作业的一首外国诗，他在那一直待到所有其他人都走了，或者他是这么觉得的。而恰好呢，这门课他和盛都在上，还有那个是革命党的白皙女生。就在源写好了，合上书，将笔插进口袋里，正准备起身的时候，他听见有人叫他的名字："王同学，你在这儿啊，你可以跟我讲讲这首诗的意思吗？你比我要聪明得多。如果你愿意讲的话，谢谢你。"

这个声音源听着觉得十分悦耳，是个少女的声音，但是不像艾兰，或者她那些朋友那么矫揉造作。这个声音，对任何女孩子来说，都相当深沉，语气非常饱满雄厚，让人觉得哪怕是随口说说的话语，都有比字面本身更多的意义。源慌忙抬起头，一脸诧异地发现身边站着那个革命党女生，脸色比他印象中还要白皙，但因为现在她就站在他的身边，他发现她那双漆黑细长的眼睛一点儿都不冰冷，反而充满了内心的温暖和情感，让她的脸不再冷漠，像一团火，在白皙的脸上燃烧。她坚定地看着他，然后平静地在他身边坐了下来，等着他的回答，就像她在任何一天跟任何男人说话一样冷静。

他结结巴巴地回答道："啊，是的，当然了……不过我也不太确定。我觉得这首诗……嗯，外国诗都很难理解……是一首颂歌……一种……"就这样他一直结巴着说，总感觉到她那深沉而坚定的眼光，一会落在他的脸上，一会又转向他的话。然后，她站起身谢了他，尽管说的话还是最简单不过，但不知怎的，她的声音让她的话饱含感激之情，让源甚至觉得，这世上什么样的帮忙都配不上。接着，他俩自然而然地一起离开了教室，一起穿过安静的走廊，因为当时已经是下午时分，所有学生都已经兴冲冲地放学了，就这样，他俩一直走向校门，女孩似乎满足于这种沉默，而源出于礼貌，问了女孩一两个问题。

他问："敢问你尊姓大名？"他的用词很老式，很有礼貌，因为从小到大他接受的就是这样的教导。但是她回答得很干脆、很简短，甚至有点无礼，并没有回应他的礼貌，不过她的声音，让她不管说什么都有意义。

最后，他俩走到了校门口，源深深地鞠了一躬。但是女孩只是点了点头，就掉头走了，源目送着她，发现她比大多数女孩都要略高，在人群中步履坚定而轻盈，直到他再也看不见她的身影。然后，他跳上一辆黄包车，也回家了，一路上他在想她是个什么样的人，她的眼睛和她的声音比起她冷冰冰的脸和简短的话语，是不是另有深意。

就这样，一次微不足道的开始，滋生出了友谊。源从来没有跟一个女生做过朋友，事实上他也没有很多朋友，因为他并不合群，不像有些人有一个特殊的小团体。他的堂兄弟们就有朋友，盛有和他一样的年轻人做朋友，这些人自命不凡，认为自己是新时代的诗人、作家和画家，并且狂热地追随一些领袖，比如那个姓吴的，他和艾兰跳舞的时候，源从侧面看过他。孟也有他的革命党秘密团体。但是源不属于任何人，虽然他在路上碰到人的时候，和大概二十个年轻人说过话，虽然他认识几个跟艾兰一起玩的女孩子，可以闲聊一会儿，但是他没有知心朋友。而这个女孩，在不知不觉中，竟成为他的朋友。

事情就这样发生了。起初，一直是女生在推动友谊，像任何耍小心机的女孩子一样，她会找这样或那样的由头来问他的解释或者建议，而他呢，像所有男人一样，很容易就被如此简单的伎俩给骗到了，毕竟，他是个男的，还很年轻，对他而言，给女生建议是件很愉快的事，后来甚至发展到帮她写作文的地步，最后，这两人每天都会以这样或那样的借口见面，不过并不是公开的那种。因为如果有人问源，他对这个女孩什么感觉，他会说只是友谊，仅此而已。的确，在他眼里，她是个很不一样的女生，并不漂亮，甚至跟漂亮都沾不上边，迄今为止，他还没有认真地想过一个女孩，如果说他有想过女孩子的话，想的也是艾兰还有她的朋友们那样的漂亮女生，手如柔荑，面容姣好，婀娜多姿。不过，他并没有爱上她们中的任何一个，顶多只在心里想过，如果他要谈恋爱的话，女孩必须像鲜艳欲滴的玫瑰，或者含苞待放的梅花，或者诸如此类娇嫩却无用的东西。有时候，他还曾为了这样的女生偷偷地写诗，也就一两行，大多不了了之，因为这种感觉比较模糊，并不强烈，也没有哪一个女生在他心中要胜过其他所有女孩子，让他特别地想诉诸笔尖。他的爱，打个比方，就像日出前那昏暗的光线，丝丝缕缕，疏落于天际。

可以肯定的是，他从来没有想过自己的爱人会像这个女孩，严肃认真，永远一身深蓝或深灰色的正统衣着，脚穿皮鞋，总是埋头苦读，心系远大事业。目前他并不爱她。

但是，她爱他。从什么时候他察觉的，他也说不清楚。但是，他就是感觉到了。有一天，他俩走在运河边一条安静的街道上，远远地相遇了，当时天色已晚，暮色沉沉，他俩正打算各自回家，突然他感觉她在看他，然后迎上了她的目光，发现有点异样，她的眼神充满着依恋，像有团火在燃烧，然后，她说话了，声音有着和她从不相符的甜美："源，有件事情，比任何事我都更希望能看到。"

他感到一阵悸动，想知道是什么事，尽管他还没想过要爱她，但他的心突然跳得很厉害，她接着说道："我想看到你加入我们的事业。源，你就像我的哥哥一样……我也想叫你一声同志。我们需要你……我们需要你的好头脑、你的力量。你能做的要比孟好得多。"

源幡然醒悟，明白了她为什么要和他交朋友，心头涌起一股怒火，这事肯定是她和孟事先商量好的，不过他强行压制住了自己的情绪。

但是，她又说话了，暮色中她的声音听起来那么温柔、那么深沉："源，还有另外一个原因。"

可是源不敢问那是什么。他感到一阵眩晕，几乎不能呼吸，他感觉到自己的身体在颤抖，于是转过头，极其小声地说道："我要回家了……我答应过艾兰……"

于是，他俩不再说话，都转过身，准备各自回家。但是，就在告别的时候，他们做了一件以前从未做过的事，这件事应该不是他们的本意，肯定也不是事先计划好的。他们紧紧握住了对方的手，这一握手，源的内心有了变化，他知道他们不再是朋友了，但他们是什么关系，他也不知道。

但是，那天晚上一整晚，当他和艾兰在一起玩，当他和某个女孩说话，和另一个女孩跳舞时，他看着这些女孩觉得很陌生，心里在嘀咕，这世上的女孩怎么会如此不一样，那晚他睡觉时，躺在床上想了很久，平生第一次因为某个女孩而辗转反侧。他一直在想这个女生，想到了她的眼睛，他曾觉得很冰冷，在白皙的脸色映衬下像一对暗玛瑙。但是现在，当他跟她说话时，目睹了这双眼睛焕发出独有的热情和美丽。接着他想起了她的声音总是那么甜美、那么意味深长，跟她的安静和冷漠外表格格不入。不过，那就是她自己的声音。想到这些，他真希望当时自己有勇气问她另一个原因是什么，他也应该很想听见她亲口告诉他，那个跟他猜想的一样的答案。

但是，他还是不爱她。他知道，自己不爱她。

最后，他想起了她的手触碰到他的手的那一刻，她的手心紧紧地贴着他的手心；就这样，手心相偎，他俩在没有灯光的漆黑街道上站了一小会儿，一动不动，一辆黄包车突然转向，从他们身边驶过，直到黄包车车夫骂了句脏话，他们才注意到了，但是，他们根本没在意。天太黑了，他看不见她的眼睛，她什么也没说，他也是，心思全在这亲密的接触上。而当他想到这一点的时候，火炬就点燃了。他感到内心有东西在燃烧，但那究竟是什么，他百思不得其解，因为他知道，他并不爱她。

假如当时是盛碰了这个女生的手，如果他喜欢的话，他会一笑而过，因为他曾热烈地触碰过很多女孩的手，或者如果他发现女孩爱他，他会一次又一次地触碰，一有机会就会触碰，或者至少会持续到他感到厌倦，他会写一两个故事，或者一首诗，然后轻松将这个女孩忘记。而换作是孟的话，他事后也不会想太久，因为在他追求的事业中有许多女生，他们立下目标，倡导青年男女应该携手大胆追求自由，并互称同志，孟听过太多关于男女平等、恋爱自由的言论，耳濡目染下，有时候自己也会讲。

不过，尽管有诸多自由，但实际上真正的自由并不多，因为这些青年男女，和孟一样，心中燃烧的并非情欲，而是另一种更高尚的追求，而这种追求将他们淬炼得心无杂念。在这群人当中，孟的内心又是最纯洁的，因为从小到大，在目睹了父亲的各种躁动，还有哥哥那色眯眯的眼神后，他对情欲深恶痛绝，对与女人共度的所有消遣都嗤之以鼻，在他眼中，这样只会让人身心俱疲，而荒废了共同的追求。孟至今都还没碰过任何一个女孩的手。他可以高谈阔论，提倡恋爱自由，还有不以结婚为目的的恋爱，但事实上，他在这方面的经验一片空白。

可是，源并没有这种淬炼心灵的追求。他也没有盛的游刃有余，可以轻松愉悦地和女孩子相处，所以，当这个女孩以别的女生从未有过的方式触碰了他的手，他怎么也忘不了。还有一件事也很奇怪，在他的记忆中，她的掌心又温暖又湿润。他没想到她的手会很温暖。想想她苍白的脸，她冷漠、没有血色的嘴唇，说话的时候几乎都不见动，如果在触碰她的手之前他想过的话，他会说她的手应该会很干、很冰，手指握起来很松。但事实并非如此，她的手紧紧地握着他的手，又热又紧。她的手、她的声音、她的眼睛，都在诉说着她炽热的心。这个奇怪的女生，大胆、冷静却又很羞涩，因为源本身也很害羞，所以可以感觉到她的羞涩，当源开始揣摩她内心的想法时，开始在床上辗转反侧起来，渴望一次又一次地触碰她的手了。

然而，最终他还是睡着了，待到第二天在清冽的春天早晨醒来时，他知道，他并不爱她。他仍然记得，她的手是多么温暖，但他心里知道，即便如此，他也并不爱她。那天在学校里，他感到非常羞怯，不敢看她一眼，也没有在任何地方逗留，中午刚放学，他就前往他的那块地，在那拼命地干活，心想："手上沾满泥土的感觉真好，要好过触摸任何一个女孩子的手。"他又想起头天晚上他躺在床上左思右想的样子，心中十分羞愧，并暗自庆幸父亲不知道这事。

没过多久，农民也来了，对源除掉萝卜四周杂草的聪明做法表示赞许，他笑着说："你还记得你锄地的第一天吗？如果是今天的话，你会把每一根萝卜都一起锄掉的！"他开怀大笑，然后又安慰源道："但是你会成为一把农活好手的。你看你胳膊的肌肉，膀大腰圆的。那些学生娃……呵呵，我就没见过这样的豆芽菜……戴着眼镜，晃悠悠的细胳膊，还镶金牙，腿像细棍一样插在外国裤子里……我要是有这样的身子，我发誓我肯定会把头蒙起来，绝对不出门见人。"农民又哈哈大笑起来，喊道："来抽会儿烟，在我家门口休息一下！"

源跟着农民去了。他面带微笑，听农民扯着嗓子喋喋不休地发牢骚。他对城里人满腔鄙夷，对年轻人和革命党尤为厌恶。源但凡说两句辩护之词，农民立刻大声驳斥道："这帮人能为我做什么好事？我有自己的一小块地、一个家、一头牛。我不需要更多的地，粮食够我吃了。要是当权者不对我征这么重的税，我就谢天谢地了，但像我们这样的人，从古至今不一直在交税嘛。这帮人跑来对我说要为我好、为我的家人好，他们图啥？哪有人听过陌生人会对你好？除了亲人，谁又会真的对别人好？不可能，我明白得很，他们肯定是有所图谋——兴许是盯上了我的牛，或者是我的那块地。"

他骂得停不住嘴，连带把那些能生出这等儿子的母亲也骂了个遍。咒骂所有跟自己不同命的人让他开心起来，他又夸赞源农活干得不错。最终，他哈哈大笑，源也是，两人跟好朋友似的。

带着土地给予的活力和纯粹，源回到家中，躺在自己的床上。那晚，他甚至没有外出找任何乐子，因为他心中无意于任何女子，也不想碰她们，只想专注于自己的工作与学业，这一晚，他得以安然入睡。就这样，土地赋予了他片刻的安宁。

然而，他心中的火焰已经点燃。过了一两天，他的情绪再起波澜，变得焦躁起来。有一天，他偷偷转头，想看看那个女生在不在教室，结果她在，越过其他学生的头顶，俩人的目光相遇了。她紧紧地盯着源，尽管源迅速转过头，却无法将她忘记。几天后，当他走过门口时，情不自禁地问道："今天我们再一起散步吧？"她轻轻点头，深邃的目光看向地面。

那天，她没有碰他的手。源觉得她走路时与他刻意保持了距离，比往常更加沉默，交谈都变得格外困难。源的心中涌起了一股矛盾的情感，这让他自己也大感意外。他原以为自己会庆幸没被触碰到，甚至不希望她离自己太近。可当他们并肩而行时，他却又渴望她能轻轻触碰自己。临别时，他没有伸出手，可心中却不由自主地期待着她会主动伸出手来与自己相握。然而，她终究没有这样做。回到家后，莫名的失落感在源心中荡漾开来，他因这份失落而感到愤怒，又为自己拥有这种感受心生羞愧。他暗暗发誓，再也不和任何女孩并肩同行，专心工作才是他该做的。那天，他将这种情绪倾注在笔端，写下的文字苦涩不堪，令人吃惊，连那位温和的老教师也为他所写的"人应当独自求学，不应被情感牵绊"而大为震动。到了晚上，他在心里反复告诉自己应该庆幸没有爱上那个姑娘。自那以后的一段时间里，他坚定地投入那块地的劳作中，不允许自己再生任何触碰的渴望。

事情就这样过去了三天。一天，源收到了一封陌生来信，信上的字迹小巧方正。源平日极少收到信件，偶尔会收到他曾在军校所深交的好友寄来的一封信，但这封信件的笔迹并不潦草，显然不是这位老友所寄。他拆开信封，里面仅有一页纸，原来是那个他口口声声说不爱的女生寄来的。纸条上字数不多但内容明了："我是否做了什么让你生气的事？我是个革命党，一名现代女性，我无须像其他女人那样隐藏自己的情感。我爱你，你能爱我吗？我不要求婚姻，也不在乎婚姻。婚姻只是古老的枷锁而已！但如果你需要我的爱，我随时都能给你。"最后，她用极小且隐晦的字迹，歪歪扭扭地写下了自己的名字。

就这样，源第一次得到了爱情的召唤。他独坐在房间中，形单影只，手中握着这封信，情不自禁地思索着爱情的内涵。眼前这位女孩，如他愿意，便可拥入怀中。好多次，他血液澎湃，渴望将她拥入怀里。短短几个小时中，他开始褪去稚气，心跳如雷，热血涌动，逐渐展现出成熟男性的气概，曾经的少年躯体已不复存在。

短短几天内，源的内心越发成熟，成长为一个有着成年男子欲念的人。然而，他仍未给那位姑娘回信，在学校里也处处躲闪，避开她的目光。有两个夜晚，源坐下来想给对方写封回信，但内心浮现的只有"我并不爱你"这句话。他迟迟不愿下笔，好奇而躁动的身体渴望探索内心深处的真实欲望。在血液与心绪交织的迷乱中，源选择了沉默，没写任何回信。

源辗转难眠，内心愈加愤怒，满腹不耐，前所未有。女士若有所思地看着他，而源也能察觉到她的困惑。他无从开口——他怎能说出自己生气，是因为不能接受一个自己不爱的女孩，是因为自己渴望那位女孩能给予一切却又不爱她呢？于是，他任由内心的挣扎肆意蔓延，就像父亲在战争来临时一样喜怒无常。

源现在的生活一片混乱，他似乎被一切所牵绊，却又并未完全卷入其中。而就在这时，在对源的现状毫不知情的情况下，王虎突然做了一个毫不含糊的决定。几个月以来，自艾兰的妈妈首次写信以来，王虎就没作任何回复，只是独坐在遥远的厅堂中，面带愠色，一言不发。于是，艾兰的妈妈又写了封信，这次，她也没跟源说。而当源偶尔问起为什么没有收到父亲回信时，她总会温柔地答道："随他去吧。只要他没有说什么，就不会有什么坏消息。"诚然，源也很愿意这样想。日复一日，他愈加沉浸在自己的生活中，最终几乎忘记了自己对父亲的畏惧，似乎与父亲的权威已经彻底脱离了关系，这里的一切似乎已成为他生活的全部。

可是，在春意渐逝的某一天，父亲再次对源施加了权威。王虎不再沉默，写下了一封信。这封信并非写给女士的，而是给源的。他没请人代笔，而是用那许久未用的毛笔写下了几句话。字迹生硬粗糙，但意义明晰。信中清楚地写道："我的意愿未变。回家成婚。时间定在本月三十日。"

这封信，是有天晚上，源在外消遣后回到房间发现的。他身心舒展，沉浸在愉悦的余韵中，在音乐的旋律中摇曳，几乎已下定决心要接受那个女生的情意。源满怀欣喜，下决心或是明日，或是再迟一日，便伴她远行，全遂她所愿——或者至少他在心里是这般憧憬的。但随着目光落在桌上，那封信赫然在目，他立刻认出了封皮上熟悉的笔迹，知道是何人所写。他猛地将那厚重的旧式信封撕开，取出信纸，字迹粗重生硬，似是猛虎在咆哮，意图一目了然。确实，信上的字句如雷贯耳，让源心神震动。读罢信笺，房间骤然陷入一片寂静，如同喧嚣后的骤然空寂。他重新折好信纸，塞回信封，怔怔地坐在那儿，屏息凝神，静默不语。

他该怎么办？该如何回应父亲的这一命令？三十天？还有不到二十天的时间了。童年时的那股恐惧感再次袭上心头，绝望感也悄然爬满心间。毕竟，他如何抗拒得了父亲？他又何曾有一次真正抗拒过父亲呢？无论是出于威严或是爱意，还是某种无法抗拒的力量，他的父亲总能如愿。年轻人总逃不出老一辈的影响控制。这时，一丝无力的念头浮上源的心头：或许还是回去，顺从父亲这一次吧。回去后，自己可以娶了那位姑娘，留宿一两夜，算是尽了应尽的责任，然后再也不归。这样一来，依任何礼法他都算尽了孝道，往后再做什么，都不算违逆之行。辗转反侧思量良久后，源终于躺下，却依旧无法入睡。先前的欢愉早已消失殆尽。一想到要将自己的命运交予父亲，将自己的未来交予那被选中且已然等候的女子，他顿觉寒意彻骨，仿佛自己已成一头任由驱使的牲畜。

　　源心力交瘁，彻夜未眠，早早就起了床。他找到艾兰的妈妈，轻轻敲响了她的门。门一开，源就默默将信递给她，静静等待她的阅读。看着信中的字句，她的脸色微微变化，温和地说道："累坏了吧！孩子，去吃点早餐，哪怕你现在觉得毫无胃口，也一定要吃点，温热的食物会让你精神好起来，我很快就来。"

　　源很听话地去吃了。他坐在桌前，待侍女端来热腾腾的粥、调味品以及艾兰妈妈爱吃的外国面包后，他逼迫自己进食。不久后，温热的食物开始温暖他的身体，他的心情渐渐好转，逐渐驱散了夜间的阴霾，绝望的情绪也稍稍减轻。待艾兰妈妈走进来时，他凝视着她，轻声说道："我差点就要说我不回了。"艾兰妈妈坐了下来，她缓缓地拿起一小块面包，细细地品尝着，沉思间，她开口说道："如果你真这样说，我会支持你的，源。我不会强迫你的决定，这是你的人生，而他只是你的父亲。如果你觉得对他的责任感重于自身的追求，那就回去吧，我不怪你。但如果你决定不回，那就留下，我会一直帮你，我不怕他。"

　　听了这些话，源再次鼓起勇气，温暖而坚定，仿佛已经敢于反抗父亲。然而，这还需要无畏的艾兰推波助澜。当他中午回到家时，艾兰正在客厅里逗一个小狗玩，那是只毛茸茸的小狗，鼻子黑黑的，是那个吴先生送给她的礼物，她非常喜欢。源进来时，艾兰抬起头，大声说道："源哥哥，我妈今天和我说了一些事，让我和你谈谈。我俩都是同龄人，她觉得你可以听下我的想法。源哥哥，你真傻呀，你可千万别听那个老头的话！他是我们的父亲又如何？我们没法改变这一点。我和我的朋友们绝不会考虑这样的事情——同一个素未谋面的人结婚，这太荒唐、太愚蠢了！你就算拒绝了，他又能怎么办？他不可能带着军队过来把你抓走。你在这个城市很安全，你已经长大了，你的生活掌握在自己的手中，总有一天你会如愿娶到心仪之人。你很优秀，不必去同一个连自己名字都不知道怎么写的无知的人结婚，甚至她还可能缠足呢！别忘了，我们这些新时代的女性是绝不会做妾的。没错，我们决不愿意。如果你娶了父亲选中的那位姑娘，她就是你的妻子。我绝忍受不了做一个二房，如果我选择了一个已婚男人，他就必须同他的第一任妻子断绝关系，永远不再和她来往，而我才是他的唯一。我对此已立下誓言。源哥哥，我们新时代的女性有着姐妹联盟，我们已经立下誓言：宁可不嫁也不做妾。所以，你最好现在反抗父亲，不然的话，将来也不会有好日子。"

艾兰的这番话，正是源心中所想但无法说出口的。听着她那柔中带俏，但格外真挚的抚慰声音，再想到这座城里有那么多像她这样的人，源为其明艳而执拗的美所折服，一种坚定的想法在他心中渐渐萌生："是啊，我的确不属于父亲的那个时代。如今，他确实无权再这样左右我的一切。是这样的……是这样的！"

此刻，源情绪高昂，他径直回到房间，趁着这份勇气未散，迅速写下："父亲，我不会为了这件事回去。如今我有权利按照当今的方式去生活。这是新时代。"随即，源坐了下来，沉思片刻后，又觉得自己写得过分直白，或许，可以更委婉些。于是他又写道："再者，现在正值学期结束，此时回去非常不便；若是回来，考试便错过了，几个月的心血也将白费。父亲，恕我直言，其实我并不愿同那名女子成婚。"尽管在信的开头和结尾都按礼数已经写得很得体了，源又添了几句温和的话语，但是，他依然将自己的心意表达得清清楚楚。他没有将信托付给仆人去送，而是亲自贴上邮票，走到阳光明媚的街道，将信投入了信箱。

信寄出后，源感到精神抖擞、如释重负，不再回想信上所写的内容。回去的路上，源的心情渐渐好起来，看着身旁来来往往的新时代男性、女性，他越发坚定自信。不得不说，在这个时代，父亲逼迫自己成婚实在是太过荒谬了。如被这熙熙攘攘的人群知晓，只会对这些陈旧腐败的观念嗤之以鼻，并嘲笑为此感到恐惧的他为傻瓜。行走在人群之中，源突然感到前所未有的安全。这才是他的世界啊，一个属于自由男女的新世界，每个人都有权掌握自身的未来。似是拨云见日，源突然不想直接回去读书了，不如去消遣一番。这时，街边一座灯光璀璨的电影院引起了他的注意，招牌上用多种语言写着："今日上映年度巨片——《爱的轨迹》。"于是，源转过身，跟着人群走进了敞开的大厅。

但是，源的父亲并未就此罢休。七天内，他便回信了。这次他写了三封信，分别寄给了源、艾兰的妈妈以及源的大伯。这些信的内容虽各有不同，但实际上都表达了一样的意思，值得一提的是，这些信并非他亲自撰写，因此语言显得更加流畅。但是，这种流畅反而让言辞显得更加冷漠与愤怒。信中表示，风水师称本月三十日是良辰吉日，源将在当天成婚。但那天恰好学校要考试，源无法回家结婚，所以他的父母决定让人代他成婚，也就是他的堂兄——王掌柜的长子将替他出席婚礼，代他应答。而那一天的婚礼，源亦算完成了，和他亲自到场并无二致。

这些就是源在信中读到的话。这样，父亲就实现了自己的愿望。但源知道，父亲的残忍绝不是出于本心，而是被愤怒逼迫所致，他再次感受到父亲的那股怒气，心中不由得害怕起来。

此刻，源确实已无力抗衡了。按照古老的法则，父亲不过是在行使既有权利而已，就如无数父亲历来所做的那样。源对此心知肚明。那天，源在门口接过仆人递来的信，独自一人站在小厅里读着，他感到自身的勇气正一点点从心头褪去。自己不过是一个孤独的年轻人罢了，怎能抵挡这数百年来沉淀至今的传统力量啊？他缓缓转身，走进了客厅。艾兰的小狗在客厅里，一看见源就走了上来，轻轻嗅着，当源不予理会时，它便发出几声短促而尖锐的叫声。虽然源平常总会被这只小"猛狮"逗乐，但这次他无动于衷，只是坐着，双手托腮，任由小狗继续叫着。

小狗的叫声吸引了艾兰妈妈的注意，她走进客厅四处查看，看是否有客人登门。但一见到源，她便明白了缘由。在源收到信之前，她已经收到了信件。于是她柔声地安慰道："孩子，你不要垂头丧气。这已不是你一个人的事情了。我会请你大伯、大妈和大堂哥一同前来商讨解决办法。你父亲不是这家中唯一的决策人，甚至也不是家中最为年长的人。若你大伯态度坚决，我们或可劝说你父亲改变他的想法。"

但一想到那年老体胖、贪图享乐的大伯，源顿感悲愤，他大喊："大伯什么时候态度强硬过？他不可能强硬的，我敢说，这世上只有那些掌控军队和武器的人才是最强硬的，他们能以此逼迫他人屈服，没有人比我更了解这一点了。我曾无数次看见父亲用死亡的威胁来强迫别人顺从他的意愿，次数真的多到无法数清！人人都畏惧他，只因他掌控着刀剑枪炮。我算是看出来了，他是对的，最终能掌控一切的，确实是这种力量……"

说着说着，源忍不住抽泣了起来，偌大的无助感笼罩着他的心灵。他渐渐意识到，在此刻，自己之前的逃避和任性都只是白费工夫罢了。

但过了一会，在艾兰妈妈的劝慰安抚下，源渐渐平静下来。当晚，她便安排了一场家庭聚会，邀请了所有的亲戚。大家应邀而至，酒足饭饱之后，艾兰的妈妈向大家讲述了整件事情的经过，所有人都静静听着。

盛、孟和艾兰也在场，但因年纪尚轻，他们被安排在次座。艾兰的母亲按照传统礼制安排座次，毕竟这是一场为商议大事而召开的家庭聚会。年轻人遵循礼节，静静地等待着。即便是活泼的艾兰，此刻也默不作声，然而她的眼中闪烁着狡黠的光芒，显露出她内心对这种郑重场合的嘲弄，心里想着日后一定要调侃一番。盛坐在那里，神情恍惚，心中仿佛想着其他更为愉快之事。而孟却是最沉默的，他面色涨红，愤怒之情溢于言表，他的思想都集中在源的这件事上，但他无法开口，故深感苦恼。

照理说，大伯应该率先发言，但很明显，他很不情愿。源望着他，心中最后一丝渺茫的希望也随之破灭，他并不指望大伯会说出帮助自己的话。大伯忌惮的有两个人，首要的是弟弟王虎。他回想起年轻时刚烈不羁的王虎，又想起自己的二儿子如今正在内陆的一个大城市里过着优渥的生活，并以王虎的名义管辖那里。每当大伯需要用钱之时，这个儿子总会寄些钱回来。在这个消遣方式有千万种的由外国人管辖的城市里，什么时候他不需要用钱了？所以，大伯是不可能去得罪王虎的。此外，他还怕自己的老婆——他一群儿子的母亲。她已明确地告诉他应该说些什么。出门前，他老婆特地把他叫到房里，明确告诫他："你不得替王虎儿子说话。第一，我们这些做长辈的必须团结一致；第二，若将来真的有新的革命风潮，或许到时还需倚仗王虎的援助。我们在北方还有地皮，我们可不能不为自己考虑。再说了，王虎是占理儿的，他儿子理应顺从。"

她说这些话时语气是那么坚定，此时大伯看着她咄咄逼人的目光，额头上冒出了细密的汗珠。开口前，他揩了揩自己光秃秃的脑袋，端起茶杯啜了一口，又咳嗽了几声，吐了一两口痰，极力拖延时间不去发表意见，但众人依旧在等待着，于是他只好发言。他吞吞吐吐，气喘吁吁，声音因年迈和肥胖而沙哑低沉："我弟弟给我写了一封信，说准备给源完婚。但是，我得知源不愿结婚。同时，我被告知……被告知……"

他支支吾吾，目光又与自己的老婆相撞，赶忙移开视线，头上又沁出汗珠，只得再次揩了揩头。此刻，源看着他，内心满是恨意——自己的命运竟要由这样一个人来评议！

忽然，源感到一股目光逼来，抬眼一看，正对上孟满含轻蔑与质问的眼神，仿佛无声地在说："难道我没告诉过你，我们不能对这些老家伙抱有希望吗？"

但此刻，在他老婆那冰冷目光的逼视下，大伯忙不迭地开口说道："不过，我觉得……我觉得……儿子还是应当听从父命的……三纲五常也是这样说的……毕竟……"说到这里，王大伯突然笑了起来，仿佛终于找到了自己的话头，"不管怎么说，源啊，我的孩子，女人其实都差不多，成婚后你就不会太介意了，这只是一两天的事。我会给你们校长写封信，请他给你准假免考，你父亲要是高兴了，对你也有好处，毕竟他性子那么暴躁……再说了，将来我们或许还需要……"

说到这里，他的目光又落到他老婆的身上，对方眼神中的无声怒意狠狠逼住了他，他突然收住话头，有气无力地说道："这就是我的想法。"随即他急忙转向长子，如释重负地说："你来说两句，孩子，到你了。"

随后，大堂哥开口了。他说得更加合情合理，但两面讨好，他不想得罪任何人。他温和地说："我理解源向往自由的心情。我年轻时也是如此。那时，我曾为婚姻大动干戈，想同喜欢的人结婚。"他微微一笑，讲话比平常更加勇敢，若他那聪明又漂亮的妻子在场，他可不敢这么说。他的妻子快要临产了，而这已经是第五胎了，这令她恼怒不已，发誓说以后要学外国人避孕的方法。因为她不在场，长子略显轻松地笑了笑，看看父亲说道："说实话，我现在时常会想自己那个时候为什么要为此大吵大闹。毕竟，正如父亲所说，女人都差不多，婚姻也是如此，结局总是一样，迟早会来的。所以婚姻之初保持冷静理性才是妥当之举，因为最终婚姻往往会归于平淡冷寂，而理智比爱更能持久。"

就这样，再没有其他人发言。有学识的女士并未开口，因为她清楚，在这两个男人面前说什么都是徒劳，于是她打算没人的时候再跟源说。几个年轻人同样是一言不发，因为他们也觉得多说无益。因此，他们找了借口——溜出了房间，来到另一间屋子里，纷纷以各自的方式劝慰源。盛对源发表了自己的看法，他觉得整件事情都很荒谬可笑。他一边笑，一边用那双苍白纤细的手顺了顺头发。接着，他又笑道："源，要是换了我，压根都不会理睬这样的召唤。我真替你打抱不平，还好我知道我的父母不会如此对待我。尽管他们可能对新事物颇有微词，但也已经习惯了这城市的生活，不会真逼我们做什么，他们只是靠嘴上说说来施展权威罢了。别太在意……按你自己的意愿生活。也别说气话，你想怎么做就怎么做。没必要再回去。"

艾兰也激动地喊道："盛说得对，源哥哥！别再想这事了，你会留在这，和我们一起生活，我们都是新时代的年轻人，其他事你就不要放心上了。这里的一切都足以让我们感到快乐，让我们的生活多姿多彩。我发誓，我再也不想去其他任何地方了！"

孟一直默不作声。待大家冷静下来，他才缓缓开口，语气甚是严肃沉重："你们说的太幼稚。按照伦理，源必须在他父亲指定的那天结婚。根据这个国家的法律，他再也不会自由。'他不再自由'……无论他怎么说、怎么想，抑或如何自娱自乐……他都不自由了……源，你现在愿意参加革命了吗？你现在明白我们为什么一定要反抗了吗？"

源看着孟，在孟的目光中，源感受到了孟熊熊的怒火，也感受到了他内心的绝望。源内心一震，从自己的绝望中平静地回道："我愿意！"

就这样，王虎一步步将儿子逼成了自己的敌人。

此时，源自认为自己终于能够全身心投入拯救祖国的事业中了。此前，每当听到"我们必须救国"的呼声，他虽然心中激动，感到这是一项应当做的事情，却始终没有付诸行动，因为他内心充满困惑。所谓"拯救"究竟意味着什么？如果真能救国，又应当从何处拯救？甚至"国家"二字，在他心中也是模糊的概念。早在孩提时代，父亲请的家庭教师就曾如此教导他，那时他便怀有强烈的冲动，想要行动，但深感迷茫——他虽然愿意做些什么，却始终找不到明确的方向。在军校，他听闻了外国列强侵害祖国的许多罪行，然而，父亲也成了敌人，这使得他依旧无法清楚地看待整个问题。

在这所学校里，情况亦是如此。源常常听到孟谈论同一个话题——如何拯救国家。孟几乎没有别的事情可谈，如果不是在讨论自己的事业，他便默不作声。这些日子里，孟几乎不再看书，忙于参加各种秘密会议。他和他的同志们不断策划抗议活动，反对学校和城市当局的权威。他们举着旗帜游行，沿街高喊口号，反对外国侵略者、反对不平等条约、反对城市和学校的各项规章制度，反对一切不符合他们意愿的事物。孟强迫别人参与这些游行，尽管有些人心有不甘，但他能凭借如军阀般的威慑力逼迫他们。那些不愿加入的同学，他会用严厉的语气吼道："你不爱国！你是外敌的走狗！祖国被敌人摧残时，你却还在跳舞、玩乐！"

一天，当源推说自己忙，没时间参加游行时，孟甚至愤然朝他吼了起来。相比之下，盛总能轻描淡写地笑着调侃几句，以缓和孟的怒火，毕竟对他来说，孟是他的亲弟弟，其次才是那些激进青年的领袖。而源和孟只不过是堂兄弟关系，只能尽可能地躲避孟。对源来说，此刻最好的避风港就是那块属于他自己的地。因为孟和他的同志们无暇在土地里进行枯燥费力的耕作，而在那里，源自可安然无虞，不必再担心被他们打扰。

但此刻，源终于明白了拯救祖国的真正含义。就目前而言，拯救祖国就是在拯救他自己，此刻，他终于看清父亲为何会成为自己的敌人，若他不自救，便无人能救他。

源全身心地投入了这项事业中。他无须证明自己的真诚，他是孟的堂兄弟，孟也愿意为他做担保。孟确信源是真心的，他很清楚源为何愤怒，也深知唯有如此强烈的个人愤恨才能激发对事业的忠诚。源痛恨旧制度，因为旧制度已然成了他眼前的敌人；他愿意为国家赢得自由而战，因为唯有如此，他才能获得自由。那天夜里，他便与孟一同前往一条小巷尽头的一栋老屋，参加了一场秘密集会。

这条街是穷人流连的妓女街，往来的多是衣衫不整的男子，年轻工人也时常出没其中，但谁也不会多看一眼，众人都心知肚明这是什么地方。孟领着源穿行在街道之中，对四周的喧哗声置若罔闻。他对此地非常熟悉，甚至懒得搭理那些从门里探出头来招揽生意的妓女。假如碰到那些纠缠过度、拽住他衣袖不放的妓女，他会甩开对方，就像赶走恼人的蚊虫一般。只有当源被紧紧拉住时，孟才会大声喝道：

"放手！我们早有安排了……"孟继续大步向前，源紧随其后，为摆脱纠缠而感到高兴，因为那个女人容貌粗鄙，眼神淫邪，显得十分瘆人。

随后他们走到一幢房前，一个女人给他们开了门。孟带着源上了楼梯，进了一间房。房中已有五十余名青年男女等候着。见到源跟着他们的领袖进来，屋内的低声谈话顿时戛然而止，随之而来的是一阵短暂的沉默和疑虑。见此情形，孟说道："大家无须担心，这是我的堂兄。我和你们曾说过，我非常希望他能加入我们，他能帮我们很大忙。他的父亲手握一支军队，将来或许能为我们所用。但他之前不清楚我们的事业，一直不愿加入。直到今天，他才明白我所言非虚，他的父亲是他的敌人，就如同我们的父亲是我们的敌人一样。现在，他已对他父亲恨之入骨，已经准备好了。"

源静静地听着，环视着这些激情洋溢的面孔。尽管有些人脸色苍白，有些人并不出众，但这些人的眼中都透着一股不容忽视的炽热。听着孟说的这些话，看着周围的这些人，源的内心猛地一沉……他真恨父亲吗？一瞬间，他觉得很难去恨父亲。他内心动摇了，心中对"恨"一词产生了疑虑。他痛恨父亲的作为，他痛恨父亲做过的很多事。然而，就在这时，一个身影从角落里悄然走了出来，朝他伸出手。源一眼就认出了这只手，他转过身，迎上了那张熟悉的面孔，是那个女生。她用那种独特而动人的声音说道："我早就知道，终有一天你会加入我们的，终有一件事会让你加入我们的。"

看着眼前这一幕，握着那个女生的手，听着她那动人的声音，源心中泛起了一阵亲切感与温馨感，内心瞬间回想起父亲的所作所为。是的，既然父亲做出了那么令人憎恨的事，让他同素未谋面的女人结婚，那父亲确实可恨。他紧紧握住女孩的手。她的爱狂野又甜美，她就在这里，握住了他的手，源突然觉得自己已经是他们中的一分子了。他迅速环视了四周，啊，在这儿，大家都很自由，很年轻，彼此为伴！孟仍在讲着。源和那个女生就这样站着，一男一女，手牵着手，却没人会觉得奇怪。在这里，一切都是自由的。孟最后说道："我为他担保。如果他叛变了，那我也会去死。我在此立誓。"

孟说完后，这个女生依旧紧紧握着源的手，领着他朝前走了几步，说道："我也——替他担保！"

就这样，她将源和自己以及同志们紧紧地连在了一起。没有任何异议，源宣誓加入。在大家的凝神屏息之中，孟用一把小刀划开了源的手指，鲜血微微渗出。孟用一支毛笔蘸了蘸血，然后源用这支毛笔在誓言书上写下了自己的名字。接着，大家一同起立，集体宣誓接纳源，并给予他一个象征兄弟情谊的手势。最终，源成为他们的一员。

渐渐地，源发现了许多之前未曾察觉之事。他发现，这个兄弟会与无数其他兄弟会保持着联系，就像一张无形的网，遍布了国内的多个省份和城市，尤其是向南延伸。军校所在的那个南方大城市就是所有兄弟会的中心。通过秘密电讯，指示从这个中心传达出去。孟知道如何接收和解读这些讯息，有人协助他召集所有成员，然后孟便会告诉他们该做什么，如何发起罢工，或是起草声明。与此同时，数十座城市也都在悄然执行同样的计划，在全国各地，许多年轻人就是这样秘密地集结起来的。

这些兄弟会的每一次聚会，都是为将来实现宏伟计划的重要一步。但实际上，这些计划对源来说并不新鲜，诸如此类的事情他已耳濡目染。从他孩提时起，父亲就常说："我要夺取政权、富强国家、建立新朝。"王虎在年轻时也怀有这样的梦想。后来，源的家庭教师也悄悄教育他："总有一天，我们一定会夺取政权，建立新朝……"

在军校，他也听到过这些话语。而如今，这些话依旧在耳边回响。但对许多人来说，这是一个崭新的呼声。对于那些商人之子、教师之子，以及那些生活平凡、习惯于日常琐事的年轻人来说，这无疑是最为震撼的召唤。说起建立国家、振兴国运、与外敌激烈作战的梦想，每一个普通青年都会心潮澎湃，幻想自己是一位统治者、政治家或是将军。

对于这种召唤，源早已见怪不怪，他常常不能像其他人那样动辄大声疾呼。有时，他还会频频发问，弄得他们烦躁不已。比如："我们该如何做这件事呢？"或者是："如果我们不上课，老是示威游行，那又该如何救国呢？"

渐渐地，源学会了保持缄默，因为其他人忍受不了这样的质疑。如果他不像其他人那样行事，就会将孟和那个女生置于十分为难的境地。孟私下对他说："你无权质疑上边的命令。我们必须服从，只有这样我们才能为迎接那伟大的一天做好准备。我不能让你再这样质疑下去，因为其他人也不能这样做，不然他们会说我偏袒亲戚。"

于是，源只得压抑内心的疑问：如果必须服从那些自己无法理解的命令，那么自由究竟何在？他告诉自己，或许他们终将获得自由；也告诉自己，眼下别无选择，显而易见，他在父亲那并无自由，而如今，他已与这些人休戚与共。

因此，在这些日子里，源都尽力履行分派的职责。他准备好游行的旗帜，因为文笔清晰明了，远胜大多数人，他为这样或那样的事向老师写请愿书。罢工之日，当老师拒绝了他们的请求，他也会跟随罢课，但是暗地里仍会努力自学，以免耽误功课。他还走访了一些工人家庭，分发写有控诉的传单，内容都是工人们被苛待、工资微薄，而他们的雇主却借此大发其财的陈词滥调。虽然这些事早已为工人所知，但由于他们不识字，源便为他们朗读。工人们却听得格外投入，彼此面面相觑，越发意识到自身所受压迫之重。有的人高声喊道："对啊，我们的肚子从来没填饱过！"另一人也附和："对啊，我们白天黑夜地干活，孩子却饿着肚子！""我们这些人没有指望了。今天怎么样，明天还照旧，永远也不会变，做一天吃一天而已。"他们互相对视，眼中充满了愤怒与绝望，因为他们意识到，自己正受着残酷压榨。

源看着他们，听着他们的抱怨，心中不免为他们感到悲哀。这些人确实一直被残酷地压榨，而他们的孩子也吃不饱，饿得面黄肌瘦，从小就得长时间在织布机或外国的机器旁干活，常常在工作中丧命，却无人过问。他们的父母甚至也不会在意多少，毕竟生孩子是件易事，而且在贫苦人家，孩子总是供过于求的。

不过，虽然源很同情他们，但能远离这些人他还是很开心的，因为这些穷人身上总有一股难闻的气味，而他本就爱洁净。甚至当他回到家洗浴过后，仍感觉这股气味萦绕不散。在安静的书房里独自看书时，他感觉还能嗅到那气味。换了衣服也无济于事，甚至到娱乐场所也无法摆脱。跳舞时闻着怀中女孩的香气，或者享用干净精致的佳肴，他依然能嗅到那股穷人身上的气息。那气味无孔不入，让他厌恶不已。源这种本能的抵触使他无法完全融入任何事物，因为总有细微之处刺激着他的感官。他虽为自己的过分挑剔心生惭愧，却也明白，这种天生的排斥令他在这份事业中很难全心投入。

自源加入这个团体后，源还面临着另一个难题，这常常让他无法全心投入事业，也让他与其他人之间产生了难以消弭的隔阂。这个难题，便是那个女生。自源投身这个事业后，这个女生就认定源是属于她的，应该一起生活。在这些年轻人中，有些情侣公开同居，这并不是什么特别的事情，也没人对此议论纷纷。他们互称同志，任何两个人之间的关系只有彼此愿意才能保持。而这个女生也满怀希望源能与她同居。

但奇怪的是，倘若源不参加这项事业，仍过着以前那自在愉悦的生活，也不常见到这个女生，只是在校园里偶尔见几面，偶尔一起散散步，那么她大大咧咧的性格、动听优美的声音、坦诚的目光以及温暖的双手，反而会因与他所熟悉的、像艾兰的朋友们那些女孩迥然不同，而最终可能会悄然吸引他。源同女生在一起时向来很腼腆，洒脱大方对他来说反倒成了一种诱惑。

但如今，源随时随地都能见到这个女生。她用行动表明源是属于她的。每次下课，她都等着源一起离开。大家都知道这件事，源的同学常常调侃他，冲他大声嚷道："她等着你呢——她等着你呢——你跑不了咯——"这种嘲弄的声音，常常在他耳畔萦绕，难以消散。

起初，源假装没听见这些话，实在装不了就勉强苦笑一下。之后，他变得羞愧起来，试图拖延离开的时间，或是悄悄绕道而行。但他仍无法鼓起勇气对她当面说出："我不喜欢你一直等我。"他不敢这么做，只敢假装同她打招呼。每当源参加秘密会议时，这位姑娘总在身旁替他留了一个座位，而旁人都认为这两人已形影不离，俨然是一对了。

但他们并不是一对。源无法爱上这个姑娘。两人见面的次数越多，这位姑娘越频频触摸他的手，把他的手久久握住毫不掩饰内心的渴望，源却发现越难爱上她。可即便如此，源仍然珍视她，女生对他的忠诚与真挚他难以忽视。有时他甚至会感到羞愧，觉得自己在利用她的情意。当源被指派去做一项不喜欢的工作时，女生总能察觉到他内心的抗拒。只要她能够做，她就会主动声称自己愿意去，这样，源就得以去做自己喜欢的事，比如一些文书工作，或是去乡间与农民交谈，而不是去面对那些散发着刺鼻气味的城市贫民。所以，源不愿惹她生气，他感激对方的付出。源的内心常常感到惭愧，羞愧于自己享受着人家的好，却终究无法回以真爱。

虽然一直以来源并未挑明，但是他越是抗拒，她的爱便越炽热。直到有一天，就像所有此类事情一样，这种感情到了必须用话挑明的地步。那天，源受命去一个指定的村庄，他本想独自前往，回程时顺道看看自己那块地。自从加入事业后，源便忙得少有机会前往。这一天阳光和煦，正是晚春最美的时节，他打算步行去村子里，坐下与农人们闲聊一会儿，悄悄分发一些小册子，然后朝东绕回到自己的那块地里。他喜欢同农民交谈，常常只是闲话家常，而不是刻意说服谁，他也会静听他们说："哪里有过这种事呢，土地竟要从富人手中夺走分给我们？年轻人，我们觉得不大可能，我们宁愿不这样做，免得以后受惩。倒不如像现在这样，至少我们了解自己的难处，都是些老问题，我们心里有底。"这些人里，只有那些连一寸土地都没有的人才会欢迎新时代的到来。

但在这天，当他已经计划好独自度过这宁静欢愉的时光时，这个女生找到了他，笃定地说道："我和你一起去，我去和农妇们聊聊。"

源不愿带她去的理由很多。在她面前，源觉得自己必须激烈地宣传他们的事业，这让他很不自在，他不喜欢这样。同时，他也害怕两人独处之时，姑娘会触碰他。他也去不了自己的那块地了，他怕碰到那位心地善良的农民。他还没有告诉农民自己加入的事业，不想人家东猜西想，所以他不希望带着这个女生一起去。更重要的是，他不想让女生知道，对于亲手播种的庄稼，自己有多么关心它们的长势！他不想让她看到自己对这些事物奇特而深厚的迷恋，生怕她会惊讶不已。他倒不担心女生笑话他，她向来不轻易嘲笑，但源怕她震惊，怕她无法理解，怕她心生轻蔑。

然而，他无法劝她不去，她巧妙安排，让孟把这任务交给了她，因此她便非去不可。于是他们一起出发了。源默默地走在路的一侧，如果她走到他这边，不一会儿，源便会以路不平为由走到另一侧。等踏上乡村小道时，源才松了口气，道路越发狭窄，两人只能一前一后走着。源走在前头，这样就可以四处张望，而不会看到她。

但很快，这个女生就察觉到了源的心思。起初，她尽量平静地说话，仿佛并不在意源简短的回应，后来便陷入沉默，最后，两人都一言不发，只是默默地朝前走着。然而，源始终能感觉到她内心的情绪在一点点积聚，不由得忐忑起来，却只能固执地继续往前走。这时，他们来到一条小路的拐弯处，这里早年栽种的柳树如今已十分苍老，由于经常剪枝，新生的枝条生得很稠密，错落交叉，遮蔽在小路上方，投下了浓密的绿荫。穿过此地时，源突然感到双肩被人从背后抱住了。这个女生把源的身体扭过来，一下扑倒在他的怀里，伤心地抽泣起来。她哭着说："我知道你为何不爱我了……我知道你晚上都去哪了……那天夜里，我跟在你后面，看见你和你妹妹在一起。你们走进了那家大酒店，我看到那里的女人了。同我相比，你更喜欢她们……我看到跟你跳舞的那个女人了……她穿着桃粉色的旗袍……她那副无耻样，整个人贴在你身上……"

她没说错。源有时候是会陪艾兰一起出去玩，他还没跟艾兰和她母亲说过自己加入革命事业的事情。虽然他常以忙碌为借口，不像艾兰那样常去寻欢作乐，但有时源必须得跟着去，否则艾兰会起疑，而她母亲也希望源可以去陪陪艾兰，这样她才放心。听着女生的哭诉，源想起来，几天前的一个晚上，他和艾兰一起去参加她挚友的生日宴会，地点在城里一家豪华的外国酒店。那晚他确实与艾兰的这位朋友共舞，宴会厅有着巨大的玻璃窗，厅内的活动从街道上几乎可以一览无余，毫无疑问，透过玻璃，女生将他从人群中辨认出来了。

他全身紧绷，怒意涌上心头，不满地说道："我是和我妹妹一起去的，而且我是受邀去的，而且……"

但女生已经感觉到在她温暖的双手下，他那逐渐冷漠的身体了。她猛地抽出身来，怒火中烧，更加不满地叫道："没错，我看见你了——你搂着她，根本不怕和她接触，可你却像避开毒蛇一般，躲避我！你想过没有，如果我告诉别人，你同那些我们所憎恨之人、同我们所抵抗之人混在一起，你的命运会如何？你的命运全在我一念之间！"

源心里清楚她说的一点不假。但他只是冷冷地、轻蔑地回答道："你觉得，这样说就能让我爱上你吗？"

听见这话，她再次扑向他，没了刚才的气势，在他怀里低声抽泣着。她抬起他的两只胳膊，强迫着让源搂住自己。两人就这样站着。过了一会儿，源禁不住被她的抽泣触动了，心里很是过意不去。最后她说："你已经完全征服了我，如果说这违背了你的意愿，这也违背了我的心，因为我从未想过要被任何男人征服……但我知道，我宁愿放弃事业，也不想离开你……我太任性，也太软弱了……呜呜呜……"源内心泛起了强烈的怜悯之感，虽然有点抗拒，但并未把胳膊抽走。

片刻后，她渐渐平静，从他怀中抽身，抹去泪痕，两人继续往前走。此刻，她显得格外伤心，十分安静。直到工作结束，她也再没说过一句话。

源和她都心知肚明，两人之间是什么问题。可是，源的任性在于，在此之前，他从未真正关注过艾兰的任何朋友。所有那些富家千金在他眼中几乎没有区别，她们有着高亢欢快的嗓音、银铃般的笑声，穿着华丽的衣裙，耳环闪耀，肤如凝脂，指甲上抹着鲜艳的指甲油，所有的特征都如出一辙。他喜欢音乐的韵律，而一个女孩则是对音乐的有益补充，如今，他和女孩子相处，已不再像最初那样手足无措了。

但是这个女生不断的嫉妒情绪，反而驱使着源开始莫名地打量那些她所嫉妒的女孩子。这些女孩的快乐在源看来是甜美的，因为这个女生从未快乐过。这些女孩的快乐似乎没有任何实质的原因，只是单纯地寻求快乐，而源从中找到了某种奇妙的乐趣。于是，他挑出了自己最喜欢的几个女孩。其中一个是一位王爷的女儿。这位王爷已经上了年纪，自清王朝灭亡后便一直在这座城市里避难。他的女儿是源见过最娇小妩媚的姑娘，美得不可方物，一想到她源便忍不住想再见她一次。另一位姑娘年纪稍大，她喜欢源的年少英俊。她曾发誓终身不嫁，要终身经营自己的女子服装店，但她依然乐于调情，源心里清楚，自己在她心中分量不低，而源也为之迷人的外表、曼妙的身姿以及乌黑光滑的短发而陶醉。

源偶尔会对这两位女孩，甚至其他几个女孩动心，而那个女生总会跑来指责他，这让他心生内疚。那个女生时而愤愤恳求，时而冷漠憎恨。他俩之间特殊的同志关系让他感到强烈的束缚感，但他始终无法爱上她。

有一天，距离父亲为源在那遥远小镇安排婚礼的日子没几天时间的时候，源站在房间的窗前，孤独而忧郁地望着街道，心中不悦地想着今天又得见那个女生，但他转念一想："我曾反抗父亲，他束缚了我，可我怎会这么愚蠢，竟让她也束缚了我！"这一想法让他猛然意识到自己竟然再次丧失自由，他感到一阵愕然，便急忙坐下，开始思索该如何逃脱，如何重获自由，摆脱这份如同父亲施加的枷锁一般沉重而隐秘的新束缚。而就在这时，他突然获得了解脱。原来，一直在南方不断壮大的革命力量终于迎来了宣战时刻。南方的城市里，革命军迅速穿越这片国土的中心，掀起了前所未有的风暴。就如同一场巨大的台风，肆虐沿海，南方的军队瞬间变得有血有肉、坚不可摧，仿佛充满了超凡的力量，几乎整个国家，所有城市的街头巷尾，在他们到来之前、进驻期间和离开之后，都流传着他们所向披靡、战无不胜的故事。因为这支军队几乎都是年轻的男子，其中也有女孩，都充满了神秘的力量。这些人不是为了金钱而战斗的，而是为了他们视为生命的信念而奋斗的。正因为如此，他们战无不胜。他们所到之处，那些为统治者效力的雇佣兵就如同枯叶般迎风而逃。早在他们抵达一处之前，此处便会流传着他们强大且无畏的传闻，令人心生恐惧，传说死亡无法触及他们，因为他们从不畏惧死亡。

　　于是，源所在城市的政府陷入了极度的恐慌，他们开始搜捕所有已知的革命党，以防止这些人同城外的革命军里应外合。像孟、源以及那个女生这样的学生，在其他学校里也大有人在。短短三天内，政府就调兵遣将，闯入每个学生的房间搜查。要是发现任何与革命相关的物品，哪怕是一本书、一张传单、一面旗帜或是任何象征革命的标志，无论男女，一律枪决。这三天内，数百名青年男女遭到处决，没有人敢有异议，生怕因此被视为革命党的同谋，连累自己丢掉性命。而那些受难的人群中，许多都是无辜者。因为一些卑鄙之人有私敌，欲除之而后快，便偷偷告密，诬告他们是革命党，凭借这些空口无凭的指控，许多人也因此丧命。当权者闻风丧胆，宁可错杀一千，也不愿漏掉一个，生怕城内的革命党与外来的革命军联手。

然后有一天，这事就毫无预兆地发生了。一天上午，源坐在教室里，知道那个女生肯定在看他，他心里暗暗发誓绝不回头，但又觉得有点于心不忍，正准备回头的时候，突然，教室里冲进来一群士兵，为首的军官喊道："全体起立，接受检查！"然后，他们每一个人都站起来，一脸茫然、疑惑和害怕，士兵们开始搜他们的身，检查他们的书本，还有一个士兵负责把他们的住址记在一个本子上。现场鸦雀无声，老师也一声不吭地站着，无能为力。教室里，只有士兵们的佩剑碰到军靴后跟发出的叮当声，还有厚重的军靴踩在木地板上的咚咚声。

从寂静、惊慌的一屋子人中，有三个学生被拉了出来，因为从他们身上发现了什么东西。有两个是男生，但第三个就是那个女生，从她的口袋里搜出来一张纸，上面有"反动"的内容。这三个人被士兵控制住了，当他们收队离开时，用装了刺刀的步枪推了推这三个人，催促快点走。源目睹这一切，茫然无助地看着那个女生就这样往外走。在教室门口，女生转过头来，看了他一眼，再也没移开目光，眼神中有哀怨，有太多说不出口的话语。一个士兵用步枪狠狠地碰了她一下，推着她往前走，然后，她就走了，源知道，他可能再也见不到她了。

他的第一反应是"哈哈，我自由啦！"但旋即他为自己的窃喜感到羞愧，他想起了女生临走时看向他的哀怨眼神，愧疚感油然而生，因为尽管她全心全意地爱着他，他却不爱她。他试图为自己开脱，心里默默地喊道："我有什么办法！我不想要她，我能怎么办呢！"但又有一个更小的声音说道："是的，但要是我知道她这么快就要死了……难道我不应该给她些许安慰吗？"

但是，他的这种内心挣扎很快就被打断了，因为那天不会再有课了，老师把他们解散了，他们都慌慌张张离开了教室。在慌张中，源感觉有人抓住了他的胳膊，扭头一看，是盛，盛悄悄地把他引到一边，确保没人能听见他们说话，他光滑的脸破天荒地惊慌失措，低声说："孟在哪里？……他不知道今天的突击搜查，要是他被查了……要是孟被杀了，我父亲会难过死的。"

"我不知道，"源回头看了看，说道，"这两天我都没见过他……"

盛赶紧走了，从每个教室里拥出来大批沉默、惊恐的学生，盛敏捷的身体在人群里快速穿梭。

源选择了安静的小路回到了家，赶紧找到了女士，跟她说了学校发生的事，最后，他还安抚女士说道："我当然没什么要害怕的。"

但女士想的要比源更细致，她迅速说道："你想想……有人见过你和孟在一起……你是他的堂哥……他来过这儿。他有没有在你的房间留下过书啊、纸啊或者什么不起眼的东西？他们会到这里来搜的。哦，小源，你赶紧去看看，我再想想该怎么办，你父亲这么爱你，要是你遭受了什么，那都会是我的错，因为他要求你回家的时候，我没送你回去！"她的脸上露出了源从未见过的惊慌。

然后，她和源一道去他的房间，检查他所有的东西。就在女士翻阅每一本书，检查每一个抽屉和每一层书架时，源想起了女生寄给他的那封旧情书，他并没有销毁。他把那封情书夹在一本诗集的书页中，也不是说他有多看重，而是因为首先，这封情书于他而言很珍贵，毕竟它说到了爱……是他这辈子收到的第一封情书，自然在一段时间内让人难以割舍，其次，他把这茬事给忘了。于是，趁着女士背对着他的时候，他把这封情书抽了出来，在手心揉成一团，找了个借口离开了房间，溜进另一个房间，用火柴点着了。看着它在指间燃烧，他想起了那个可怜的女生，她看他的眼神，那种眼神，就好比一只野兔看着扑过来要将它生吞活剥的一群野狗似的。想起了这个女生，源的心头不由得一阵悲伤，那种莫可名状、痛彻心扉的悲伤，因为哪怕是现在，他比以往任何时候都更清楚，他不爱她，他也从未爱过她，他甚至对她的死都没感到难过，虽然对此他感到羞愧。就这样，这封情书在他的指间化为灰烬，仿佛从未有过似的。

然而，即使源想悲伤，也没有时间了，因为情书刚刚烧完，他就听见门厅里传来一阵嘈杂的人声，门开了，大伯第一个进来了，随后是大妈、大堂哥和盛，他们都焦急地问有没有人看到过孟。女士从源的房间走了出来，这些人你问我，我问你，乱成一团，都吓坏了。大伯的肥脸因为恐惧而在抽搐，他哭着说："我来这儿，就是为了躲避那些粗鲁、野蛮至极的佃户，我以为这儿有外国军队保护我们，我会很安全，我不知道这些外国人怎么就允许这样的事发生，现在孟找不着了，盛说他是个革命党，老天爷啊，我压根就不知道这事啊。为什么没有人告诉我呢？我本该早就知道的啊！"

"可是，父亲，"盛局促地小声答道，"除了絮絮叨叨，搞得尽人皆知外，你还能做什么呢？"

"确实如此，"盛的母亲挖苦道，"这个家要是有谁能守住秘密的话，也就只有我了。但我很难过哇，他也没跟我说，孟啊，我最喜欢的儿子哇！"

大堂哥面如死灰，焦急地说："就因为这个傻小子，我们所有人都危险了，当兵的肯定要来审问我们、怀疑我们。"

女士，也就是源的小妈，平静地说："我们都想想，在这样的危机中我们必须做什么。我得为小源着想，因为他归我监护。我已经想好了，既然他迟早要去国外上学，那我还不如现在就送他走。只要这事能成，所有材料都签了字，我就立刻送他出国，在国外他就安全了。"

"那我们都出国，"大伯急切地喊道，"在国外我们所有人都安全了！"

"父亲，你去不了，"盛耐心地说道，"除非是去上学，或者有其他特殊的理由，否则外国人不会允许我们去他们国家的。"

听到这话，老头气鼓鼓地挺起腰，翻了翻他的小眼睛，说道："他们不是也来我们国家吗？"

女士想安抚他们所有人，于是说道："现在讨论这些没什么用。我们老一辈的应该很安全的。像我们这样上了年纪的古板家伙，是不会被当作革命党杀掉的。你也不会，大侄子，你有老婆孩子，也不再年轻了。但是有人知道孟是革命党，因为他，盛是有危险的，小源也是，我们必须想个法子，把这三个人送出国。"

于是，他们计划怎么实施，女士想起了艾兰认识的一个外国朋友，可以请他起草许多需要书写、签署和催促的文件，她站起身，准备按门铃，叫一个用人去把艾兰从朋友家接回来，艾兰早上去那玩游戏了，因为这几天她不愿意上学，学校的骚乱让她很伤心，她难以承受这样的悲伤。

就在女士的手伸向门铃的时候，楼下传来一阵嘈杂，一个粗犷洪亮的声音传来："这里是王源的家吗？"

他们面面相觑，大伯吓得脸色跟牛肉上的脂肪一样苍白，四处张望，想找个地方藏起来。但是女士首先想到的是源，然后是盛。

"你们两个，"她深吸了一口气，"快！快到屋顶的小房间去！"

可是这个房间没有楼梯，入口只是一个四方形的洞，就在他们聚集的房间的天花板上。女士一边说，一边已经拖了张桌子过来，还拉了把椅子，盛一下子跳上前，平生第一次竟然比源还要敏捷，而源则跟在他身后。

但再快都已经来不及了。就在他们手忙脚乱的时候，门砰的一声，像被一阵大风刮开了，头十个当兵的站在门口，为首的军官先看着盛，喊道："你是王源吗？"

盛也是一脸煞白。他怔了一下，好像在想该怎么说，然后小声地答道："不，我不是他。"

军官吼道："那另一个就是他了！啊，我想起来了，那个女生说他又高又黑，眉毛也很黑，嘴巴却又软又红……就是这个了！"

源一句否认的话都没说，就被当兵的控制住，双手给拗到了背后，所有人只能眼睁睁地看着。大伯浑身发抖，眼泪哗哗，女士走上前想求情，她斩钉截铁地说道："你们搞错了……这孩子不是革命党。我可以替他发誓……他是个好学、谨慎的孩子……我的儿子从来没有参与过这种事……"

但是当兵的都粗俗地大笑起来，一个圆脸的高个子士兵大声说道："啊，夫人，母亲哪有真了解儿子的！要了解一个男人，得问他的女人……而不是他的母亲……那个女生供出了他的名字、这个屋子的地址，还准确描述了他的长相……啊，她很了解他的长相嘛，难道不是吗？……我敢打赌她知道他的每一面！……这个女生说，他是他们当中最厉害的革命者……对，一开始她很嚣张，脾气很大啊，然后她沉默了一会儿，接着就供出了他的名字，完全自愿的哦，一点都没用刑！"

这时，源看了眼女士，后者看上去有点茫然失措，好像压根不懂发生了什么。他什么话都说不出，但是心里在木然地想："所以，她是由爱生恨了！她用爱束缚不了我……所以现在用恨来束缚我了！"就这样，他被当兵的带走了。

心知自己必死无疑，源怕了。这些日子以来，虽然从未公开过，但据他所知，所有卷入这事的人下场都是一死。更何况那女人竟亲口报出了他的名字，这简直是板上钉钉的铁证。不过，虽然他心里明白，但"死"这个字对他来说还是有点不太真实，哪怕是当他被押进满是像他一样的年轻人的牢房时，哪怕是当他因为不适应牢房的黑暗而被门槛绊倒时，狱卒对他呵斥道："自己爬起来吧，明天你小子可就站不起来了！"哪怕是这时候，他仍无法理解"死"这个字的意思。狱卒的话像子弹在他心里上了膛，就等明天开枪。不过源还是仔细瞅了瞅这间昏暗拥挤的牢房，才得以松一口气——里面一个女的都没有，全是男的。"这样死也好，总比在这遇到她要好，若是让她知道我要死了，还是死在她手里，那我才受不了。"

这一切发生得太快，除了坚信自己会被救出去，源什么都做不了。起先他觉得无论如何自己都会得救，他无比相信女士，好像他越深信，女士就越会想方设法来救他。在进来的第一个钟头，尤其是看到牢里其他犯人之后，他对此更深信不疑——他比起这些人来好太多了，他们看起来又穷，也没他聪明，家里肯定既没钱，也无背景。

天色已晚，夜幕降临，所有人沉默地躺在地上，没人说话，生怕自己一不小心说出什么话来，就会被定罪似的。所有人都只能模糊地看着别人的脸，每个人都防着彼此，除了一些悄悄的翻身声，整个房间一片死寂。

入夜，连人脸都看不清了，所有人都被黑暗隔绝起来，却听得几声细微的呜咽"啊，娘！娘啊！"，而后演变成绝望的哭泣。

这哭泣声很难听，似是所有人心中的哭喊。这时，牢房里有人粗暴地呵斥道："闭嘴！这是谁家的小娃娃，还想娘了？我可不一样，最忠诚，亲手杀了自己的娘，我弟杀了我爹，除了伟业，我们才没有爹娘！是不是？弟弟！"

"对！我杀的！"黑暗中另一个声音回应道，第一个声音问："我们后悔不?"第二个声音冷笑着回道:"就算我有一群老子,我都乐得杀光!"接着黑暗中传来另一声怒喝:"就是!这些老东西养我们就是为了有人给他养老,伺候他们罢了!"可最初的那人似是没听见对话一般,仍呜咽个不停:"娘啊!娘!"

夜深了,那哭声都渐渐停了下来。他们都讲话时,源一句话都不想说,可待他们都安静下来,漫漫长夜的沉寂中,他却饱受煎熬。希望慢慢消弭,他多想下一刻牢门打开,只听得门外人喊:"王源出来,可以走了。"

这一幕终究没有出现。

直到最后,几乎任何打破死寂的声响都足以抚慰这颗煎熬的心。于是他转而沉入自己的世界,不太情愿地回想自己这如此短暂的一生。"要是听了父亲的话,就不会沦落到此了",他想,可他仍不愿说"我要是听父亲的话就好了",这想法只要稍有苗头,骨子里的倔强便不肯妥协:"我还是觉得他让我做的事不对,我受不了。"接着他又想道:"若是勉强自己一点,向那女人低头的话……"思及此,一阵厌恶感袭来,"这我也受不了"。想无可想,既然过去无可改变,他只好寻思起即将来临的明天,那就是——死。

如今,他多么希望这黑暗监牢里能传来点声响,哪怕是小伙子那想妈的哭喊也行。监狱静得像空无一人,黑暗,蛰伏在深处,不眠不休,用沉寂散播恐惧。他原本并不怕,可深夜中他渐渐怕起来。"死"在这一刻终于真切地向他走来,越来越近。突然想到,自己会被砍头还是枪决呢,源像被扼住喉咙突然喘不上气了。他在报纸上读到过,这些天内陆城市的城门上天天都挂着参与此事的男女青年的人头。援军来得不够快,仅在开战前一天,他们被当局逮捕了。他似是看到自己的头也被挂了上去,随即又安慰自己道:但这里是外国人管辖的城市，他们肯定会用枪。如今，死的时候能得个全尸，头能挂在脖子上，都算得上一件幸事了，他苦笑起来。

他已痛苦地坐了如此之久，背靠着墙角，双脚并起撑着身体，蜷缩起来。牢门一下开了，透进来熹微的蒙蒙晨光，地上全是蜷起的囚犯，像一条条虫子，透进来的光让他们蠕动起来，但还没来得及起身，就听得一声吼："所有人排队出来！"

几个兵进来，用枪抵着犯人后背，让他们快走，之前的那小伙子又哭着不肯走，他"娘啊！娘！"地叫着，就算士兵用枪托砸他的头，他都不肯住口。这句哭喊仿佛是赖以生存的空气，他大口吸着，才得以苟延残喘。

蹒跚向前的队伍沉默着，除了那小伙子所有人都清楚即将来临的结局，可又无能为力。一个士兵用提灯将所有人的脸一一照过检查，源站在最后，刚从一夜的黑暗中走出，灯光照在他脸上，刺得他失明了一瞬，就在这一瞬，他感到自己被一股大力推回了牢房，推得他倒在坚硬的地上。同时，门被锁上，唯有他活下来了。

这流程又走了整整三次。三日以来，一批批的青年入狱，夜晚的那一幕幕又上演起来，熬人的寂静，刺耳的咒骂，低声的呜咽，疯癫的哭喊，源就这样又度过了三个夜晚，三次被单独推回牢狱关押，不给饭，不给水，连一句问话都没有。

第一日他怀抱希望，第二日希望渐弱，第三日他只有一息尚存，滴水未进的三日让他变得如此虚弱，就连生死问题都无法思考了。此时的他连起身都困难，舌头因缺水而肿胀。终于，狱卒呼喝着催他起身。强撑着门框，那熟悉的灯光又在他脸上照过。好在这次他终于没被再推回去，反而被狱卒搀着。待其他人都踏上了那条终结之路，待到连脚步的回声都完全消散，狱卒领着他走上另一条通道，通道的尽头是一扇小铁门。那狱卒一句话没说，一把将源推出铁门，转身走了。

然后，源发现自己处在一个窄巷中，就像一阵风，吹进了任何城市都有的更隐秘的角落，巷子只透出黎明的熹微晨光，一个人影都没。源脑子一团乱麻，但至少有一件事是清楚的，那就是他自由了，虽不知究竟发生了什么，但他到底是自由了。

他转过头，思考着要逃回家去，就看见两人从晨光中走来，他立马后退一步，紧贴着门。其中一人竟是个小女孩，只是长得高一点罢了，她跑过来，一双乌溜溜的大眼睛将源仔细打量一番后，激动地压低声音喊着："就是他！在这儿！这儿！"

于是另一人也走过来，待源看清，竟是自己的小妈。他急着想对女士说："是我，是我啊！"可他到底是一个字都没来得及说，身体控制不住地战栗，几乎要化成一摊水，眼前一黑。失去意识前只听到女士的抽泣像是从好远的地方传来："我可怜的儿啊！"

再醒来时，他感到自己的身体轻飘飘的，虽躺在床上，可床却在身下起起伏伏，映入眼帘的是一间他从未来过的房间。一人坐在壁灯下望着他，他用尽全力辨认，原来是堂兄盛。注意到源的视线后，他起身，脸上挂着那熟悉的标志性的微笑，此时在源的眼中，这却是世界上最温柔甜美的笑脸。从一旁的小桌子上端起一小碗肉羹，盛宽慰着他："你小妈吩咐的，说只要你一醒，就端给你吃，一直用她给的灯温着呢。"

盛就像喂婴孩似的，一勺一勺喂着他，疲惫与茫然中，他一言不发，喝着肉羹，虚弱到根本没力气去想这是哪、怎么到这儿的，只乖乖地接受安排，倒真像婴孩一般了。感受着热流滋润着他干肿的舌头，他狼吞虎咽的，盛用调羹舀着汤，轻声说："你一定想知道这是哪，我们怎么在这。受二伯的庇护，我们在他往返陆岛拉货的小轮船上，我们会穿过内海，到最近的港口去，在那等出国的文书。你虽被放了出来，可家里为此花了大价钱，你的小妈，我父亲还有我大哥，能拿出来的都拿出来了，还向二伯借了许多。你父亲据说气得要死，一直唠叨说他也是被一个女人欺骗了，还说自己和儿子这辈子都被女人耽误了。他做主退了你的婚约，把所有钱，能换的、能得的都拿来赎你了，安排这次出逃，各条路的钱都花过了。"

盛一边说，源一边听，可他太虚弱，不能字字句句都理解清楚，他只感到船上下起伏，吃食让他饿坏了的身子又暖又舒服。盛说着突然微笑起来："到现在我都怀疑，要是没收到孟平安的消息，我真能安心离开吗？唉，那小子是聪明的，你看，我为他日日痛心，父母也在你俩的事之间分身乏术，不敢想你在哪，会不会要被处决了，孟又在哪，是平安还是已经死了。好在昨天，就在我们两家中间的那条街上，有人往我手里塞了字条，上面是孟的字迹，他说：'不必找我，也不必替我忧心。父亲母亲就当没我这个儿子，我很平安，在我愿在之处。'"盛笑起来，放下碗，划亮火柴点烟，轻松地说："这三天我连烟都没抽。好啦，我弟弟那臭小子平安就行，我也禀告了父亲，虽然老爷子气得不轻，放话说自己再没有孟这个儿子，但我看得出来他放心了，今晚都有兴致赴宴了。大哥今晚要去剧院看新出的戏，是按新式规矩，女演员登台演出，不再用男扮女装的扮相了，他迫不及待去看这伤风败俗之举。母亲一开始还生父亲的气，好在我们现在都安然无恙，孟平安无事，你我也逃出生天。"抽了会烟，他转而沉重起来，"但是，源，说实在的，就算走得这么狼狈，可我心里是高兴出国的，这些话我从未说过，我也不会加入什么伟业，只在规矩的地方找找乐子罢了。但我烦了国家现在的样子和这连绵的争战。你们都觉得我是个整天嘻嘻哈哈的纨绔，只醉心于诗文。你们不知道的是我常觉悲痛无望！能去看看别的国家，看看外邦人的生活我由衷地高兴，心里好过多了！"

说了这么多，源却听不进去了，饱腹感和柔软床铺带来的舒适，还有重获自由的放松让他笼罩在幸福中。他只好笑笑，眼皮却越来越沉，盛瞧着，贴心地告辞："歇着吧，你小妈吩咐要让你多睡，终于解放了，肯定能睡个好觉。"

听到这话，源睁开了眼睛，解放？是了，最后他到底是摆脱了一切，从所有的所有中解放出来了。临走前，盛又添了一句："如果你同我一样，你一定也没有什么留恋的了。"

是啊，源一边想着，一边缓缓陷入了梦中，他已无牵绊了。闭上眼，睡着的前一刻，他好像又回到了那拥挤的监牢，那几个煎熬的日夜，还看到那女生赴死前转过头看向他的一幕。不愿再想这些可怖的回忆，他沉入梦乡。梦里，一片祥和中，他有了自己的一块地，他在小小的田地中耕耘，这景象像画一样清晰地映在他心里，豆子在荚中长得鼓鼓囊囊的，大麦带着嫩绿的须子，越拔越壮，隔壁地里那个农民在大笑。可那女生怎么也在？她的手好冷，太冷了，冷得他从梦中惊醒了一瞬，又想起自己已被放出来了。就像盛说的，他一点也不为出国难受，就算有什么他仍在意的，恐怕也只有刚刚美梦中属于他的那一小块地罢了。

"待我归来之时，那一小块地也定然等着我，终究，地永远在那儿。"这样安慰着自己，他又沉沉睡去。

第二章

源在二十岁离开祖国的时候，在诸多方面还是个意气风发的少年，充满了理想抱负，也有对生活的困惑，还有一些推行了一半，却踌躇不前的计划。他从小在关照与呵护下长大，但这也局限了他的认知。尽管在狱中待了三天，他仍不知所谓"悲剧"的含义。这一走，就是整整六年的光阴。

在某一年的夏天，他下定决心回国，彼时即将迎来他二十六岁的生日，在很多方面，他已经是个男子汉了，但他不知道的是，他还需要经历一些生活的苦涩，才能成为一个成熟的大人。如果有人问起他关于自我的话题，他将会坚定地说："我是个有自我意志的人，我有自己的思想，了解自己的使命、梦想以及当下的计划。学生时代结束，而我已准备好回国迎接自己的人生。"确实，在国外的这六年已经构成他生命不可或缺的一部分，相比于前二十年的人生，后六年的生活真正地塑造了他，因而有着更为非凡的意义。虽然他自己并未意识到这一点，但事实上，这六年已经潜移默化地将他改变。

若是有人发问："你准备怎样过好你的生活？"他会诚实回答："我已经在外国一所名校获得了学位，成绩要比许多本土的学生还要优秀。"说到这里，他一定十分自豪，但有一段记忆他断然不会提及，在那些外国同学中，有人曾嘀咕道："当然了，如果有人想当书呆子，那他肯定能取得不错的成绩，但我们在学校可不只学这些东西。这位同学——只会埋头于书本，并不体会生活——如果我们所有人都这样，那么学校教的足球、划船比赛有什么意义？"

源知道，这些鲁莽吵闹还自得其乐的年轻人对他颇为不满，他们在公共场合也不会收敛言行，在廊道上大放厥词。但源仍昂首挺胸，自信满满，老师对他赞不绝口，各种奖项拿到手软，他的名字总是第一个出现在获奖名单上，颁奖的老师总会感叹，"尽管他学的是外语，但成绩总是名列前茅"。因此，即便深知自己没有因为成绩优异受到众人推崇，但他仍骄傲地继续学业，骄傲地展示中国人能做到的事情，也乐得表明自己不像小孩那般看重玩乐。

如果有人问他："你现在准备好怎么过你的成年生活了吗？"他会回答："我读过成百上千的书，在这片异邦上尽我所能探寻答案。"

确实如此，在这六年里，源像一只笼中之鸟孤独地生活着。每天清晨他早早起床开始阅读，铃声响起他就下楼吃早饭，一言不发，他懒得同其他人过多交流，就连这栋房子的女主人也不例外。为什么要浪费时间进行毫无意义的谈话呢？

在中午，他会去挤满了学生的餐厅吃饭。如果下午没有实验任务，也没有和老师交流的活动，他就可以做自己最想做的事。那就是前往书本的殿堂，徜徉在书海，一边记下学习中的任务，一边放任大脑进行细致而深刻的思考。在这个过程中，源发现尽管大多数西方人都举止鲁莽，但也不至于像孟控诉的那样野蛮，而且他们在科学方面颇有建树。同胞们不止一次直言，这些西方的莽夫在科学知识和物质材料的运用上或许更胜一筹，但他们缺少人类精神文明的艺术。然而，看着满屋哲学、诗歌和艺术的书籍，源不免心生疑虑，自己的族人在人文方面是否更伟大，当然倘若在异国他乡说出这样的困惑，他恐怕早已死无葬身之地了吧。令他尤为震惊的是，他还发现了中华古今智者语录的译本，其中不乏东方艺术的内容。对于外国人阅读这样的书，他半是嫉妒半是愤恨，他不愿想起祖国的现状，那里普通民众几乎没有阅读的机会，更别说他们的妻子了。

自从踏上了这片异邦之地，源有着两种心境。在经历了狱中生不如死的三天以后，他在远渡重洋的船上逐渐恢复了元气，如获新生；另外在旅途中遇到了盛，他倍感欣喜，并期待在广袤的异邦欣赏新的风光，自打踏上了异邦的海岸，源就像一个看演出的孩子，期待着各种新奇的事物。

这里的一切都让他惊奇不已。首次来到这座广阔的西海岸港口城市，此前的所有听闻都幻化成无比真实的景象。房屋建筑比传闻中的样子更高大，街道地面由砖块铺砌，就像房子的墙壁一样整整齐齐，人们坐在上面甚至睡在上面也不会觉得脏。洋人们白皙的皮肤和整洁的衣衫令人赏心悦目，所有人似乎都过着富足温饱的生活，看起来出奇地清爽。源感到欣慰，他没有看到穷人，在这里，富人们大大方方地走在街道上，没有乞丐会扯着他们的衣袖，哭喊着求人施舍。任何人都能在这里享受生活，能愉悦地享用饭菜，所有人都能吃上饭，过着富足的生活。

因此，源和盛在初来乍到之际，对于这样美丽和谐的景象不住地发出赞叹。他们从没见过这样像宫殿一般的房子。在远离店铺的城市边缘，宽阔的马路两旁种满了大树，家家户户都没有高墙，取而代之的是从一家延伸到另一家的草坪花园，这简直是奇迹，邻里之间如此互相信任，甚至没有防盗的建筑。

两人对这座城市的第一印象堪称完美。雄伟的四方建筑高耸入云，在湛蓝的天空映衬下是那么干净，仿佛是雄伟的神庙，只是里面没有居住神明。载着绅士和淑女的汽车高速穿梭在这些建筑之间。即使是步行，人们似乎也乐在其中。起初，源对盛说："这座城市一定有问题，所以人们的出行速度才如此之快。"但是在一阵观察之后，他们发现人们总是洋溢着快乐，开怀大笑。那些人侃侃而谈的话语里，欢乐总是比悲伤多，似乎从来没有什么麻烦事儿，他们走得快也是因为他们本性如此，喜欢高效快速的行事风格。

事实上，在异国的阳光下，空气中，确实充斥着一种奇异的能量。祖国的空气往往能安抚人心，甚至令人昏昏欲睡，于是在夏日，人们都会睡个很长的午觉，在冬天，大家也都只想蜷缩进温暖的被窝。而在这片土地上，阳光和风中都藏着催人奋进的能量，连源和盛都一改以往的习惯，走路也变得快了许多。在这里，阳光似乎给每个人注入了力量，将他们变成闪着光的快速前行的粒子。

但就在这几天，他们还在体验新奇而陌生的事物时，源有了一次不愉快的体验。即使六年过去了，他也没法完全忘记那件小事。到达这里的第二天，他和盛进了一个寻常餐馆，里面坐满了人，有衣着华丽的富人，也有朴素的民众，大家都在安心享用食物。就在他们跨进这家店的门槛时，源感受到来自那些白人的眼光，有种刻意疏远的意思，尽管说实话，他很开心他们这么想，因为他总觉得这些白人身上有种奇怪的味道，有点像牛奶表面的那层凝乳的味道，但是要难闻得多。他们进去之后，柜台的女侍应从他们手中接过帽子，挂在其他顾客的帽子之间，因为当时的习俗如此。等到他俩吃完过来认领帽子时，这个女侍应一把拿出许多顶帽子。这时，有个男人伸手就拿走了源的帽子，两人的帽子都是相似的棕色，源还没来得及阻止，那人便戴上帽子走出门去。源立刻发现了这个错误，连忙追上去礼貌地说："先生，这是您的帽子，您拿走的是我那顶更差的帽子。都怪我，我动作太慢了。"他快步上前，鞠躬后拿出了那人的帽子。

但那个略显老态的男人，瘦削的脸上神情焦灼，眼神犀利，一副不耐烦的样子，随后他抓起自己的帽子，一脸嫌弃地把源的帽子从自己的光头上拿下来，从嘴里说出两个字，没再作片刻停留。

源拿着帽子愣在原地，不愿再戴上，他不喜欢那人锃亮的光头——最重要的是，他不喜欢那个男人的说话声。盛走出来问道："你被谁定住了吗，一动不动？"

"就是那个人，"源说，"他说了两个字，虽然我不知道什么意思，但肯定不好。"

盛笑起来，笑声中透出些无奈："或许他是在叫你洋鬼子。"他说道。

"我知道，肯定是不好的意思。"源喃喃道，心中有所疑惑，也没了先前那样的兴致。

"现在我们才是外国人。"盛说道。片刻后，他耸耸肩又说，"堂弟，所有国家都一样。"

源没说话。却再没了之前的兴致，不会对他看到的任何事发自内心地欣喜。因为在他内心，固执而坚定的自我正在逐渐显现出来，他，王源，作为王虎之子、王龙之孙，将永远保持本心，绝不会在成千上万的白种人面前迷失自己。

那天他迟迟无法摆脱自己受到的打击，盛看见他的模样，带着一脸坏笑对他说："别忘了在中国的时候，孟对那个小个子外国人喊洋鬼子，现在反过来不也如此嘛。"随后他又让源向外看那些新奇的景象，终于让他忘了这件事。

接下来的数天以至数年间，源经历了很多事，其中不乏让人倍感惊奇的新鲜事儿，他想说自己早就忘记了那件小事，但是他并没有。直至今日，在他想起来的时候，还是能像六年前那样，清晰地看到那人愤怒的嘴脸，感受到了那份伤害以及不公的待遇。

然而即使这段记忆不曾被忘却，源倒也不会常常想起它。在这个新的国度，源同盛一起见了许多美景，他们坐在火车上，穿梭在群山之间，山脚春暖花开，山顶却是白雪皑皑，直插云霄。深绿色的峡谷点缀其中，峡谷之下是水花四溅的哗哗水流。源被这自然美景折服，难以置信自己身在其中，就像那些山水画家挂在火车上的作品一样，那些异域风景的颜色格外分明，和祖国的山水截然不同。

山峦向身后移去，映入眼帘的是巨大的山谷和一望无际的田野，轰鸣的机器像是巨型野兽，为土地施肥，也是在为盛大的农耕收获做准备。源将这一切尽收眼底，相比于山水，这样的景象更令他震惊。他盯着那些机器，脑海中想起曾经的农民教他怎样握着锄头，然后挥出去，并稳稳地落在既定的位置。如今农民仍在耕作他的那一块土地，就和中国其他万千农民一样。源还记得他们的田地是如何划分的，每一小块都整齐地挨在一起，记得绿油油的蔬菜是如何在农民的悉心照料下茁壮生长，他们在田地里浇上肥料，每一株蔬菜都长势喜人，每一寸土地都创造出了最大的价值。但是在这里，无人在意某一株作物或者某一寸土地，他们都是用英里来丈量土地，更不会记得某一株农作物。

因此，在刚到异国的这段时间，除了那个人撂下的那两个字以外，一切东西给源留下的印象都是好的，比祖国的一切都好。村庄干净整洁，欣欣向荣，尽管他能通过样貌分辨出住在农村和城镇的人，但是身在农村的人也不会衣衫褴褛，他们的房子不可能由泥土或者茅草所搭建，他们养的鸡、猪等家禽也不会到处乱跑。源心想，这些都是值得学习的。

然而，这些天里他也感受到这里的土地和祖国的土地完全不同，因为它散发着陌生而狂野的气息。源经常在乡间小道上漫步，他在学校耕作了一小块土地，尽管时间慢慢流逝，可他仍然无法忘记这种不同的气息。虽然苍穹之下滋养着人类的是同一块大地，但是通过在这里生活工作，他逐渐明白这里和埋葬着祖辈亲人的大地的区别。这里的土地太新了，没有足够的人骨来将其驯化，不像祖国那浸润着人的精气的大地，在这里生活的是个新的、未曾经历伤亡的民族。这片土地比想要占有它的人更强，尽管人们拥有财富、学识，但在精神和外貌上却常常因这充满野性的土地显得更加野蛮。

由于土地并未被征服，这里有着绵延数公里的森林山脉；参天大树下有成堆的木头和腐败的树叶，无人利用；土地任由野草生长，或者当作牧场供野兽栖息；宽阔的道路随意延伸；种种迹象无不彰显这块土地的野性。人们只利用自己需要的那些资源就能获得庄稼的大丰收，卖完粮食还有盈余，他们砍倒大树，只利用最好的那一部分，剩下的尽管荒废。即便如此，土地还是多到用不完，用途还是多到超出他们的认知。

在祖国，人们早已驯服大地，成为大地的主人。很久之前，山上的森林就被砍伐殆尽，而现在，连野草都全部被人们锄去当作生火的原料。人们哄骗着自己的每一寸土地去产出最丰硕的果实，最大限度地榨取其价值，同时，人们又把自己的汗水、排泄物、尸体等通通倾注其中，那里再也没有一块纯粹原始的土地，是人们成就了如今的土地，如果没有他们，土地早就枯竭，变成大地母亲贫瘠的子宫。

所以在思考着这个国家及其秘密的时候，源便有了这样的感受。

站在故土上，人们在祈祷丰收的时候首先会想需要投入什么。而这片
陌生的土地却由于其尚未开发的巨大能量，使得人们能用微不足道的
投入换来巨大的收益，甚至焕发出人类难以掌控的生机。

这份羡慕之情中何时掺入了愤恨的情绪呢？在六年的留学生涯即
将结束时，源回望过去，找到了情感再次发生转变的那个时刻。

源和盛早早地就分开了，因为在那次火车的旅途接近尾声的时
候，盛发现了一座令他心驰神往的城市，他在那里找到了自己的同
类，而且对于他那种热爱韵律、音乐和哲学的人而言，那里的学校也
是更好的选择，他并不像源一样对土地心存执念。源早已决心在这里
做他一直想做的事，那就是学习种植、耕地以及与之相关的东西。他
认为这里的人们因为丰收而变得富足，于是更加坚定了自己学习的方
向。就这样，盛留在那座城市，而源继续向前，朝着另一个城市出
发，一个能满足他的所思所想的地方。

源的当务之急是要找到安顿的地方，在这陌生的国度安家。在去
往学校的途中，他遇到了一个头发灰白的老人，后者十分有礼貌，给
他拿出一列清单，上面是他可以选择居住的地方，他便出发去寻找
最合适的那一个。第一户人家在他按响门铃之后就打开了门，映入眼
帘的是一个身材高大的女人，脸上已然岁月斑驳，围着一条宽大的围
裙，正在用围裙擦拭自己的手臂。

源从来没见过长成这样的女人，第一眼他就不忍直视，但他还是
十分礼貌地问道："这座房子的主人在家吗？"

女人双手放在大腿上，嗓门很大，用沉重的语气说道："这就是
我家，并没有男主人。"至此，源转身离去，他要去别的地方再看看，
心想在这里的人应该不至于都长得像她这么可怕，他宁愿住在一个有
男人的房子里，这个女人真令人难以想象，她有着巨大的腰围和胸

围，要不是他亲眼所见，他很难相信人类能长出那种颜色的短发，一种鲜亮的红黄色，由于厨房的油脂和烟熏而显得有些暗淡。在这奇怪的头发下面，她圆圆的胖脸闪闪发光，也是红色的，不过是一种紫红色，在这张面孔上镶嵌着两只锐利的小眼睛，就像新瓷一样湛蓝明亮。他看不下去了，目光落在了她的身上，然后又看到了她两只脚向外张得不成形状，他实在看不下去了，便礼节性地转身去了别的地方，匆匆离开。

然而，在接下来的一两家，虽然房子上标了可供出租，但他却被拒之门外。起初他并不知道原因。其中一个女人说："房子已经有人住了。"源知道她还有床位，因为他看到了她空房出租的牌子还未撤走。他一次又一次被拒绝，直到最后他才明白其中原因，有个男人直接粗鲁地说："我们这不接受有色人种。"源起初没能明白这句话的含义，并没有想到自己的蜡黄皮肤和黑眼睛、黑头发，因为大部分人都是这样。直到某个瞬间，他在这个国家看到随处可见的黑人都得不到白人的尊重时，他才恍然大悟。

源满腔怒火，热血沸腾。灰发老人见其脸色阴沉下来，略带歉意地说："在如今这艰难的时刻，我的妻子也在出租房子补贴家用，我们有几个固定的租客，但如果我们带回其他的外国人，他们就不会续租了。但是有些地方的人是接纳外国人的。"于是他念出了那些房子和街道的名字，其中就有那个可怕的女人。

这就是源对这里产生仇恨的第二步。

他深深地谢过了老人，回到了第一家，他尽量避免同那女人的眼神交流，只是说自己想看一看房间。他很喜欢那个小房间，靠着房顶的阁楼，非常整洁，中间被楼梯隔开。如果不是因为那个女人，他或许对这里非常满意。他甚至能想象自己独自一人在这里安静学习的场景，他喜欢房顶斜下来挨着床边，喜欢桌椅和柜子的陈设。于是他选择留下来，这个房间将会是他接下来六年的家。

事实上，这个女人并没有她看起来那么可怕。源在异国上学的日子里，他一直住在这，年复一年，女人逐渐展示出她仁慈和蔼的一面，源开始发现，她可怕粗糙的外表下藏着一颗善良的心。他在这里的生活像牧师一样，独来独往又极为自律，他那几样东西总是摆放得整整齐齐。这个女人也逐渐认可他，时常发出阵阵叹息："王，如果我的孩子们像你这样，少闯点祸，我就不会是现在这个样子了。"

几天后他就发现，这个身材魁梧的女人尽管大大咧咧，但是她很善良。虽然女人的大嗓门和粗胳膊都让源震惊不已，但是在看到房间里的苹果时，他还是会真诚地感谢她。女人在桌子那边朝他喊道："王先生！我给你做了一些米饭，我寻思着你可能吃不习惯这边的饭菜，"她爽朗地大笑，"我只能给你做米饭了……你们吃的蜗牛啊、老鼠啊、狗啊，我实在没法给你做！"源知道，这些都是出自她的好意。

源抗议自己不吃那些东西，但似乎并没有什么作用。后来他学会了在她讲笑话时默默微笑，他也提醒自己记住某些时刻，比如她不停地往他碗里添食物；她让自己的房间干净又温暖；她知道自己喜欢吃某一样菜时就努力去学这道菜。最后，他学会了不去关注她可怕的外表，而只在意她内心的善良。随着时间的流逝，他发现极少数同胞能有他这般待遇，这儿寄宿家庭的房东都没有她那般友善，大部分都是尖酸刻薄的女人，克扣餐桌上的食物，藐视外族。至此，他越发感谢她的善良。

但是关于她，有一件令人百思不得其解的事情，这个粗糙的大嗓门女人竟然结过婚。如果放在祖国是可以理解的，因为新时代还没来临，青年与少女都必须结婚，一个男人必须与家族选择的女人结为夫妻，即使这个女人极为丑陋。但在这里，男人们早就能够自由选择自己的配偶。也就是说，曾经有人选择这个女房东作为伴侣！并且在他死前，她还生了一个女儿，如今大概十七岁了，两人还在一起生活。

还有一件奇怪的事——这个女孩很漂亮。源从未想过一个白人女孩能称得上美丽。源很清楚，除了白皙的皮肤以外，她也称得上美丽动人。她继承了母亲的发色，再施以青春的魔法使之变成柔顺艳丽的秀发，虽然剪成了短发，却恰到好处地修饰了小巧的脸型，点缀白皙的脖颈。她的眼睛也像母亲，只不过眼睛更大，双眸更黑，眼神更加温柔。她略微修饰自己的眉毛和睫毛，将其染成棕色，而不是像母亲那样的浅色。粉红的嘴唇柔软饱满，身体如同纤细的树苗，双手纤长，手指甲也染成了红色。就像其他年轻人一样，源也会观察到她的衣着，她贴身的衣物把窄窄的臀部、娇小的胸脯以及身体的线条都显露出来。女孩知道那些青年，包括源，都会看到这些。而源也知道她对这一切都了如指掌，但对此，他只觉得一种莫名的恐惧和抵触，于是他刻意保持着距离，对于她给出的问候最多也只回报一个鞠躬。

他很欣慰她的声音并不甜美。他喜欢甜美温柔的声音，而她的声音与之相去甚远。不管她说什么嗓门都很大，且鼻音很重。有时他也会感受到少女眼神中的柔情，或者她偶然坐在他旁边时，他的目光会不经意落在对方白皙的脖颈，这些都令他感到害怕，所幸他不喜欢她的声音……随后他还发现了女孩一些令人讨厌的缺点。在家里她不给母亲帮忙，母亲在厨房让她拿一下落在桌上的东西时，她会噘着嘴站起来说："我都没法安心坐会儿，妈，你就别丢三落四了。"她也不会把手放进油水或者脏水里，她太爱美了，把手看得过于金贵。

这六年来他一直都记着她那些令人讨厌的缺点，对此他甚是满意。他看着旁边那双纤纤玉手，就记得她十指不沾阳春水，那是一双不会为其他任何人服务的手，当然，更不可能变成仆人的手。虽然他现在不可能忽略她就在身边的事实，但他仍然记得踏上这块土地之初他听到的那两个字，对于这个女孩，他当然也是外国佬。他时刻谨记他们两个人是彼此完全陌生的个体，他满足于自己刻意保持的距离，坚持自己独来独往的生活。

不，他对自己说，我也曾遭受过背叛，我已经受够女孩子了。如果在这异国他乡再度遭受背叛，我将孤立无援。所以说，自己最好离女孩远点。因此他不想和她见面，他学会了再也不看她的胸脯，在她大胆地邀请他去舞会的时候，他也坚定地拒绝。

然而，在某些夜晚他也会失眠。他躺在床上想起来那个死去的女孩，悲伤的情绪中又夹杂着一丝令他强烈的好奇的东西，那就是所有青年和少女之间摩擦的火花，这只是他的遐想，毕竟他从未了解她，而最后她却变得那么邪恶。在月光皎洁的夜晚他更易失眠，好不容易睡着，又可能会醒来，于是便在沉默中躺着，看着窗外月光下树枝的影子在墙上跳舞。最后他疲惫地转身，蒙住头，心想："月光啊，不要再这么亮了……你让我渴望着某些事……比如我尚未拥有的自己的家庭。"

这六年来源尝尽了孤独的滋味。每一天他都把自己关进更为孤独的牢房。表面上他彬彬有礼，有问必答，但却不会主动向任何一个人问好。在这个新的国家，他对所有不喜欢的东西都避而远之。他骨子里的骄傲，那种西方文明诞生之前就已经存在的古老的民族自豪感在他心里生根发芽。走在街道上，他已经学会了沉默地忍受人们愚蠢的凝视，在那个小镇，他也熟悉掌握了该去哪个商店买生活必需品、该去哪个店里理发或者盥洗，因为有些店主不会招待他，有的会粗鲁地拒绝他，有的会收他两倍的价钱，还有些会假意客气地说："我们在这里艰难谋生，但不欢迎外国人。"对于他们的粗鲁回应或者假意客套，源都学会了沉默以对。

源可以在几天内不与任何人交流，很少有人会询问他或者他的国家，这些外国人都匆忙地过着自己的生活，他像夹杂在其中的异类。这些白人都以自我为中心，从不关心别人怎样生活，即使偶然知道了不一样的生活方式，他们也只是宽容一笑，似乎对方是因为无知而做得不够好。源还发现他们有些人对中国人有刻板印象，学校的同学、理发店的老板，或者女房东，他们会认为源和其他中国人一样，都会吃老鼠、蛇，吸鸦片，认为中国女人都会缠足，中国男人都会留着长长的辫子。

源起初还会急切地纠正这些人的错误认知。他发誓自己从没吃过老鼠或蛇，他会说艾兰和她的朋友都没有缠足，能像普通女孩子一样轻快地跳舞。然而毫无作用，因为他们很快就会忘记源的解释，只记得他们印象里的事情。结果就是，源对此每每怒不可遏，以至于他也不会去想这些人说的话是不是真的，他只觉得中国到处都是沿海城市一般，所有中国女人处境肯定都像艾兰一样。

在学校学习土壤的班级中，源结识了一个伙伴。他是一个农民的儿子，憨厚老实，对任何人都充满善意。上课时，源坐在他旁边，并没有和他讲话。而那个小伙子会主动打招呼，有时候还会和源一起离开教室，他会在阳光下同源一起散步，有一搭没一搭地聊天，直到有一天，他邀请源同他一起走路。从来没收到过这种善意的源便答应了，事实比他想象中更令人开心，因为他长久以来太孤独了。

源很快就开始对新朋友讲起自己的故事了。他们一起坐在马路边大树下的长椅上，滔滔不绝地谈着，很快，新伙伴就迫不及待地说:"我叫吉姆!你叫什么?源……王,我姓巴尔内斯,叫吉姆·巴尔内斯。"

随后,源就向他解释,在中国是先说姓,因为他听到伙伴把他名字倒过来念很奇怪。这也让吉姆感到惊奇,吉姆也把自己的名字倒过来念,逗乐了自己,开怀大笑起来。

在这样的交谈和一阵阵爽朗的笑声中,两人的友谊也迅速升温,话题也变得丰富。吉姆告诉源他从小就在农场长大,他说:"我父亲的农场大概有两百公顷。"源说:"那一定很富有吧。"吉姆惊讶地看着他,说:"在这边那只是个小农场,在你家算很大的吗?"

源没有直接回答。他突然无法忍受说出在祖国一块地是多么小,他害怕招致鄙夷,于是只说:"我父亲的地更大,他是人们口中的富人。我们的土地也更肥沃,只要是土地就能长出庄稼。"

一番交谈之后,源开始说到自己家的大房子、自己的父亲王虎,此时他称王虎为将军而不再是地主,他还谈论到中国的沿海城市,城市里的女性和他的妹妹艾兰,艾兰有着现代女性该有的一切权利。时间一天天过去,吉姆听着这些描述,对于困惑不解的地方,源都会向他解释,而源从没意识到自己是否讲得过多。

源只觉得这样的交谈令他甚感愉悦。其实身处异乡的他,远比自己想象的还要孤独。突然有一束友谊的光照在他身上,他可能会说这没什么,但实则是一份莫大的慰藉。曾经他的骄傲一次又一次被击碎,他对此始终无法适应。如今,和这个白人伙伴的交谈却能抚慰他的伤口,在他讲述自己的种族、家族和国家时,对方会惊讶地睁大双眼,充满好奇随后又谦卑地向他说:"你一定觉得我们都很贫穷……你是一个将军的儿子……你有那么多仆人……我想邀请你这个暑假去我家,这只是我的斗胆邀请,毕竟你拥有那么多东西!"

源礼貌地谢过他的邀请，又谦逊地说："我确信你父亲的房子肯定很大，我也很乐意参观。"对于这个白人小伙的崇拜，他很是受用。

但是这样的谈话在无形之中让源形成了一个对祖国的错觉。他不知不觉地开始认为中国就是他口中的样子。他忘了自己曾经是怎样痛恨王虎带来的战争，以及他麾下那些好色的士兵，他开始认为王虎就是一个端坐在大厅的伟大的将军。他也忘了王龙生活过的那个简陋的小村庄，在那里，王龙挨饿受冻，靠劳动和诡计挣扎着长大，他只记得从小到大，爷爷在城里建造的那座大宅子里有许多庭院。他甚至忘记了那座小土房和千千万万座类似的土房，由泥土筑成，用稻草作屋顶，里面住着穷人，有时还有野兽在附近出没，他只清楚地记得富饶的海滨小镇和娱乐场所。因此，当吉姆问："你们有没有像我们一样的汽车？"或者"你们有我们这样的房子吗？"源便简单地回答："是的，这些我们都有。"

当然，他并没有说谎。某种程度上他说的是事实。实际上他相信自己说的就是事实，因为在他眼中，自己的国家每天都在变得更好。他忘了所有不美好的事和那些随处可见的悲惨景象，在他看来，祖国的大地上男人们都诚实而满足，仆人们忠心耿耿，统治者心地善良，孩子们都是孝子贤孙，女人们也品德贤淑。

源对远方的祖国充满信心，所以有一天，他甚至义愤填膺地为祖国公开辩护。事情是这样的，在这个镇上有一座庙宇，也就是西方人的教堂，那里面住着一个去过中国的白人，他声称他有在中国的一些照片，也知道中国人的生活习惯。源从不信教，也从未去过教堂。但是那天晚上他去了那里，想要听听这个白人会说些什么。

源在人群中坐下。他对这个牧师的第一印象很差，因为小时候在关于战争的课堂上，他就对这种牧师有所耳闻，这种人把宗教信仰当成赚钱的工具，他们跑到别的国家，诱骗朴实的农民信教，真实目的不为人知，但其实所有人都知道不会有人远赴海外而不为满足一己私欲。那晚，他高高地站在那里，不苟言笑，沧桑的脸上双眼凹陷。他开始讲话，他说源的故土是个穷乡僻壤，在那里，女婴被扼杀在摇篮，人们住在茅屋，还讲到其他肮脏可怕的故事。这些话语一字不落地击中源。那个人还开始向众人展示照片，他说照片上的内容都是他亲眼所见。源看见照片上的乞丐在对着镜头哀号，麻风病人的脸已溃烂，饥肠辘辘的孩子虽然没有食物，肚子却肿胀着，狭窄拥挤的街道上挤满了人，人们扛着连牲口都驮不动的重物。源从小在庇护下长大，他从未见过这地狱般的景象。最后那人还沉重地说道："你们看，这种贫瘠的地方多么需要主的福报。我们需要你们的祈祷，需要你们的馈赠。"说完他便坐了下来。

而源却再也不能忍受，这一个小时他强压心中的怒火，其中还夹杂着羞愧与惊愕。自己国家的所有缺点被暴露在这群目瞪口呆的无知的外国人面前。不，这简直不能叫缺点，因为自己从未见过他口中的景象。在源看来，这个可恶的牧师把祖国的每一处弊病都找出来，拖到这些冷酷的西方人面前。更令人羞愤的是他最后还向这些人要钱。

源在愤怒中爆发了，他猛地站起来，紧紧抓住前面的椅子，怒目圆睁，满脸通红，身体止不住地颤抖，他大声说："这个人在说谎！我的国家根本就不是这样！我自己从来没见过那些事——那些麻风病人——那些挨饿的孩子——房子也不是那样的！我家的房间多得很——而且像我家的大房子随处可见。这个人在撒谎，他只是想骗你们的钱。我，我为我的祖国主持公道！我们并不需要他这种人，也不需要你们的钱！我们根本不需要你们的东西！"

源说完，极力控制自己，不让自己过于激动而落泪，重新坐了下来。众人哗然，对刚发生的一切震惊不已。

至于那个人，他听着，微微一笑，然后站起来，温和地说："我看这个年轻人是个现代学生。好吧，年轻人，我只能说，我在穷人中间生活了大半辈子，事实就像我所展示的那样。当你回到你自己的国家，到我住的那个小地方，你就会发现我展示的那些场景了……我们开始祈祷吧。"

但是源无法忍受这种嘲弄般的祈祷，他起身离开了那个地方，跌跌撞撞地朝自己家走去。不久，街道上就响起了另外两个人回家的脚步声，那两人的话更是对源的最后一击。他们与他擦肩而过时，并没有注意到旁边还有人，源只听到其中一个人说："怪事，那个中国人就那样倏地站起来了，对吧？——他们究竟谁说的是真的？"

另一个人说："可能两个人都是对的。最保险的就是谁也不信。但知道那些外国人究竟怎样又如何呢？和我们根本没关系！"那个人打了个哈欠，另一个人漫不经心地说："确实——看起来明天要下雨咯，是吧？"那两人便走开了。

看到两人漠不关心的态度，源感到更加受伤。他认为，即便那个牧师说的是真的，他们至少也应该关心一下，既然那个牧师在说谎，那他们更该关心事实如何。他躺在床上，翻来覆去，愤怒至极，甚至还流下了几滴眼泪。他发誓要有所行动，让这些人明白他的祖国有多伟大。

源的新朋友吉姆也因为这件事来安慰他。这个单纯的乡村男孩让源倍感欣慰，他一股脑地向吉姆倾诉着自己对于祖国的信念，他说古时的圣贤思想塑造了祖先们的高尚品德，还制定了人们赖以生存至今的制度，所以在那个遥远的东方国度，人们不会像这里的人如此放荡和任性。那里的男男女女行为得体，善良有序，由内而外地散发着美丽善良。他们不需要像这里的法律条文，妇女儿童必须依仗法律的保护。源恳切地说，在他的国家，根本不需要这样的法律，因为没有人会伤害孩子，他说这些话的时候，将女士曾告诉他的弃婴事件抛之脑后，他还说，妇女在家里总是安全和受到尊重的。当白人小伙子问："女人裹小脚的事是真的吗？"源骄傲地回答道："那只是一种旧时的习俗，就像你们国家女人束腰一样，这种习俗已经过去很久了，再也见不到了。"

源坚定地捍卫着自己的国家，这仿佛变成了他的使命。他有时会想起孟，并且也开始明白他的价值观，他对自己说："孟是对的。我们的国家长久以来一直被人污蔑，以至于地位如此之低，我们该站出来发声。我该告诉他，他是了解事实的，起码他看得比我清楚。"此刻源多么希望能知道孟在哪，把这一切写信告诉他。

但是他可以写信给自己的父亲，于是他开始动笔，他发现他现在的语气柔和多了，信的内容也比以前更加充实。对祖国的爱也蔓延到了家庭，他写道："我常常想回家，我觉得自己的国家是最好的，我们的道路，我们的食物都是最好的，一旦回国，我再次踏进家门必定是满心欢喜的。我在这里待着只为多学点东西来造福我的国家。"

在信的末尾写好了对父亲的礼貌问候之后，他把信封好，贴上邮票，便出门去把信件投放到街上的邮箱。那是一个休息日的傍晚，街上的店铺灯火通明，年轻男孩们在一边嬉笑一边号叫般地放声歌唱，女孩们也在和他们一起尖叫嬉闹。源看着这些人的野蛮表演，嘴角勾起一丝冷笑，自己的思绪则随着信件飘向远方，想象到自己的父亲在宫殿般的家中，独自生活在庄严和静谧之中。父亲周围都是他的部下，他作为地主能按照自己的准则骄傲地活着。源似乎又看见了父亲，就像以前经常看到的那样，王虎端庄地坐在雕花大椅上，身后是那张老虎皮，面前是燃烧着炭火的铜盆，身边都是他的侍卫，他俨然是一个国王。这时，源在一片喧闹的嘈杂声中，在舞池里传来的粗鲁而低沉的音乐声中，对自己的族人感到了前所未有的自豪。他一个人走进自己的房间，沉浸在自己的书本中，他觉得自己比周围的所有人都优越，他的出身古老而高贵。

这是他对这里产生仇恨的第三步。

产生仇恨的第四步很快就发生了，并且这件事略有不同，与源的生活息息相关，并且是因为源的新朋友吉姆引起的。此时两人之间友谊的增长早就没有之前那样迅速，源的话语逐渐变得冷淡而生疏，话题总是围绕着课业以及老师所讲的东西，因为源发现吉姆每次来他家并不是为了看望他，而是为了房东的女儿。

这一切发生得如此自然，只因有天下雨，源无法像往常一样习惯性地和吉姆去散步，便把他带回了自己的家。进了房子之后，他们听到前屋的房间传来音乐声，房间的门是开着的，正是房东的女儿放出的音乐，当然她也知道门没关。他们经过时，吉姆朝房间看去，看到了女孩，对方也看到了她，两人有了眼神交流。吉姆便悄悄对源说："你怎么没告诉我还有这么个水蜜桃？"

源看到他淫荡的表情，顿觉恶心，冷漠地回答："我不明白你的意思。"虽然他不明白那句话，但是他已经明白了一切，心中十分膈应此事。之后他又安慰自己这是件不值一提的小事，那个女孩的出现也不会玷污他的友谊，毕竟在这个国家，大家都不会在意鸡毛蒜皮的小事。

但这样的事再次发生，源深受打击。那天他很晚回到家，在外面吃过夜宵，心想回到家或许还能继续看书，在踏进家门时，他听到了吉姆的声音从大家共用的一个房间传来。那时源已经非常疲倦了，外文书籍每一页都是密密麻麻的文字，长时间盯着看早已让他疲惫不堪，听到吉姆的声音他兴奋不已，他迫切地需要朋友的陪伴。他推开虚掩着的门，一反平常拘谨的作风，高兴地喊道："吉姆！我回来了——我们上楼去吗？"

房间里面只有两个人，吉姆拿着一盒糖，手上拨弄着糖果的包装袋，脸上还挂着傻笑，对面则是房东的女儿，慵懒地躺在椅子上。源进来以后，她抬头看向他，红铜色的头发往后一甩，嘲弄地说道："王先生，他这次是来找我的……"然后她注意到这两个年轻人的表情，源的脸涨得通红，从充满期待、笑容满面到冷淡严峻，一言不发，而吉姆脸上则红光满面，充满敌意，似乎做了一件只要他愿意就能成的事。于是，她挥了挥那只涂着鲜红指甲油的漂亮的手，没好气地喊道："当然了，要是他想——"

两个男人之间一阵沉默，女孩则大笑起来，源冷静地轻声说道："他干吗不做自己想做的事呢？"

他再也不想看吉姆一眼，径直走上楼去，轻声把门关上。坐在床上，心中只觉得嫉妒、疼痛以及愤怒——他的心已经碎了，他无法忘记吉姆脸上愚蠢的表情，刚刚的场景始终萦绕在他心头。

自那以后源变得更加孤傲。他和自己说，这些白人是他所了解的种族里最放荡荒淫的，他们内心所有的想法都会不加约束地投射到异性身上。想到这，源脑海里都是他们爱去看的歌剧院里的场景，以及那些在大街上张贴着出售商品的图画，上面总是有一个半裸的女人。他痛苦地想着，每次夜晚在回家的路上，他都无法避免看到那些黑暗角落里邪恶的场景——一个男人把一个女人抱在他身上，两人搂搂抱抱，不知廉耻地触碰彼此。镇上到处都是这样的景象，源只觉得胃里翻江倒海般恶心。

此后，源再也不愿和吉姆亲近。在家里听到吉姆的声音，他也只是沉默地独自上楼回到自己的房间，把自己投入书本的海洋中，如果吉姆来到他的房间，他说话的语气也会变得客套起来。事实上，吉姆还是会经常来到源的房间，源无法理解，为什么吉姆会觉得他对那个女孩的感情并不影响他们的友谊，吉姆对源还是一如既往的热情，似乎没有注意到源的沉默和疏远。而有时候也确实如此，源会忘记那个女孩的事，和吉姆相谈甚欢，还会和吉姆开玩笑。只不过现在的源只会等着他来，以往那种急切地出去找他的心情早已不复存在。源只是静静地对自己说："如果他需要我，我会一直在这，我并没有因为他而产生什么变化，他需要的话自然会来找我。"但尽管他自己不承认，吉姆确实改变了他的处境，他现在又是独自一人了。

为了安慰自己，源开始留意以前在学校和镇上不曾注意的小事，结果发觉这些事无不刺激着他的心脏。听着那些外国人说洋文时一字一句地停顿，他觉得这些声音和音节都太刺耳了，远远比不上中文如流水般的韵律节奏。他还注意到学生们平时漫不经心的表情，而在老师面前说话又结巴的样子，于是他对自己又分外自信起来，言谈举止比以前更加细心，更加完美地准备自己的演讲，他怀着对祖国的信念，在完成课业任务时，也比其他同学们做得更好。

不知不觉中，他开始鄙视这个种族，因为他想鄙视他们，但又不得不羡慕他们的安逸、财富、地位、这些伟大的建筑、他们的许多发明，以及他们所掌握的关于空气、风、水和闪电的魔力。这些人的智慧，以及他因此而产生的艳羡之情，都让他越来越不喜欢这些人。他们是怎样将这块宝地占为己有的？他们为什么能对自己如此自信，却浑然没有意识到别人的厌恶之情？有一天，他在图书馆钻研一本神奇的书，那本书上清楚地标明了；因为人们已经掌握了植物的生长法则，所以在种子尚未接触土壤时就可以预测它的生长，这让源倍感震惊，他认为这已经超出了普通人的认知，内心钦佩不已，同时他又不免心中一阵苦涩："在我们的国家，人们都还在拉上窗帘睡觉，觉得天还没亮，世界上所有人都一样。但事实上，世界早就苏醒了，这些外国人早就起床工作了……这些年来我们所遗失的东西还能找回来吗？"

这让源在六年里陷入了一种隐秘的绝望，这种绝望和父亲的影响一起将他推到了一个新的处境。源决心要把自己投入到为祖国奋斗的事业中，这是一份他以前从未踏足的事业。随后他似乎忘了自己还是孤身一人，当他行走在这些外国人之间并与之交谈，源不再像一个人，他看到了自己的民族，站在异国他乡的土地上，他代表着的是一整个种族。

只有盛会让源觉得自己的生活还有青春的气息，而不是只有那一份事业。六年间，盛从没想过要离开那座城市。他说："我为什么要离开这儿？这里有我一生都学不完的东西。我宁愿只彻底熟悉这一座城市，也不愿对其他诸多地方做一个流于表面的理解。如果我了解了这一个城市，我就会了解这里的人们，而这也是了解整个民族的一个切入点。"

盛不肯离开他的城市，但是又想见源，而源耐不住对方信件里俏皮又不失优雅的恳求，于是两人决定在盛的城市一起过暑假。源睡在盛的小客厅，坐在那里听他和不同的人滔滔不绝地谈话，有时他也会加入，但更多的时候他保持着沉默，盛很快就发现了源的生活是多么单调，后者长久以来太孤单了，盛并不想和他分享自己的想法。

盛用一种不易察觉的敏锐的方式告诉源，他应该去观察和了解新的东西，他说："我们国家太崇尚书本了，你也看到了我们现在在哪里，这里的人比任何一个种族都轻视书本。他们关心生活的质量，并不关心学业——他们甚至拿学业取乐子。半数的笑话都是关于他们的老师，老师的工资甚至比仆人还低。你还坚持要一个人从那些老古董身上去了解这个民族吗？从一个农场主的儿子身上了解就够了？源，你太狭隘了。你把自己限制在一件事、一个人、一个地方，却错失了其他一切东西。他们是最不可能出现在他们自己的书里的。他们把世界各地的书都收来放在他们的图书馆，拿出来用的时候就像拿出粮仓里的谷物或者密室里的黄金一样——书本只是他们做计划的材料。你或许读完了一千本书也找不到他们繁荣的秘诀。"

他一遍又一遍地讲这些话，面对盛的镇定和智慧，源也表现得十分谦逊，最后问道："那我该做些什么呢，学习更多的知识？"盛回道："去看每一件事——去每一个地方，尽力去了解你能知道的所有人。先不要管你那块小地方，也别去翻书。我已经坐在这里听你说了你学到的知识了，现在跟我来看我学到了什么。"

盛看起来如此自信娴熟，对自己的言行十分自信，他抖掉了烟灰，随后白皙的手优雅地捋了捋闪亮的黑发，源则像个灰头土脸的乡下人，在他面前显得窘迫尴尬。似乎盛确实在每个方面都知道得更多，从那个瘦弱的充满幻想的年轻人变成这样，变化真大！区区几年他就成长了这么多，变得光鲜亮丽；他欣赏自己的英俊外表，由内而外地散发着自信。他身上有股能量。在这个催人奋进的国家，他的怠惰都消失不见。他走着，交谈着，像其他人一样笑着，而他骨子里属于自己民族的那份优雅、从容和灵性却并未消失。源看着如今的盛，心想他一定是最英俊、最具才华的男子了。他十分谦逊地问："你还在像以前一样写散文和故事吗？"

对方高兴地回答："当然，而且不止于此。我写了很多诗，现在我准备编一本诗集。而且我希望我写的故事能拿一两个奖。"说这话时，盛没有那么骄傲了，而是带着一种对自己足够了解的自信。源没有说话，因为自己看起来似乎做得太少了，他现在还是像初来乍到时那样土里土气；没有朋友，这几个月里，他对自己人生的贡献就是一摞笔记，以及他种下的几株幼苗。

有次他问盛："回国后你准备做什么呢？你要一直住在这里吗？"

他这么问只想看看对方是否也像自己一样，由于族人的落后而感到忧心。而盛却毫不犹豫地笑着说道："当然！我必须住在这里。源，我们两人之间可以说说，但别让外人知道，事实就是如此，我们国家根本没有这样适合我俩居住的城市。哪里还能找到给文化人享受的娱乐项目呢？哪里的居住环境能有这么干净？我对家乡仅有的一点记忆都已经让我足够厌烦了——人们都肮脏不堪，小孩在夏天不穿衣服，还有那些疯狗，到处都是黑乎乎的苍蝇——你知道的——我绝不可能住到别的地方去了。不管怎么说，这些西方人对'怎么样把日子过得舒心愉悦'是有一套的。虽然孟讨厌这些外国人，但是几个世纪过去了，我们那里根本没人想过干净的自来水，电力，电影这些东西。对我来说，为了追求好的生活品质，我当然选择住在一个舒适安心的地方，我也可以继续创作我的诗歌。"

"那就是自私地活着。"源直接地说。

"那又如何？"盛冷酷地说道，"谁又不自私呢？所有人都一样。孟的事业也是自私的。他那个追求！你看他那些长官，源，你就敢说他们不自私吗——一个曾经是强盗——不过是墙头草罢了，哪边胜利向哪边倒——另外那个呢，他要是不从那事业中捞钱他能活下去吗？——对我来说，我能直接说出来我感到自豪。我就是自私，我为我自己着想，我只是优先考虑自己过得舒心，自私又如何，我又不贪心，我只是崇尚美好，我要把自己，还有我的家以及我的环境变得精致一点。我不会贫穷地活着，我只需要自己宁静、体面地活着，再有一点儿愉悦体验就够了。"

"那祖国那些享受不到和平和愉悦的同胞呢？"源激动地问道。

"我能做什么？"盛回答，"几百年来不都是这样吗？穷人生来就是穷人，逃不过饥荒和战争，我要愚蠢到认为凭一己之力能扭转这种局势？我只会在挣扎中迷失自我，丢失了最体面的自己、如今的自己——我为什么要为一个民族的命运而把自己陷于水深火热？那还不如跳进大海，把大海变成良田来得现实——"

对于这滔滔不绝的狡辩，源无言以对。那晚盛睡着以后，源始终难以入眠，他躺在床上，听着外面雷声轰鸣，似乎闪电就要击中他对面的那堵墙。

在这样的雷声中，他开始害怕。透过那堵窄窄的保障他们安全的墙，他似乎看到了墙外漆黑而喧嚣的景象，看得越多便越觉得难以忍受自己的渺小。温暖的房间被路灯照亮，看着这些桌椅和生活用品，他开始觉得盛的话不无道理。在变幻莫测，危机四伏的世界，这确实是一处小小的安身之地。奇怪的是，盛坚定地选择了自己的安全舒适，这让源觉得自己的梦想过于伟大，甚至有些不切实际、有些愚蠢！只要在盛身边，源似乎就不再是他自己，没有了以往的勇气甚至仇恨，而只是一个寻求安全感的孩子。

但是源不可能一直这样和他待在一起，盛十分了解这个城市，晚上经常会和女伴出去跳舞，源即使和他同去了也还是会感到孤独。对于所有欢愉，源一开始只是坐在边上，看着盛散发魅力，他绅士的礼仪以及对女性大胆果敢的行为，源有些许嫉妒。有时他想效仿他，但很快就发现了另外一些事情，于是他走得远远的，并且发誓再也不会同任何一个女人讲话。

那是因为他发现，盛在这种交际场合结识的女性通常都是外族，她们要么是白人，要么是一半为黑人一半为白人的混血。源对她们的身体有种奇怪的抗拒感，因而从未接触过她们。以前在中国的海滨城市，那里有不同肤色的人种，他们喜欢自由地交际，源那时和艾兰在一起会经常看见那些人。但他从未邀请过她们跳舞。原因之一是源觉得她们的穿衣风格可以说是不知廉耻，她们的背部几乎都露在外面，在跳舞的时候男士的手必然会搭在那裸露的肌肤上，他无法做到这一点，这让他觉得恶心。

还有一个原因令源对她们产生抗拒。他观察到在盛走近并朝她们微笑点头的时候，只有一部分女性会回以微笑，其中最好的情况也不过是在盛走近时，她们看向别的地方，只和肤色相同的人进行眼神交流。源观察得越多，他就越发确信这一点，他甚至觉得盛对于此事了然于胸的，于是只和那些对他报以轻松愉悦微笑的女人接触。源愈加感到愤愤不平，不仅是对盛，还有对自己，以及对自己的国家遭受的待遇，他完全不能理解那些女人的做法，而自己又害怕伤害到盛，对此只能闭口不谈，只是在心里想着："要是她们觉得他配不上她们之中最优秀的人，那我希望盛也瞧不起她们所有人。"

看到盛放下自尊，不管不顾地寻欢作乐，源深受打击。奇怪的事情就在这里，孟对于那些外国人的深恶痛绝之情，源无法感同身受。但是看到那些女人在盛靠近时移开视线，源觉得自己开始恨她们了，并且恨意从这些人蔓延到她们的种族。此后，源往往待在一边，不愿看到盛被人瞧不起，宁愿自己一个人去看书，有时盯着天空或者城市的道路发呆，反复思考着心里的疑问和困惑。

在这个夏日，源不厌其烦地跟着盛穿梭在这个城市的各个角落。

盛的朋友很多，每次一走进他常去吃饭的餐馆，总有男男女女热情地招呼他："你好，约翰尼！"这就是他们打招呼的方式。源第一次听到这种随性的叫法，感到震惊不已。他低声问他："你怎么还有这样普通的名字？"盛只是笑着说："你应该听听他们是怎么称呼对方的！我很高兴他们用这样随性的名字称呼我。而且，他们对于朋友才这样，源。人们和自己最喜欢的人说起话来才最随意。"

可以看出来盛确实有许多朋友，他们喜欢在晚上拜访他，有时三三两两，有时成群结队，扎堆坐在床上或席地而坐，抽着烟谈天说地，这些年轻人相互较劲，看谁的想法最疯狂，谁能最快地反驳另一个人的话。源从未听到过这样新奇怪诞的谈话，有时他甚至认为他们是反政府分子，不免开始担心盛，直到听见话题开始转移。谈话结束时，大家似乎又能愉悦地接受现状，并且对任何新鲜事物都显得不屑一顾。他们身上散发着烟味儿和洋酒味儿，咧嘴笑着，心满意足地大声告别，享受着自己在这个世界的生活。有时他们也大胆地谈论着女人，对于这个陌生的话题，源总是保持沉默——除了碰到女孩子的手，剩下的他一无所知——他沉默地坐着，对他们的谈话感到恶心。在他们走后，源严肃地对盛说："他们说的都是真的吗？难道真的有像他们说的那样邪恶的女人吗？难道这个国家所有的女人都是这般——没有贞洁的少女，没有贤惠的妻子，没有好女人？"盛笑着回答说："他们可都是年轻气盛的青年——只有我俩还是学生。你对女人知道多少？"

源谦逊地说："确实，我对女人一无所知——"

此后，源开始观察大街上那些自由自在的女人们——盛的朋友口中的那些女人，但他并未由此得出什么结论。她们步履轻快，衣着华丽，脸上的妆容也同样艳丽。然而，当她们大胆的目光落在源身上时，甜美的脸庞却毫无表情，她们的眼神略作停留便很快移开。她们的眼睛似乎在说源只不过是个路人，甚至算不上值得她们花上一点心思的那种男人。源对此不能完全理解，却感受到了她们的冷漠和空洞，同时他又感到羞怯。他想，她们举止傲慢，毫不怀疑自己，这着实令人感到害怕。即使是和她们擦肩而过，他也小心翼翼，生怕不经意间触怒了她们。她们的红唇形状分明，她们昂首挺胸，带着勇敢的气魄，身体散发着一种让源后退的能量，毫无女性的吸引力可言。一段时日的观察以后，源发现她们确实为这座城市增添了不少神奇的气息，也终于理解为什么盛说无法从书本了解这些人。他抬头看向远处高大建筑闪光的楼顶，心想，没有人能把这些事写进书里。

起初，源无法欣赏这些建筑，他的双眼早已习惯坐落在缓坡山丘上的房子以及低矮的瓦片屋顶。但如今他也从中发现了美——异域的真实的美。也是在这时候，自从踏足这个国度以来他第一次感觉到写诗的冲动。在某个夜晚，盛早已入睡，源还在床上辗转反侧，构思着他的诗歌。他以往所作的宁静平和的旋律往往用来描述田野白云，此时显然不再适用。现在他需要尖锐的，界限分明而且重点突出的文字。他没法使用自己惯用的那些精雕细琢的文字，它们太过圆润柔和。他必须找到这门新的外语中合适的文字，这种感觉就像他在使用一种新的工具，但自己还未适应其格式和韵律，难以熟练运用。最终他放弃了，数天来，他脑海中的诗歌雏形都未能真正孵化出来，这让他有些许坐立难安，因为他觉得似乎只有将这诗歌写出来了，他的双手才能抓住这个民族的内涵。但他还是无法触及这些人的灵魂，只是游走在他们的躯体之间，一闪而过罢了。

如今，盛和源已然拥有了不一样的灵魂。前者的灵魂就像从这片土地自然形成的旋律。有天他向源展示他的诗歌——厚厚的纸张上工整的镀金字体，他假装毫不在乎地对源说："这些都不值一提——过不久我就会写出自己最好的作品。目前这些只是这个国家给我的零碎记忆。不过我的老师们却很欣赏它们。"

源仔细而真诚地读着每一页诗歌，他认为这些文字看起来很美，每个精挑细选的字都像恰好镶嵌在黄金戒指上的宝石一样。盛漫不经心地说，其中有些诗句被他认识的一个女人拿去配乐做成了歌曲。在和源提到几次这个女人以后，他带着源去她家中，听到了那首歌曲。在那里，源见识到了另一种女人，同时也感受到了盛生活中的另一面。

她是一家歌厅的歌手，虽然不算普通，但也远没有她自认为的那样卓越不凡。她独自住在一个大房子里，这儿还有许多租户，每个人都有自己的小小的家。她把自己的家布置得昏暗而静谧。即使外面艳阳高照，房间内也透不进一丝阳光。蜡烛在高高的青铜座上燃烧，空气中弥漫着浓重的香熏味道。椅子都是软的或者裹上了坐垫，一张大沙发一直延伸到房间的另一端。女人就躺在这上面，身材修长，面容白皙，源看不出她的年纪。一看到盛，她便哭了起来，挥着手里的烟斗，说道："盛，亲爱的，我都多久没见到你了！"

盛随意地坐在她跟前，似乎他在这坐过许多次了。她又开始哭起来，嗓音低沉而且奇怪，似乎并不是一个女人的声音，"盛，你那动人的'《寺庙钟声》(*Temple Bells*)'——我已经作好了曲子！正准备打电话给你——"

盛说："这是我的堂弟，源。"她几乎都没有瞧源一眼，径直坐起来，像孩子一样漫不经心地收起雪白的双腿，嘴里叼着烟斗，随意地吐出两个字："你好，源！"接着像看不见他一样，越过源走向乐器，把烟斗拿下，随后从她指尖发出一个接一个的音符——那是一种源不曾了解的深沉而缓慢的音符。她开始唱起歌，嗓音也像音符一般低沉，声音微微颤抖着，却满含热情。

那首歌很短，是盛还在祖国的时候写的一首小诗，但是音乐却在某种程度上改变了诗歌的韵味。诗句的用词俏皮而灵动，就像月光下散步时，地面上跳动的竹影。而女人作出的音乐却赋予了它们一种激情，竹影不再灵动，连月光也变得炽热。源感到困惑，她给这首诗塑造了一个过于沉重的框架，而同时，女人自己似乎也是一个沉重的框架，她的一举一动无不透露着令人费解的意味——她说的每一个字，做的每一个表情都另有深意。

源不喜欢这个女人，也不喜欢这个房间。她浅色头发下深色的瞳孔、她看向盛的眼神、她总是叫他"亲爱的"、她谱曲时走来走去，每次走到盛的身旁总要触碰一下他、她呈现音乐的方式、她靠着他，甚至贴着他的脸颊，用一贯懒散的语气说："亲爱的，你的头发不是画上去的吧，怎么总是这样闪亮——"这一切，源统统都不喜欢。

源沉默地坐着，心中慢慢升起一股厌恶之情。可能是从爷爷或者父亲那里传承下来的观念，这种女人言行不当。他期待着盛能推开她，就算是婉拒也可以，但是并没有。他确实没有去碰她，也没有用同样轻佻的言语回复她或者挽起她的手。但他却接受了她的言行。比如在她把手搭上去的时候，盛并没有像源期待的那样把她的手拿开。在女人盯着他的眼睛时，他也没有回避，而是笑着迎接她明目张胆的示好，源几乎无法直视。他呆呆地坐着，就像一座看不见也听不见的雕像，直到盛起身，女人双手仍挽着他的手臂，撒娇地说让他来她这里吃晚饭，她说："亲爱的，我想带你露个面，你知道的——你的诗多么新颖——你自己就够吸引人了——我对东方文化很痴迷，那里的音乐也一样美妙，对吧？我想让大家都听听——也没有很多人，你知道的——只有几个诗人还有那个俄罗斯的舞蹈家——亲爱的，我是这么想的——她可以和着音乐跳舞——这个来自东方的音乐——你的诗一定很适合跳舞——让我们试试吧——"她一直撒娇地说着，直到盛握住她的双手然后放开并答应了她，似乎是无可奈何的样子，但源明白，也仅仅是表面上无可奈何而已。

从房间里出来以后，源数次深呼吸，看得出来他对温暖的阳光很是满意。两人一阵沉默，源担心说错什么话，而盛则沉浸在自己的思考中，嘴角还挂着一丝微笑。最终，源开口道："我以前从没听过女人的这种语气，也很少听过这种话，她真的那么爱你吗？"

盛笑了笑，回道："这些话根本不代表什么。她对每个男人都这么说——这种女人就是这样的。不过她的音乐还不错，比较符合我的心境。"源看着他，虽然盛甚至察觉不到自己脸上的表情，但源能一眼看出，他其实喜欢那个女人的甜言蜜语和挑逗的话，也喜欢她对自己的奉承和对诗歌的赞赏。源不再多说，但是告诉自己，自己和他不一样，有着不同的生活方式，只有自己适合的才是最好的，虽然现在自己也不清楚到底是什么样的方式，但肯定和盛不同。

因此，源继续在这座城市逗留了一段时日，也只是为了敷衍他的堂兄，他看着这里眼花缭乱的街道和地下火车，尽管盛的话如在耳畔，他还是明白这里并不是生活的全部。他自己的生活也不属于这里。他心想，他是孤独的，他丝毫不理解这里的一切事物。

有一天，天气炎热，盛暑难耐，盛慵懒地睡着了，源便一个人闲逛，乘坐了几趟交通工具以后，他来到了一个做梦也没想到的贫瘠之地。此前，源完全陶醉于这座城市的富饶。对他来说，这里的建筑都如同宫殿一般，每个人都拥有保障基本生活的食物，水源和衣物，这都是理所当然的事。除此之外，便是对于生活品质的追求，更好的衣物和食物作为生活的享受而存在。这就是这座城市给源的所有印象。

这一天，他却发现自己如同置身在另一个城市，一个满是穷人的城市。他愣在原地，不知所措，周围的环境突然改变了。他们是穷人，源对此很熟悉。虽然出于肤色的缘故，他们脸颊白皙，也有一些是像野人一样的黑色皮肤，但源还是能感知他们是穷人。通过他们的眼睛、他们身上的污渍、他们长满茧子的脏手、女人们的大声吆喝、成群的孩子的哭声，这一切他再熟悉不过了。记忆中，在一个遥远的地方，那里的一切和这番景象多么相似！熟悉的场景出现了，他对自己说："这个城市也一样，不过是建立在穷人的血汗之上罢了！"他想起艾兰和她的朋友们曾经在夜间穿梭于那些穷人之间，都是一样的穷人罢了。

源带着一丝胜利的感觉想："这些人也一样把贫瘠隐藏在面具之下！在这座富饶的城市里，穷人隐匿于每条街道的人潮之中，这些穷人是否和其他任何国家的穷人一样不堪呢！"

源确实在这里发现了一些书本上没有的东西。他失神地走在人群中，盯着那些狭小阴暗的房间，饥肠辘辘的孩子们半裸地在街道上奔跑，他小心地绕开街道上的垃圾，抬起头看着一个又一个悲惨的人，心想："那些人住在豪宅又如何——这些人仍然住在茅草屋——一样的茅草屋——"

夜幕降临之际，他终于回去了，走进了另一条街道清冷的黑暗中。踏进盛的房间时，后者兴致盎然，正准备和几个朋友去影院寻欢作乐。

看到源出现，盛喊出来："堂弟，你去哪啦？我还以为你走丢了。"

源缓缓说道："我看到了你说的书本里没有的场景……这些人的

财富和力量根本没有摆脱贫困。"接着他讲述了他去的地方，以及他看到的一些场景。盛的一个朋友审判似的说道："毫无疑问我们终有一天会消除这些贫困问题。"另一个朋友说："当然了，如果这些人有能力，他们会得到更好的物质生活，所以他们本身肯定是有缺陷的。强者总会有进步的空间。"

源激动地说："问题是你们隐藏了那些贫困现象——你们羞于启齿，就像一个人羞于提起某些私人疾病一样——"

但盛却笑着说："如果继续这位仁兄的话题，我们就赶不上话剧了！表演还有半个小时就开始了！"

六年留学生涯期间，在一起生活的众人之中，源与三人结为好友。其中一个是他头发花白的老师，源初次见他就倍感亲切，从他的脸上能看出柔和的思想和完美的生活方式。这位老师对源毫不保留，随着时间的推移，他教给源的东西远远超出了一个老师的职责。他愿意花许多时间和源交流，他还阅读了源关于准备撰写一本书的笔记，委婉地指出了其中的错误之处。源说话时他总是静静地听着，蓝色的双眸充满着笑意，十分善解人意。于是源完全信任了他，最终也愿意向他倾诉内心深处的想法。

源向他讲了许多事，其中就包括他看到的穷人。在这座如此富裕的城市，他不明白这些穷人为何还要那样绝望地生活。由此他又引出了那个外国牧师如何用那无耻的照片污蔑他的人民。老人像往常一样柔和沉默地听完了源的叙述，说道："我认为不是所有人都能看清全貌。人们往往都是这样，只能看到自己想看到的事。你和我看到土地就会想到种子和收获，一个建筑工人看到土地就会想到房屋，画家看到土地会想到它的颜色。牧师只看到那些需要被拯救的人。所以他自然只把那些人看得最清楚。"

思索一番之后，源不情愿地发现或许事实正是如此。平心而论，他再也无法像从前那样憎恨那个牧师，尽管他还是认为他是错的，并且希望自己仍然恨他，他说："不管怎么说，他只是看到了我的国家相当小的一部分。"老人还是一贯地温柔回答："或许如此吧，如果他本身也是个狭窄的人，那他看到的一定也是狭窄的。"

在其他学生都回家之后，源和这位老师仍会在教室里或者室外进行这样的谈话，源越来越喜欢这位白人老师。而对方也对源愈加友好。

一天，老师略带些犹豫地对源说："我的孩子，希望你今天晚上能来我家共进晚餐，我的妻子和我的女儿玛丽以及我自己——我们都是普通人——我们三个人——如果你能来和我们一起吃晚饭，我们会非常高兴。我总是和她们提起你，她们也想见见你。"

数年来，从来没有人和源说这样的话，他深受感动。一位老师邀请学生去他家里吃饭是非常难得的温馨的事情。源用自己一贯客套礼貌的方式，羞怯地说："我怕你们太高看我了。"

老师看着他，笑着说："你就去看看我们是多普通的一家吧！我的妻子说'我担心他的日常晚餐比我们吃得好多了'她表示如果你能去，那我们将很荣幸。"

源又礼貌地客套了一下，随后便向老师妥协了。就这样，他沿着绿树成荫的街道，不知不觉地走到了一个广场似的小院子，来到了一栋老旧木屋前。木屋背靠大树，四周有门廊。木屋门口站着一位女士，他看一眼便想起了自己的小妈。尽管这两个女人相隔数千里，说着不同的语言，血肉和皮肤都毫不相似，却有着神似之处。柔顺的白发，充满母性的祥和的外表，朴实的举止和诚恳的眼神，温柔的嗓音，刻在他们眉眼之间的智慧与耐心，这些都是她们的神似之处。而在客厅落座之后，源捕捉到了她们两人之间的不同之处，这位女士的灵魂有一种满足感，似乎对她的人生甚感满意，而这是自己的小妈所不具有的东西。两位女士到了这个年纪，眼前这位一路走来欣慰满意，有人相伴左右，而另外那位女士的人生之路则充满黑暗，孤苦无依。

这位女士的女儿走了进来，她不像艾兰，她是个完全不同的女孩。她或许比艾兰年长几岁，比艾兰高得多，看起来不那么漂亮但很文静，声音和表情都很规矩。但只要她讲起话来，你就会发现她的话颇有道理。严肃时，她灰黑色的双眼便蒙上了忧郁的颜色，而讲起俏皮话时，眼中便闪烁着愉悦的光芒。她在父母面前很端庄，但并不怯场，源发现，她的父母像对待普通而平等的人一样尊重她。

很快，源就发觉这个女孩的非同寻常之处。在老师谈到源写的东西时，玛丽都有所了解，并且快速而精准地提出问题，源倍感震惊，问道："你为何如此了解我的国家的历史，还能提出关于曹操这种历史人物的问题？"

对此，女孩的眼里闪着光，却谦虚地回答："噢，我想我对你的祖国很感兴趣，读过相关的书籍。让我来说一说我对于他仅有的一点印象吧，不过你很快就会发现我只是懂一点皮毛罢了！他确实写过关于农业的文章，对吧？——在一篇文章中，他说犯罪始于贫困，而贫困源于食物短缺；食物供应不足在于耕作怠惰，人们如果不再耕作，则失去了与土地的联系。届时，他们就如同飞鸟或野兽一样会随时离开自己的故土家乡。"

源对这些话自然再熟悉不过。此时女孩用圆润清脆的嗓音吟诵着，声音充满感情。可以看出她十分喜欢这些句子，她表情投入，眼里闪着神秘的光芒，就像是一个人再次感知到了熟悉的美好事物。她的父母认真倾听，倍感骄傲，老父亲不慌不忙地转过头来，同时又难掩心中喜悦，问道："你看我的孩子多么聪明伶俐，你见过像她这样的女孩吗？"

源只好如实说出内心的赞美，此后他也细心聆听着女孩的话，似乎他和她之间也产生了某种联系，无论她说什么，即使是一件小事，听起来都恰合时宜，如果位置互换，他定然也会说出和她一样的话。

源第一次踏进这个家就倍感亲切，这家人如此和善，源甚至忘了他和他们来自不同的种族，但即便如此，他还是会偶尔感到自己与他们之间有种奇怪的隔阂，那是一种他无法理解的异域文化。几人一起进了厨房，在椭圆的饭桌旁落座后，源拿起汤勺开始用餐。但其他几人却并未开动，他看见老师低下头，剩下的二人也做出同样的动作，源不明所以，静静地看着他们，只听见老师大声说着什么，似乎在和一个看不见的神明对话，虽然只有短短几个字，言语中却充满了感情，似乎在为自己收到礼物而表示感谢。在这之后仪式便结束了，他们开始用餐。当时源并未多问，而是在之后的交谈中提及此事，并得到了答复。

他和老师坐在阳台，在一片暮色中，源忍不住心中的疑惑开口问起这个他不曾了解过的餐前仪式，他心想，自己只有了解了才能在用餐时做出合乎礼仪的举止。然后，老人沉默了一会儿，抽着烟斗，安详地望着远处影影绰绰的街道。最后，他把烟斗握在手中并说："源，我曾经考虑过很多次要怎么向你介绍我们的宗教信仰。你看到的就是我们的一种宗教仪式，那是我们对上帝赐予食物表达感恩的简单仪式。这个仪式本身不是很重要，但体现了我们一生中最重要的事情——对上帝的信仰。你还记得你说的关于我们的繁荣和力量吗？我认为这也是我们的信仰结出的硕果之一。源，我不知道你的信仰是什

么，但我知道，我希望你能常来我家，而且如果我让你常来，每天上

我的课，却不告诉你我的信仰，那我就愧对自己，也愧对你。"

眼前花白头发的老人说着这些话的时候，他的妻女也走了过来。玛丽的母亲坐在摇椅上，轻轻地晃动着，似乎是有微风吹拂，她静静地听着，脸上浮现出温和的笑容，老人停顿下来准备继续讲述关于上帝的神秘以及上帝创造人类的故事，这时，女人激动地说："噢，王先生，自从威尔森博士告诉我你在他的课堂上表现得多么优秀，你写的东西多么富有才华以后，我就把你当成基督的一分子了，如果你回国以后能信奉基督，把福音带回你的家乡，那该是多美妙的一件事啊！"

这番话让源大吃一惊，她尚未明白这位夫人的意思，但出于礼貌他报以微笑并微微鞠躬，正准备开口说些什么，此时玛丽银铃般清脆的声音突然响起，却是一种源此前未曾听到过的陌生语气。玛丽没有坐在椅子上，而是坐在上方的台阶上，双手撑着下巴，似乎在默默听着父亲讲述。这时，她的声音在昏暗的光线中显得有些许不安、奇怪和烦躁，似乎一把锋利的尖刀割裂开了当前的谈话："爸爸，我们进去吧？里面的椅子更舒服，光线也更好——"

老人似乎有点惊讶，回答道："当然，要是你想进去当然可以。只是我以为你更喜欢晚上坐在这里。我们每天晚上都会在这……"

但是年轻女孩的声音听起来更加不安，她带着些许撒娇的语气说："爸爸，今天晚上我想到亮一点的地方。"

"当然了，亲爱的。"老人缓慢起身，几人都走进里屋。

在这个明亮的房间里，老人没有再过多谈论那些神秘的事，反而是女儿玛丽引导了这场谈话，她源源不断地向源抛出问题，问起中国，一个接一个的深刻问题让源不得不承认，自己对于祖国的了解还

是太少，无知导致自己现在也迷惑不解。源发现他很喜欢这个女孩讲话的样子。尽管她不漂亮，但她的脸上却闪烁着热烈的光芒，眼神灵动，皮肤娇嫩白皙，薄薄的嘴唇微微泛红，她的头发像自己的头发一样也是黑色，但柔顺得多。她的眼睛很美，认真讲话时瞳孔颜色变成黑色，而笑起来的时候则变成了灰黑色。她很少放声大笑，却会经常微笑。她的灵活而柔软的双手也会讲话，这双手不算小巧，或许因为太瘦，不够圆润称不上纤纤玉手，但却有一种力量感。

但是源对于这些外在的东西不甚在意。在他看来，玛丽的身体不再是一个躯体，而是这个女孩的思想和灵魂的载体。对于源来说，这是一种全新的体验，因为这是他第一次了解玛丽这样的女孩。他总是能在她身上发现一闪而过的美，言谈举止间，她的思想以及时不时蹦出来的一句俏皮话让她身上散发着光芒。她的思想指引着她站在这里，而她的思想又不仅仅受限于这具躯体。源不再将她视为一个女性，而是一种抽象的存在，闪闪发光，求知若渴，有时略显冷淡，有时又会突然沉默。这种沉默并不是因为空虚，而是因为她的思想获取到她提出问题的答案后，进行认真思考时的沉默。在这样的沉默中，她常常忘记了自己，忘记自己已经说完了，忘记了她的眼睛还在望着源的眼睛，于是在这样的沉默中，他不止一次地发现，自己越来越沉浸地注视着她那双温和的、深色的眼眸。

她未曾提到宗教的神秘，两位老人便也没有继续宗教的话题，直到最后源起身准备离开，老师紧紧抓着他的手说："孩子，如果你愿意的话，下周天和我们一起去教堂吧，你去看看怎么样。"

源将此视为老师更进一步的友好邀约，他欣然应允，这次更多的是出自内心的欣喜，因为他也想再次见到这一家人，在他们身边，即使他们连种族也不一样，他也像是这个家的一分子。

　　源回到自己的房间，入睡前，他躺在床上想着这一家人，当然，想得最多的是玛丽。世上居然有这样的女孩，此前，他从未见过这样的人。她从本质上就不同于以前所见的任何人，尽管艾兰总是洋溢着快乐，有一双小猫似的眼睛和银铃般的笑声，但她比艾兰还要闪耀。这个白人女孩虽然总是一副严肃的模样，但体内却蕴藏着巨大的能量，相比于她柔和善良的母亲，这份能量或许显得有些生硬，但棱角分明。她从不做任何多余的动作。不像房东的女儿那样为了展示自己的大腿、手腕或者双脚做出一些毫无意义的动作。她的话语和音调也总是恰到好处，也不像那个女人一样，给盛的诗歌配上沉重而激情的音乐。玛丽的话不会过分含蓄，每一个字都有自己的力量和意义，每一个字都是准确传达她的思想的恰当工具。

　　源想起她时，脑海中浮现的更多的是她的灵魂，被躯体包裹着，却没有被其束缚。有时他也会想起她说的一些话，以及她是如何提起一些自己从未思考过的事情。一次，他们谈论起对祖国的热爱时，她说："理想和热情不是一回事。热情有可能只是生理上的感觉——年轻而富有力量的身体可能会使得一个人精神上变得热情。然而理想主义却能长存，即使年事已高，即使躯体残缺，理想主义始终是灵魂重要的一部分。"接着她的脸上呈现轻快的笑容，温柔地看着父亲说："我认为我的父亲就有真正的理想主义精神。"

　　老人和蔼地回答："孩子，我把它叫作信仰。"

　　这时候源才想起来，女孩没有再说话。

　　想着这三个人，源安然入睡，这是他自从来到这个国家以后第一次感觉到灵魂上得到慰藉，因为对他来说，这三人似乎是真切的，是可以理解的。

　　去教堂祷告这天到来之际，源特意穿上得体的衣服，再次前往那个小屋。一开始他感觉有些许局促，因为他看到玛丽就站在门口，很明显玛丽看到他有些意外，因为她眼神没有光亮，也没有笑容。此外，她还穿着一件蓝色的长外套，戴着一顶同样颜色的小帽子。和记忆中相比，她现在似乎更高了一些，而且莫名地有一种严肃的感觉。因此，他结结巴巴地说："你父亲邀请我今天和他一起去教堂。"

她望着他，似乎有一丝不解的神情，严肃地回答："我知道，你要进来吗，我们快准备好了。"

于是，源再次踏进了这个印象中温馨友好的家。但是这个早上他却感觉不太一样了。壁炉里没有像那天一样烧着火，秋日耀眼的阳光透过窗户洒进屋子，地板上破旧的地毯和椅子上的杂物一览无余，在夜晚的灯火下那些温馨的家具，在阳光下显得如此破旧，急需换新。

但老师和他的妻子走进房间的时候还是一如既往的和蔼，这一对老人为了祷告穿得十分体面。老师说："见到你来我太高兴了。我之后没有再提这件事就是因为我不想过多影响你。"

老妇人紧接着用她十分温和的声音说："但是我祈祷了！我祈祷你能来，我每晚都在想这事儿，王先生。如果上帝明白我的祈祷那我该多么高兴，如果通过我们……"

突然女孩悦耳的声音像一束明亮的光穿过这个老旧的房间，听起来友好，语调适中，字字清晰，但是却比源印象中她的声音略微冷酷一点："我们出发吗？时间差不多了。"

她领着他们出门，一起开车前往教堂，她坐上驾驶位，两位老人在后排落座，她让源坐在她旁边。但是在路上，她在转向时，却没有和源说一句话。源也谦恭地没有讲话，甚至没有看她，只是偶尔会偏过头去看一看路上的行人。虽然没有直视她，他却也看到了她这一边的侧脸，此时她不苟言笑，表情严肃，甚至能从中看出一丝悲伤的情绪，她的鼻子虽不小巧，却如刀锋般笔直，嘴唇微微上翘，下巴圆润而清晰，从有着绒毛的衣服领口露出来。她灰黑色的眼睛目视前方，就算是在灵活快速地掉转方向盘，也坐得笔挺，一言不发。源甚至有些忌惮她。她看起来和那天晚上畅所欲言的女孩判若两人。

就这样，他们来到了一座雄伟的建筑，男女老少都汇聚于此，他们同这些人一起进去找到了位置就座。源就坐在老师和玛丽之间。这是源第二次进入这样的教堂，他好奇地东张西望。寺庙在祖国很常见，但是那些寺庙都是为没有接受多少教育的普通人或者妇女而建的，他自己毕生也从未信奉过任何神明。以前他出于好奇去过几次寺庙，盯着里面巨大的雕像，听着巨大的钟摆敲击而发出的沉闷的令人深省的钟声。他看不起灰袍牧师，因为以前老师就告诉他那些人掠夺老百姓，邪恶且无知。源因而不再信仰神明。

如今，他坐在这座异国教堂里观望着，这是一个令人振奋的地方，早秋的阳光透过狭长的窗户玻璃洒下来，落在祭坛边的鲜花上，照在欢快的女人们身上，照在人们表情各异的面孔上，但是这里大部分都不是年轻人。很快，音乐就从某个地方传了出来，起初非常柔和，随后声音越来越大且庄重肃穆，最后连空气也随着音乐声震颤。源转头寻找音乐的来源，发现了旁边的老师，他低头闭着眼睛，脸上挂着幸福的微笑，整个人沉浸其中。源继续看向别处，发现其他人也都沉浸在这无言的沉默中，他不知道这时候自己怎样做才符合礼仪，随后看到玛丽像开车时那样骄傲地坐得笔直，她抬起下巴，睁着眼睛注视远方，同样融入这个沉默的氛围，源见此情形，便也没有低下头，没有做出任何的膜拜行为。

现在，源想起老师曾说过，人们从他们的信仰之中获得力量，源看着他们，想要找出这股力量究竟是什么，但他却无法轻易了解。肃穆的音乐再次变得柔和，随后渐渐隐去消失在空气中，穿着长袍的牧师走出来开始诵读，台下的人们似乎都全神贯注地听着，但是源发现有一些人在看其他人的衣服，盯着他人的脸庞或者别的东西。而老师和他的妻子仍旧一如既往地认真听着，玛丽还是一副看向远处的样子，耳边的声音根本无法改变她的表情，因此源也无从判断她是否真在聆听。音乐声再次传来，响起源听不懂的一些术语，牧师拿起神圣的书，向教堂的人们念起训诫的话语。

源听着这些话，似乎这是一位和蔼可亲的圣人的善意劝诫，劝说人们对穷人要更加仁慈，要舍己为人，要服从他们的神。而这些话，是任何牧师都会说的相同的话术。

牧师说完以后，他大声向上帝祈祷着，同时人们开始鞠躬。源不知道该怎么做，于是再次看向其他人，他看到老师和他妻子在虔诚地鞠躬。他身旁的那个女孩仍然骄傲地抬着头。他便也没有鞠躬，而是睁大双眼，这些人如此敬奉他们的神明，他想要看看牧师是否会拿出什么神明的画像。但是牧师并没有拿出什么图画，于是他什么神明都没有看到，并且在牧师讲完话以后不久，人们就陆续起身回家，并没有做出丝毫停留来等待他们的神明。源于是也前往自己的住处，对于这次活动的所见所闻，他根本没有理解其中含义，他记得最清楚的只有那个女孩骄傲高昂的头颅。

这天之后，源也迎来了生命中另一件新鲜事。源在田地里种上了冬麦的种子，想看看不同的播种方式会有怎样不同的结果，这天他从田间回到家以后，发现桌上有一封信。源孤独的留学生活中，信件很少出现。每三个月会有一封父亲的信，信中父亲几乎都是相同的话，不外乎他过得很好，但是他只会在家休息到来年春天，那之后便要外出作战，源必须遵从父亲的愿望努力学习，他作为家中独子，在学业结束后须尽快回家。有时也可能是来自艾兰母亲的信，那将会是一封令人舒心的信，信中她絮叨着自己做的一些小事，以及艾兰认为自己将要结婚的想法，她自己订婚三次，但是最后却都统统反悔，源看到艾兰的那些想法忍不住微微一笑，艾兰母亲每每说到这些，总是安慰自己似的说道："但是美玲，我是真的喜欢这个女孩。我让她和我们一起回家，她学东西很快，每次都能恰当地处理各种事，这个孩子各方面都好，我多希望她是我的女儿，有时候她比艾兰更像我的孩子。"

源收到的这些信，有时出自艾兰之手，信中夹杂着两种语言，里面有艾兰的愿望，威胁源给她带上外国饰品的玩笑话，以及她说希望自己有个白人嫂子。或许盛也会写信来，但是源略带忧伤地想，这个可能性极小，他的生活是一个外表俊朗，又富有口才的年轻人该有的丰富生活，而且在那些不停猎奇的外国人眼里，他的异国情调更增加了他身上的优雅气质。

但是这封信与众不同。方正的白色信封躺在桌上，他的名字用黑色墨水清晰地写在信封上。源拆开信，发现它来自玛丽·威尔逊。在信的底部大大方方且工整地写着的名字，字里行间还能看出来锐利的笔锋，和房东月度账单上潦草的字迹简直天差地别。在信中，玛丽邀请源在他空闲之时前往她家，只为在教堂祷告那天开始，玛丽心中一直有所困惑，还有一些尚未说出口的话，所以她发出这份邀请，希望向源坦白。

源对此非常好奇，于是那天他换上一件更体面的黑色衣服，清理了身上的泥渍，吃过晚饭便出门了。出门时房东太太在他身后叫起来，说今天白天在他桌上放了一封信，现在明白过来他是要去见那个女孩。其他人都大笑起来，房东女儿的笑声最大。但是源一声不吭，他只觉得愤怒，这样粗鲁的笑声竟然牵扯到玛丽，他们连玛丽的名字都没资格知道，他暗自发誓谁也别想从他这里得知玛丽的名字，他多希望自己不知道那些笑声，甚至在去找玛丽的路上他脑海里还在不停回想他们大笑的场景。

这段场景一直挥之不去，站在玛丽门前时，他更是感到一种束缚感，以至于玛丽打开门，站在那里热情地伸出手时他都假装没看到，没有握住她的手，他一直是个冷淡又害羞，而且对于他人的粗鲁行为也十分挑剔的人。她感受到了他的冷淡，接着她脸上的光芒淡去，收起了迎接他时的微笑，严肃地邀请他进屋，声音柔和却冷淡。

进屋之后，他发现这个家和他第一次来这儿的那个晚上一样温暖熟悉，壁炉燃烧的火焰照亮了整个房间。老旧的椅子向他发出邀请，他也融入了这个空荡而静谧的房间。

不管如何，源还是等着玛丽先坐下，这样他就能选择一个合适的位置坐下，而不至于坐得离她太近。玛丽则没有看他，随意在炉火前的一个矮凳上坐下，向源示意旁边一个更大的椅子。源在坐下以后，设法把椅子往后推了一些，这样即使她和玛丽离得很近了，近到可以清楚地看到她的脸，但是假使他或她伸出手，两人的手也不会碰到彼此。他希望就这样坐着，同时确定那些粗鲁的人们的笑声永远不会出现在此时此刻的场景。

两人就这样坐着，没有两位老人的声音或者身影，玛丽也没有提到他们，而是直接甚至有点唐突地打破沉默，仿佛自己所说的话是不便开口却又不得不说的话题。她说："王先生，我今晚邀请你过来你肯定觉得很奇怪。我们几乎还是陌生人，但是我阅读过很多关于你的国家的书籍——你知道，我在图书馆工作——但我对你的民族了解甚少，却又十分敬佩他们。我邀请你来这，不仅是因为你个人，还因为你中国人的身份。而我们现在的谈话也同时是一位美国青年同中国青年的谈话。"

她停顿了一下，盯着燃烧的炉火出神了一会，最后拿起夹杂在壁炉柴火中的一根小树枝，懒洋洋地拨弄着木柴下面的红炭。源等待着，不知道她会说什么，而且由于自己不习惯和女性单独相处，他感到很拘谨，直到她再次开口说话。

"事实上，我对于我父母不停向你说他们的信仰这件事，感觉有些尴尬。对于他们，我没做出过什么评价，但他们是我认识的最好的人。你知道我的父亲——你了解的——所有人都清楚他是什么样的人。可以说，他就是人们所说的圣人。我从来没见过他生气或者不友善的样子。没有哪个女孩或女人能有更好的父母了。唯一的问题是，我的父亲如果没有传给我他的善良，肯定传给了我他的智慧。这些年来，我用着他那般的智力，却走上了与宗教背道而驰的道路，宗教给了我父亲生活的能量，而我对此却没有丝毫信念。我无法理解，我父亲那样极具智慧的人，为什么在信教这件事上却没有理智。信教满足了他的情感需求，但他的理性生活应该与宗教毫无关联——两者之间没有任何联系……当然，我的母亲不是个文化人，她更简单——很容易理解她。如果父亲也像母亲一样没什么文化，他们想要把你同化成基督徒，我只会觉得很好笑——我知道，他们是不可能成功的。"

眼前这个女孩转过头来，真诚的双眼直视源，握着树枝的手渐渐停止了动作，看向源的眼神也愈加诚挚。"但是——我有些担心——父亲会影响到你。我知道你很钦佩他。你是他的学生，你在学习他写的书，很少有学生像你这样崇拜他。我觉得他应该对你有所期待，希望你回国以后变成传播基督教的使者。他告诉过你他曾经想成为传教士吗？他所生活的时代，是每个虔诚的男孩或者女孩都面临过的——一个受到传教士召唤的时代，他们是这么称呼的。但是他和我母亲订婚了，而我母亲的想法并不坚定。我认为，他们两个在那之后都有一种——沮丧的感觉……奇怪，时代不同！但是他们以及我对你的感觉却如出一辙，"她那双动人的眼睛直视他的双眼，落落大方，没有丝毫娇媚，"但又是多么不同！他们觉得像你这样的人，如果能把你纳入他们的事业那该多么光荣！但在我看来，宗教可以让你变得更好——这个想法是多么自以为是！你属于自己的种族，有自己的生活。怎么会有人敢把你不了解的东西强加给你呢？"

她说这些话的时候浑身散发着热情，源也被她感染了，只是没有那么狂热。她似乎不再只是把源视为一个人，而是视为一个种族。她似乎是在通过源向成千上万的人讲话。他们俩都属于心思缜密、性格孤僻之人。他感激地说："我十分理解你说的话。对于他信仰一个我不了解的宗教这件事，我保证丝毫不会削弱我对他的崇拜之情。"

她的眼神再次移向火焰。壁炉的火苗已经黯淡下去，取而代之的是煤炭和灰烬，她的脸上，头发，双手以及衣服上映着一片更加稳定的红色光芒。她若有所思地说："谁能做到不崇拜他呢？我可以告诉你，就算他不教我知识，我也很难不崇拜他。但是我对他很坦诚——就是那样——我们有说不完的话。我和妈妈就很难交谈——她总是伤心落泪，我就会变得不耐烦。但是父亲懂我的每个意图——我们可以交谈——他尊重我没有信仰，我也尊重他——而且程度越来越深——关于他的信仰。关于一件事的看法，我们总是会进行很相像的分析——而在理智分析不管用，人们需要相信无法理解的直觉时，我们就会产生分歧。他会直接跳到，嗯，信仰啊，希望啊之类的话题——我却无法做到，我骨子里就是做不到。"

突然，她精力充沛地站起来，拿起一根木头，扔到煤堆上。一团火花"嗖"的一下从宽阔的黑色烟囱里升起，又燃起了熊熊的火焰，源看到她在新的火焰映照下发着光。她转向他，倚在壁炉架上俯视着他，表情严肃，嘴角上却带着一丝微笑："总结下来——这就是我想说的。别忘了我不相信那些东西。当我的父母试图影响你的时候，记住那是他们的时代——不是你的也不是我的时代。"

源也站起身，站在她旁边，正思考说些什么的时候，话却已经脱口而出——虽然那些话并不是他的本意。

"我希望，"他看着她，缓缓道，"用自己的语言和你交谈。因为我觉得你说的话对我来说总是那么熟悉。你让我忘了我们来自不同的种族，第一次踏进你家的时候，我就觉得我们的思想能够毫无障碍地交流。"

他诚恳地说出这简短的几句话，而她像孩子一样直视着他，两个人的眼睛平视着。玛丽平静而热情地回答说："源——我相信我们会成为朋友的，对吧？"

源却有点胆怯，似乎踏上了一个未知的海岸，不知道身在何方，也不知道那里有什么，但他仍然必须向前走。"如果你希望，当然可以——"他仍然看着她，声音很低，害羞地补充道，"玛丽。"

然后她笑了，那是个一闪而过的灿烂又俏皮的微笑。她接受了他的话，然后又直接打断了他，仿佛在说："我们今天说得够多了。"他们聊了一会儿书籍以及别的小事，直到听到门廊上传来脚步声，她立刻说："他们来了，我亲爱的爸爸妈妈。他们每周三晚上都去参加祷告。"

她快步走到门前，打开门，欢迎老两口进来，寒冷的秋风吹得他们面色通红。很快，他们都来到了火炉前，他们现在表现得更喜欢源了，让他坐下，玛丽则端来了水果和他们睡觉前最爱喝的热牛奶。源虽然讨厌喝牛奶，但还是接过来喝了一小口，似乎这样能和他们更亲近。直到玛丽察觉到这一点，笑着说："哎呀，我怎么给忘了。"她泡了一壶茶给他喝，两人为此还互相开玩笑。

那天晚上，源最难忘的还是玛丽的母亲说那一番话的时刻。在彼此交谈间，这位母亲叹了口气说："亲爱的，我真希望你今晚能来。祷告会议开得很好。我觉得琼斯博士讲得很好，是吧，亨利？"然后她亲切地对源说："王先生，你一定经常感到很孤独吧。我常想，远离你所爱的父母是多么不容易，而他们也一定同样如此。如果你愿意，我们很乐意让你每周三和我们一起吃晚饭，然后一起去教堂。"

此刻源发觉这位老人是如此和善，于是说了句："谢谢。"说这话时，他的目光落在了玛丽身上，她又坐在凳子上，现在她的眼睛在他自己的视线下方，而且距离很近。在她的眼睛和脸上，他看到了一种可爱而温柔，近乎快乐的神情，对母亲是温柔的，但对源也十分理解，就是这种目光将他俩联系在一起，彼此理解，虽然两人的内心是孤独的。

从那以后，源生活在一种隐秘的富足之中。这些人对他来说不再陌生，他们的生活方式也不再陌生，他常常忘记了自己曾恨过这些人，他觉得自己不再像以前那样经常受到轻视。在他面前现在有两扇大门。一个通往外面的世界，另一个则通往这座房子，在这里，他可以自由出入，而且永远受到欢迎。在这个陌生的国度，这间破旧的棕色房间成了他的家。他曾以为他的孤独是美好的，是他最需要的东西，但现在他有了进一步的认识，那就是，对一个人来说，只有当孤独能帮助他摆脱讨厌的或者不想要的事物，孤独才是美好的，而当他发现了自己喜爱的事物，孤独就不再美好了。在这个房间里，源就发现了自己所爱的事物。

这个静谧的房间里摆放着几本小小的旧书，有时候源独自来到这里，房间没有人，他就坐下来拿起一本翻阅，他发现这时候更容易沉浸在书本的世界。因为在这里，周围充满了博学而友善的氛围，书本比以往任何时候都更贴近自己。

他敬爱的老师也经常在这里，相比于任何教室或者田间，源在这里更能发现这位老人身上的美好品质。他的生活就像个孩童一般简单，他是一个农民的儿子，也是一个学生，其次才是一个老师，就这样简单地过了许多年。其实他对这个世界了解甚少，甚至可以说他仿佛不是住在这尘世间。但是他却还有着思想和精神两个层面的世界。源则带着许多问题探索这两个世界，他常常坐着，安静地听着博学的老师说到自己的信念，他觉得那些话语间不是狭隘的想法，而是广阔无垠的精神世界，没有时空的束缚，人和神都有无限可能。他就像一个充满智慧的小孩，他的世界，现实和魔法之间没有任何边界。这种充满了智慧的朴素感，深深吸引了源，同时，后者也会为自己狭隘的理解而陷入沉思和烦恼。有一天，当玛丽进来时，发现他一个人表现得十分烦躁。他对她说："你父亲几乎说服我成为一个基督徒了！"

她回答说："他不是几乎这样说服了我们所有人吗？但你会发现，就像我一样，问题就在于——只是'几乎'。源，我俩的思想跟其他人不同——没那么简单或者死板，更多的是探索。"

她就这样说着，目标明确，表情平静。于是他感觉和她联系在一起了，并且自己在某种边缘上被拉了回来，他是违背自己的意愿被拉向这个边缘的，但不知怎的，他的意志又像是遵循自己的意愿被拉过去的，因为他敬佩这个老人。但她每次都能把他拉回来。

如果说这房子是通往某处的大门，那么这个女孩就是通向它内部核心的入口。源从她那里了解到许多事情。她说到自己的民族，以及祖先们如何踏上这片海岸，在这里定居，讲述了他们从各个国家和部落中聚集而来，是怎样用武力、诡计和各种战争手段从原住民那里夺走土地，将其占为己有。源听着这些故事，就像童年时期听着三国故事一样。然后她讲述了她的祖先们如何带着赴死的决心勇敢地前往最远的海岸。她说这些话时，有时靠着房间壁炉的火焰，有时漫步于晚秋落叶飘零的树林中，尽管这个女孩外表温柔，源仍然能感受到她血液中流淌的毅力。她的眼神有时候会变得明亮、坚毅，有时又会变得冷漠，嘴唇轮廓分明。下颌清晰锐利，每每讲起话来，她似乎就会点燃起对种族的自豪感，源对她几乎有些畏惧。

而最奇怪的事情是，每当这时，他便感觉到她身上似乎有一种男性的力量，而在自己身上则有一种更微弱的、依赖于人的品质，而不像是一个男人身上的品质，好像他们两人合在一起可以构成一个男人和一个女人，但男女的界限却模糊了，并非他为男性，她为女性。有时她的眼神中透露出一种对他的占有欲，似乎她觉得自己比他更强大，这让他不由自主地退缩，直到她换了一种神情。因此，尽管他经常觉得她美丽动人，她的身体那么轻盈，充满了活力，而且常常被她敏捷的思维所打动，但他从未能真正感受到她作为女性的形象，也不认为她是一个可以被抚摸或被爱的女性，因为她身上的某些东西让他有点畏惧，这也抑制了爱情的增长。

他很高兴，因为他仍然不愿去想爱情或女人。虽然她身上有许多吸引他的地方，他也做不到和这个女孩保持距离，但他很高兴自己不想碰她。如果现在有人对此提出疑问，他会说："两个不同种族的人结婚，这既不明智也不合理。种族不同的结合本身就有外在的困难，这是两人都不喜欢的。而且两人内心也会有挣扎，这种挣扎就像永不相融的血液一样，会把彼此推得越来越远——只要种族不同，这种互相排斥就永远不会消失。"

　　但也有某些时刻，他的这份笃定开始动摇，因为有时她似乎不完全是一个外国人，因为她不仅向他展示了她的族人，她还向他展示了中国同胞的样子，那是源自己都未见过的中国人的样子。源对自己的族人有很多不了解的地方，他以某种方式与他们一起生活，他是父亲生活的一部分，也是战争的一部分，同时又是一个热血青年，生活足迹到过土房子也到过豪华都市，但是这些碎片却无法拼成一个完整的世界，在有人问起他的国家和人民时，他说出来的东西极为零散，甚至在说话间他脑海中想起一些与自己的陈述相反的东西，于是最后就变成他对于自己的民族只字不提，除非出于自己的骄傲而站出来否认一些事，比如说那个高个子牧师展示的东西。

　　但是，通过这个西方女孩的眼睛——一个甚至从未见过中国人赖以生存的土地的女孩——他看到了自己理想中的祖国。他知道，为了他，她读了所有关于中华民族的书，所有的游记，译成英文的传说、故事、诗歌等，她还仔细研究了图画。通过这一切，源的国家便在她心中形成了一个梦，一种理想图景，对她来说，那似乎是一个最完美的地方，在那里，男人和女人生活在正义与和平之中，是一个完全建立在圣人智慧之上的社会。

　　源听她讲完以后，似乎自己也看到了一个这样的祖国。她说："源，在我看来，你的国家已经解决了我们人类所有的问题。父亲与儿子、朋友与朋友、一切人与人之间的关系——都表达得如此简单而美好。你的人民都痛恨暴力和战争，对此，我是多么钦佩啊！"源听她说着，忘记了自己童年的真实场景，只记得他确实憎恨暴力和战争，既然他憎恨暴力和战争，那人们定然也憎恨暴力和战争，他还记得村民们恳求他不要打仗，所以她的话对他来说似乎是真实的，甚至千真万确。

有时，她找出自己看到过的一幅画，拿出来和源一起欣赏。也许是一座高耸的宝塔，矗立在嶙峋的山顶上，映衬着天空，也许是一个池塘，岸边垂着柳条，柳条下栖着白鹅，她屏住呼吸，轻声感叹道："噢，源——美——太美了！为什么当我看着这些照片时，总觉得似曾相识，觉得似乎是我生活过的地方？我有种莫名的心驰神往的感觉。我想你的国家一定是世界上最美丽的国家。"

源透过她的眼睛看到了这些景象，他自己也想起了曾在祖国看到的那些美景，确实有这样的池塘，他自然而然地接受了她的说法，并真诚地回答："确实如此，那是一个非常美丽的地方。"

然后，她不安地看着他，继续说："在你看来，我们岂不是非常粗鲁，我们的生活又是多么粗鲁啊——我们毫无底蕴又粗鲁至极！"源突然觉得她说得没错。他想起了自己住的那所房子，想起了那里吵吵闹闹的女房东，她经常对自己的女儿发脾气，她甚至像男人一样吵架，整个房子都充斥着她的愤怒。他还想起了城里的穷人，但他只是非常亲切地说："至少在这所房子里，我找到了我习惯的和平与礼仪。"

当她处于这种情绪时，源觉得自己似乎爱上了她。他骄傲地想："我的国家对她有一种魔力，当她想到或者梦见我的祖国，她就变得温柔安静，她的冷酷消失了，完全是一个女人该有的样子。"他想，也许有一天，他会不顾自己的意愿而爱上她。有时他确实是这样想的，然后他就这样推断："如果她住在我的祖国，中国已经完全将她同化。那她就会永远像这样温柔，有女人味，爱慕我，需要什么也要依赖于我。"

在这种时候，源就会想若果真如此，也许会很甜蜜幸福吧，教她怎么说中文会很甜蜜；住在她一手操持的家里也很甜蜜，一个像这样舒适温馨的家，一个教会他如何去爱的家。

然而，就在他任凭自己沉浸在这样的想象时，他又觉得玛丽有一天会变回来，她的冷酷体现出来，霸道占据上风，于是她会争辩、谴责、评判，甚至对她的父亲也可以用一两句尖锐的话来表达自己的观点，虽然她对源比其他任何人都更温和，他还是开始感到害怕，他感到她身上有一种他无法制服的野性。她就这样吸引着他，又多次把他从她身边推开。

就这样，一直到第五年或者第六年，源仍然继续着同这个女孩的羁绊，她有时强大到超过任何一个女人，因此源对她感到恐惧，有时又不像一个女人，因而对源没有吸引力，虽然源一直没有忘记她是一个女人的事实。而最后，由于他那深沉而狭隘的天性，她成了他唯一的朋友。

毫无疑问，他和她的关系迟早会发生变化，要么更进一步，要么变得冷淡，而源，后来因为一件普通的事而选择了离她而去。

源永远不会参与伙伴们所做的蠢事。学校里去年来了两兄弟，来自中国的南方，那里的人总是谈笑风生，但又性情多变。这两个年轻人十分殷勤，很容易适应周围的平凡生活，人们很喜欢他们，在某些场合就会想起他们并让其展示自己。他们学会了像小丑一样唱歌——那些学生们喜欢的怒吼的歌曲，或者那些复杂的、断断续续的节奏，因此，当他们出现在人群面前时，会像小丑一样咧嘴大笑，跳舞，享受人群的掌声。源和他们之间的鸿沟比他和白人之间的鸿沟更大，不仅因为他们的母语不同——南方和北方语言的差异，更因为源私下为他们感到羞耻。他想，让这些白人愚蠢地扭动吧，而不要让他的同胞在这些外国人面前扭来扭去。当源听到人们大笑和赞美的吼声时，他变得平静而冰冷，因为他确信他看出了欢乐背后的嘲弄。

终于有一天，他对这兄弟俩的忍耐到了极限。这天晚上，在一个大厅里举行了一次娱乐活动，源邀请了玛丽·威尔逊一起去，彼时他们俩经常一起前往公共场所，他们和其他人一起坐在观众席。轮到这两个广东人出场后，他们打扮成一对老农夫妇，农民背上挂着一条长长的假辫子，妻子粗鲁而大声，仿佛是个淫荡的女人。源只得坐在那里，看着他们像傻子一样，假装为一只用布和羽毛做成的鸟争吵和诅咒，他们把这只鸟夹在中间，一点一点地将其肢解，他们说的话大家都能听懂，但又好像说的是他们自己的语言。的确，这情景很滑稽，那两个人是那么机灵，那么聪明，谁也忍俊不禁，就连源也不时地微微一笑，尽管心里很不自在。玛丽也常常笑起来，两人走后，她转向源，笑盈盈地说："源，这可能也是你国家的一个特色吧！我很高兴能欣赏到它。"

但这些话使他笑不出来。他很生硬地说："那根本不是我的国家。现在农民都不留辫子了。这和你们纽约舞台上的任何喜剧演员一样，都是一场闹剧。"

察觉到他似乎有些受伤，她赶紧说："哦，我当然明白了。这不过是无稽之谈，不过这戏剧还是有点意思的对吧，源？"

但是源没有回答。整个晚上，他都一本正经地坐着，直到活动散场。他送她到了家，在门口鞠了一躬，她请他进来，他却不肯，虽然这些天他一直热切地盼望着能走进这个房子，和她在温暖的房间里待一会儿。现在他却拒绝了，她疑惑地望着他，不知道出了什么事，却感觉有什么不对劲；突然，她对他有点不耐烦了，觉得他是个异类，与众不同，难以相处，于是就让他走了，只说了一句："也许下次吧。"没有再对他发出邀请，他伤心地离开了，忧郁地想："那种丑行使她看轻了我，因为她认为我的族人很愚蠢。"

他回到家，想到她的冷淡，心里十分生气，于是他去那两个小丑的房子，敲了敲门，走进他们的房间，后者被吓了一跳，因为他们站着，衣服只穿了一半，准备睡觉。桌上摆着假辫子和长长的假胡须，以及他们用来表演的所有道具，源看到这些，神情更加严肃。他冷冷地说："我来只是想说，我认为你们今晚所做的事是不对的。在一个随时准备嘲笑我们的民族面前，为了自己的搞笑事业而做一个跳梁小丑，这不是真正的爱国。"

听了这话，两兄弟都吓了一跳，他们先是对视了一下，又看了看源，然后其中一个笑了起来，另一个也笑了起来，其中的哥哥用源听不懂的话说："你可以维护一整个国家的荣誉，兄弟！你的尊严足够代表一百万人！"听了这话，他们又吼着笑了起来，源无法忍受他们的大嘴唇、贼眉鼠眼和矮胖的身体。他看着他们，然后一言不发地走出去，随手关上了门。

"这些南方人，"他喃喃地说，"对我们真正的中国人来说，他们不算同胞——不过是少数的野蛮人罢了——"

那天晚上，他躺在床上，光秃秃的树枝在月光下的白色墙壁上投下阴影，他很欣慰自己没有和他们打交道，在学校也没有同他们交流过，他觉得在这个陌生的国度里，他和那些同族的人毫无瓜葛。他站起来，骄傲地想着，只有自己能展示出中华民族真正的样貌。

源知道，自己很在乎玛丽对他的崇拜，而今夜自己又格外受伤，他根本无法忍受玛丽看到自己的同胞表现愚蠢。在他看来，她似乎是这样看待自己的，他再也无法忍受。他躺下来，骄傲又觉得孤独，对这两个可以说是同胞的人感到陌生，想到玛丽没有请求他到她家里去，他越发觉得孤独。他痛苦地想："她看待我的眼光不同了。她看着我，仿佛我自己就是那两个傻瓜中的一个。"

然后，他下定决心，告诉自己不要在意，他努力回想记忆中对她的一切不美好的回忆，有时她是多么的强硬，她的声音像钢刀一样锋利，有时她又太过积极，一个女人在男人面前不应该是这样，他还记得她开车时，仿佛那是她拥有的一头野兽，她驾驶着它，迫使它跑得越来越快，她却像石头一样冷漠。所有这些回忆他都不喜欢，最后他傲慢地告诉自己："我有我的学业要做，我会把它做好。当我完成我的使命之日，我发誓，不会有一个名字在我的名字之前。这样，我的人民就会得到尊敬。"

就这样，他睡着了。

虽然他很孤独，但是因为玛丽的缘故，他却无法再次完全地陷入孤独之中。因为三天后，她又给他写了一封信。当他看到桌子上那封方正的信时，心不禁怦怦直跳。孤独之感比以前更甚，于是他迅速拿起信，急切地想知道她会说些什么。当他把信打开的时候，却觉得有点失望，因为里面的话很平常，似乎不是三天没见到一个朋友的样子，对方也没有每天都更想见他。信上只有四行字，说她母亲有一朵花开出了花苞，她想让源去看看，问他第二天早上会来吗？明天它就会盛开。仅此而已。

在那一刻，源似乎要爱上这个女孩了，感情比以往任何时候都要强烈。但是她的冷淡也刺痛了他，他带着孩子气的任性对自己说："好吧，如果她让我去看她妈妈，那我就去看她妈妈！"他有点生气，打算第二天就只关注她的母亲。

他就这样做了，当他和那位女士站在花旁，凝视着那清澈的白色时，玛丽走过来，戴上手套，他只是微微点头，一句话也没说。但她却没有他那样冷漠。虽然玛丽一直在同母亲说一些家庭琐事，她也会大方地看向源，她是那么镇定，眼神中除了纯净的友谊再无其他，源甚至忘了自己受过伤。她走后，他突然发现花的可爱之处，也对这个老母亲以及她说的话重新产生了兴趣，虽然一直以来，这位女士总是把话讲得太满了，出口即赞美之词和爱的话语，在源看来，不管是谁，要得到她的赞美也太容易了。但是现在，站在花园里的她就是她自己最真实的状态，一个非常简单而善良的女士，对新生的事物总是很温柔，所以她像抚摸一个小孩一样温柔地抚摸一棵在土壤中挣扎的幼苗。如果一棵玫瑰树上的嫩芽被无意中折断了，或者一个人不小心踩到了一棵植物，她几乎会哭出来。她喜欢双手插入有根和种子的土壤的感觉。

就这样，源切身体会到了这位女士的感受，过了不久，在这个带着露水的花园里，他帮她拔杂草，教她如何移动幼苗而不会枯萎，并自信地把幼根放到新的土壤中。他甚至答应从中国找一些种子，并且试着给她找一种又绿又白而且味道很好的卷心菜，他相信她会非常喜欢。这件小事使他又觉得自己是这个家的一部分了。现在，他纳闷自己以前怎么会觉得这位女士说话太随便，她不是一直像热情的慈母一样吗？

然而，即使在今天，他也只是和她谈到花和蔬菜，并没有其他话题。因为他很快就明白，她的思想和他乡下母亲的思想一样简单，善良而狭隘，只关心一道要做的菜，朋友的闲谈，花园植物长势，或者餐桌上的一束花。她的爱是自己对上帝的爱，在这种爱里，她活得如此忠诚而纯粹，以至于源有时为这种纯粹而感到困惑。因为他发现这位女士能拿起任何一本书阅读，能理解书中的含义，却像家乡的农村人一样脑海中只有奇怪的信仰。那是在一次和这位女士的交谈中，源发现了这一点。因为她谈到春天的一个节日，她说："我们叫它复活节，源，在这一天，我们亲爱的主死而复生，升上了天堂。"

但源却并不想笑，因为他很清楚，在每个国家的民间都有许多类似的故事，他在童年时代就听过这些故事，他以为这位女士不会相信这些故事，但他听到了她亲切的声音中透出的敬畏，看到了她白发下那如孩子般湛蓝、平和的眼睛中流露出的虔诚，他知道她是相信的。

花园中度过的几个小时，源一直没有忘记玛丽望向他的平静的眼神。当她回来的时候，源对于先前自己所承受的痛苦只字未提，他看着她，似乎并没有三天未见。当他们单独在一起时，她微笑着说："这两个小时你都和妈妈一直待在花园的吗？她把你扣留在那里真是无情啊！"

她的笑容让源如释重负，他也微笑着说："她相信基督死而复生的故事吗？我们那也有这种故事，但大多数人，包括有学识的女人，都不会当真。"

对此，她回答说："她确实相信，源。你现在理解我了吧？我说我会努力让你摆脱这些信仰的干扰，因为对你来说，它们是虚假的，同时我也会努力让我母亲坚持她的信仰，因为对她来说，它是真实且必要的，我母亲是靠着这信仰而活，一旦失去了，她会迷失自己，而她自己也愿意为之付诸生命。但你和我——我们必须有自己的信仰，为之生存或者死亡的信仰！"

至于玛丽的母亲，她从那天早晨开始就更加喜爱源，甚至后来常常忘记了他的种族，如果他说起自己的家，她就会有点难过地说："源，我说，我现在大部分时间都忘了你不是一个美国男孩。你在这里和我们相处得很好。"

但玛丽很快回答说："他永远不会是真正的美国人，妈妈。"有一次，她又低声说："但是我对此很高兴，我喜欢他现在的样子。"

这一点源记得很清楚，因为有一次玛丽似乎话中有话时，玛丽的母亲破天荒的什么也没回答，只是眼神忧虑地看着她的女儿，源觉得那一刻她对他不像以前那么热情了。不过，当他和她在花园里多待了一两次后，这一切都过去了，在那个早春，有一种甲虫出现在了玫瑰树上，源热心地帮助她，忘记了她对他曾略微冷淡的态度。但是，即使是杀死甲虫这样的小事，源也会感到困惑；他非常痛恨这些残忍的小东西，它们活着的每时每刻都在破坏花蕾和叶子的美丽，他想把它们一个个都踩死。然而，他又讨厌用手指把它们从树上摘下来，摘下来后他觉得手会发痒，怎么也洗不干净。但这位女士却没有这种感觉。把虫子摘掉她就已经很开心了，只是因为除掉这些瘟疫般的害虫而高兴。

就这样，源对这位女士很友好，他也尽可能地走近他的老师。但事实是，谁也无法太接近这位老人，他是如此奇怪的一个混合体，既深沉又单纯，既迷信又聪明。源经常和他谈论他的书和他的思想，但即使在一些有关科学法律的学术谈话中，老人的思绪也经常会莫名地进入一种更远的朦胧世界，源无法跟上他，他还会大声说出心中所想："也许，源，像这样的自然规律只是打开一个秘密花园的钥匙，我们必须不顾一切地扔掉钥匙，大胆地通过想象进入那个花园——或者说通过信仰，源——这个花园是上帝的花园——上帝是无限的，永恒的，他的存在即智慧，正义，善良和真理——而我们可怜的人类试图通过规律找到那些美好品质。"

他认真思考着这些话，直到有一天，源再也听不懂他说的话了，便说："老师，把我留在门口吧。我不能把钥匙扔掉。"

老人笑了笑，略带悲伤，回答道："你就像玛丽一样。你们年轻人就像幼鸟，害怕展开自己的翅膀，害怕飞出自己熟悉的小世界。啊，除非你们不再只执着于理性，而开始相信梦想和想象，否则，你们之间难以出现伟大的科学家。没有伟大的诗人——也没有伟大的科学家——一个时代中两种伟大的人。"

但源最难忘的一句话是"你就像玛丽"。

他确实像玛丽。这两个人出生相隔万里，两种血统从未交融，但他们之间却有相似之处，而且有两方面都很相似，其一是任何时代的年轻人之间的相似之处，他们都一样叛逆；其二是不论时间或血缘的差异，男人与女人之间仍然存在的相似之处。

春天快到了，树木开始呈现绿意，房子附近的树林里，冬日飘落的枯叶下开出了小花，源感到血液里有种新的自由的感觉。毫无疑问在这里，在这个家里，没有什么能使他退缩。在这里，他忘了自己是个外国人。看着这三个人，他会忘记自己与他们的区别，老两口的蓝眼睛对他而言再也熟悉不过，玛丽眼神的变化也是如此可爱，不再陌生。

他觉得玛丽越来越可爱了。现在的她总是很温和。没有了强烈的边界感，她的声音甚至不像以前那样尖锐。她的脸颊变得更丰满，两颊不再苍白，嘴唇柔软饱满，没有紧闭双唇，行动也比以前更加慵懒自在。

源有时来到这里，玛丽似乎很忙，来去匆匆，所以他很少见到她。但是，随着春天的到来，情况有所改变，在不知不觉中，他们开始计划每天早上在花园里见面。她走到他跟前，万物晴朗，乌黑的头发柔顺地披在耳旁。在源看来，她穿蓝色衣服最动人。一天，源对她笑着说："这种蓝色我们国家的农村很常见。很适合你。"她也微笑着回答说："那我很高兴。"

源想起来有一天，他早早地过来和他们一起吃早饭，他在花园里等她的时候，弯着腰在一床三色堇秧苗上小心翼翼地把杂草连根拔掉。这时，她走了过来，站在那里看着他，她的脸出奇地温暖而明亮，当他看着她的时候，她伸出手，从他的头发上取下一片叶子或是杂草，而当她的手落下来的时候，他感觉到她的手不经意碰了下他的脸颊。他知道她并不是故意的，因为即使在崎岖不平的路上有人扶她，她似乎也要躲开。她不像许多女人那样，为了一点小事就伸手去碰男人。事实上，除了寒暄时毫无温度的碰触，这是他第一次感觉到她的手。

但是现在她却没有回避。从她坦率的眼神和脸颊上突然泛起的淡淡的红晕，他知道她察觉到了这次触碰，而她也知道他感觉到了。他们短暂地对视了一下，然后又转过身去，她平静地说："我们进去吃早饭吧？"

他也平静地说："那我先去洗个手。"

这个瞬间就这样过去了。

后来，他想了想这件事，回忆突然涌上心头，他想起很久以前，那个已经去世的姑娘和他之间的身体触碰。奇怪的是，与那次热烈而坦率的触碰相比，这个新的轻触似乎太过渺小，因为那次的触碰热烈而真实。他自言自语道："她肯定不知道是她干的。我是个傻瓜。"他决心把这一切都忘掉，更严格地控制自己不去想这些，因为他确实不喜欢这种想法。

就这样，在那最后一个春天的几个月里，源的生活一直有着两种不同的心态。在他心里有一个地方，即使面对这个女孩也坚不可摧。新的季节舒适宜人，他和她在柔和的月色中一起走在满是新叶的树下，在街道上，在通往乡间的幽静小路上，或者他们单独坐在一间屋子里，听淅淅沥沥的春雨打在窗玻璃上，即使在这种情景之下，她也无法进入那个地方。源对自己感到奇怪，不知道为什么自己有时候会特别激动，而同时却又不想屈服。

因为在某些方面，这个白人女孩既让他心潮澎湃，又使他迟疑退缩，同样的东西，他又爱又恨。他爱美，永远无法拒绝美好，他经常看到她的美丽，她的额头和脖子在黑发的映衬下皎洁如雪。然而他并不喜欢这样的白。他经常看到她那双明亮的眼睛，那双在她浓眉下，清澈的灰色眼睛，他钦佩使这双眼睛闪闪发光的心灵，但他本身又不喜欢灰色的眼睛。她的手也是如此，敏捷、生动、灵活、关节分明、仿佛会说话。但不知怎的，他又不喜欢这样的手。

然而，他是不是被她身上的某种力量一次又一次地吸引到她身边来的呢？在那个繁忙的春天里，他在田野里、在房间里或在书厅里，他一而再、再而三地怔住，脑海里突然想起她。每当这时，他就会问自己："离开后，我会想念她吗？冥冥之中，我是因为这个女孩来到这个国家的吗？"他考虑着留下来继续学习的念头，但他又直截了当地问自己："我究竟为什么要留下来？如果我真的是为了这个女孩，那又有什么结果？我又不想娶她这个种族的女人！"然而，当他进一步想"不，我要回家"时，他又感到一阵痛苦。他接着想，也许他一走就再也见不到她了，因为他怎么可能再回来呢？当他想到他可能再也见不到她的时候，他似乎确实需要推迟他的回程了。

只要他继续留在这里，这个问题本可以拖延成一个答案。但是来自祖国的喧嚣却越过大洋，传到了这里。

源在离开的这些年，几乎不知道自己祖国的情况。他知道有一些小的战争，但他并不在意，因为那里一直都在爆发小规模的战争。

在这六年里，王虎在信中跟他说了一两次这样的小战争：第一次是对付一个新来的土匪小头目，第二次是对付一个不请自来的军阀。但源对这些消息很快就淡忘了，一来是他从不喜欢战争，二来是生活在这个和平的异国他乡，这些事情对他来说似乎不真实，因此，当某个学生轻率地叫道："喂，王，你们中国新爆发的战争是怎么回事？我在报纸上看到了。什么姓蒋的、姓唐的或姓王的——"源感到羞愧难当，马上回答："这没什么，和任何地方的抢劫都差不多。"

他的小妈每季度都会给他写一封信，她在信中说："革命正在迅速发展，但我不知道具体情况。现在孟走了，我们家没有革命者了。近来我只听说南方爆发了新革命，孟写信来说他就是其中一员。但他现在还不能回家，就算想回也不能回，因为这里的统治者很害怕，对于像他这样的革命者追捕仍然很严厉。"

源并没有完全抛开对祖国的挂念，尽可能地关注关于那场革命的所有消息，并急切地捕捉每一行关于祖国变化的文字，比如"旧农历改为新的西方日历"，或者"禁止妇女裹脚"，或者"新法律不允许一个男人拥有多个妻子"，那些日子里，他看到了许多类似的消息。源欣喜地读着每一个变化，他相信，通过这些变化，他的整个国家都在进步，因此他心想，同时也给盛写信说："当我们夏天回去时，我们的国家将会有天翻地覆的变化。短短六年，就发生了如此巨大的变化真是不可思议。"

对此，盛在数天后才回信来："你今年夏天就要回去吗？但是我还没有准备好，我还有一两年，而且如果我父亲给我寄钱来，我想在这定居。"

听了这些话，源不由得想起那个女人把盛的小诗配上慵懒沉重的音乐，心里很不是滋味，便不再想她。但他还是希望盛赶快回家。源目前确实还没有拿到学位，虽然他花在学习上的时间已经比规定的多，但是源还是不明白为什么盛对于他们焕然一新的国家只字不提。但他很快就理解了盛，因为在这片和平富饶的土地很难去思考战争和革命事业，源自己在这些和平的日子也经常忘记这些事。

然而，他后来才知道，革命在那时就已经达到了顶峰。当然，源当时整日沉浸在书本中，在他质疑自己对那个白种女孩到底是爱还是不爱时，革命的大军，也就是孟所在的那支军队，正穿过他的祖国的心脏，来到了大江南北。他们在那里战斗，而万里之外的源却过着平静的生活。

在这样宁静的氛围中，他或许可以永远这样生活下去。突然有一天，他和那个女孩之间的情谊变得深厚起来。长久以来，他们的关系都在朋友之上，却又未到达恋人的程度，源已经理所当然地接受了这样一个事实：每天晚上，等那对老夫妻睡下后，他俩总会一起散步、聊天。在那两位老人面前，他们从不表露什么。要是有人问起，玛丽会非常坦诚地说："没什么可说的呀。我们之间除了友谊还能有什么呢？"确实，他们之间从来没有过那种旁人听了会觉得异样的交谈。

然而，每天晚上，这两人都觉得，要是没能单独相处一会儿，这一天就不算结束，尽管两人也只是聊些白天发生的琐事。但就是在这短短的时间里，他们对彼此的思想和内心的了解，比平日里相处许多个小时得到的还要多。

在这个春天的一个夜晚，他们就这样在一条开满玫瑰花的蜿蜒小径旁来来回回地走着。小径的尽头有一丛榆树，这是六棵种成一圈的榆树，如今已绿树成荫。玛丽的父亲喜欢在这片树荫下坐着冥想，于是他在此放置了一张木凳。这天夜里明月高悬，整个花园都洒满了月光，树荫格外分明，只有那六棵榆树生长的地方除外。两人在这片树荫下停住了脚步，玛丽漫不经心地说道："瞧这黑黢黢的树荫——走进这里，我们估计就会迷失方向。"

他们默默地站着，源看着皎洁的月光，感到喜悦却还有一种奇怪的躁动不安，他说："月光如此明亮，让人几乎能看到新叶的颜色了。"

"或者几乎感觉到了阴影的寒冷和月光的温暖。"玛丽说。

他们又走了一圈，这一次源先停了下来，问："玛丽，你冷吗？"现在他可以自然地说出她的名字了。

她有些结巴地回答说："不——"他们站在阴影里，两人心神荡漾，然后不知怎的，她迅速地走到他身边，触碰到他的手，源觉得这个女孩到他怀里来了，他搂着她，脸颊贴着她的头发。他感到她在颤抖，他自己也在颤抖，接着两人一起倒在长凳上，她抬起头来看着他，两手捧起他的脸，低声说："吻我吧！"

源在风花雪月的场所见过此种场景，但从来没有这样做过。这时，他觉得他的头低了下来，她温热的唇被他的唇紧紧贴着。

就在那一瞬间，他却往后退。他说不出自己为何一定要退缩，因为他内心深处也有一股冲动，想要不停地向前，越探越深，越探越远。但比这股欲望更强烈的，是一种他自己也弄不明白的厌恶感，或者说是一种身体对外族身体的排斥。他退缩了，又迅速站起身来，心里又热又冷，既羞愧又困惑。而那女子仍坐在那里，惊愕不已。即便在阴影中，他也能看到她仰起的白皙面庞对着他，惊讶万分，似乎在问他为何退缩。但哪怕要了他的命，他也说不出个所以然来，什么都说不出来！他只知道自己必须退缩。最后，他压低声音，用一种不太寻常的口吻说道："天凉了——你得回屋去——我也得回去了。"

可她依然一动不动，过了一会儿，她才说道："你要是必须走，就走吧。我想在这儿再待一会儿——"而他，感觉自己不知为何没能达到应有的状态，但又觉得自己只是做了该做的事，于是尽量客气地说道："你得进去。会受寒的。"她不慌不忙地答道，身子一动不动：

"我已经受寒了。那又有什么关系呢？"源听出她的声音是那样的冰冷、失望，便迅速转身，把她留在那里，自己走了。

但他辗转反侧，几个小时都无法入眠。他满脑子想的都是她，不知道她是否还独自坐在那暗处，他满心忧虑，却明白自己只是做了必须做的事。像个孩子似的，他喃喃自语地宽慰自己："我不喜欢那样。我就是不喜欢那样。"

自那之后，源并不清楚他俩之间的关系会变成什么样。仿佛是知晓了他的困境一般，他的祖国这时开始召唤他回去。

第二天早晨，他醒来后，知道自己得去见玛丽，却又拖延着，心里有些害怕，即使到了早晨，昨晚的事情依然历历在目，他觉得自己在某种程度上辜负了她，尽管他也知道自己当时除了那样做，别无他法。

但当他最终来到那所房子时，却发现他们三个人正神情严肃、惊慌失措地看着报纸上的内容。老人焦急地问道："源，这会是真的吗？"

源和他们一起看报纸，只见上面用大字写着，新的革命者在他家乡的某个城市袭击了白人男女，把他们赶出了家门，甚至还杀害了其中一些人，有一两个牧师、一位老教师、一名医生，还有其他一些人。源的心猛地一沉，大声喊道："这里面有误——"

老妇人喃喃自语着，因为她一直坐着等他表态："噢，源，我就知道肯定是弄错了！"

可玛丽什么都没说。虽说源进来的时候没看她，这会儿也没看她，但他还是瞥到她坐在那儿，一声不吭，下巴搁在交叉的双手上，望着他。但他就是不愿好好地看她一眼。他快速往下读着报纸内容，不停地喊着："这不是真的——不可能是真的——这样的事绝不会在我的国家发生！就算发生了，那也肯定是有什么可怕的缘由——"

他继续往下看试图寻找其中缘由。这时玛丽开口了。如今他对她已足够了解，能从她说话的方式察觉她的心思，她的话简洁明了，看似漫不经心，声音略显生硬又随意，她说："我也找过缘由了，源。但根本没有——他们看起来都是非常无辜、友善的人，是在家里和孩子们待在一起时遭到了突袭——"

听到这话，源看向她，她也看着他，她的双眼清澈、灰暗，冷若冰霜。那眼神在指责他，而他则在心底无声地向她呼喊："我只是做了身不由己的事！"但她的眼神依旧死死盯着他。

接着，源努力让自己表现得像往常一样，坐了下来，急切地说道："我要给我表哥盛打电话——他在那个大城市，会知道真相到底是怎样的。我了解我的同胞——他们不会做出这样的事——我们是文明的民族——不是野蛮的——我们热爱和平——我们憎恶流血事件。我知道这里面有误会。"

老妇人热切地重复道："我知道有误会，源。我知道上帝不会让这样的事发生在我们那些优秀的传教士身上。"

但突然间，源被这简单的话语噎得喘不过气来，他差点喊出声来："要是他们是那些牧师——"就在这时，他的目光落到了玛丽身上，他又沉默了。因为此刻她仍在看着他，眼神中满是一种无法言说的巨大哀伤，他一个字也说不出来。他的内心渴望得到她的原谅，却又在退缩，唯恐在寻求原谅的过程中，向自己身体不愿屈从的东西屈服了。

他没再多说什么，一阵沉寂后，老人平复了心情，起身开口道："源，你打听到消息后能告诉我一声吗？"随后源也站了起来，生怕老太太也会就此离开，他突然不想和玛丽单独待在一起，于是他心情沉重地走了，心里很害怕，因为他不愿那消息是真的。他无法忍受这样的羞辱，而且更因为他觉得玛丽暗自因他之前的退缩而对他有所评判，把那看作是他自身的软弱。因此，他就更得证明自己的同胞在这件事上是清白无辜的。

此后，他俩再也没能走近彼此。日子一天天过去，源一心想要证明自己的国家是清白的，并且开始觉得，如果他能做到这一点，那他自己也就问心无愧了。在那一学年临近结束的忙碌几周里，他一直为此事奔忙。他必须一步步证明这不是自己国家的过错。盛在电话里的声音一如平常的冷静，他说这事确实发生了。源不耐烦地大声回问道："可为什么——可为什么呀？"盛的声音传回来，显得满不在乎，源几乎都能想象出他耸肩的样子，"谁知道呢？一帮暴民——革命党——出于某种狂热的缘由——谁能知道真相呢？"

但源痛苦不堪："我不信——肯定是有原因的——是受到了某种侵犯——或是别的什么原因！"

盛平静地说："我们永远也弄不清真相——"接着他话锋一转，问道："源，咱们什么时候能再见面？我好久没见你了——你什么时候回家？"可源只能回一句："快了！"他知道自己必须回国了；要是没法证明自己的国家是清白的，那他就得尽快把剩下的事办完，然后尽快回国。

从那以后，他再也没去过那个花园，也不再有和玛丽单独相处的时光了。他们表面上还算友好，但彼此之间已无话可说，源还刻意安排，好让自己不用见到她。由于他越来越没法证明自己的国家是无辜的，不知怎的，他对这些朋友也渐渐心生抵触了。

那对老夫妇察觉到了这一点，尽管他们对他始终还是很温和，但也和他稍稍疏远了些，虽然一点都没有责怪他，还能体谅他的苦恼，尽管并不理解其中缘由。

但源却觉得他们是在责怪自己。他把自己国家所做的一切都当成了自己的过错。如今，他每天看报纸，读到任何一支军队在打了胜仗后、在穿越一个被征服的国家时都会做出的那些事，他就痛苦万分。有时候，他会想起自己的父亲，因为那支军队正稳步向北方的平原碾过来，所到之处战无不胜。

但他的父亲似乎远在天边。而这些温文尔雅、沉默寡言的外国人却近在咫尺，近得有些过分了，他有时仍得去他们家，因为他们希望他去，他们对报纸上的报道只字不提，绝口不谈会让他羞愧痛苦的那些事。然而，尽管他们全都保持沉默，却仍像是在指责他。他们的沉默本身就是一种指责。他无法忍受玛丽的严肃与冷淡和两位老人的祈祷，他们极力邀请源和他们共进晚餐，餐前老人会低声且忧心地说上几句，在表达感恩时还会添上这样的话："上帝啊，救救那些远在异国他乡、生命时刻处于危险之中的你的仆人吧。"而老妇人则会极为诚挚地轻声附和一句"阿门"。源受不了这样的祈祷，也受不了这声"阿门"，更让他难以忍受的是，就连曾提醒过他别信那宗教的玛丽，如今也会低头，对他们增添了几分敬意。他知道，这并非因为她比以前更信教了，而只是因为她感受到了祷告词中的那些危险。所以，在他看来，她是和他们站在一边来对付他了。

源又形单影只了，他独自一人忙到学年结束，一直忙到和其他人一起站在那里接受学位的那一刻。在所有人当中，只有他一个来自中华民族，他独自接过了代表学业成就的象征。孤独地听着自己的名字因获得优异成绩而被提及。有几个人过来向他表示祝贺，但源告诉自己，他们来不来自己都不在乎。他独自收拾好了书本和衣物。到最后，他心里冒出一个念头，尽管那对老夫妇的友善态度并没有改变，但他们其实很高兴他离开。于是，源骄傲地暗自想道："我真想知道，他们是不是一直担心我会娶他们的女儿，所以才这么高兴看到我走呢！"他苦笑着，坚信就是这么回事。接着，一想到她，他又暗自思忖："不过，我得为此感谢她——她让我没变成基督徒。没错，曾经她救过我——但曾经，我也自救过一回！"

第三章

就像小时候对父亲又爱又恨一样，如今源要离开了，心中对这个异国亦是爱恨交织。尽管并不情愿，他却不由自主地爱着它，毕竟谁能抗拒那年轻美丽、朝气蓬勃的一切呢。他热爱美好，自然也会爱上山间的葱郁林木，爱上没有坟墓点缀的广袤牧场，爱上那些膘肥体壮、健康活泼的牲畜，还有未被人类垃圾玷污的城市。然而，他对这些外在之美的喜爱并非发自内心，因为倘若这些即为美的定义，他根本不知道自己贫瘠的祖国美在哪，在那儿，逝者安息于生者脚下的沃土，坟墓矗立于田野之间，这一切在他看来简直太荒谬了。当火车窗外那富饶的乡村景色从眼前掠过时，他想："如果这一切属于我，我会非常爱它。但可惜它不是。"不知何故，对于那些不属于他的美好，他无法全心全意地爱着。甚至对拥有这些美好的人，他也无太多好感。

当他再次踏上归乡的航船，心中不断自问，这六年的漂泊生涯，自己究竟收获了什么？无疑，他在学识上取得了显著的进步。他的脑海中装满了宝贵的知识，身边带着一个小箱子，里面装满了笔记本和各类书籍，还有一篇他自己撰写的、关于某种小麦遗传特性的长篇论文。除此之外，他还带着几小袋小麦种子，这些是他亲自种植、精心挑选的实验成果。他计划将这些种子播撒在自家的土地上，通过不断地培育与收获，直至它们足以分发给乡邻，让所有人的收成都能有所提高。他深知，这些便是他漂泊多年所得到的全部。

他的收获不只这些，他还确定了一些事。如果他要结婚，伴侣必须是他的同胞。他不像盛，如今的他已不再被白皙的皮肤、浅色的眼眸和卷曲的发丝所吸引。无论他的伴侣来自何方，她的眼睛都要像他的一样黑，头发要像他的一样光滑笔直乌黑，皮肤颜色也要和他的差不多。他必须寻得自己的灵魂伴侣。

自榆树下的那个夜晚后，那个在某些方面他非常了解的白人女孩在他心中已变得全然陌生。她没有变，每天都保持着一贯的样子，稳重而有礼，总能很快理解他的话或感受，但如今的她却仿佛成了一个陌生人。两人的心灵或许能够相通，却仿佛置身于两个截然不同的世界。只有在离别的那一刻，她才又努力靠近他。她去火车站送他，还有那对老夫妇。当他伸出手告别时，她紧紧地握了一会，灰色的眼睛里闪烁着温暖而又暗淡的光，她低声说："我们难道连信都不写吗？"

源从不愿给他人带去痛苦，这时看到她暗淡的眼睛中满是痛苦，他心中慌乱不已，结结巴巴地回应道："嗯……当然可以写信……为什么不写呢？"

但她打量着他的脸，松开了手，神色微动，什么也没再说，即使老妇人迅速插话道："源当然会给我们写信。"她也一言不发。

源再次承诺他会写信告诉他们一切。但当火车渐行渐远，他看着玛丽的脸，知道她已经明白他永远不会给他们写信。他要回家了，他们是异乡人，他没什么可对他们说的。就像扔掉不穿的衣服一样，他抛弃了这整整六年的生活，除了他脑海中的知识和装满书籍的箱子……然而此刻，在船上，当他回想起在国外的这些年，心中百感交集。因为异国有很多他渴望的东西，他也无法对这三位善良的人心生厌恶，这份情感是复杂的。他在回家的路上，开始想起一些曾经遗忘的事。他想起了父亲，想起了那些狭窄拥挤的街道，既不干净也不美丽，还想起了自己在监狱里度过的三天。

对于这些不太好的事情，他辩解道，这六年里革命风起云涌，毫无疑问一切都变了，难道还和以前一样吗？他离开时，孟还是个逃犯，如今盛却告诉他，孟在革命军里当上了官，可以自由地去任何地方。还有更多的变化，在这条船上，源不是唯一的中国人，还有二十多个青年男女和他一样返回祖国，他们在一起交谈，在一张桌子上吃饭，谈论着祖国发生的一切。源听说狭窄的旧街道被拆除了，新街道贯穿了古老的城市，和其他国家的一样宽敞，他听说乡村小路上出现了机动车，农民们不再只是走路或骑驴，而是坐在车上，他还听说新革命军有很多大炮、轰炸机和武装士兵。他们告诉他，现在男女平等，贩卖或者吸食鸦片都是违法的，所有那些旧时代的恶习都消失了。

他们向源讲述了许多他从未听闻的事情，以至于他开始怀疑自己为何会保留着那些陈旧的记忆。他比以往任何时候都更加渴望回到崭新的祖国。他为自己的年轻感到高兴，有一天，他和这些志同道合的年轻人围坐一桌，满心激动地说："我们生在这个时代，能自由自在地做自己想做的事，这是多么伟大的事情啊！"

他们看着彼此，这些年轻而热切的男女欣喜地微笑着，一个女孩伸出她漂亮的脚，说道："看看我！如果我生在我母亲那个时代，你们觉得我能像现在这样用两只健全的脚走路吗？"他们都像孩子一样笑了起来。但女孩们的笑声中蕴含着比单纯的欢乐更深刻的意义，其中一个说道："在我们民族历史上，这是第一次所有人获得自由——

自孔子以来的第一次！"

然后一个兴高采烈的年轻人喊道："打倒孔子！"他们都一齐喊道："对，打倒孔子！"他们还高呼："打倒孔子，打倒他和他的孝道，打倒我们所恨的一切旧东西！"

在其他时候，他们的谈话更为严肃，他们急切地思考和计划着如何为国家服务，源的同伴们无一不怀着建设祖国的渴望。在他们的每一句话中，都可以听到"国家"和"爱国"的字眼，他们认真地权衡自己的缺点和能力，并与其他人比较。他们说："西方人在创造力，身体活力和勇往直前的精神方面胜过我们。"另一个人说："我们在哪里胜过他们呢？"他们相互看看，深思熟虑后说："我们在耐心，理解能力和长期忍耐方面胜过他们。"

听到这话，那个伸出漂亮脚丫的女孩不耐烦地喊道："我们忍受得太久了！对我来说，我决定不再忍受——任何我不喜欢的事情，我都不会忍受，我还要努力教导我所有的女同胞不要忍受任何事情。我在外国从没见过哪个女人忍受自己不喜欢的事情，这就是她们能取得那么大进步的原因！"

一个爱开玩笑的青年喊道："对啊，在外国，男人才需要忍受，现在看来我们也得学学了，兄弟们！"然后他们都笑了，年轻人总是那么容易开怀大笑，这个爱开玩笑的青年偷偷地用钦佩的眼光看着那个大胆漂亮又有点不耐烦的女孩，他觉得她一定能实现自己所说的。

源和这些青年男女一起度过了一天又一天，他在船上的日子过得极为愉快，满心期待着回家。他们不关注其他人，因为他们都对自己的年轻和知识充满自信，渴望回到祖国，每个人都信心满满地认为自己具有某种特殊价值和使命。然而，尽管他们对自己很满意，源却不禁注意到，他们所使用的词汇大多是外来词汇，甚至说母语时，也必须夹杂一些外来词汇来补充他们的想法，因为在自己的语言中找不到合适的词来表达，女孩们的穿着半是外国风格，男人们的穿着则完全是外国风格，以至于从背后看，根本看不出他们的种族。每天晚上，他们都像外国人一样跳舞，有时甚至更加无所顾忌，脸贴着脸，手拉着手。只有源不跳舞。即使是一些小事情，当同胞以外国的方式处事时，源也觉得无法融入。他自己嘀咕着："跳舞是洋人喜欢干的。"好像完全忘了他以前也总是跳舞。但他现在不想跳舞，部分原因是他不想把任何一位新时代女性抱在怀里。他害怕她们，因为她们能轻易地与男人进行身体接触，而源一向害怕亲密的接触。

就这样，日子一天天过去，源越来越好奇，这么多年后，他的国家会是什么样子。在他即将抵达的那一天，他独自走到船头，望着陆地渐渐靠近。在陆地还未映入眼帘之时，它的影子就早早地投射在了海洋之上。源低头看着清澈冰冷的绿色海水，看到了一条黄色的泥土线，那是河流在流经千万里土地时冲刷下来的泥土，奔腾着汇入大海。那条线清晰可见，仿佛是有人用笔画上去的，使得每一个波浪都被阻挡在外。源上一秒觉得自己还在海上，下一刻，船仿佛越过了一道屏障，他俯视着那打着漩的黄色波浪，知道自己到家了。

过了一会儿，他去洗澡，因为正值盛夏，天气酷热。水哗哗地流出来，是黄色的。源一开始想："我要在这水里洗澡吗？"他觉得这水不干净。接着他又想："我为什么不能在这水里洗澡呢？这水之所以显得浑浊，是因为它带有祖先们那肥沃土地的颜色。"于是他便用这水洗了澡，洗完之后浑身凉爽又干净。

随后，船缓缓驶入河口，两岸的土地映入眼帘，沉闷灰黄，还低低矮矮的，跟美丽毫不沾边。在这片土地上，散布着同样颜色的低矮房屋，没有任何特别之处，似乎无论人们觉得它美不美，它都无所谓。那里一如既往，是河流冲积而成的低矮的黄色河岸，将海水推向远处，为自己争取更多的领地。

即使是源，也不得不承认这片土地并不美丽。他站在甲板上，周围是来自各个国家的人，他们都凝视着这个新国家，源听到有人喊道："这里不漂亮，对吧？""它没有其他国家的景色那么美。"他什么也没回答。他感到骄傲，心里想："我的国家隐藏了它的美丽。她就像一个贤惠的女人，在门口面对陌生人时穿上朴素的衣服，只有在自己家里才会穿上鲜艳的衣服，戴上戒指和珠宝。"

多年来，这个想法第一次变成了一首小诗，他感到一种冲动，想要写下四行诗句。他从口袋里掏出一个小本子，瞬间就写下了诗句，这个飞逝的瞬间为这一天的喜悦增添了一抹亮色。

突然间，在这片平坦得像墓地一般的土地上，耸立起了源从未见过的高楼。出国的那夜他与盛一同在船舱中，醒来后却未曾目睹这些景象。现在，他和其他旅客一样，惊奇地凝视着这些高楼。它们在炎热的阳光下熠熠生辉，高高地耸立在平坦的大地上。源听到一个白人说："我真没想到这是一个如此现代化的大城市。"他暗暗地为这人语气中的敬重感到自豪，虽然他什么也没说，表情也没有任何变化，只是靠在栏杆上，专注地望着自己的国家。

就在他心中涌起这种自豪感时，船靠岸了。立刻有一群普通工人跳上了船，他们是码头上的搬运工，挤过来想找点活儿干，比如扛个包或抬个箱子之类的苦力活。码头上，一些破旧的小船在炎热的夏日阳光下缓缓驶出，船上的乞丐们哀号着，用长杆举起篮子。看得出其中很多人都身患疾病。这些工人中，很多人因为炎热而半裸着身子，他们急着找活干，粗鲁地在穿着优雅的白人妇女中间挤来挤去，他们的身体沾满污垢，汗流浃背。

那些白人妇女躲避着，有些是因为害怕这些男人，但更多的是因为没有人喜欢污垢和汗水，以及粗俗无礼的行为。源目睹着这一切，心中有些羞愧，因为这些乞丐和粗俗的工人是他的同胞。最奇怪的是，尽管他非常讨厌这些退缩的白人妇女，但突然间，他也讨厌这些乞丐和半裸的粗俗工人了，他在内心愤怒地喊道："统治者不应该允许这些人出现在众人面前。全世界的人都会先看到他们，不能让有些游客什么都没看到，只看到了这些人……"

他下定决心，一定要想办法纠正这种错误，因为他无法忍受。对某些人来说，这可能无足轻重，但对他来说绝不是小事。

突然间，源感到一阵安慰。因为他从船上走下来时，看到小妈和艾兰在那里迎接他。她们站在人群中，只需一眼，源就惊喜地发现，在这么多人当中，没有一个人能比得上艾兰。他一边向小妈问好，感受着她握着自己的手的坚定，看着她眼睛和笑容里溢出的喜悦，一边不禁注意到所有下船的人都在看艾兰，他很高兴他们能看到艾兰，她和自己是同一种族，有同一血脉。她能抹去所有贫穷粗俗之人带来的不好印象。

因为艾兰很美。源上次见到她时，自己不过是个小男生，还不懂得欣赏她所有的美丽。现在，当他们在码头上相遇时，源发现艾兰完全可以跻身于世界美女之列而毫不逊色。

她已褪去少女时期那种小猫般的媚态，这样的转变与她极为相衬。如今她的眼睛依然明亮灵动，声音也一如既往地轻快灵活，但不知怎的，她养成了一种更为柔和、优雅的端庄气质，只是偶尔才会迸发出爽朗的笑声。她温暖可爱的脸庞周围，黑色的短发修剪得很整齐。她不像有些人那样把头发卷起来，而是让它像乌木一样又直又顺，齐着额头剪平。这天，她穿着一件长长的、笔挺的银色新式长裙，高领，袖子到她漂亮的肘部，裙子贴合着她的身体，从肩部、腰部、大腿到脚踝，线条流畅完美，毫无突兀之处。

源骄傲地看着她，她的完美让他倍感欣慰。自己的国家也有这样的女子！

在源的小妈身后不远处，站着一个高挑的女孩，她已不再是个小孩，但也还未完全出落成花季少女。她没有艾兰那么漂亮，但眼神清澈而高贵。如果艾兰不在旁边，她也算得上是个美人。尽管她个子高挑，但动作优雅自如，她的脸色苍白，脸形椭圆，黑色的眼睛大而明亮，端正地长在又浓又直的眉毛下。大家都在欢快地交谈着，没有人想起来向源介绍她是谁。就在他想问的时候，突然想起来她就是美玲，那天在监狱门口，她因为第一个看到他而叫了起来。他默默地向她行了一礼，她也回了一个，尽管源花了一些时间才认出她，但那张脸的确让人难以忘怀。

接他的还有一个人，姓吴，源记得他是个写小说的，就是因为这个男的，小妈曾嘱托他要看好妹妹。现在那人自信地站在人群中间，穿着西式服装，鼻子下留着一撮小胡子，头发像打了蜡一样又黑又亮，整个人看起来十分笃定，仿佛他就应该站在这里。源很快就明白了，因为在简单的问候和行礼后，源的小妈轻轻拉起这个年轻人的手和源的手说："小源，这位是要娶我们艾兰的人。我们把婚礼推迟到你回来，因为艾兰想这样。"

源清楚地记得女士对这位男士的反感，他很惊讶她竟然没有在信中提及这件事，但此时此地，他只能说些客气话。于是他握住对方光滑的手，以新式的礼节摇了摇，微笑着说："我能参加妹妹的婚礼，真是三生有幸。"

对方轻松而略带懒散地笑了笑，眼睑半垂，用一种时髦的英语慢吞吞地说："应该说，幸运的是我才对！"说着，他用手轻轻掠过头发，这种有点奇怪的小动作源记得很清楚，现在又再次见到了。

源不太习惯这种说话方式，松开了握着的手，有些迟疑地转过身去。然后他又想起来这个男的已经结过婚了，他更加疑惑，决定私底下问问小妈这是怎么回事，因为现在显然不是讨论这个的时候。几分钟后，他们一起走到街上，准备上车时，源发现这对男女站在一起颇为般配，他们看上去像同胞，但又不完全像。这就像是一棵古老而根深蒂固的树干上，绽放出了精致的花朵。

随后，女士再次牵起他的手说："我们得回家了，阳光太晒了，水面反射上来的热气让人受不了。"他顺从地由她领着走进街道，那里有几辆汽车在等他们。母亲一直紧握他的手，带他走向自己的车，美玲走在她的另一边。

艾兰与她的未婚夫迈进了一辆小巧的红色双座汽车。在那辆光彩夺目的车里，这对人儿宛如神仙一般美丽，因为车篷是敞开的，阳光直射在他们乌黑发亮的头发上，照在他们完美光滑的金色肌肤上，鲜红的车身并没有压制他们的美丽，反而更加凸显了他们无可挑剔的完美体态和优雅气质。

源不禁再次赞叹这样的美丽，心中涌起民族的自豪感。为什么在那异国他乡，他从未见过如此清晰动人的美丽！他根本没必要害怕回国。

正当他在欣赏的时候，一个乞丐从张着嘴看热闹的人群中扭动着身体挤了出来，他冲向那辆尊贵的红色汽车，紧紧抓住车门边缘，嘴里哀号着他那一行的老套说辞："行行好，老爷，给点银子吧！"

见此情形，车里的年轻公子厉声喝道："把你那脏手拿开！"但乞丐仍更加急切地哀号。最后，见乞丐紧紧抓着不放，年轻人弯下腰，脱下他的西式皮鞋，那鞋又硬又结实，他用鞋跟猛击乞丐紧抓着车门的手指，他使足了力气，乞丐痛苦地呻吟着："哎哟，我的妈呀！"然后退回人群中，把受伤的手放到嘴边。

随后年轻人优雅地向源挥了挥他那白皙的手，驾车疾驰而去，汽车发出一阵轰鸣声，那辆猩红色的车子在阳光下飞驰而去。

回国的最初几天，源让自己保持平静，直到他能清晰地审视周围的一切。起初，他松了一口气，心想："这里也没那么不同嘛——毕竟，我的国家和当今其他国家没什么两样，我之前为什么要害怕呢？"

确实，在他看来就是这样，源曾暗自担心房屋、街道和人们对他来说显得过于贫穷和卑微，但事实并非如此，这让他很高兴。在他离开的这些年里，女士从她以前住的小房子搬到了一座外国风格的漂亮大宅。第一天，当源和她一起走进房子时，她说："我这么做是为了艾兰。她觉得那座旧房子太小太简陋，不方便请朋友来。而且，我之前许的诺也做到了。我把美玲接来一起住了……小源，我把她当亲生的孩子。我跟你说过吗？她想当一名医生，就像我父亲那样。我把父亲教我的都教给了她，现在她在一所外国医学院上学。她还有两年的学业，然后必须在那个医院再工作几年。我跟她说，在人体内部调理方面，别忘了我们中国人是最棒的。不过，在开刀和缝合方面，外国医生的确是最擅长的，这我们得承认。美玲两样都会学。而且，我还总在街上发现一些被遗弃的女婴，她都帮我照顾着，源啊，革命之后，无论男女，都更自由了！"

源惊讶地说："我还以为美玲只是个孩子呢。我印象中她还只是个孩子。"

"她已经二十岁了，"夫人平静地回答，"早就不是孩子了。在心智上，她比实际年龄成熟得多，甚至比二十三岁的艾兰还成熟。美玲是个非常勇敢沉着的姑娘。有一天我看她协助医生，从一个女人的脖子上切除一个很大的东西，她的手像男人的手一样稳，医生夸她没有抖，也没有被涌出的血吓到。没什么能吓到她，因为她既勇敢又沉着。她和艾兰都很喜欢对方，但她不会跟着艾兰去享乐，艾兰也不了解美玲做的那些事情。"

这时美玲已经走了，只有源和女士坐在客厅里，除了偶尔进出送茶水和点心的仆人外，没有其他人在场。源好奇地问道："母亲，我记得这个姓吴的已经结过婚了……"

听到这话，女士叹了口气回答说："我就知道你会好奇。我和艾兰因为这件事闹了好多回！源，他俩非要在一起，我没法子说服她改变主意。这就是我买这座大房子的原因。我想，如果他们一定要见面，那不如就在这里——他们终究是要见面的，而我能做的就是尽量拖延时间，直到他跟前妻离婚，获得自由……他前妻是个传统的女人，是他父母在他十六岁时为他挑选并娶进门的。唉，我不知道最该可怜谁，是这个男人还是那个可怜的女人！我能感受到他们俩的悲哀。我当年也是这样出嫁的，得不到爱，所以我能体会她的感受。我曾对自己发誓，要让我的女儿嫁给她喜欢的人，因为我知道不被爱的滋味，所以我能感受到他们俩的痛苦。不过现在事情已经解决了，源，他已经离婚了，但恐怕也太容易了。他自由了，那个可怜的女人回到了她出生的内陆城市。我最后去看了她一眼，因为他俩住在一起，但她说其实没住一起。在那，她和两个女仆一起，把她的衣服放进她结婚时买的红色皮箱里。她只对我说了一句话：'我知道会有这么一天，我知道会有这么一天'她不算漂亮，比他大五岁，不会说外语，这年头每个人都得会说外语，她甚至还裹过脚，不过她总是穿大的外国鞋子来掩饰这一点。对她来说，这一切都结束了，现在她还剩下什么呢？我没问。我现在必须多为艾兰着想。现在这个世道，我们老一辈的人什么也做不了，只能被新时代的浪潮带着走……谁能做什么呢？国家动荡不安，不管怎样都没东西能指引我们，没有规矩，也不会受到惩罚。"

女士说完，源只是微微一笑。她老了，安静地坐在那里，总是带着一丝悲伤，头发花白，嘴里念叨着老年人常说的话。

在他自己心中，他只感到勇气和希望。他回来的这一天，即使只是短短的几个小时，这个城市不知怎的给了他勇气。目光所及，都是如此喧嚣，如此富饶。甚至在他匆匆路过的时候，到处都能看到崭新的大商店拔地而起，有的卖机器，有的卖来自世界各地的各种商品。那些简陋的街道和低矮破旧、售卖普通商品的小店已经不多见了。这座城市已然成了世界的中心，新的建筑层层叠叠，越来越高。在他离开的六年里，二十多座宏伟的建筑如雨后春笋般拔地而起，直冲云霄。

第一天晚上睡觉前，他站在房间的窗前，眺望整个城市，心想："这看起来和盛在的那个外国城市差不多。"窗外的城市，灯火辉煌，汽车轰鸣，芸芸众生为了生计奔波忙碌，躁动不安。这是他的国家。没有月亮的云层下，如火般耀眼的广告牌上显示的是中国的文字，标明是他的同胞制造的商品。这座城市是他的，和世界上任何一座城市一样伟大。有那么一瞬间，他想到了那个为艾兰让路而被抛弃的女人，但旋即就硬起心来，默默说："在这个新时代，所有不能立足的人都要被抛弃。这是对的。艾兰和那个男人没有错。新事物不可阻挡。"

带着一种欢欣鼓舞的心情，他躺下睡着了。

　　源这几天心情愉悦地穿梭在这个大城市的各个角落。他觉得自己的运气好得超乎想象，因为他当年离开这个国家的时候是从监狱里走出来的，而现在他真的回来了，在他看来，所有的监狱大门都打开了，不只是他曾被关押的监狱，而是所有的束缚都解除了。他父亲曾说他必须结婚，哪怕不愿意，这似乎是一场被遗忘的噩梦；曾经有年轻人和姑娘们因为追求自由而被抓起来枪毙，那同样是一场噩梦。他们为之献身的这种自由，如今，所有人都拥有了！

　　在这座城市的街道上，他看到年轻人来来往往，神情都自由而大胆，随时准备去做自己想做的事情，无论男女，都毫无拘束。几天后，他收到孟的一封信，信上说："我本来想去接你，但我在新首都有任务。我们要让这座古老的城市焕然一新，堂哥，我们拆掉旧房子，修了一条宽阔的新路，它像一阵清新的风穿过城市，我们还要在各处修更多的街道，我们计划拆掉那些没用的旧寺庙，在里面建学校，因为在这个新时代，人们不再需要寺庙了。我们要教他们科学。至于我，我在军队里当队长，和我的司令关系很好，源，他还在军校的时候就认识你。他让我告诉你，这里有你能发挥才能的地方。确实如此，堂哥，他已经和上级谈过了，那个人在大场合也放了话，这里的一个大学里有空缺职位，你能教你想教的课，还能住在这里，我们一起建设这座城市。"

　　源读着这些豪迈激昂的话语，心中欣喜地想："这是孟写的，他曾经东躲西藏——瞧瞧他如今有了怎样的成就！"源心里感到一阵温暖，自己的国家已经有了他的一席之地。他在心里反复琢磨……他真的愿意去教导年轻人吗？这或许是为人民服务的最快方式。他决定将这个想法暂时搁置一段时间，直到他完成自己的职责后再决定。

　　首先他必须去看望大伯一家，接着三天后就是艾兰的婚礼，然后他还得去看望父亲。上岸后，源拿到了两封父亲给他写的信，方方正正、颤抖的字迹，潦草地写在一两页纸上，像老人写的那样又大又不稳，他心中涌起一股旧日的柔情，他忘记了自己曾经害怕或憎恨过父亲，因为在这个新的时代，王虎就像一个被遗忘的舞台上的老演员一样无足轻重。是的，他必须去看望一下父亲。

如果说这六年的时光让艾兰更加美丽，也让小女孩美玲长成了大姑娘，那它也无情地在大伯夫妇身上刻下了衰老的痕迹。这些年来，源的小妈似乎变化不大，只是头发更白了些，她那聪慧的脸庞更加睿智从容，但不那么圆润了。而大伯夫妇是真的老了。他们现在不住在自己的房子里，而是和大儿子住在一起。源去那里找到了他们。那是一座西式房子，是儿子建的，坐落在一个宜人的花园中。

在这个花园里，大伯坐在一棵芭蕉树下，像一位年迈的圣人一样平静而幸福。现在他已经放弃了寻欢作乐，最出格的事情也不过是偶尔买一幅美女画像。所以他有好几百幅这样的画。当他有兴致的时候，就叫仆人把画拿给他，他一幅一幅地翻看着，凝视着这些画。源来的时候，他就是这样坐着。站在他旁边的女仆一边为他扇走苍蝇，一边为他翻动着画，就像为孩子翻书页一样。

源几乎认不出他是自己的大伯了。这位老人过去精力充沛，一直以他旺盛的生命力抵抗衰老。当衰老最终降临到他身上时，就像一阵致命的狂风突然袭来，使他干瘪，赘肉也消失了，现在他坐在那儿，皮肉松松地挂在身上，就像衣服裁得过大一样。过去他那结实饱满的皮肉，如今垂下了一道道黄色的皮肤褶皱。他甚至都没怎么换过衣服，这些衣服穿在他身上也显得过于宽松了。衣服的绸缎质地非常华贵，但仍是他过去的旧袍子，是按照他过去的肥胖身材裁剪的，现在袍子堆在他的脚边，袖子垂过他的双手，衣领耷拉着，露出他那瘦削多皱的脖子。

当源站在他面前时，老人含糊地跟他打了个招呼，说道："我一个人坐在这里看这些画，因为我夫人觉得这些画不吉利。"他带着以前那种色眯眯的神情微微笑了一下，在他那饱经摧残的脸上显得很可怕。他笑的时候看着女仆，女仆也勉强地笑着，试图取悦他，同时还盯着源。但在源看来，老人的声音和笑声似乎都比过去虚弱了。

过了一会儿，老人一边继续看着画，一边又问道："你走了有多久了？"源告诉他后，他又问："我的二儿子怎么样了？"源跟他说了之后，他嘟囔着："他在外国花销太大了，我大儿子说盛花太多钱了。"仿佛每次想到盛的时候他都会这么想。然后他陷入了沉思，源为了让他高兴说道："他跟我说他明年夏天回来。"老人盯着一幅画，画上是一个姑娘站在一棵嫩竹下，喃喃地说："哦，是啊，他是这么说的。"接着他突然想起什么，非常自豪地说："你知道我儿子孟是个队长吗？"源微笑着说他知道，老人骄傲地说："是的，他现在是个很了不起的队长了，薪水很高的。不太平的时候，家里有个当兵的是件好事。我儿子孟，现在很有出息。他来看过我，穿着一身士兵服装，是外国人穿的那种，他腰带上还别着一把手枪，鞋后跟上有靴刺——我看见了。"

源没说话，但想到在这短短几年里，孟从一个被他父亲大声咒骂的逃犯变成了让他引以为傲的队长，他脸上不禁也露出了笑容。

交谈间，老人在源面前显得有些局促不安。他不断地做出些小动作，礼貌得如同对待客人，而非侄子。他在旁边的一张小桌上摸索着他的茶壶，想给源倒茶，源阻止了他。他又在怀里摸索着找烟斗给源抽，最后源察觉到，大伯确实把他当客人看待了，老人用困惑的老眼看着他。最后说："不知怎么的，你看起来像个外国人，你的衣服，走路的样子，都让我有这种感觉。"

　　源笑了，但听到这些话他并不太高兴，一种拘束感油然而生，毕竟他不知道怎么回答。离开了六年，他很快意识到自己和这个老人之间已经没什么共同话题了，这个老人也没什么可对他说的，于是他告辞了。在离开前，他回头看了一眼，但大伯已经把他忘了。老人已经睡着了，下巴微微动了动，然后张开，眼睛也闭上了。就在源看着的时候，他已经进入了梦乡，一只苍蝇落在他的颧骨上，而女仆盯着源好似外国人的模样，忘了扇扇子，苍蝇爬到他衰老下垂的嘴唇上，老人也一动不动。

　　源离开后，便去探望他的大妈，向她问安。在等候期间，他坐在客厅里，四下打量起来。自他回来后，他发觉自己看万事万物的眼光都已不同，只是他自己并未察觉，而他衡量的标准，其实是他在异国所见之种种。这房间让他甚是满意，在他看来，比他在任何地方见过的都要好。地上铺着一张大毛毯，上面绣满了各色花卉和走兽，红黄蓝三色交织，甚是华丽。墙上挂着几幅洋画，画着阳光照耀下的山峦和湛蓝的湖水，都镶在金灿灿的画框里。窗边垂着厚重的红丝绒窗帘。椅子都是红色的，样式统一，坐上去非常柔软。还有几张精致的乌木雕刻小桌，错落有致地摆放着。就连那痰盂也非同寻常，上面绘着鲜艳的蓝鸟和金色的花朵。房间尽头，两窗之间，挂着四幅卷轴，分别绘着四季之景：红梅报春，白百合映夏，金黄的菊花点秋，还有雪中的南天竹红果衬冬。

　　在源看来，这似乎是他见过的最敞亮、最奢华的房间。里面的东西多得足以让客人消遣好几个小时，因为每张桌子上都摆放着小巧的雕刻像和象牙及银质的小玩意儿。这比他记忆中那间遥远、破旧且色调暗淡的房间好看多了，那间屋子他曾一度觉得温馨友好。他来回踱步，等着女仆回来通知他进去。正等着的时候，一阵车辆的轰鸣声在门口停了下来，他的堂兄和堂嫂到了。

这两人看上去比源记忆中的样子富有。男人正值中年，长得越来越像他父亲那般富态。他穿着洋装，身形暴露无遗，看起来比实际还要胖。洋装的笔挺线条凸显出他硕大的肚子。他那圆润光滑的脸就像一个熟透的黄甜瓜，因为怕热，他甚至把头发都剃光了。此刻，他走了进来，一边擦着身上的汗。当他转身把草帽递给仆人时，源看到他剃得光光的头顶下，脖子上有三层厚厚的肉褶。

他的妻子却极为精致。她已不再年轻，且育有五个孩子，可没人能看得出来。按照城里时髦贵妇们的习俗，每次生产后，她就把孩子交给某个穷妇人喂养，然后用束带将自己的胸部和身体重新束回纤细的模样。如今，源见她如少女般苗条。虽说她已四十岁，可面容粉白如象牙，头发乌黑顺滑，整个人看上去丝毫没有被忧虑或岁月侵蚀的痕迹。连炎热的天气似乎也影响不了她。她缓缓走上前，优雅而庄重地向源问好。在她瞥向大汗淋漓的胖丈夫时流露出的厌恶中，源才看出她昔日的任性。但她对源很有礼貌，因为在她眼里，源不再是那个来自又小又旧的老家的毛头小子，不再是家里的孩子。他现在是个出过国的男人，还获得了外国学位，他看得出，自己对她的看法对她很重要。

在一番客套后，众人纷纷落座，堂兄高声吩咐仆人上茶。源问道："大堂哥，你如今在做什么呢？我看你气色不错，运势应该挺好的。"

听了这话，男人笑了，很是得意。他摸索着挂在大肚子上的一条粗金链子，回答道："源，我现在是一家新开业银行的副行长。如今在这外国人的地盘，银行生意兴隆得很，因为战争波及不到我们，银行开得到处都是。过去人们把银子投在土地上。我记得我们的爷爷一直折腾着把所有的财产都换成土地，还想置办更多的土地。但土地不像以前那么保险了。甚至有些地方的佃户起来造反，从地主手里夺地。"

"没人制止他们吗？"源惊讶地问。

那女人尖锐地插嘴道："他们应该都被杀掉！"

但堂兄在紧身的洋装里微微耸了耸肩，举起胖乎乎的双手，说道："谁来阻止他们？如今谁知道怎么阻止任何事情呢？"源低声说："政府呢？"堂兄重复道："政府！如今军阀、学生以及我们所谓的政府，全都搅在一起，这么混乱的局面，他们能阻止什么呢？如今人人都为自己着想，所以钱都涌进我们的银行，我们有外国军队保护，受外国法律管辖，足够安全。对啊，我现在有个好差事，很是兴旺，这都是靠朋友的关照。""是我的朋友。"他妻子赶紧插话，"要不是我和一个大银行家的妻子交上朋友，认识了她丈夫，又为你谋了个差事……"

"是，是。"男人赶忙说，"我知道……"他陷入了沉默，还有点不自在，似乎有什么事情他不想说得太清楚，好像他为了得到现在拥有的东西，付出了某种隐秘的代价。这时，女人非常优雅地问源，她的一言一行都带着一种冷静而优雅的美，就好像她的一言一行都先在镜子前演练过一样："源，你回来了，成了一个男子汉，而且什么都懂！"

源笑着，没有否认，女人轻轻笑了一声，笑声很节制，然后把她的丝质手帕放在嘴边，又说道："你肯定知道很多东西，只是不肯说。这么多年过去了，你不可能还像先前那样懵懂无知的。"

源不知如何回应，他感到很不自在，他堂兄的妻子看起来很陌生，仿佛被虚伪层层包裹着，让他无法看清她的真面目。就在这时，一个仆人领着她的老主人走了进来，源起身迎接他的大妈。

这位老妇人在仆人的搀扶下走进了这间豪华的洋式房间。她身材瘦削，腰背挺直，头发依然乌黑，但脸上布满了纵横交错的皱纹，不过她的眼睛还是和以前一样，目光敏锐，对看到的一切都充满挑剔。她对儿子和儿媳毫不理会，只是任由源向她行礼问好，然后坐了下来，吩咐仆人："给我拿个痰盂来！"

仆人拿来痰盂后，她很得体地咳嗽了几声，吐了口痰，然后对源说："托菩萨的福，我身体还和以前一样硬朗，只是有点咳嗽，尤其是早上，痰特别多。"

听到这话，她的儿媳露出极为厌恶的表情，但她的儿子却安慰道："上了年纪的人都这样，母亲。"

老妇人没搭理他。她上下打量着源，问道："我二儿子在那异国他乡怎么样？"听到源说盛很好，她果断地说："等他回来，我就给他安排婚事。"

这时，她的儿媳笑出声来，不经意地说："我不觉得盛会违背自己的意愿结婚，母亲，现在的年轻人可不像以前那样了。"

老妇人扫了儿媳一眼，看来这儿媳反驳她也不是一次两次了，现在说也没用，于是她又对源说："我的三儿子当官了。你肯定听说了吧。孟现在是新军里管着很多人的队长呢。"

源再次听到这些话，心里暗自发笑，回想起大妈曾经是如何哭诉孟的不是。他的堂兄看到了他的笑容，放下正大声啜饮着的茶碗，说道："是这样的。我弟弟跟着从南方凯旋的军队一起回来了，现在他在新首都担任高位，手下有自己的士兵，我们听到很多关于他勇敢果断的事迹。他随时可以来看我们，因为现在旧统治者被彻底扫除，都逃到外国避难去了，只是他很忙，抽不开身。"

但是老妇人不容许别人插嘴，只准她说。她又大声咳嗽了一声，吐了口痰，然后问道："源，你现在出过国了，准备担任什么职位呢？你应该能得到一份薪水非常优厚的工作吧！"

对此，源温和地回答："如您所知，艾兰三天后就要出嫁了，然后我要去见我父亲，结束后再看看以后的路怎么走。"

"那个艾兰！"老妇人突然说道，她重重地强调这个名字，"我可不会让我的女儿嫁给那样的男人！我宁愿把她送进尼姑庵！"

"送艾兰进尼姑庵！"她儿媳听到这话，忍不住发出虚假而尖厉的笑声。

"如果她是我的女儿，我就会这么做！"老妇人坚定地说，盯着她的儿媳，她还想再说些什么，却突然噎住了，咳嗽起来，仆人不得不给她揉肩膀、捶后背，让她能喘得上气。

后来源告辞离去。在这个阳光明媚的日子里，他选择步行回家，走在洒满阳光的街道上。他觉得大伯夫妇俩就跟死了没什么两样。他轻松地想，没错，所有的老人都跟死了没什么两样。但他还年轻，这个时代也很年轻。在这样一个灿烂的夏日清晨，在这整座城市里，似乎他遇到的都是年轻人，他们身着浅色长袍、欢声笑语，年轻姑娘按照外国时尚露出美丽的手臂，与她们一起自由欢笑的年轻男子也不在少数。如今这座城市里，所有人都既富有又年轻，源觉得自己也是这些富有的年轻人中的一员，生活对他来说很美好。

但很快，这些天除了艾兰的婚礼，没人有时间去想别的事情。因为艾兰和那个男人在城里富有的年轻人中很有名，不仅在国人中，在洋人中也是如此。来参加婚礼的宾客有一千多位，之后的宴席上也差不多有这么多人。除了他回来的那天和艾兰交谈了一小会儿，就几乎再没时间单独和她交谈。但即使是那次交谈，他也觉得不够真心。因为她不像过去那样爱开玩笑、调皮欢乐，现在层层的完美和自信围绕着她，让他无法看透。她用状似过去的那种坦率神情问他："源哥哥，你回家了高兴吗？"但当他回答时，他看到尽管她的眼睛看着他，却根本没有真正看着他，而是沉浸在内心的某种思绪中，她的眼睛泛着美丽的暗色光芒。所以在整个交谈的短暂时间里，源都被她散发出的距离感弄得不知所措，他不安地脱口问道："你变了，你看起来不开心，你想结婚吗？"

但那距离感依然存在。她睁大漂亮的眼睛，声音非常清冷悦耳，发出一声清脆的轻笑，说道："我不漂亮吗，源哥哥？我变老了，脸色苍白，变丑了？"源急忙说道："不是不是，你更漂亮了，但是……"她像过去常做的那样，略带嘲讽地说："怎么，难道我要大胆地说我想结婚，非这个男人不嫁吗？哥，我什么时候做过我不想做的事情？我不是一直都很淘气、很任性吗？至少我听大妈这么说，母亲太好了，她嘴上不说，但我知道她心里也是这么想的……"

尽管她调皮地弯起眼睛，挑起漂亮的眉毛，源却仍然看到她的眼睛空洞无神，他没再说话。那以后的三天里，他们再也没有单独交谈过。因为每天晚上，她都穿着新衣服出门，身上裹着五颜六色的丝绸。即使源作为客人被邀请和她一起去，也只是远远地看着她可爱、光彩照人的身影，这些天来，在他眼里，艾兰很陌生，只活在她自己的世界里，看每个人都像在梦中。她以前从未这样沉默过。她的笑只是微笑，眼神温柔暗淡，身体圆润柔软、优雅缓慢地移动着，带着冷静的优雅，而不再是过去那种轻快跳跃的欢乐。她抛弃了快乐青春的魅力，学会了这种沉默优雅的新魅力。

白天，她疲惫地睡觉。源、女士和美玲见面吃饭，在房子里轻轻地走动，所有的噪声都被隔绝在外，直到夜幕降临，艾兰才重新露面，去见她的爱人，然后一同前往受邀做客的宅邸。如果她起得早一点，也只是为了让众多裁缝为她量身制作心仪的丝绸和缎面礼服，其中有一件淡桃色的缎面婚纱，配有摇曳的银色西式面纱。

源发现在婚礼的前几天，女士变得异常沉默和严肃。除了对美玲说话外，她几乎不与任何人交谈，而且似乎在很多事情上都依赖美玲。她会说："你把肉汤端给艾兰了吗？"或者说："艾兰今晚回来的时候必须喝点汤，或者喝点她喜欢的那种外国奶粉。我瞧她脸色有点苍白。"或者说："艾兰要用两颗珍珠来固定面纱，你知道的。让珠宝商送些存货来让她挑。"

她满脑子都是关于艾兰的琐碎事务，源知道女士这样是很正常的，他很高兴美玲能帮着她。有一次，女士不在场，他俩碰巧单独在房间里等着开饭，源不知道说什么好，但总觉得要说点什么，就对美玲说："你给我小妈帮了很多忙。"

女孩坦诚地看着他说："我还是婴儿的时候，她救了我。"源回答："是的，我知道。"他很惊讶，因为女孩的眼睛里一点羞耻感都没有，源本以为她说自己是个弃婴，不知道父母是谁时，可能会觉得羞耻。鉴于她对女士的感情，源觉得她就像自己家里的一员，说道："我希望妹妹出嫁时，小妈能更开心些。我原以为大多数母亲看到女儿结婚都会很高兴。"

听到这话，美玲转过头去，没有回答。这时，仆人端来几碗肉汤，她亲自上前去把碗放在桌上。源看着她做这些，她做得非常自然，一点也不像是在分担仆人的工作。他凝视着她，被她苗条却有力的身姿所吸引，她的双手坚定而敏捷，每个动作都恰到好处，他回想起女士每次询问事情是否办妥时，美玲总是圆满完成任务。

就这样，艾兰的婚期很快就到了。这是一场非常盛大的婚礼，中午十一点，宾客们应邀来到全城最大、最时髦的酒店。由于艾兰的父亲不在，大伯又不能站太久，便由她的大堂哥代为履行父亲的角色，母亲则始终陪伴在侧，一刻也没有离开。

婚礼采用了新式仪式，和爷爷王龙娶妻的简单方式大相径庭，也和她父亲王虎按照祖先规定的方式举行的古老正式婚礼大不一样。如今，城里人用各种各样的方式为儿女举行婚礼，有的传统，有的非常新颖，但可以肯定的是，艾兰和她的爱人一定要用最时髦的方式。因此，那天租来了许多外国乐器，到处都摆放着鲜花，仅这些就花了好几百两银子。艾兰和她爱人的朋友们来自世界各地，这些宾客们都穿着各具特色的服装前来。众人聚集在酒店的一个宽敞厅堂，外面的街道上堵满了他们的车，还有闲人和穷人挤过来看热闹。尽管已经雇了卫兵来维持秩序，但还有人想趁机在这天捞点什么，有人乞讨，有人偷偷把手伸进别人的口袋，想拿走里面的东西。

源、女士和艾兰乘车穿过密集的人群，司机不停地按着喇叭，以免撞到人。当卫兵看到他们的车和车里的新娘时，他们冲上前去大喊："让开——让开！"

在这一片喧闹声中，艾兰骄傲地坐着，沉默不语，她的头微微低垂着，头上盖着由两颗珍珠和一圈芳香的小香橙花固定的长面纱。她双手捧着一大束白色百合花和小白玫瑰，香气四溢。

从未有过如此美丽的人，连源也为她的美丽所震撼。尽管她不愿展露微笑，唇边仍挂着一抹淡淡的、矜持的微笑。她低垂的眼睑下，眼睛黑白分明地闪烁着，她很清楚自己的美丽，对自己的每一分美丽都了如指掌，并且将其发挥到了极致。人群在她面前都安静了下来，当她走下车时，上千双眼睛贪婪地盯着她，尽情欣赏着她的美丽，起初是默默地，然后是嘈杂的低语声："啊，看她！""啊，多漂亮啊，多漂亮！""啊，从没见过这么美的新娘！"可以肯定，艾兰全都听到了，但她装作没听见。

当她步入大厅，音乐响起的那一刻，所有拥挤的宾客都转过头来，同样陷入了一片惊叹。源先走进去，和那个要与她结婚的男人站在一起，他看到她在宾客中缓缓走来，两个穿着白色衣服的小孩在她前面撒着玫瑰花瓣，还有一些少女围绕着她，都穿着五颜六色的丝绸衣服，他不禁和众人一样为她的美丽而惊叹。然而，在那一刻，虽然他当时没意识到，但后来发现他也清晰地看到了美玲，因为她是艾兰的伴娘。

婚约宣读完毕后，婚礼终于结束了。新婚夫妇向双方家庭代表鞠躬，向宾客以及所有应受此礼的人鞠躬。盛大的宴会和欢乐的活动都结束后，这对新婚夫妇去度蜜月了。源在回家的路上回想起这一切时，惊讶地发现自己想起了美玲。她独自走在艾兰前面，即使艾兰光彩照人，也没有让美玲显得黯然失色。源清楚地记得，她穿着一件柔软的苹果绿长袍，袖子剪得很短，领子很高，那颜色衬得她的脸清晰、苍白且坚定。她与艾兰的美截然不同，使她在如此美丽的艾兰面前也毫不逊色。艾兰有闪亮的眼睛，生动多变的表情，而美玲则不然。美玲长相的高贵之处来自结实清晰的肌肤下完美的骨骼线条，源想，即使青春不再，这种线条仍会保持力量感和高级感。她现在看起来比实际年龄要大。但即使岁数大了，她挺直的鼻子、干净的椭圆形脸颊和下巴、轮廓分明的嘴唇、整齐柔顺的黑色短发，都会让她看起来很年轻。生活不会在她身上留下太多痕迹。即使现在她有一种庄重的气质，但在她成熟之后，仍将保持着青春的韵味。

回想起这种庄重，整个婚礼队伍中，唯有母亲与美玲显得格外严肃。宴会上，各种外国佳酿被斟满，满座宾客谈笑风生，他们之前都不知道自己还有这等口才，酒杯高高举起相碰，新娘和新郎在宾客中穿梭，与众人一起欢笑，即使在那时，源在自己那一桌也看到母亲和美玲的脸色庄重。这两人常常低声交谈，指挥着仆人四处忙碌，和酒店经理商量事宜。源本来以为她们的庄重源于这些操心事，便没再多想，只是环顾着辉煌的大厅。

那天晚上，一切尘埃落定，他们单独相处时，屋内静谧无声，只有仆人在各处走动，把东西归置整齐，让一切恢复秩序。女士静静地坐在椅子上，神情沮丧，源觉得必须说点什么来让她振作起来，于是他温和地说："艾兰很美，是我见过的最美的女人。"

女士无精打采地回答："是的，她很美。这三年来，人们都说她是这座城市里最美的富家千金，她漂亮出了名。"她坐了一会儿，然后带着一丝难以言喻的苦涩说："我倒宁愿不是这样。她的美貌仿佛一种诅咒，无论是对我还是对她而言都是如此。因为她无须付出任何努力，无须动用头脑、双手或任何其他东西。只要别人看到她，就会赞美她，满足她的要求，给她一切别人努力才能得到的东西。只有非常强大的灵魂才能承受这样的美丽，而艾兰还没有强大到能承受这些！"

听到这话，美玲从手中的针线活上抬起头来，温柔而恳切地叫道："母亲！"

但女士继续说着，仿佛她心中的苦涩难以承受："我只是说出了事实，孩子。我一生都在与这种美丽抗争，却终究还是失败了。小源，你是我的儿子，我可以告诉你。你或许奇怪我为什么让她嫁给这个男人。你这么想也正常，因为我既不喜欢他，也不信任他。但没办法，艾兰怀了他的孩子。"

女士就这么简单地说出了这些可怕的话。源听到这些，感觉自己的心跳都停止了。他还年轻，足以感受到这件事的恐怖，他自己的妹妹……他羞愧地瞥了一眼美玲。她的头低着，看着手中的那小块布，什么也没说。她的脸色没有变化，只是更加庄重和沉静。

但女士看到了源的目光，明白他在想什么。她说："你不必在意，因为美玲什么都知道。如果没有她，这日子真过不下去了。是她帮我出谋划策，让我知道该怎么做。我没有人可以依靠，小源。她一直像艾兰的姐姐一样照顾她，我那可怜漂亮又天真的孩子也依赖她。美玲不让我叫你回来，小源，但我觉得必须让你回来帮我，因为我不懂这些新的离婚方式，我甚至不能告诉你的大堂哥，什么都不能说，因为我觉得羞愧。但美玲不想让我影响你在国外的生活。"

源仍然一句话也说不出来。血涌上脸颊，他困惑羞愧，也很生气地坐着。女士非常理解他的心情，她悲伤地笑了笑，又说道："我不敢告诉你父亲，小源，他唯一简单的解决办法就是杀人。即使他不是这样的人，我也不能告诉他。我对艾兰的所有培养和教育，却换来一个这样可悲的结局。这就是新时代吗？在过去，这两个人会因为这样的罪行而死！但现在他们不会受到任何惩罚。他们会度完假回来，快乐地生活，艾兰的孩子很快就会出生，人们不会公然议论，只会在背后窃窃私语，因为现在早产的孩子太多了。这就是新的时代。"

女士露出一个没有笑意的笑容，眼里含泪。美玲叠起她正在缝的那块丝绸，把针插好，走过来温柔地说："你太累了，都不知道自己在说什么。你为艾兰付出了那么多，她很清楚，我们也都明白。来，去睡吧，我给你端碗汤来喝。"

女士顺从地站起来，倚在这个年轻女孩的肩膀上，仿佛这是她常做的事情，满怀感激地走了出去。源看着两人离去，仍然说不出话，他被听到的事情惊得不知所措。

原来艾兰，他自己的妹妹，做出了如此疯狂的事情！她滥用了自己的自由。这种热烈而疯狂的事情，他已经逃脱了两次，竟然通过她，再次闯入了他的生活。他缓缓走向自己的房间，心情非常烦乱，又陷入了以前那种矛盾的苦恼之中。无论是爱还是痛苦，似乎没有什么事情能清晰而简单地呈现在他面前。现在一方面他为艾兰的鲁莽感到羞愧，因为这样的事情不应该发生在自己的妹妹身上，他希望在妹妹身上只有纯粹的骄傲；而另一方面，他又感到苦恼，因为在这件疯狂的事情里隐藏着一丝甜蜜的意味，而他自己也渴望拥有。这是他在自己的国家里第一次感到困惑。

艾兰的婚礼结束后，源知道出于礼节，他不能再拖延去见父亲的时间了，他急切地想要离开，在他觉得这个家变得很凄凉后，这种迫切感更加强烈。女士比以往更沉默，而美玲则一心一意地投入学业中。在源准备离开的两天里，他几乎没见到那个女孩。有一次他觉得她在躲着自己，便对自己说："是因为我母亲说了艾兰的事情。一个如此端庄的姑娘自然会记住这些。"他喜欢这种端庄。然而，当他该出发去乘火车北上的时候，他发现自己很想和美玲道别，不想离开一两个月而不能再见她一面。因此，他选择了一趟稍晚一点的夜车，这样他就能看到她从学校回来，能和女士以及她一起单独吃顿饭，在走之前能和她们安静地聊一会儿。

他们聊天的时候，他聆听着女孩的话语，她的声音总是那么清晰温柔、令人愉悦，从不羞怯和傻笑。她似乎总是在忙着做一点针线活，有一两次，仆人进来询问第二天的饭菜之类的事情，源听到仆人是问美玲而不是女士，而美玲给出指示，就好像她已经做过很多次了。她说话也不羞怯。这天晚上，夫人比平常更加安静，源也沉默不语，美玲就继续说着，讲她在学校做的事情，以及她希望成为一名医生的梦想。

"起初是母亲让我有了这个想法。"她说着，向女士投去沉静而明亮的目光，"现在我非常喜欢这个想法。只是要长时间学习，还要花很多钱。我的母亲为我做了很多，我也会永远照顾她作为回报；无论我在哪里，她都会陪在我身边。有一天我想在某个城市有一家自己的医院，一个为孩子和妇女服务的地方，医院中心有一个花园，周围是充满病床和病人休息场所的建筑，不用太大，不能超出我的管理能力范围，但一定要非常干净漂亮。"

这个年轻女子说出了自己的愿望，她热切地说着，把针线活放在一边，眼睛开始发亮，嘴唇露出微笑。源看着她，手指间夹着香烟，惊讶地想："哎呀，这个姑娘太漂亮了。"他看着她，都忘了听她说话。突然，他觉得自己不高兴了，当他审视自己的内心想知道为什么不高兴时，他发现自己不喜欢听到这个姑娘为自己规划出一个独立的生活，这个生活如此充实，以至于她不需要其他人。在他看来，女性不应该觉得心里没有结婚的念头是好事。但就在他这么想的时候，他看到了女士的脸。自从婚礼那天以来，她的眼睛第一次闪烁着兴趣，她听着这个年轻女孩说的每一句话。现在她热情地说："如果我不是太老，我也会在那家医院里做点事。这个时代比我那时候美好多了，女人不用被逼着嫁人。"

源听到她这么说，虽然他相信这一点，或者说他嘴上相信，但这还是让他觉得有点奇怪。不知怎的，他理所当然地觉得所有女人都要结婚，但这话不能由一个男人告诉两个女人。她们对自由的渴望在他心里留下了一丝冷意，所以当他道别时，他感觉自己没有想象的那么热情，因为他内心深处某个地方受到了伤害，但他说不清伤害由何而来，也不知道这种伤害具体是什么。

很久之后，他躺在火车狭窄的卧铺里，还在想着这件事，想着这个国家的新女性，她们是什么样的人，艾兰如此自由，让母亲很伤心，而这位母亲却为美玲对自己人生的宏大自由计划感到高兴。源有点苦涩地想："我怀疑她不可能这么自由。她会发现她所有的计划很难实现。而且毫无疑问，有一天她会像所有女人一样，想要一个丈夫和孩子。"

他想起了自己认识的那些女人，无论在哪个国家，她们私下都会依赖至少一个男人。然而，当他回忆起美玲的面容和话语时，他无法确切地从她的言谈举止中捕捉到一丝这样的渴望。他想知道她是否在梦想着某个年轻人，他记得她读的那所学校里有不少年轻男人。突然，就像一阵夏夜的凉风拂过，他嫉妒那些他不认识的年轻人，嫉妒到笑不出来，也忘了问自己为什么要在乎美玲的梦想。他认真地计划着怎样暗示母亲，让她提醒美玲，从而更好地保护这个年轻女孩。他为美玲操心，他从未为别人操过这样的心，而他也没想过自己为什么要这样做。

就这样想着，在火车的摇晃与嘎吱声中，他终于不安地陷入睡眠。

源遇到许多事情，让他暂时无暇顾及这些思绪。自打从国外回来，他一直住在那座沿海大城市里。除了宽阔的街道，他什么也没见过。街道上日夜都挤满了各式各样的车辆——汽车，公共电车，还有衣着得体，光鲜亮丽，各自忙碌的人们。即使有穷人，那些汗流浃背的黄包车车夫、小商小贩，在夏天看起来也不那么可怜。现在还见不到冬天的乞丐，他们往往因洪水或饥荒而逃到城市街道上讨生活。相反，这座城市在源看来非常欢乐，与他所见的任何城市相比都毫不逊色。在这里，有他堂哥新房子的舒适和财富，有婚礼的排场和闪闪发光的新婚礼物。当他离开时，母亲把一叠厚厚的纸塞进他手里，他知道那是钱，他很自然地收下了，心想那是他父亲让她转交的。他现在几乎忘记了世界上还有穷人，因为他自己的家看起来如此富有，衣食无忧。

但第二天，当他在火车上醒来，向窗外望去时，他看到的已不是想象中的那个国家。火车停在了一条宽阔的大河旁，所有人都必须下车，乘船过河，然后在对岸继续他们的旅程。源也照做了，和其他人一起挤上一只没有篷子的宽底渡船。船似乎还不够宽，所以最后上船的源不得不站在靠近水面的船边。

他清楚地记得，以前南下的时候渡过这条河，但那时所见的景象与现在全然不同。如今他的眼睛早已习惯了别样的景象，此刻再看到这些，又有了全新的感受。他看到河上挤满了小船，密密麻麻地挤在一起，散发出令人作呕的恶臭。此时正值八月，虽然才刚破晓，天气却已酷热难耐。太阳并没有发出耀眼的光芒，天空阴沉低垂，乌云密布，仿佛要压住水面和陆地，四下里一丝风也没有。在这昏暗沉闷的光线中，人们把小船划到一旁，给渡船让路。男人们从小小的舱口爬出来，几乎是赤身裸体，因酷热难耐而无法入眠，他们的脸显得憔悴而浮肿。女人们对着啼哭的孩子大声叫嚷，抓挠着自己乱蓬蓬的头发，赤裸的孩子又饿又脏，哇哇大哭。这些拥挤的小船里挤满了男人、女人和许多孩子。他们生活和饮用的水里，散发着他们倒进去的污物的恶臭。

源似乎就在那天早晨，突然睁开眼睛看到了这一切。这画面只持续了片刻便消失了，因为渡船很快从小船旁驶过，驶入了河中央的清澈水域。转眼间，源不再看到那些憔悴的面孔，而是看到了湍急的黄色河水。接着，几乎还没等他反应过来，渡船就逆着水流转了个弯，缓缓经过一艘巨大的白色轮船。这艘轮船像一座洁白的雪峰耸立在灰暗的天空下，源和所有的乘客都抬起头，看到他们头顶上方一艘外国轮船的船头，以及飘扬着的外国国旗，蓝红相间。当渡船缓缓驶向船的另一侧时，人们看到那里有一些黑色的炮口，都是外国大炮。

　　这时源忘却了穷人们的恶臭和他们那拥挤的小船。渡船继续前行，源沿着河水上下张望着。在这黄色的河面上，有七艘这样巨大的外国军舰，就这样停在他的国家中心。数着这些军舰的时候，他暂时忘却了其他一切。一股对这些军舰的怒火在他心中涌起，甚至踏上岸后，他还是忍不住恨恨地回头看它们，心里想着它们为什么会在这里。然而它们就在那里，洁白无瑕，不可战胜。那些黑色的炮口，稳稳地瞄准着两岸，不止一次地向这片土地喷吐出火焰和死亡。源清楚地记得这一切。他凝视着这些军舰，忘却了一切，只想着那些炮口可能会向自己的同胞们开火。他痛苦地嘟囔着："它们没有权利在这里，我们应该把它们从我们的水域里赶出去！"怀着满腔的愤恨，他一边回忆，一边上了另一列火车，再次踏上了去见父亲的路。

　　源觉得很奇怪，他一直对那些白色的军舰怀揣着怒火，铭记它们如何向他的同胞开火；他能不断回想起同胞们遭受外族欺压的一幕幕惨剧，而这些悲剧不胜枚举，因为他在学校里学过，那些强加于旧时皇室身上的不平等条约，都是在那些肆意践踏与掠夺的军队的逼迫下签订的。甚至在他生活的这个时代，这类事件也屡见不鲜。就连他离开的那段日子里，在那座大城市中，小伙子们因高呼国家的主权而被白人士兵残忍射杀。只要他在心中始终铭记这些冤屈，他就会感到愤慨。无论是在做何事，吃饭或是静坐窗前眺望田野与村庄，他都会这样想："我必须为我的国家做些什么。孟是对的，他比我厉害。他简单又坚定。我太过于软弱，会因为一个慈祥的老教师，或是一个能言善道的女孩，就觉得他们都是善良之辈。我应该像孟那样，全心全意地憎恨他们，用我强烈的恨意来助力我的同胞。因为如今，唯有恨意足够强大，才足以助我们一臂之力——"他如此思索着，心中始终不忘那些外国军舰。

　　尽管一直这么想着，源却不自觉地感到内心逐渐平静，这份平静以一种微妙的方式悄然增长。坐在他对面的，是一个大胖子，身体庞大得几乎要侵占他的个人空间，源不得不时常将视线从那肥胖的身躯上移开。随着白天的酷热越发强烈，太阳穿透无风的云层，直射在火车的金属车顶，车厢内的空气也随之变得滚烫。这个大胖子索性脱去了所有衣物，仅剩下一条小内裤，赤裸裸地坐在那里，胸部和腹部堆积着一圈圈厚厚的、泛着油光的黄色脂肪，下巴上的赘肉更是垂到了肩膀上。更令人不悦的是，尽管正值夏日，他却频繁咳嗽，似乎刻意放大声音，还不时吐痰，无论源如何挪动位置，都无法完全避开这令人不适的场景。于是，源对外国的愤怒中，又增添了对这位同胞的恼怒。最终，源陷入了深深的忧郁之中。在这摇晃不定的火车上，天气热得让人几乎难以忍受。源开始看到一些他不愿目睹的景象。在炎热与疲惫的交织下，旅客们只关心如何熬过这段旅程，对其他一切都漠不关心。孩子们哭闹着，拉扯着母亲的乳房，每当火车停靠一站，苍蝇便从敞开的窗户蜂拥而入，落在人们出汗的皮肤上、地板上的唾沫里、食物上以及孩子们稚嫩的脸庞上。源年轻时从未留意过苍蝇，因为它们无处不在，何须在意？但如今，他游历过许多地方，知晓了苍蝇携带的病菌，对它们产生了极度的厌恶。他无法忍受苍蝇落在他的茶杯上、从小贩那里买来的面包上，或是中午时分从火车服务员那里购得的米饭和鸡蛋的盘子上。然而，当他看到服务员那双黑手和他用来擦拭盘子的布上那黏糊糊的污垢时，他不禁自问：对苍蝇的这种仇恨又有何意义呢？于是，源痛苦地对服务员喊道："用这样的破布来擦盘子还不如不擦！"听到这话，服务员盯着他，友好地咧嘴笑了笑，但旋即拿起了那块布擦了擦汗津津的脸，然后又将布挂在脖子上。此刻，源几乎受不了盘中的食物了。他放下勺子，对着服务员、苍蝇以及地板上的污垢大声斥责。服务员对这种不公的指责感到愤怒，他呼唤上天做证："这就我一个人做事。打扫地板和打苍蝇不是我的活，谁能在夏天浪费时间天天打苍蝇？我敢说，就算全国的人打一辈子苍蝇，也打不完，因为苍蝇是天生的！"说完这番话后，他出完了气，开心地大笑起来。他在生气时也是好脾气，笑着离开了现场。

所有的旅客都非常疲惫，随时准备看热闹，他们听到了所有对话，都站在服务员那边反对源，有些人喊道："确实，苍蝇没完没了。不知道从哪里来的，但它们的确也有活着的权利！"一位老妇人说："是的，它们有这个权利。我连一只苍蝇都不敢伤害！"另一个人轻蔑地说："他是从国外回来的学生，想把那些外国的观念强加给我们！"

源旁边的大胖子吃了很多饭和肉，正一本正经地喝茶，还不时地大声打着嗝。他突然冒出一句："原来他是这样的人！我一整天都坐在这儿盯着他，想知道他是什么人，但是根本不知道！"他满脸惊奇地望向源，仿佛此刻才恍然大悟，一边继续品茶打嗝，一边让源难以直视。源终是无法忍受这样的场景，将目光转向了窗外那片辽阔平坦的绿色乡村。

源性格高傲，对于大汉的话不屑一顾。他也吃不下东西。于是就这样一个小时接一个小时地坐着，目光呆滞地望着窗外。火车在炎热多云的天气中向北行进，窗外的乡村景致变得越来越贫穷，越来越平坦，到处是积水。每到一站，源看到的人们都更加凄惨，他们身上的疖子层出不穷，眼睛也因缺乏清洁而疼痛不已，尽管到处都有水，但他们却不洗漱，更有许多妇女还裹着小脚，这种旧俗仿佛从未远去。源看着他们，内心深感痛苦。"这些人是我的同胞啊！"他最终在心中苦涩地叹道，早已将那些外国白色战舰抛诸脑后。

然而，源还要承受另外一种痛苦。车厢的另一头，坐着一位源未曾注意到的白人。此刻，他正缓缓走过源的身边，准备在一个泥墙环绕的小镇下车。当他经过源时，留意到了源那张年轻而忧郁的脸庞，并回想起了源曾大声斥责苍蝇的情景。于是，他用自己的语言向源致意，语气中充满了友好，同时也认出了源的身份："朋友，别灰心！我也在与苍蝇抗争，并且会一直抗争下去！"

源猛地听到这个外国人的声音和话语，不禁抬头望去。他望见一个身形瘦削的白人，穿着朴素的灰色棉质衣物，头戴一顶白色遮阳帽，面容平凡，胡茬未刮，那双浅蓝色的眼睛透露出友善的光芒。源立刻认出，这是一位外国牧师。然而，面对牧师的善意，源却一时语塞，无法回应。更令他心痛的是，竟有白人亲眼看见了他所见到的一切，体会到了他今日所领悟的真相。他默默转身，选择了沉默。从座位上，他看到那位牧师艰难地穿过拥挤的人群，朝着那座泥墙环绕的小镇蹒跚而去。这时，源回想起另一位白人曾说过的话："如果你曾像我一样生活过……"

源不禁自责地考问自己："为何我过去从未留意到这些？为何直到现在才恍然大悟！"

然而，这仅仅是源所必须面对的冰山一角。当他最终站在父亲王虎的面前时，一个他从未真正了解过的父亲形象展现在他眼前。王虎站在大厅门柱旁，翘首以盼着他的儿子。曾经的那股老练与威严早已荡然无存，就连往昔的火暴脾气也消失得无影无踪。眼前只剩下一个年迈的灰发老人，下巴上稀疏地垂着长长的白须，眼睛因年迈与酗酒而变得通红且视线模糊，以至于在源走近之前，他都无法辨认，只能凭借声音感知到儿子回来了。

源惊讶地发现，他经过的庭院竟如此荒凉，守卫稀疏，只有几个衣衫褴褛、无所事事的人游荡其间，门口的守卫甚至未持枪械，任由他自由出入，既不问询，也无半点对待司令之子的礼遇。然而，最令源震惊的是，他的父亲竟如此憔悴瘦弱。王虎身着一袭布满岁月痕迹的灰色旧长袍，肘部还打着补丁，那是他昔日倚靠的椅子扶手磨损的痕迹。他脚踏布鞋，鞋跟已歪斜，往日不离手的剑此刻也不见踪影。

源忍不住呼唤："父亲！"老人颤抖着回应："真的是你吗，我的儿子？"两人的手紧紧相握，源凝视着父亲那张苍老的脸庞，鼻子、嘴巴和那双因年迈而略显模糊的眼睛，在消瘦的脸颊上显得格外突兀，泪水不禁在眼眶中打转。在源的心中，这张面容与他记忆中的父亲判若两人，不再是那个曾令他畏惧的王虎，不再是那个皱眉时黑眉如剑、睡梦中剑亦不离身的威严形象。然而，这的确是王虎，因为当他认出源时，立即喊道："拿酒来！"

随后，一阵缓慢的脚步声响起，那个忠实的豁嘴老奴，尽管也已年迈，但仍是司令的贴身侍从，他走上前来，以扭曲的笑容向源致意，随即斟酒。父亲则紧紧拉着儿子的手，领着他进屋。

此时，又有两人现身，源感觉从没见过他们，或者他以为自己没见过。这两人皆是严肃而略有成就的男子，一老一少。老者身形瘦削干瘪，穿着异常整洁，一袭老式深灰色小图案丝绸长袍，外罩无光泽的黑色丝绸有袖夹克，头戴小圆丝绸帽，帽上白绳扣表示他正为某位至亲服丧。他的裤子在脚踝上方，高于黑色天鹅绒鞋子的位置，以白色棉布带系紧。在这身沉闷的装扮之上，露出他那张瘦小的老脸，光滑得仿佛从未长出胡须，却布满了岁月的沟壑，双眼如同黄鼠狼般闪烁而锐利。

那个年轻人与老者颇为神似，只是他身着一袭暗蓝色长袍，佩戴着为逝去母亲服丧的标志，眼中并无老者那般锐利，而是如同猿猴般小巧而空洞，感觉亲和却又难以理解。他是那位长辈的儿子。

源疑惑地打量着他们，那个年长者用干涩高亢的嗓音介绍道："侄子，我是你二伯。我们上次见面还是在你小时候。这是我大儿子，你的堂哥。"

源礼貌地与他们寒暄，心中并无太多喜悦，他们古板守旧的外表与举止让他感到陌生。但源依旧保持着礼貌，甚至比父亲王虎还要客气，因为王虎此刻完全沉浸在自己的世界里，只是坐在那里，满心欢喜地盯着源。

事实上，源被父亲孩子般的喜悦深深触动。王虎的目光一刻未曾离开源，注视片刻后，他突然无声地笑了，从座位上站起，走到源身旁，轻轻抚摸着他的臂膀与坚实的肩膀，再次笑出声来，喃喃自语："我在他这个年纪的时候，也是这么强壮。对，我记得，之前我也有这样的臂膀，能投八尺长的铁矛，举起重石块也是不在话下。在南方的老司令麾下，我经常在晚上跟兄弟们一起这么玩。站起来，让我瞧瞧你的大腿！"

源顺从地站起身，心中觉得好笑，但充满耐心。王虎转身朝向他的兄弟，放声大笑，带着往昔的活力高声喊道："你瞧瞧我的儿子！我敢说，你的四个儿子没一个比得上他！"

二伯没说话，勉强笑了一下。那位年轻人耐心且细致地解释道：

"我觉得我的两个弟弟跟他差不多高，还有我二弟，也要比我强壮。我虽然是老大，但个子却最小。"他边说边悲伤地眨了眨眼。

源听着，心中好奇，便问道："那我的其他堂兄弟近况如何？他们都在做些什么呢？"

年轻人望向自己的父亲，见父亲依旧沉默，脸上还是笑着，便鼓起勇气回答了源："我一直在协助父亲打理他的房产与粮店。之前我们兄弟都在做，但现在日子不好过了。租户们变得越发傲慢，拖欠租金。加上粮食收成减少，更是雪上加霜。我其实还有一个哥哥，是你父亲的养子，因为我父亲把他过继给了叔叔。我二弟想游历四方，于是他便去了，现在是南方一家店铺的账房先生，他算盘打得精明，经手的钱财颇多，因此算得上富裕。三弟就在家里，照料着家人，小弟在镇上新办的学校里上学。我们都希望他能早日完成学业，成家立业，因为我母亲在数月前离世了。"

这时，源脑海中浮现出一桩往事。他记得父亲曾带他去过二伯家，在那遇到过一位体态丰腴、性情开朗的农妇。印象中，她总是那么乐观。想到如今她或许已静静地躺在某个角落，而那位瘦削、行动迟缓的二伯却依然健在，模样几乎未曾改变，源心中不禁感到诧异。他忍不住问道："这究竟是怎么回事呢？"

这时，儿子望向父亲，两人皆默不作声。倒是王虎，听到这个问题后，仿佛此事与自己息息相关一般，开口答道："怎么回事？唉，我们家有个仇人。如今他是这一带山里的一个小流寇头子，就在我们老家附近。有一次，我用最光明正大的方式，用公开的计谋和围困，从他手里夺下一座城。可他却一直不肯原谅我。我敢肯定，他是故意在我们家附近安营扎寨，时刻监视着我的家人，我知道。我这个兄弟为人谨慎，不敢亲自去收佃户的粮食和租税，便派他的妻子去，她毕竟只是个弱女子。结果，那强盗在她回家的路上截住了她，抢光了她的财物，还砍下了她的头扔在路边。我对我兄弟说：'再等几个月，等我再把我的人召集起来。我发誓一定要把那个强盗找出来！我发誓，一定要！我发誓'。"王虎的声音因愤怒而变得低沉而无力。他盲目地伸出双手，在空中摸索。站在一旁的老奴，那个一直忠心耿耿的下属，递给他一个酒碗，困倦地劝慰道，仿佛这是多年来的习惯："司令，安静些吧。别动怒，不然身体会吃不消的。"说完，他挪动着疲惫的双腿，微微打了个哈欠，然后愉快地盯着源，眼中满是欣赏。

在整个讲述过程中，二伯始终一言不发。当源望向他，期待他能说些体面的安慰话时，却惊讶地发现二伯那双小而有神的老眼里噙满了泪水。老人依旧一声不吭，先用一只袖边，又用另一只，小心翼翼地擦拭着双眼。接着，他像往常一样，偷偷摸摸地用那双干枯的老手抹了抹鼻子。源看到这位向来冷酷无情的老人流泪，惊得说不出话来。

儿子也看到了，他用那双充满渴望的小眼睛望着父亲，悲伤地对源说："和母亲在一起的仆人说，如果母亲当时不说话，乖乖听他们的话，他们就不会这么快杀了她。但她生来就有一张能说会道的嘴，一辈子都是心直口快，脾气一点就着。一开始她就大喊：'我不会把银子给你们的，你们这些混账东西。'她这么大声一喊，仆人吓得撒腿就跑，回头一看，她的脑袋已经被砍下来了。连她收的那些租子也全丢了，因为他们把所有东西都抢走了。"

就这样，儿子用一种平静而又絮叨的嗓音说着，一连串的话平淡地流淌出来，仿佛在他酷似父亲的身体里，却装着母亲那爱唠叨的嘴。但他也是个好儿子，深爱着自己的母亲。现在他的声音哽咽了，他走到院子里，咳嗽了几声，以舒缓情绪，擦擦眼睛，默默地哀悼着逝去的母亲。

至于源，他不知道还能做什么，便站起身来，给二伯倒了一碗茶。他觉得自己在这个房间里就像在做梦一样，和这些血脉相连的人在一起，却感觉自己像个局外人。是的，他过着一种他们无法想象的生活，而他们的生活对他来说显得如此渺小。突然，不知为什么，他想起了玛丽，他已经很久没有想起她了……为什么现在她会如此清晰地出现在他的脑海里，就好像打开了一扇门，让他看到了她，就像他过去常常在春天的大风天里隔着大海看到的她一样，她那美丽的深色头发在脸上拂动，她的皮肤白里透红，眼睛是沉静的灰色？她在这里没有容身之地。这个地方她无法了解。她过去常常说起的关于他的国家的画面，那些她在自己脑海中勾勒出的画面，都只是虚幻的想象而已。很好，源激动地想，望着他的父亲和其他人，他们又沉浸在自己的世界里了。现在，初次见面时的强烈感觉已经过去了——哦，他没有爱上她真是太好了！他环顾了一下这个古老的大厅。到处都是灰尘，那是几个粗心的年迈仆人长久以来未曾打扫留下的痕迹。地板上的瓦片之间长出了青苔，瓦片上有洒出的酒、陈旧的唾沫、烟灰和滴下的油渍。贝壳格栅的窗户用纸修补过，此刻正孤零零地挂在那里，如同一张张破败的纸片。即使在白天，老鼠也在头顶的横梁上跑来跑去。王虎坐在那里打着瞌睡，热酒已经喝光了，下巴耷拉着，他那庞大的身躯松弛而又无助。在他身后头顶上方的柱子上，钉着一个钉子，上面挂着他的剑，剑还在鞘里。虽然一开始看到父亲的时候，他没有注意到这把剑离得这么近、闪闪发光，现在他才注意到它。尽管还在鞘里，它依然显得光彩夺目。剑鞘十分精美，尽管雕刻的图案上落满了灰尘，尽管垂下的红色丝穗已经褪了色，还被老鼠咬过。

啊，他暗自庆幸自己没有爱上那个外国女人。就让她继续做着关于他的国家的美梦吧！永远别让她知道真相！

一股强烈的悲痛在源心头翻涌……过往的一切都离他远去了吗？他想起了父亲王虎，想起了面容枯槁、性情苛刻的二伯，以及他的儿子。这些人，是他的至亲骨肉，血脉相连，割舍不断。即便他有千般不愿，万般挣扎，只要生命尚存，他们的血液便会在他体内奔腾不息。

源深知，自己的青春已然逝去，如今，他必须成长为真正的男子汉，学会为自己而活，这无疑是最好的选择。这天夜晚，他独自躺在儿时睡过的那个旧房间里，身边有卫兵守护，那位忠诚的老奴也悄然步入。他曾经从军校跑回了家，独自蜷缩在这房间，含泪入睡。而这晚，父亲设宴欢迎他回家，还邀请了他的两位队长一同欢聚。宴席结束后，他把父亲扶回房间，才回到自己的房间休息。准备躺下睡觉的时候已经很晚了。

躺在床上，他聆听着父亲长期扎营的这个小镇夜晚的种种声响，这些声音在他记忆中曾是一片空白。他曾以为，这个小镇的夜晚静谧无声。然而，此刻却有街犬的吠叫，孩童的啼哭，未眠之人的低语，不时还有寺庙的钟声孤独地响起，还有远处某个女子痛苦的呼喊，她在为即将逝去的孩子呼唤游离的魂魄。虽然声音不大，隔着寂静的庭院，但不知为何，源此刻对周遭的一切异常敏感。他感觉自己在这个曾经熟悉的地方成了局外人，每一种细微的声音，都清晰可闻。

突然，他的门在木铰链上发出嘎吱一声，烛光一闪，他看见门开了，那个忠实的老奴走了进来。他弯下腰，小心地把蜡烛放在地上，由于脊背僵硬，起身时有点喘，他关上门，插上插销。源等着，想知道他有什么话要说。

老奴迈着蹒跚的步伐走到源的床前，注意到床帘未拉，便轻声说道："少爷，您还没睡呢？我有些话想说。"

望着老奴年迈的身子准备跪下，源温和地说："你坐下说吧。"老奴知道自己的身份，起初有些犹豫，最终还是抵挡不住源的好意，在床边的脚凳上坐了下来。他干裂的嘴唇间发出了低沉嘶哑的声音。尽管他的眼睛亲切而真诚，但外貌实在过于丑陋，源不忍看他，尽管他深知老奴心地善良。

但很快源便不再留意老奴的外貌，因为他听到的事情让他惊愕不已。在一连串冗长、曲折且支离破碎的叙述中，源逐渐拼凑出了事情的全貌。最后，老奴将两只布满皱纹的手放在干枯的膝盖上，用几乎是喊出来的低声说道："所以，少爷，你父亲每年都向你二伯借很多钱。起初，他借了一大笔钱把你从监狱里救出来，然后为了保证你在国外的安全，他又年年借款。唉，他遣散了一批又一批士兵，现在我敢说他手下连一百个能打仗的兵都没有。他不能去打仗了；他的士兵都投奔了别的军阀。他们不过是雇佣兵，没有了军饷，雇佣兵还会留下吗？他现在身边剩下的那点人根本算不上士兵。他们不过些衣衫褴褛的小偷和无赖，之所以留在军中，是因为有吃有喝。镇上的人对他们恨之入骨，因为他们挨家挨户地要钱，而且他们有枪，让人害怕。但他们只是武装的乞丐。有一次我告诉司令他们的所作所为，因为司令一贯正直，从不让士兵多拿战利品，和平时期也从不让他们从百姓那里拿东西。唉，可他出去后只是咆哮，皱着眉头，扯着自己的胡须对他们发火，但那又有什么用呢，少爷？他们见司令年迈体弱，连咆哮时都在颤抖，虽然表面上装作害怕，但司令一走，我就看见他们在偷笑，然后又继续出去乞讨，为所欲为。再告诉司令又有什么用呢？对他来说，保持现状的平静已是最好的选择。我知道他每个月都在借钱，因为您的二伯现在经常来这里，如果不是为了钱，他是不会来的。而且您父亲总能设法弄到钱，因为他手头总有钱用。我还知道，现在百姓们已不怎么向他交税了，那些收税的士兵私吞了大部分，如果不是你二伯给钱，他的钱是不够用的。"

源一时无法接受这一切，他惊愕地说："可是如果我父亲真的像你说的那样遣散了大批军队，现在只给士兵们食物，他就不需要那么多钱。而且我知道爷爷还给他留了土地呢。"

这时老人凑近他，急切地低声说："我发誓，那土地现在全是你二伯的了，或者说跟是他的没什么两样，因为你父亲怎么还得起欠他的钱呢？还有，少爷，你以为你去外国就不用花钱吗？他让你母亲过得很节俭，你的两个姐妹也嫁给了镇上的商人，但是为了你，你父亲每个月都把钱送到你小妈那。"

这一刻，源意识到这些年来自己是多么幼稚。这么多年，他一直认为父亲为他支付一切是理所当然。他并不挥霍，也不赌博，不追求华服，也不像有些年轻人那样浪费父母钱财。但是年复一年，他最基本的需求也花费了父亲成百上千两银子。现在他想到了艾兰的丝绸衣服和她的婚礼，还有女士的房子和她收养的孩子。虽然源知道女士的父亲给她留下了一些银子，作为独女，她自然继承了丰厚的家业，但源仍怀疑那笔钱是否足以支付所有开销。

源觉得自己的心向年迈的父亲靠近，这么多年来父亲从未有过怨言，而是通过借钱想办法不让儿子因为缺钱而受苦。源以一种成熟男人的庄重口吻说："感谢你告诉我这些。明天我要去见我的二伯和堂哥，了解下发生了什么事，还有他们打算怎么对我父亲……"说到这里，他仿佛又想到了什么，补充道，"还有我！"

整个晚上，源都无法忘记这个念头。他一次又一次地醒来，尽管他试着安慰自己，毕竟他们是骨肉至亲，那些债务说不定并非真正意义上的债务，但一想到这两个人，源就感到一种压力。是的，他们是他的亲人，可他总觉得与他们如此陌生，仿佛他们属于另一个种族。在黑夜的孤独中思考这个问题时，睡在自己童年的床上，在父亲的家里，却感觉像在异国他乡一样陌生。一种突如其来的凄凉感涌上心头："为什么我在哪里都没有家呢？"火车上的那些日子以及他所看到的一切再次浮现在脑海中，让他感到恶心，他退缩了，突然低声喊了出来："我无家可归！"

他连忙将这呼喊吞回心底，因为这对他来说太可怕了，他不敢直面这样的现实。

第二天，他不断提醒自己，这些人毕竟是他的亲人，他并不是真正的陌生人，他的亲人不会伤害他。他也不会责怪他年迈的父亲。他告诉自己，他理解父亲，被岁月和对儿子的爱所迫才陷入债务之中，而除了向自己的兄弟求助，还能向谁借呢？在清晨时分，源找到了内心的慰藉。幸运的是，这天阳光明媚，晴朗凉爽，有初秋的微风，当阳光洒满庭院，微风带走屋内的闷热时，他觉得心里好受了些。

他们吃完早饭后，王虎出去视察士兵。这天，他在源面前表现得似乎为士兵们的事情忙得不可开交。他取下剑，喊那个忠实的老奴来擦干净，他站在那里抱怨剑上有太多灰尘，这让源不禁失笑，同时心中也略带哀伤地领悟到了真相。

他看到父亲离开了，意识到这是一个和二伯及堂哥私下交谈的好时机。于是，在一番客套之后，他坦率地说："二伯，我知道我父亲欠你一些钱。现在他年纪已大，我想知道他背了多少债务，我也想尽我的一份力。"

此刻，源已做好应对各种情况的准备，但他万万没想到债务竟会如此沉重。因为那两个生意人对视了一眼，年轻的那个拿来一本账簿，就是店里用来记录钱款的那种大软皮账簿。他双手把账簿递给父亲，父亲接过账簿打开，用他干涩的声音开始念王虎向他借钱的年月日。源听着，得知借款是从他南下求学那年开始的，一直持续到现在，每次借款的数目都在增加，还有高额的利息。最后二伯念出了总数："总计一万一千五百一十七两银子。"

源听到这个数字，仿佛被一块巨石击中，呆坐在原地。二伯合上账簿递给儿子，儿子把账簿放在桌上，两个人静静地等待着。尽管源努力让自己保持平静，却用比平时更低沉的声音说道："我父亲抵押了什么？"

像一贯说话时的那样，嘴唇几乎不动，二伯谨慎而冷漠地回答："我自然记得他是我的兄弟，所以我没有像对外人那样要求抵押。而且，有一段时间你父亲的地位和军队对我来说是一种保障，但今非昔比了。自从我儿子的母亲离世后，我去乡下时都感觉不安全了。感觉没有人怕我，大家都知道你父亲的权势大不如前。说真的，现在没有哪个军阀的权势还像以前那样，南方有新的革命，甚至有可能向北推进到这里。时局动荡不安，叛乱四起，佃户们在田地上变得前所未有的嚣张。不过，念及你父亲是我的兄弟，我没有拿他的土地做抵押，实际上那点土地也不够抵我因为你借给你父亲的银子。"

听到"因为你"几个字，源看着他的二伯，但什么也没说。他等着二伯继续说下去。老人说道："我更愿意把钱花在你身上，你可以做点事回报我。源，你能为我和我的儿子们做很多事情，他们都是你的亲人。"

老人语气平和，语气也并不严厉，而是非常通情达理，就像一个大家族里的长辈对晚辈说话那样。但源听到这几句话，听到那干涩细小的声音，看到二伯那干瘪的脸时，他惊愕地问道："二伯，我还没有一份确定的工作，我能做什么呢？"

"你必须找到工作。"二伯回答，"如今世人皆知，任何一个留洋回来的年轻人都能获得高薪，就像以往的地方官那种待遇。我为你借这么多钱之前，我特意去问了在南方做会计的二儿子，他告诉我确实如此，现在这种外国学问能找到好的营生。如果你能找到一个有钱财进出的好职位，那就更好了，因为我儿子说现在政府为了干各种新事情，征收的税比以往任何时候都高，新统治者们有宏伟的计划，要修宽阔的公路、为他们的英雄修建巨大的陵墓、建造外国风格的房子以及各种各样的东西。如果你能找到一个地位显赫且财源不断的好地方，那你就舒服了，对我们大家也有帮助。"

二伯这样说道，源无言以对。这一刻，他清晰地看到了二伯为他规划的人生道路。但他什么也没说，只是盯着二伯，然而也没有真正看到他，只是看到了那狭隘、吝啬的老旧思维在盘算着这些计划。他知道，按照旧的规矩，二伯可以这样规划，可以这样要求他的人生。想到这一点，源心中前所未有地涌起对那些旧时代可悲规则的反抗。那些旧规矩就像套在年轻人脚上的沉重枷锁，让他们永远无法快速奔跑。然而他并没有把心声喊出来。因为他想到了年迈的父亲，想到王虎并不是故意要这样束缚他的儿子，而只是因为没有别的办法弄到钱来满足源的愿望。所以在犹豫与挣扎中，源只能坐着，内心暗自憎恶他的二伯。

但二伯并没有察觉到源的厌恶。他依旧用平淡的声音继续说道："你还有别的路可走。我两个小儿子还没有生计。现在时局这么不好，我的生意也大不如前了。听说你大伯的儿子在银行里干得好，为什么我的儿子们不行呢。所以等你找到一个好差事，若能带上我这两个小子，在你手下为他们谋个职务，也算偿还了一部分债，具体能抵多少还看他们每个月能拿到多少钱。"

源再也忍不住，痛苦地叫了起来："所以我被当作抵押品卖掉了——我接下来的一生都是你的了！"

二伯听到这话，睁大了眼睛，非常平静地回答道："我不知道你这话是什么意思。尽自己所能帮助家人难道不是一种责任吗？我不也为了我的两个兄弟牺牲了自己吗？其中一个就是你的父亲，我付出了很多。这些年来，我一直是家族田产的管家，守着你爷爷留给我们的那座大宅，缴纳所有的税款，为你爷爷留的土地操持一切。这是我的责任，我没有推辞，日后，这副重担自会落到我长子肩上。但世事变迁，你爷爷留给我们的土地和租金，曾让我们被视为富户。如今孩子们却不再富足。时局艰难啊。税收很高，佃户们交的租金很少，他们谁也不怕。因此，我的两个小儿子必须像你二哥那样，自寻出路。而现在轮到你有责任帮助你的堂兄弟们了。自古以来，一个家庭中最有能力的人都会帮助其他人。"就这样，古老的束缚落在了源的身上。他无言以对。他深知，在这个时代，有些年轻人会拒绝这样的枷锁，他们会逃离，去他们喜欢的地方生活，把家庭的一切都抛在脑后，因为这是新时代。源内心极度渴望也能拥有那份自由；即便此刻坐在那阴暗、老旧、布满灰尘的屋内，面对着这两位亲人，他渴望着能站起身来，大声宣告："那债务与我无关！我只欠自己的债！"

但他知道不能喊出来。孟可以为了他的事业喊出这样的话，盛可以笑着看似接受这种束缚，却又转身将其抛诸脑后，按自己的意愿生活。但源不是那样的人。他无法拒绝父亲在无知的爱中强加给他的这种束缚。他依旧无法责怪父亲，因为他想不出父亲还能有别的什么办法。

他低头望向从敞开的门缝中射入的一缕阳光，在静谧中，他听到院子的竹林中，小野鸟的叽叽喳喳声。最终，他忧郁地开口："二伯，我竟然成了你的一项投资。你把我当作一种工具，来保障你儿子们的未来和你的晚年。"

老人听了这话，想了想，倒了一点茶在碗里，慢慢地呷着，然后用他干枯的老手抹了抹嘴，又说道："这是每一代人都在做而且必须做的事情。等你有了自己的儿子，你也会这样做的。"

"不，我不会。"源很快地说。在此之前，他从未在脑海中想象过自己的儿子。但是现在老人的这些话仿佛将未来拉进了现实。是的，有一天他也会有儿子。会有一个女人成为他的妻子，他们会共同孕育后代。但那些孩子，他们应当是自由的，不受他们父亲的任何束缚！他们不应该被培养成士兵，不应被限定在任何既定的命运中，更不应被束缚于家族事业的枷锁之下。

突然间，他对所有的亲人产生了怨恨，包括他的二伯、堂兄弟们——甚至，连自己的父亲也不例外。就在这时，王虎走了进来，他在士兵中巡视了一圈，疲惫不堪，急切地想喝一杯，看着源，跟他说点什么。但源无法忍受……他猛地站起身，一言不发地离去，想一个人待着。

源躺在自己旧房间的床上，颤抖地哭泣着，就像他小时候那样，但没哭多久，因为王虎就在外面待了一会儿，看情况不对劲，便紧随其后。推开门，尽可能快地迈着他的两条老腿来到源的床边。但源把脸埋在臂弯里，不愿面对父亲，王虎坐在他旁边，用手抚摸着他的肩膀，轻拍着他，急切地许下承诺，语无伦次地恳求着："我的儿子，你只需要做你喜欢的事情。我还没那么老呢。我一直太清闲了。我要再把我的士兵们召集起来，再次出征，把这片地区夺回来，把那个强盗头子从我这里夺走的税收夺回来。我曾经打败过他一次，我还能再打败他，你会拥有一切。你可以留在这里，和我共享一切。你可以娶你喜欢的人。我以前太固执了，现在没那么守旧了，源啊，我知道现在的年轻人是怎么想的……"

此刻，王虎的话确实让源从哭泣与自怜中振作了起来。他翻过身，激烈地喊道："我不会再让你去打仗了，父亲，我……"

源正要喊出："我不会结婚的。"这句话他已对父亲说过多次，以至于几乎脱口而出。但在他满心痛苦之际，他忽然停下了。一个疑问在他心中浮现。他真的不想结婚吗？但不到一个小时前，他还认为他的孩子们应该是自由的。当然，有一天他会结婚的。他把到嘴边的话又咽了回去，转而缓缓对父亲说："是的，有一天我会娶我想娶的人。"

王虎看到源转过脸来，不再哭泣，于是愉快地回答道："你会的，你会的，只要告诉我她是谁，儿子，我派个媒人去说亲，再告诉你母亲。哪个该死的乡下姑娘配得上我儿子呢？"

源一边凝视着父亲，一边开始在脑海中勾勒出一个他从未知晓的身影。"我不需要媒人。"他慢慢地说，但心思早已飘远。他开始在心中描绘着一张脸的轮廓……那是一张年轻女子的脸。"我能自己去说。现在，我们年轻人都能自己去说……"

现在轮到王虎瞪大眼睛了，他严厉地说："儿子，这样的能是正经女人吗？你没忘了我之前的告诫吧，别和这样的女子来往，儿子，你选的是一个好女人吗？"

源笑了。他忘记了债务、战争以及这些日子里所有的烦恼。猛然间，他那纷乱的心绪汇聚成一条他从未察觉的清晰道路。有一个人，他能向她倾诉一切，并且知道自己该怎么做！这些老人永远无法理解他和他的需求，他们看不到他的特别。不，他们就像陌生人一样，什么也不了解。但他认识一个与他同处一个时代的女子，她不像他那样被旧时代所束缚，永远处于挣扎之中，因为他没有力量挣脱那些旧时代的枷锁，将自己植根于新的、他必须生存其中的时代。她的脸，比他一生中看到过的任何一张脸都更清晰，她让其他脸都变得模糊，甚至他眼前父亲的脸也黯淡了下来。只有她能让自己解脱出来，告诉他应该做什么。她能把所接触的一切都安排得井井有条，能告诉他该怎么做！他的心因这份轻松而开始飞扬起来。他必须回到她的身边。他猛地坐起，双脚落地。随后他想起父亲问他的问题，他从那令人眩晕的新喜悦中抽离，回答道："好女人？是的，我选了个好女人，父亲！"

他感到一种前所未有的急切。没有疑虑，也没有退缩，他要立刻去找她。

然而，尽管源迫不及待地想走，他发现自己必须和父亲一起度过这个月。因为当源思索着该如何找个由头离开时，王虎变得非常伤心沮丧，源不禁被触动了，收回了之前的暗示，说有事要回那个沿海城市。而且他知道自己不应该没见到母亲就走，这些日子母亲一直在她曾经的老家的乡村里。自打她为了源住进那间土屋后，便重拾了对乡村生活的热爱。现在她的两个女儿都出嫁了，她时常回到曾做过女仆的那个村子，住在她大哥那里，她大哥很乐意接纳她，因为她会付钱，还会稍微摆摆阔气，毕竟她可是军阀的妻子。她大哥的妻子也喜欢这种摆阔，因为这让她在村里其他女人面前很有面子。虽然仆人已经派人告诉母亲源回来了，但她还是耽搁了几天。

源心中充满了迫切，渴望尽快见到母亲，向她表达自己希望自主择偶的决心，并且他已经有了心仪之人，只等告诉她了。因此，他得以安然度过这一个月，而且由于二伯和堂哥很快便返回了大宅，家中只留下他与父亲相伴，这段日子反而过得更为顺畅。

想起美玲，他就感到喜悦，这让源在面对二伯时都变得彬彬有礼了。他暗自松了一口气，心里想道："她会帮我找到办法还清这笔债。在我告诉她之前，我不会轻易动怒。"这样想着，他在分别的时候平静地对二伯说："放心吧，我不会忘记这笔债的。但你不要再借钱给我们了。这个月结束后，我的首要任务就是给自己找一个好差事。至于你的儿子们，我会尽我所能帮助他们的。"

王虎听到这话，坚定地说："放心吧，兄弟，一切都会还给你的，我打仗没做到的事情，我儿子会通过从政做到。以他的学识毫无疑问会找到一个好官职的。"

"是的，只要他努力。"二伯回应道。临走时，他对儿子说："把你写的账单交给源。"他儿子从袖子里抽出一张折叠好的纸，递给源，絮絮叨叨地说："堂弟，这是总账。我和我父亲觉得，你可能想清楚地了解每一笔数目。"

即使这样，源也不能对这两个人生气。他郑重地接过纸，暗自微笑着，以十足的礼貌送他们离去。

此刻的源，心境已大不相同，再无往日的纷扰。他能以礼相待这二人，待他们离开后，晚上也能耐心地聆听父亲讲述那些冗长而烦琐的战争与胜利的故事。为了儿子，王虎重温了自己的一生，将每一场战斗都描绘得惊心动魄。他一边讲述，一边紧锁苍老的眉头，拉扯着稀疏的胡须，眼中闪烁着光芒。在与儿子交谈时，他仿佛真的度过了一段辉煌无比的人生。而源则平静地坐着，每当听到父亲的呼喊，看到他紧锁的眉头和模拟刺杀豹子的动作时，只是淡淡一笑。他不禁奇怪，自己从前怎会害怕父亲。

然而，日子过得不算太慢。因为美玲的形象总是突兀地跃入源的脑海，以至于那段日子，这份念想便足以支撑他。有时候，他甚至为这份拖延感到一丝窃喜，为那些能静坐一旁，看似聆听父亲讲述，实则沉浸于思绪的时光而心生愉悦。他暗自奇怪自己对感情的迟钝，以至于在艾兰婚礼的那天都没有意识到。当时，他看着婚礼队伍，目睹了艾兰的美丽，也看到了美玲，并且觉得她更美丽。那一刻他就应该知道的。在那之后，他也应该有很多次都知道的，当他在房子里看到她的时候，她指挥着一切，吩咐着仆人。但是他一直都不知道，直到他躺在那里哭泣，感到孤独的时候……

王虎那愉快而苍老的声音一次又一次地打断了源的这些幻想。如果不是心中有了这份与日俱增的爱，源是没法像现在这样坐着听下去的。他恍恍惚惚地听着父亲说的每一句话，根本分不清哪些是过往战事的回忆，哪些是父亲对未来战争的谋划。父亲喋喋不休："我大哥的儿子还给我一点收入。可他算不上真正的军阀。我不敢太信任他，他太贪图享乐，游手好闲，天生就是个小丑，我敢说他死的时候也是一样。他自称是我的副手，可他给我的实在太少，而且我已经六年没到那儿去了。春天我一定得去，我那个侄子，我太清楚了，只要有敌人来，他立马就会倒戈，甚至会反过来打我……"

源有一搭没一搭地听着，对这个几乎想不起来的堂哥毫不在意，只记得他的大妈常说："我儿子是北方的一个司令呢。"

是的，坐着偶尔答上父亲几句话，同时想着自己爱的那个姑娘，这种感觉很美妙。这些想法带给他许多慰藉。他对自己说，带她游览这些庭院时，他不会感到羞愧，因为她会理解他的难言之隐。他们是一类人，不论这个国家有多少令人羞愧之处，毕竟是他们的祖国。他甚至可以对她说："我父亲是个老糊涂的军阀，满肚子故事，却分不清哪些是真哪些是假。他把自己想象成一个从未有过的大英雄。"是的，他可以对她说出这样的话，并且知道她会理解他。想到她的单纯，他觉得那些虚假的羞愧感消失了。快点去她身边吧，重新找回完整的自我，就像他在乡下那几天，在爷爷的土屋里，独自一人自由自在的那样！和她在一起，他可以自由自在、无拘无束，再次变得天真起来。

最后，他满脑子想的都是向她倾诉自己的需要。他坚信她会帮助自己，所以当母亲终于回来时，他用恰当的姿态迎接，不再为面对至亲却无话可说而感到痛苦。因为现在的她，尽管面容红润健康，但布满皱纹，是个再普通不过的乡下老妇人。她抬头看着他，手中拄着一根剥去树皮的手杖。她那双苍老的眼睛充满疑问："我儿子都长这么大啦？"

源身材高大，穿着洋装，显得与众不同。他低头看着这个穿着老式上衣和黑棉布裙子的女人，心里想："我真的是这个老妇人生的吗？我感觉我们之间没有任何血缘关系。"

但他并不痛苦，也不再感到羞愧。如果他爱的是那个白人女子，他会羞愧地说："这是我母亲。"但面对美玲，他可以坦然地说出口。她知道世间有成千上万个像他这样的男人有这样的母亲，所以不会觉得奇怪。对她而言，世间万物本就无奇不有，如此而已……即使面对艾兰，他可能都会有些许羞愧，但对美玲，他不会。他可以向她敞开心扉，永远不会感到羞愧。因此，这份认知让他在急切中也能保持平静。后来有一天，他坦率地告诉母亲："我订婚了，或者说差不多算是订婚了。我认定了那个姑娘。"

老妇人温和地回答："你父亲跟我说过了。嗯，我本来想到了一两个我认识的姑娘，但你父亲一直都让你做你想做的事。你更像是他的儿子，而不是我的。他脾气那么暴躁，我不能违抗他。唉，那个有学问的女人能逃离这里，远走高飞，但我留下来了，任由他拿我出气。我希望你喜欢的是个端庄的姑娘，会缝衣服也会做饭，我希望我能时不时地见到她，不过我知道现在是新时代了，年轻人想干什么就干什么，儿媳妇也不像从前那样去看望婆婆。"

但源觉得，她似乎很高兴自己不需要为儿子的婚事操心。她坐着，茫然地盯着前方，这是她常有的神情。她的眼睛和下巴微微动了动，然后就把他忘了，轻轻地打起了盹，仿佛是睡着了。他们来自不同的世界，他是她的儿子这一事实对他来说已无关紧要。事实上，现在对他来说，除了再次见到美玲，其他的一切都毫无意义。

他向父母道别，努力让自己表现得彬彬有礼，装作很舍不得离开他们的样子。随即再次坐上南下的火车，奇怪的是，他几乎注意不到火车上的其他乘客。他们举止是否得当对他来说都无所谓了。因为他满脑子想的都是美玲，反复回味着与她有关的一切。他记得她有一双纤细而有力的手，手掌很窄，手指细长，他不禁惊叹，这样的一双手竟能迅速而果断地切除人体上的恶性肿瘤。她全身都散发着这种纤细而坚韧的力量，那是良好的骨骼在细腻苍白的皮肤下紧密结合所产生的力量。他一次又一次地想起她在各方面是多么能干，仆人们对她的言听计从，艾兰曾大声夸赞，只有美玲能准确判断一件衣服的下摆是否合身，也只有美玲能帮女士做她喜欢的事。源自我安慰道："她才二十岁，却像许多三十岁的女人一样能干。"

每次源想起美玲，都觉得这个姑娘对他有着双重魅力。她既有年长女性的沉稳和庄重，就像他所敬重的女士、大妈以及所有在旧传统中长大的女性一样。同时，她也展现出新时代女性的特质，在男性面前从不羞涩缄默。她能够在任何场合坦率直言，以她独有的方式，像艾兰一样落落大方。因此，在火车的暗嚣中，窗外的田野与城镇如走马灯般掠过，源却什么也看不见。他只是坐着，勾勒着他对美玲的憧憬，在脑海中收集着她的每一句话、每一个眼神，好把这珍贵的画面拼凑完整。当他回忆完所有能想起的点滴后，思绪便跳跃到与她相见的那一刻，想象着自己将如何开口，如何向她倾诉自己的爱意。他能如此清晰地看到她那端庄秀丽的面容，就好像那一刻已经到来，她正专注地聆听他的诉说。然后……哦，他必须记住她还很年轻，她不是一个大胆随便的姑娘，而是温柔羞涩的。但他依然渴望能握住她那纤细的手，那只清凉而亲切的手……

然而，谁能随心所欲地塑造一个瞬间呢？又有哪个陷入爱情的人能预知那一刻来临时自己的模样呢？在火车上能轻松组织语言的源，当那一刻真正到来时，却什么也说不出来。他走进门厅，屋子里很安静，只有一个仆人站在那里。这份寂静如同一股寒意，悄然侵袭。

"她在哪里？"他向仆人喊道，然后想起什么，语气更为平和地问道，"太太呢？她在哪？"

仆人答道："她们去了孤儿院，去看一个新送来的生病的婴儿。可能会晚点回来。"

源只能强压下心中的焦躁，默默等待。他等待着，试图把思绪转移到别的地方，但他的思绪不受自己控制，不由自主地回到那个莫大的期盼上。夜幕降临，两人还没回来，仆人叫他去吃晚饭，源只好独自去餐厅用餐，食物在他嘴里变得干涩无味，他甚至对那个让期待已久的时刻延迟的小婴儿心生怨怼。

他吃不下，正要起身的时候，门开了，女士走了进来，神情疲惫，脸色憔悴，美玲跟在她后面，沉默而悲伤，源从未见过她这样。她怔怔地看着源，喃喃低语着，就像他从未离开过一样："那个小婴儿死了。我们已经尽力了，但她还是死了。"

女士叹了口气，坐下来，也伤心地说："你回来了，儿子。我从没见过这么可爱的新生儿。三天前被放在孤儿院门口，也不像是穷人家的孩子，因为它的小衣服是丝绸的。一开始我们以为孩子很健康，但今天早上出现了抽搐，就是那种新生儿身上常见的恶疾，一般很难撑过十天。我见过许多漂亮健康的孩子死于这种病，就像被一阵邪恶的风卷走一样，根本抵挡不住。"

美玲坐在那里听着，吃不下饭。她纤细的双手紧握在桌上，愤怒地喊道："我知道这是什么病。应该可以治愈的！"

源看着她愤怒的脸，心中的感触比以往任何时候都更甚，他看到她的眼睛里满是泪水。那愤怒和泪水就像冰一样浇在他炽热的心上。因为他看到她的心思完全不在自己身上。是的，他心里只有她，但在这一刻，她根本没有想起他；尽管他已经离开了好几个星期，她却没有想起他。因此，他坐着，听着母亲询问关于他父亲的事情，并平静地作答。但他依然禁不住地注意到，美玲甚至没有听到这些问题，也没有听到他的回答。她古怪地坐在那里，一动不动，双手静静地放在膝盖上，虽然目光在众人脸上流转，但她一句话也没说。只是不止一次，她的眼里满是泪水。那晚源什么也没说，因为他看到她的心思根本不在自己身上。

然而，心里话不吐不快，源怎能安心？整晚，他都断断续续地做着关于爱情的怪梦，但那爱情却始终模糊不清。

清晨醒来，他因这些梦境而疲惫不堪。这一天，天气阴沉，夏日已悄然过渡到秋日。源起身望向窗外，只见四周灰蒙蒙一片，寂静而单调的灰色天幕笼罩着这座沉闷的城市，灰色的街道上，人们无精打采地行走，在这广阔的大地上显得渺小而黯淡。在这毫无生气的氛围中，源的热情逐渐消散，对于自己昨晚竟会梦见美玲，他感到颇为惊讶。

心情沉重地坐下吃早餐，源机械地咀嚼着食物，今天这些食物对他来说似乎都失去了滋味。这时，女士也走进了餐厅。她尚未用餐，只是简单地与源互道早安，便察觉到了他的异样。于是，她温柔地询问起他的心事。然而，源觉得自己无法将新的感情和盘托出，便转而将父亲向二伯借债的事情告诉了她。女士听后十分震惊，惊呼道："他为什么不告诉我他经济如此拮据？我本来可以省着点花的。我很乐意用自己的钱资助美玲，我为此感到自豪。而且我父亲没有儿子，他临终前给我留下了很多财产，都存进了一家可靠的外国银行，这些年一直存在那。他非常疼爱我，甚至变卖了许多他继承的土地，都换成银两给了我。如果我早知道这些，我就……"

源打断了她的话，沉闷地说："你为什么要这么做呢？我要找一个能让我所学有用武之地的地方，然后尽力节省开支，把钱还给二伯。"

这时他想到，如果他这样做，哪还有钱结婚，成家立业以及做一个年轻人所期望的所有事情呢？过去，儿子和父亲住在一起，儿子的妻子和孩子都在一个锅里吃饭。但在这个新时代，源无法忍受这样做。想到王虎住的院子，以及那个会成为美玲婆婆的老妇人，他发誓不会和美玲住在那里。他们会在某个地方有自己的家，一个源很爱的家，按照他们的喜好来布置，墙上有画，椅子坐着很舒服，到处都很干净，只有他们两个人住在里面。他在女士面前沉浸在这种憧憬之中，以至于她非常和蔼地说："你还有事没告诉我。"

突然间，源的心绪如潮水般涌出，他脸庞涨得通红，双眼灼热，仿佛眼皮底下有火焰在燃烧，他大声喊道："我还有很多话要说——我确实还有很多话要说！不知怎么地，我已经爱上了她，如果不能和她在一起，我活着也没有意义。"

"她？"女士惊讶地问，"哪个她？"她在脑海中思索着。但源喊道："除了美玲还能是谁？"

听到这话，女士非常惊讶，因为她从未想到这样的事情，在她看来，美玲仍然是个孩子，是那个寒冷的日子里她从街上领回家的孩子。她看着源，沉默了一会儿，若有所思地说："她还很年轻，满脑子都是自己的计划和梦想。"然后她又说："而且，她的身世不明。我不知道如果你父亲知道她是个被遗弃的孩子，会作何感想。"

源不耐烦地喊道："在这件事上我父亲无权干涉。在这个时代，我不会被他们的陈规陋习束缚。我要自己选择。"

女士温和地接受了这一切，因为她现在已经习惯这样的话了，艾兰也经常这样喊，而且她从和其他父母的交谈中了解到，所有的年轻人都这么说，长辈们只能尽可能地包容。于是，她只是轻声问道："你和她说过了吗？"

源顿时忘却了刚才的勇敢，像一个守旧的恋爱者一样害羞地说："没有，我不知道怎么开口。"想了一会儿，他说："她似乎总是在忙自己的事情。我听说其他的姑娘会用眼神甚至是肢体来传递感情，但她从来不会这样。"

"对，"女士骄傲地回答，"美玲从来不会这样。"

就在源沮丧的时候，他想到了一个办法。他要请女士替他说媒。他心中迅速盘算着，这样其实更好，因为美玲敬爱女士，也听女士的话，这对他来说可能会有帮助。

于是，尽管身处新时代，源仍觉得不亲自说那些话更为妥当。这仿佛是一种既新颖又传统的方式，况且这个姑娘还那么年轻，或许她也会更喜欢这样。源这样想着，急切地对女士说："您能替我跟她说吗，母亲？她确实还小。也许我自己去说，会吓到她……"

听到这话，女士微微一笑，温柔地看着源，回答道："儿子，如果她愿意嫁给你，而且你父亲也同意的话，那就这么定了。但我不会强迫她。我永远都不会强迫一个姑娘嫁给任何一个男人。新时代给女人带来的最大好处就是她们不必被迫结婚。"

"对，对……"源叫道。

但他没想过这个姑娘会需要被强迫，因为在他的观念里，姑娘们结婚都是很自然的事。

他们正说着话，吃完了饭，美玲走了进来。她穿着平时上学穿的深蓝色丝绸长袍，显得非常清新干净。黑色短发直直地梳到耳后，没有佩戴任何首饰，不像艾兰那样，若是没有珠宝点缀便觉得浑身不自在。她的神情平和，眼睛冷静而坚定，嘴唇微微上扬，唇色并不如艾兰那般鲜艳，脸颊苍白而光洁。尽管美玲从未有过红润的气色，但她的肌肤总是透着健康的淡金色，非常细腻光滑。她礼貌地打了个招呼，源注意到，一夜的休憩已让她从昨日的痛苦中恢复过来，再次恢复了平静，准备好迎接新的一天。

他看着美玲坐下，拿起碗准备吃饭，这时女士开口了，唇上带着一丝淡淡的微笑，眼睛里也闪着笑意。如果源能阻止她或者选择另一个时间，他一定会这么做的。他希望推迟这个时刻，一阵羞涩涌上心头，他垂下眼睛，羞得满脸通红。女士看到了源的样子，眼睛里闪着神秘的微笑，她说："孩子，我有个问题要问你。这个年轻人，小源，虽然他口口声声说要自己挑选妻子，是个十足的现代人，可到了关键时刻却又胆怯了，退回到了老一套，最后还是找了个媒人，就是我，而你就是那个姑娘，你愿意接受他吗？"女士就这么直截了当地说了出来，语气非常平淡直接，源心中几乎生出了怨恨，因为在他看来，没有比这更糟糕的做法了，这足以吓跑任何一个姑娘。

美玲吓了一跳。她小心翼翼地放下碗，搁下筷子，惊慌失措地盯着夫人。接着，她用非常细微的声音低声说："我必须接受吗？"

"不，孩子，"女士严肃地回答，"如果你不愿意，可以不接受。"

"那我不愿意。"美玲高兴地回答，脸上满是如释重负的光彩。接着她又说："母亲，我的一些同学因不得不离校结婚而终日以泪洗面。所以我很害怕，谢谢您，母亲。"说罢，这个一向文静克制的年轻女孩迅速从座位上站起，走到女士面前，用古老的感恩方式跪下磕头。女士连忙将她扶起，用一只手臂温柔地搂着她。

随后，女士的目光落在源身上。他坐在那里，脸色苍白如纸，嘴唇也失去了血色，紧咬着唇瓣，强忍着不让泪水滑落。女士心生怜悯，和颜悦色地对女孩说："不过，美玲，你是喜欢小源的吧？"

女孩很快回答："嗯，喜欢，他是我的哥哥。我喜欢他，但不是要结婚的那种喜欢。我不想结婚，母亲。我想完成学业，成为一名医生，我想不断学习。每个女人都结婚生子，但我却不想仅仅局限于婚姻、家庭与孩子之中，我下定决心要当一名医生！"

美玲说出这些话的时候，女士带着一种胜利的神情看着源。源回望着这两个女人，觉得是她们联合起来对付他，女人联合起来对付一个男人，让他无法忍受。旧俗也有一些好处，女人结婚生子是天经地义的事情，美玲应该想结婚，而她不愿结婚，一定是哪里出了问题。他心里想，作为一个男人，他对这两个女人很生气，"如今的女人都这样，可真让人诧异！谁听说过女孩子到了年纪还不结婚的？年轻女人要是都不结婚，那可真是件怪事。对国家和下一代来说更是件可悲的事！"他想，再聪明的女人也有愚蠢的时候，他生气地看着美玲平静的眼睛，第一次觉得它们如此冷酷、如此坚定。但女士非常坚定地替她回答："她想结婚的时候才会结婚。她应该按照自己的意愿去生活，你必须接受，小源。"

两个女人看着他，在新获得的自由中甚至带有敌意，年轻的那个被年长的紧紧搂在怀里……是的，他必须接受！

在那个阴郁的傍晚，源离开了他曾经扑倒在床的房间，在街上漫无目的地游荡，思绪再次陷入混乱。他在痛苦中不停地哭泣，胸口处传来实实在在的疼痛，仿佛那里曾经炽热无比，现在又寒冷彻骨，不能正常跳动了。

源沮丧地问自己，现在该怎么办呢？他在街上漫无目的地游荡，周遭人流熙攘，他却恍若一个人都看不见……也罢，即便快乐消失了，他的责任仍然存在。他还欠着债。至少他可以独自还清债务。他还有年迈的父亲要考虑，他绞尽脑汁地想着自己能做什么，在哪里能找到工作和栖身之所，节省下工资来还债。即使觉得自己很没用，他也告诉自己必须承担责任。

这一天就要过去了，他在城市里到处游荡，这座城市在他眼里变得可憎起来。他讨厌这里的一切外国气息，街上的外国面孔，同胞穿的外国衣服，还有他自己身上的服装。至少在这一刻，他觉得旧时的生活方式更好。他对着自己那颗冰冷、停止跳动的心愤怒地呐喊："正是这些外来的风气，让我们的女性变得如此倔强，满口自由，以至于她们摒弃天性，像尼姑或妓女一样生活！"他憎恨地想起那个女房东的女儿和她的淫荡，还有玛丽和她随便让人亲的嘴唇，他迁怒于她们。最后，他带着强烈的憎恨看着每一个从他身边走过的外国女人，他无法忍受她们，嘴里嘟囔着："我无论如何都要离开这座城市。我要去一个没有任何外国东西和新事物的地方，在那里生活，在自己的国家里找到归宿。我真希望我没有出国！真希望我从未离开过那间土房子！"

猛然间，他想起了曾经结识的那个农民，那个曾经教他如何使用锄头的人。他要去那里看看那个人，再次感受同类的气息，远离这些外国人和他们生活方式的污染。

他立刻掉转方向，乘上一辆公共汽车，想快点到那。车到了终点，他又步行前进。那天他走了很远很远，寻找着曾经耕种过的土地和那个农民以及他的家。直到快傍晚的时候他才找到，因为街道变了样，建起了许多房屋，到处都是人。当他终于到达那个认识的地方时，却发现已经没有可耕种的土地了。几年前这还是非常肥沃的土地，那个农民曾自豪地说他的家族在这生活了一百年，现在却矗立着一座丝绸纺织厂。这是一个巨大的新事物，如同昔日的村庄般广阔，新砖砌成的墙壁是红色的，屋顶上有许多窗户闪闪发光，烟囱里冒出滚滚黑烟。就在源站在那里看着的时候，一声尖锐的汽笛声响起，铁门猛地打开，从那巨大的厂房里涌出一股缓慢而密集的人流，男女老少都有，他们因一天的劳作而疲惫不堪，但每个人都明白明天、后天乃至未来都将如此度过。他们的衣服被汗水湿透了，身上散发着恶臭，那是蚕茧里面被抽丝的死蚕的气味。

源站在那里，凝视着这些面孔，半梦半醒地想着，其中或许就有那位农民，他一定像他的土地一样，被这个新怪物吞噬了。然而，并没有，他不在那里。这些是面色苍白的城里人，他们早上从简陋的居所走出，晚上又回到那里。那个农民去了别的地方。他和他的妻子以及他们的老水牛去了别的地方。源对自己说，他们肯定走了，在某个地方过着自己的生活，一如既往地坚韧。想着他们，他微微露出一丝笑容，暂时忘记了自己的痛苦，若有所思地回到了家。他也会以某种方式找到自己的生活。

第四章

第二天，有两件事改变了源的生活。一大早，女士就告诉他："儿子，你现在住在这里多少有点不合适。你想想，现在美玲知道了你对她的心思，天天看着你，她得多尴尬啊！"

源昨天的气还没消，说道："我当然明白，我们想的一样。我正要去一个没她的地儿，这样就不用每次一见到她或听到她的声音，都想起她不爱我。"

源鼓足勇气带着怒火张口，还没说完，声音就颤抖起来。他竭力控制怒火，说他想待在没有美玲的地方。但一想到这里，他就痛苦万分，其实他更想待在能见到她、能听到她声音的地方，为此，他可以不顾一切。今天早晨，女士又恢复了温文尔雅的样子。她既不需要为美玲辩护，也不需要为妇女反对男人辩护，自然温婉贤淑，通情达理。她清楚地听到源的声音在颤抖，也注意到他很快就停下话头去吃饭了。他们围坐在一起吃饭，唯独美玲还没来。于是她安慰道："儿子，这是你的初恋，一般都很难修成正果的。我知你天性如此，和你父亲一个模子刻出来的，他们还说，你父亲又像你奶奶。你奶奶啊，话不多，看上去很严肃，恨不得死死抓住她所爱的人。嗯，艾兰呢，就像你爷爷，你大伯说，她长了一双和你爷爷一样开朗的眼睛。唉，儿子，你还太年轻，把所有事都看得太重要。出去看看，去一个你喜欢的地方，找份工，还清你二伯的债，认识些年轻人，一两年后——"她停顿了下，看着源。源回看着她，等着她又继续说道："说不定一两年之后，美玲变了呢？谁知道呢？"

源心灰意冷，固执地说："不，她不是那种随意改变心意的人，母亲，我看得出来，她受不了我。有一瞬间，我突然发现，她就是我想要的人。我不想要那种西化的女孩，我不喜欢她们。美玲就很好。我就喜欢她那样的……比较传统，不过，我也说不好，有时候她想法也挺新潮的……"

说到这，源突然又停下了，直往嘴里塞菜，却咽不下去。泪水浸满咽喉，他羞于落泪，为爱哭泣难免幼稚，他希望自己表现得风轻云淡。

女士完全理解他，让他缓了一会，缓缓开口："既如此，就随它去吧，来日方长。你还年轻，可以等，确实也欠了债。你必须铭记于心，要尽到做儿子的责任。不管怎样，责任难以推卸。"

女士说这番话为的就是消除源心中的沮丧，果然奏效了。他努力咽了一两口，就爆发了，虽然昨天他亲口说过这话，但今天他实在忍不住了："是，他们总是这么说，对天发誓，我已经厌倦了。我对父亲尽了做儿子的责任，那他怎么奖励我的呢？把我和一个不识字的村妇绑在一起，我再难自由，他永远不知道他对我做了什么。现在他又把我和我伯父绑在一起了。我要像以前一样，去投靠孟，穷极一生反抗老一辈人所谓的责任，我还会这样做的，他就是愚昧无知。他的愚昧无知伤害了我，真是太狠毒了……"

源知道自己说得没理。即便王虎强迫过他，但他也为了保释自己而四处筹钱。他怒气高涨，等着女士为王虎说好话。不料，夫人平静地开口："我看，你去同孟住在新首都，挺好的。"源没想到女士竟不与自己争辩。他无言以对，既如此，便没什么好说的了。

同一天，源偶然又收到了孟的信。信中孟先是斥责源没回信，不耐烦地写道："这些日子，几百人抢破了头想要这样的职位，我千方百计才把这个位置留给你。速速动身，三天之后，这个名校就要开学，再没时间像这样来回通信了。"最后，孟激动地写道："不是每个人都有机会到新首都工作的。近日，有成千上万的人在这里找工作。这座城市已经焕然一新，万事万物都是大城市特有的气象。蜿蜒的老街早就拆掉了，什么都等着建新的。快来尽你的一份力吧！"

源看完这些澎湃的文字，激动涌上心头。他将信扔在桌上，大声叫道："如此，我去定了！"他立即收拾好书本、衣物和他所有的笔记文章，准备好奔赴人生的下一站。

中午，他告诉女士孟来信的事，说道："这是我最好的去处了，一切都是老天的安排。"女士温和地回道世事的确如此，他们不再多说，女士还是老样子，和蔼可亲，对眼前的一切有些漠然。

那晚，源同往常一样与女士吃晚饭时，女士说了许多家常事。她提到艾兰在两个礼拜后回家，她和她丈夫去北方的旧都玩一个月，如今已经过去半个月了。她还说到她的孤儿院里流行咳嗽，截至今天，已经有八个孩子染上了。她平静地说："美玲整天都在那，试着用外国人治咳嗽的药，把一种液体药物通过针头刺入血液。但我告诉她你可能很快就要走了，让她今晚回家，这样我们就可以在一起多待一个晚上。"

在这一整天里，藏在他所有其他的想法和计划之下，源已经想了千万次，他是否会再见到美玲。有时他希望见不到，一想到这里，他又极其渴望见到她。也许，在她不知道的时候，认真地看看她的样子和动作，听不到她说话也没关系。但他不能主动要求见面。如果见了，就顺其自然，如果没见到，她没来，他也只能认了。

受挫的爱情在他心中泛起涟漪。那天，他在自己的房间里走走停停好几次。有时，他瘫在床上，忧郁地想美玲怎么会不喜欢自己，独自落泪；有时走到窗前，靠在窗边，凝望着整个城市。城市在炙热的阳光下闪闪发光，就像一个快乐的女人一样，对他漠不关心。他在心里为自己爱而不得而愤怒。他觉得自己被利用了，直到有一次，他突然想起来，有两个女人爱过他，而他没有给予任何回应。想到这里，他无比恐惧，在心里呐喊道："就像我从未爱过她们一样，她也永远不会爱我吗？就像我讨厌她们的身体一样，她也讨厌我的身体，甚至忍无可忍吗？"这种恐惧实在难以承受，于是他很快就想通了，"这不能同一而论，她们从未真正爱过我，不像我真心爱着她。没有人像我这样痴情。"他又自豪地想："我对她的爱是最纯洁、最崇高的。我甚至没想过要触碰她，甚至她的手，好吧，我只想过一两次，除非她也爱我……"在他看来，她必须！必须理解他的爱是多么伟大和纯洁。所以他应该再见她一面，让她看到他是多么坚定，就算他是一厢情愿。

然而现在，听到女士说的这些话，他血气上涌，一时间，竟期盼美玲不要来。现在，走之前，他一点也不想见到她。

还没等他想出逃跑的办法，美玲就如往常一样，静静地走了进来。他起初不敢正眼瞧她，站起来，直到她坐下才跟着坐下。他看到了她身着墨绿色的绸缎旗袍，看到她的纤纤玉手拿起了象牙筷子，她的肤色同筷子一样温润如玉。他不知该说什么，女士看在眼里，顺势问道："你的活儿都干完了吗？"

美玲回道："嗯，只剩最后一个孩子。我还是去晚了，有的孩子已经在咳嗽了，好在药起作用了。"她轻轻地笑了，说，"您听过那个叫小鹅的六岁孩子吗？她看到我拿着针过去就开始掉眼泪，号着说："啊，阿姨，让我咳嗽吧——我情愿咳嗽也不打针——听，我已经咳嗽了'然后她就佯装重重地咳嗽起来。"

他们笑了，源也笑了。笑着笑着，他发现自己下意识地看向美玲。他暗地里觉得羞愧，一见到美玲，眼睛就离不开她。确实，他紧盯着她的眼睛，一字不发，呼吸急促，眼神里满是恳求。然后，他看到她白皙、干净的脸颊泛起红晕，但她还是不加掩饰地对上他的眼神。她呼吸急促，讲得也匆忙。他仿佛从未听过她这样说话，就好像他问了她一个问题，虽然他自己也不知道是什么问题。"源，再不济我还可以给你写信，你也可以写给我。"然后，她好像再也忍受不了他的眼神，非常害羞地转过身来，看着女士。她的脸还在发烧，但她昂起头，鼓起勇气问道："妈妈，您觉得呢？"

女士同往常一样平静地说："孩子，怎么会不同意呢？不过是兄妹之间的书信往来，要是这都不行，怎么称得上新时代呢？"

"对啊！"美玲开心地说，兴高采烈地望向源。源回报她以微笑。他那禁锢在忧伤中的心，突然发现了一扇逃生之门。源想："我什么都可以和她说！"他欣喜若狂，在他的一生中，从来没有一个人可以让他倾诉一切，他对她的爱意更浓了。

那天晚上在火车上，他心想："如果能有她那样无话不谈的朋友，就算我这辈子不结婚也行。"他躺在狭窄的铺位上，感觉自己无比高尚、纯洁。他任由爱意驱使，无所畏惧，就像以前因为她的几句话而失魂落魄一样，现在也因为她的几句话而欢欣鼓舞。

清晨，第一缕霞光洒在低矮的山丘上，映射出一片青绿。火车从此间疾驰而过，沿着雄伟的古城墙猛冲了一两里，骤然停在一幢以灰色水泥建造的新式洋楼旁。即便光线昏暗，源站在窗边，一眼就认出那人就是孟。他挺立在那里，阳光照耀着他的利剑、他腰间的手枪、他的铜扣、他的白手套还有他瘦削的、颧骨突出的脸颊。他身后是整齐划一的士兵，每个人的手都搭在手枪的枪套上。

在此之前，源只是一个普通的乘客。但他一走下火车，人们看到有这么威武的军官为他接风，立刻为他让路。那些衣衫褴褛的乞丐一直向普通乘客乞讨，现在却任由他们背上行囊离开，转头向源乞讨了。孟看到他们吵吵嚷嚷，厉声凶道："滚开，你们这些狗东西！"他转身对自己的手下厉声命令道："看管好我堂哥的东西！"然后，他二话不说，拉起源的手，穿过人群，还是那股急躁的口气："我以为你不会来了。为什么没回信啊？算了，你来了就好！我忙得不可开交，不然我应该去船上接你，你来得正是时候，现在正缺你这样的人。国家处处都需要我们。人们像绵羊一样愚昧无知……"

此时，他在一个小吏面前停了下来，喊道："我的部下马上会把我堂哥的行李送来，记得放行！"

这个小吏为人谦恭焦虑，刚上任不久，他说："长官，上头下令要打开所有包裹，以防有鸦片、武器或反革命书籍。"

孟勃然大怒，横眉怒目，大吼："你知道我是谁吗？我的司令在党里的地位最高，我是他的第一队长，这是我的堂哥！你要用这些为普通乘客制定的琐碎规矩来为难我吗？"他一边说着，一边把戴有白色手套的手放在手枪上，于是那个小吏赶紧说："长官，饶了我吧，小的有眼不识泰山。"就在这时，孟的部下们来了，小吏在源的箱子和包上做了记号，放他们走了。围观的人都小心翼翼地分开，让他们过去，目瞪口呆地盯着他们。乞丐们不敢吱声，躲得远远的，等着孟走了再乞讨。

于是，孟大步穿过人群，领着源走到一辆汽车前。一名士兵跳下车打开车门，孟让源先上车，他随后。车门立即合上。士兵们跳上车厢两侧，汽车疾驰而去。

清晨，街上人头攒动，许多农民挑着担子进城，担子两头的篮子里是他们种的蔬菜；商队的驴子驮着大袋的稻谷，袋子在驴背上摇摇欲坠；有人推着手推车，车上装满水运到城里卖；有出门工作的男男女女；以及去茶馆吃早饭的男士；还有各行各业的人。但驾车的士兵胆大心细，他狂按喇叭，响彻云霄，在人群中强行开出一条路。人们像被飓风吹开一样，挤到街道两旁。商队人员拽着驴儿扭来扭去，以防受伤。妇女们把孩子抱到一边。源有点担心，他看着孟，看他会不会发话，让车从受惊吓的老百姓中间缓缓驶过。

但孟早就见惯了这种横冲直撞。他坐得笔直，目视前方，十分兴奋地向源解释眼前的一切。

"源，看到这条路了吗？一年前，它只有四英尺宽，根本没法走汽车。只能走人力车和轿子！就算是最宽阔的街道，也只够一匹马拉着一辆小车走。你现在再看这条路！"

源说："我当然看到了。"他从士兵之间的缝隙间向外眺望，宽阔坚实的街道首先映入眼帘，其次是街道两旁的废墟。为了拓宽街道，房屋和商店都被拆了。而在这些废墟边缘，已经开始建造新的商店和房屋。这些大楼拔地而起，看上去似乎并不厚实，但其西式的造型、鲜艳的墙漆和偌大的玻璃窗却十分醒目。

穿过宽阔的新街道，一片阴影猛然映入眼帘，源看清那是高高的古城墙，而这里就是城门。他又看到城墙脚下，特别是在城门洞里，有一排用席子搭成的小棚子。那里面住的人，全都穷困潦倒。清晨，他们正忙，女人们在四块砖垒成的大锅下起了小火，放点在垃圾堆找到的菜叶子，就成了一顿饭。孩子们赤身裸体，蓬头垢面地窜来窜去，男人们也拖着疲惫不堪的身子，去拉黄包车或者拖重货。

孟见源看向那里，恼怒地说："明年就拆掉这些棚子。有这样的同胞真羞耻。外国的大人物肯定会来我们的新首都——甚至王子也要来——这种画面太丢人了。"

源也深刻地认识到了这一点，他和孟一样，也觉得这些棚子不应该搭在这，这些人也确实有碍观瞻，应该采取措施改变他们。他想了一会儿，说："可以让他们去工作。"孟说："当然可以让他们去工作，让他们回家种田，这样他们就……"

孟的神情变了，仿佛想起了什么旧怨，非常激动地喊道："唉，就是这些人拖累了我们的国家！我希望我们能把祖国清扫干净，只留下年轻人！我恨不得把这座城都拆了，尤其是这个老式的城墙。现在打仗用大炮而不是弓箭，这堵墙已经没用了！什么墙能抵挡飞机投下的炸弹？拆掉它，然后用这些砖头造工厂和学校，为年轻人提供工作和学习的场所！但是这些人，他们愚昧无知！他们不会放弃这堵墙的，他们威胁……"

源听到这番话便问道："孟，你之前不是很同情穷人吗？我记得，穷人受到压迫，遭到外国人或警察打的时候，你总是很气愤。"

"一如既往。"孟马上说，转头看着源，让源感受到他那漆黑、灼热的目光，"如果我看到外国人对哪怕是最凄惨的乞丐动手，我也会和以前一样愤怒，甚至更愤怒。我可不怕外国人，我会拔出武器对付他。我懂得比以前多了。我知道，我们最大的困难就是那些穷苦人，那些我们为之付出的穷苦人。他们太多了——谁能教他们什么呢？他们希望渺茫。所以我说，倒不如让饥荒、洪水和战争带走他们。只留下他们的孩子，然后在革命中重塑他们。"

孟说话的语气既洪亮又威严，源稍显迟缓，边听边思量，孟说的确实有道理。他突然想起了那个传教士，站在好奇的人群面前，向他们展示那些恐怖的画面。真真切切，就算是在这座崭新的大城市里，在这条宽阔的街道上，在这些全新的店铺和房屋中，源看到了传教士展示的一些东西——双目失明、眼眶空洞的乞丐，小屋门口流淌的污水，散发着恶臭，污染了早晨的新鲜空气。此时，对那个传教士的恼羞成怒又浮现在源心头，愤怒伴随着刺痛，他在心里激动地咆哮，就像孟大喊的一样："我们必须设法扫除所有这些污秽！"源斩钉截铁地想，孟说得没错。新时代里，这些无望、无知的穷人又有何用？他之前总是太软弱了。现在就像孟一样坚韧吧，不要对无用的穷人有无谓的同情。

他们终于到了孟的住处。源不是士兵队的，不能住在这里。孟在附近一家客栈租了一个房间。房间又小又黑又脏，源有些难以置信。孟不好意思地说："这几天城里太拥挤了，我绞尽脑汁也找不到好房间。房子建得不够快，城市的发展已经跟不上了。"孟骄傲地说完，又接着说："堂哥，这是好事啊！为了建新首都，我们什么都可以忍！"源心领神会，说他心甘情愿住这，房间也不错。

那天晚上，他一个人坐在窗边的小写字台前，着手给美玲写第一封信。他迟迟未下笔，不知道怎么开头，犹豫要不要用那些通俗的礼貌用语。奔波了一天，他已经有点不耐烦了。倒塌的老房子，崭新的小商店，未完工的宽街道，都无情地撕扯着老城，还有孟的热情、无畏、愤慨的话语，也让他觉得烦躁。他又想了一会儿，然后用时兴的外国话写道："亲爱的美玲……"这些字又黑又粗地呈现在眼前，他思忖片刻，又接着写。他久久注视着这些文字，眼里尽是柔情。"亲爱的"——除了对挚爱，还能对谁说这话呢？而且是美玲——是她本人——她在那……他再次提笔，用简短的句子讲述了他的见闻——一座从废墟中崛起的新城市，一座充满朝气的城市。

源融入了这座新城市。他从来没有这么忙碌过，也从来没有这么开心过，至少他是这么想的。到处都有工作急需完成，这就是工作的乐趣所在。现在工作的每一个小时可以造福未来的许多人。在孟引导他见到的所有人身上，源都感受到了工作和生活带来的强烈紧迫感。这座城市的一切，都是国家的心脏，在有力地搏动着。这里到处都是和源年纪相仿的人，他们规划未来，制定生活方式，不是为自己，而是为了人民。规划城市的那群人，他们的领导身材矮小、性格火暴、来自南方。他说话急躁，步子矫健，一双小巧玲珑的手快速地指挥着。他也是孟的朋友，孟对他说："这是我的堂哥。"他就滔滔不绝地告诉源他的城建计划，说他要拆掉蠢笨的旧城墙，重新利用那些旧砖。这些砖块经过几百年的时间，仍然像石块一样美丽完整，比现在的砖块还好。他小小的眼睛闪着光，他说这些砖块应该用来建造新政府的新大厅，以一种新的方式建造的有价值的大厅。一天，他带源去他的办公室，那是一间破旧的房子，满是灰尘和悬垂的蜘蛛网。他说："这些旧房子用不着改造，随它们去，等新房子盖好了，就推掉它们，再盖新房子。"

满是尘土的房间里摆满了桌子，许多年轻人在桌子上画着图纸，在纸上量着线条，有些人还在画的屋顶和飞檐上涂上了鲜艳的颜色。尽管房间如此陈旧破败，但这些年轻人和他们的图纸让房间焕发生机。

领导大喊一声，一个人匆忙跑来了。他趾高气扬地说："把新政府的建筑设计图拿来！"东西拿到手，他向源展示，眼前的是用旧砖砌成的雄伟的、高贵的建筑物。它们排成一排，每个屋顶上都飘扬着新的革命旗帜。街道两旁绿树成荫，人们身着绫罗绸缎，男男女女都走在街道上。街道上没有驴队、独轮车、黄包车，也没有现存的任何粗鄙简陋的交通工具，只有红绿蓝三色的鲜艳大汽车，车上坐满了富人。当然也没有乞丐。

源欣赏着图纸，不禁觉得非常漂亮。他陶醉地问："什么时候能完工？"

那位领导斩钉截铁地说："五年之内！现在所有施工的进度都很快。"

五年！这倒不算什么！源又回到他那昏暗的房间里，思忖着。他环顾了一下街道，还没看到有他们计划中的那种建筑。没有，没有绿树成荫，没有富人，只有穷人在争吵，在挣扎。但他告诉自己，五年不过弹指一挥间。既然已经计划好了，就跟完成了没两样。那晚，他把这些计划告诉美玲，事无巨细地告诉她计划中新城市的面貌。他比以往任何时候都深信一切都会实现，因为所有的安排都很清楚：屋顶用的是鲜艳的蓝色琉璃瓦，树木也是规划好的，画满了树叶，他甚至还记得在某个革命英雄的雕像前还有一个喷泉。在不知不觉中，他给美玲写了这样的一封信，好像一切都已经实现："那有一座高贵的大厅，那有一扇大门，那有一棵树，那还有一条宽阔的街道，街道两旁绿树成荫……"

其他许多事情也是如此。年轻医生从国外学了一套疗法，便蔑视父辈们的老一套医术。他们规划了窗明几净的医院，规划了宽敞明亮的学校，可以容纳所有乡下来的孩子，这样一来就可以扫除国家的文盲。有些人坐在那里，制定新的法律来监管他人，照顾到了每一处细节，他们还为那些罪犯设计了监狱。还有一些人提倡用那种自由的新写作方式来写书，书中洋溢着新的自由的男女之爱。

在所有的计划中，有一位全新的军队统帅。他掌握着新的军队、新的战船和新的作战方式。有一天他会计划一场新的大战，向世界展示他的国家现在是如此强大，这个人就是源之前的老师，后来成为他的教官，现在是孟的将军。源被出卖，关押在监狱后，孟偷偷逃到了他的军队。

现在源知道孟的将军就是这个人，心里很紧张，他多希望是别人啊。因为他不知道这个将军会记起多少对他不利的事。但即便如此，这个人命令孟把源带过去时，源也不敢拒绝。

于是，有一天，源和孟一起去了。虽然他面色平静，心里却没什么底。

源穿过一扇门，门前站着衣着整洁、英姿飒爽的卫兵，他们手中的枪闪闪发光、蓄势待发。随后，他穿过干净敞亮、秩序井然的庭院，走进了一个房间。不过，当他看到坐在桌旁的将军时，便不害怕了。一瞬间，源就明白了，他的这位老师已经释怀了。相比上次见面，他更苍老了，现在已经是位高权重、家喻户晓的军队领袖了。他脸上虽没有笑意，既不随和也不慈祥，但也没有怒气。源进来，他并未起身，而是朝着座位点了点头。因为曾经是他的学生，源只敢小心翼翼地坐下，他看到了记忆中的那双锐利的眼睛，从一副外国眼镜后面注视着自己。记忆中那个严厉但并不刻薄的声音突然问他："这么说，你现在终于肯加入我们了？"

源点了点头，像小时候一样简短地说："都是我父亲逼我的。"他把自己的经历讲了一遍。

将军敏锐地盯着他，又问："你还是不喜欢军队？我教了你那么多，你还不算是一个军人？"

源有些迷茫，犹豫了一会，毅然决定，自己要勇敢一点，不要惧怕这个人。他说："我还是讨厌战争，但我可以用其他方式尽自己的一份力量。"

"什么？"将军问道。源重复："我现在要在这里的新学校教书，因为我要养活自己，我要亲眼见证这一切发展。"

将军已经不耐烦了，他看着桌子上的一个外国钟表，好像源不是士兵，他就对他不感兴趣了。于是源起身，在那等着，直到将军对孟说："新营地的计划拟定得如何？新的军法要求增加各省的征兵人数，新的特遣队一个月后到。"

孟还没当将军面坐下过，他脚跟合并，猛地行了个军礼，大声且自豪地说："将军！计划已拟定，等您盖章，就可以实施了。"

短暂的会面就这样匆匆结束了，出门后，源迎面遇到了一群士兵，心里不由得泛起了旧日里那种强烈的厌恶。这些士兵正从军训的操场上列队回来，他不得不承认，这些人与他父亲的那些嬉皮笑脸的狗腿们不同。他们是一群年轻人，至少有一半人还未满二十。他们没有笑。王虎的手下总是吵吵闹闹，哈哈大笑，每次训练结束，在回营的路上，他们总是跌跌撞撞，互相推操，玩着粗鲁的把戏，大喊大叫，开着玩笑，整个场地都充满了粗俗的欢乐。小的时候，他和父亲一听到内庭外面的起哄、咒骂和聒噪的笑声，他就能猜到每天的就餐时间到了。但是这些年轻人默不作声地回来了，脚步声如此整齐划一，听起来就像是只有一个巨响的脚步。没有嬉笑。源从他们身边走过，一个接一个的士兵，他看到了他们的脸庞，都很年轻，都很单纯，都很严肃。这是新的军队。

那天晚上，他给美玲写信："他们看着太年轻了，不像士兵，反而像乡下男孩。"他思忖片刻，回想起他们的脸，又写道："但他们有一种军人的气质。你没同我一样住在这，不会明白。我的意思是他们的脸看上去很单纯，单纯到我知道，他们杀人就像吃饭一样简单，一种像死亡一样可怕的单纯。"

在这个新城市，源找到了自己的生活，感觉自己有了用武之地。他终于打开了他的书箱，将书籍摆在了自己买的书架上。还有他在异国他乡结出的进口种子。他好奇地看着这些种子，每样种子都还封在包装袋里，他想，如果把它们种在这片更黑、更肥沃的土地上，会长成什么样呢？然后，他撕开一个包装，把种子晃落在掌心。那可是硕大、金黄、静待播种的麦粒啊。他必须找一块地来种着试试看。

现在他陷入了日子循环往复之中，一天接一天。他在学校过得很充实。早上，他去看了那些教学楼，有新有旧。新的教学楼是破败的灰色大厅，西洋风，用水泥和细细的钢筋草草建成，墙壁已经斑驳不堪了。源的教室是在一栋老房子里，因为那栋房子很旧，学校的领导连一扇破窗户都懒得修。秋天漫长而温暖，到处都是金灿灿。起初，一扇门因年久失修而裂开，关不上，源没在意。但是，随着冬日临近，秋风也变得凛冽起来。十一月的西北沙漠狂风呼啸而来，细黄的沙粒从每一道裂缝中筛过。源裹着大衣，站在瑟瑟发抖的学生面前，批改他们的低级作文，沙风从他的发丝间吹过，他在黑板上教给他们作诗的规则。但即便如此也无甚用处，因为他们所有的心思都在怎样蜷缩进衣服里，不过对他们大多数人来说，衣服还是过于单薄了。

源先写信向他的领导报告了此事。那是一名官员，七周中有五周在这座沿海大城市度过，但他对这些信件置若罔闻，因为他身兼数职，主要工作就是收取薪水。如此一来，源怒火中烧，亲自去找学校的校长，诉说了学生们的困境：窗户上的玻璃是怎么碎的，地上的木板是怎么裂的，刺骨的风从他们的脚间穿过，门是怎么关不上的。

校长分身乏术，他不耐烦地应付："忍一忍，忍一忍！我们的钱必须用来制造新的东西，而不是修补没用的旧东西！"在这个城市里，到处都能听到同样的话。

现在，源觉得这句话说得没错，他梦想有一个新的大厅和漂亮又温暖的房间，可以抵御寒冷。但这些天，随着隆冬来临，一天比一天冷。要想解决这个问题，源只能拿自己的工资，雇一个木匠，修一间密不透风的房间来过冬。经过这一段时间，他已经喜欢上了他的工作，也喜欢上了他的学生们。他们都是贫困人家的孩子，富人早把他们的儿子送到私立学校去了。在那里，到处都是外籍教师，教室里每天都有炉火保暖，还有美食。但这所由新政府开办的公立学校是免费的，有小商贩的儿子，有收入微薄的老私塾先生的儿子，还有几个机敏的乡村男孩，想靠读书光宗耀祖。他们都很年轻，衣衫褴褛，食不果腹。源爱他们，因为他们渴望并努力学习他教给他们的知识，尽管他们经常不理解。他们之中，有些人知识面广一点，有些人孤陋寡闻一些，但总的来说，都懂得不多。看着他们发黄的脸庞，渴望知识的眼神，源真希望自己有钱能修缮他们的教室。

但他没有。甚至他的工资也没有定期发放，因为领导的工资得先发，如果那个月的钱不够，或者有些钱因为其他原因被扣了下来，比如为了军队，或者为了某个官员的新房，又或者进了私人口袋里，源和新来的老师就必须耐心等待。源可没有耐心，他早就想还清欠他二伯的债了，能还一点是一点。他写信告诉王掌柜："对于你的儿子们，我什么忙也帮不上。我在这里无权无势。我只能保住自己的位置。但我会把我挣的一半寄给你，直到我父亲借的钱全部还清。只是我不对你的儿子负责。"至少在这个新时代，他摆脱了血缘关系的束缚。

所以，他不敢把钱花在学生身上。他告诉了美玲这件事，他多么希望自己能修好教室，天气太寒冷，但他不知道该怎么办。那一次，她很快回信说："为什么你不把他们带到暖和的院子里上课呢？等雨雪停了，带他们到太阳底下上课吧。"

源拿着回信，疑惑自己怎么没想到这个办法。这里冬天很干燥，多数都是晴天。那之后的很多天，他都在一个阳光明媚的角落里教学。那角落由两栋建筑相交形成。如果路人笑他们，他就随他们笑去，毕竟太阳实在太暖和了。他情不自禁地更爱美玲了，因为她在新楼落地之前，很快就想到了这个简便可行的方法。这种敏捷教会了他一些东西。他倾诉自己的困难，她总是能很快地帮他解决，于是他变得越来越狡猾，把所有的困惑都说了出来。他谈及爱情，她便沉默，他谈到麻烦，她就会回答得很快。他们俩之间的信件如同秋风吹落的树叶一样厚。

寒冬来临之际，源还找到了另一种暖身子的方法，那就是在土地上劳动，在土地上播种外来的种子。在这所学校里，他必须倾囊相授，因为教师不够，难以满足所有想学习的年轻人。各地都开办了新的学校，教授以前没有教授过的各种新的外国事物。年轻人都挤进学校学习，却找不到足够的老师来教授他们在这个新时代渴望知道的一切。因为源留过洋，就受到了推荐，被督促着传授他知道的一切。他传授的东西中就包括播种和照料种子的新方法。他在城墙外的小村子旁分到了一块地，他带着他的学生们去那，把他们编成四人一组，就像一支小部队。他带领学生们穿过城市的街道，没有买枪，而是给他们买了锄头，扛在肩上走。路人目不转睛地盯着他们，许多人停下手中的活儿，瞪大了眼睛惊奇地叫道："这是什么新鲜事儿？"源听到一个老实巴交的黄包车车夫喊道："城里每天都有新鲜事儿，这可是我见过的最新鲜的事儿，用锄头打仗！"

源笑了笑，说："这是革命的新军！"

他在冬日的暖阳下晃悠着前进，这种自豪让他心生愉悦。这是一支真正意义上的军队，也是他所领导的唯一的一支军队，一支由播种的年轻人组成的军队。下意识地，他按照童年时从父亲的军队中学到的旧节奏走了起来。他的脚步声响亮而清晰，以至于学生们零乱的行军步伐也变得整齐起来，与他的步伐一致。很快，他们行进的步伐在他的血液中形成了一种节拍，他们穿过昏暗的古城门，青苔砖块回响着他们的脚步，走到乡村，这种节拍在源的脑海中形成了精练的诗句。这种情况已经很久没有发生了。他好像经历了一场混乱，现在工作让他重回宁静，让他的灵魂变得纯洁，凝练成了一首诗。他屏住呼吸，等待着这些句子，它们一浮现，他就捕捉到了在土屋里那几天的记忆，多么开心。它们清晰地出现了，三句鲜活明媚的诗句，但缺了第四句。他突然着急了，已经快走到尽头，土地也近在眼前了，他绞尽脑汁，结果还是毫无头绪。

学生们开始嚷嚷和抱怨，他不得不暂时搁置创作。他们喘着粗气喊道，源带路走得太快了，他们走不了这么快，锄头也很重，他们根本受不了这样的劳动。

所以源只能把诗句抛到九霄云外，恳切地呼唤他们，安慰他们："我们到了，地就在那！休息一下再开始干活吧。"

学生们瘫倒在田边的河岸上，汗水顺着他们苍白的脸庞滴落，他们的身体也随着气喘吁吁变得沉重。只有两三个乡下小伙子没有这么狼狈。

他们休息的时候，源打开了他优质的外国种子。每个青年都捧着双手，等源把饱满的金色颗粒倒到他们的手中。现在看来，种子对他来说非常珍贵。他想起了自己是如何在千里之外的异国土地上结出这些种子的，想起了那个白发苍苍的老头，不禁又想起了那个吻过自己的外国女人。他稳稳当当地倒出谷物，那一刻又浮现在他的脑海中。真希望她没亲过自己！但那事毕竟又于他有益，助他独身一人，直到找到美玲。他麻利地扛起锄头，上下挥舞，开始挖地。"看！"他对围观的学生们喊道，"锄头必须这样挥动！刚开始你不这样挥锄头，会十分费劲……"

他按照老农教给他的方法，上下挥舞着锄头，锄尖在阳光下闪闪发光。年轻的学生们一个接一个地站起来，学着他的样子挥动锄头。最磨叽的是两个乡下小伙子，尽管他们很会抢锄头，却慢吞吞，一副很不情愿的样子。源见了，厉声道："你们怎么不干活？"

起初，这俩小伙子不说话，后来，其中一个闷闷不乐地嘟囔道："我来学校又不是为了学在家里一直干的事。我是来学更体面的谋生方式的。"

源听闻怒火中烧："没错，你要是知道怎么更好地挥锄头，就不用离开家，来找赚更多钱的方法了。品质更好的种子、更科学的种植方法能带来更好的收成，也会改变你的生活。"

此时，村里的农民也跑过来围观，他们目瞪口呆地看着这些年轻的学生拿着锄头和种子。起初，他们都很警惕，默不作声，但他们看到这些年轻人无论如何也学不会挖地的时候，哈哈大笑。源说这些话的时候，他们已经放松下来，有个人大声喊道："先生，你说得不对！就算农民再努力，种子再好，最后的收成还是得靠老天爷！"

不知为何，源受不了这个人当着学生的面反驳自己，所以他不愿搭理这种愚昧无知的人。好似没听到这番愚蠢的话，继续向学生们演示怎么把种子撒到垄里，然后土应该覆多深，以及在每垄的地头竖一个牌子，标明种子的种类、播种时间和播种者。

农民们目瞪口呆地看着这一切，觉得太讲究，放肆地大笑着喊道："小哥，每一个种子都数清楚了吗？"有人喊道："小哥，你给每一颗小种子都起名字了吗？种子颜色记下了吗？"另一个叫道："妈呀！要是我们对每一个种子都这样仔细，十年也种不出来东西！"

学生们对这些粗俗的玩笑嗤之以鼻，唯独两个乡下小伙子最生气，嚷道："这些可是外国种子，不是你们种在田里的那些普通玩意儿！"农民们的玩笑刺激到了学生们，他们干得比源还卖力。

过了一会儿，这些看热闹的农民就没了兴致，神情忧郁，陷入沉默。他们接连拍拍身上的尘土，转身走回了自己的小村庄。

源非常欣慰。能再次播种，感受到手中的泥土，真好啊。土地厚实、肥沃，黑色的土地与金黄色的外来种子交相辉映。一天的工作就这样结束了。辛苦了一天，源却感觉神清气爽。他看了看那些年轻人，里面最面黄肌瘦的一个，也显现出一副健康的新面貌，西风凛冽，但所有人都很暖和。

"这算是暖和起来的好办法。"源微笑着看着他们说，"比什么样的火都强。"年轻人都喜欢源，笑着附和他。那俩乡下小伙子脸颊通红，不觉得冷了，却始终闷闷不乐。

那天晚上，源独自在房间里，把这一切都写下来告诉了美玲。对他来说，告诉美玲这一切如同吃饭喝水一样重要。写完后，他起身来到窗前，眺望城市。月光下，老房子的灰瓦屋顶一片漆黑。但更多的是那些高耸的新建筑，红色的屋顶，棱角分明，西洋式样，通体的窗户在屋内灯光的映衬下闪闪发亮。城市的另一头，几条崭新的大马路在路灯的照射下如同几匹蜿蜒的绸缎，对比之下，月光也变得黯淡了。

眼前就是这座日新月异的城市，源却看不真切。他看得最真切的是美玲的脸，清楚而年轻地浮现在他眼前，城市只是她面容的背景。

突然，他灵机一动，想出了诗的第四句，就像已经写出来了一样，十分完美。他冲到桌边，拿起那封刚刚封好的信，撕开加上："这四行诗是我今天完成的，前三句是在地里作的，一气呵成，第四句却难有满意的，直到我回到城里，想到了你。然后，就像你说给我的一样，第四句突然就有了。"

就这样，源住在这座城市里，白天忙于工作，晚上就给美玲写信。她的回信不多，信里字斟句酌，简短明确，但并不沉闷，因为她的字数虽不多，意思却都传达到了。她告诉他，艾兰游玩了几个月已经回去了，原本去玩个把月就回去，结果他俩拖延了好几次，现在才回。美玲说："艾兰美貌更甚，温柔稍减，有了孩子可能会恢复温柔。临盆在即，不足月余。她常回家，说旧床睡得好。"她还告诉他："今日，我做了第一场真正意义上的手术。为一位女性患者截去了她的一只脚，那里自幼便被裹束，终至坏死。做手术时，我并不恐慌。"她还说："我常去陪伴那些弃婴，因为我同他们一样。他们，就是我的兄弟姐妹。"她还经常说起孩子们一些快乐的童语。

有一次，她在信中写道："你大伯与其长子多次遣人催促盛归家。他们对盛近期的挥霍颇有微词。近期，老家田地的租金难以收回，加之长媳不愿将丈夫的薪资寄至海外，家中经济已显紧张。盛不得不面对现实，尽快归家，毕竟资金短缺已成事实。"

源若有所思地读着，他想起最后一次见盛：他穿着崭新的衣服，挥舞着一根闪闪发光的小手杖，走在外国大城市阳光明媚的街道上。自从他讲究仪表以来，确实花费不少。毫无疑问，他必须回家——毋庸置疑，这是逼他回家的唯一办法。这时，源想起了那个谄媚的女人："他最好回家，如此正好离开她。"

美玲总是非常认真地回答源写给她的每一个问题。寒意渐浓，她告诫他要穿厚一点，要吃好一点，要多睡觉，不要太劳累。她多次叮嘱他注意破旧教室里的风。但有一件事她从来没有在他的信中回答过。他在每封信里都说："至死不渝，我爱你，我会守候终身。"这话她没有回答。

但源对她的每封信都很满意。每月四封，每到这一天，他就知道晚上回到房间，桌子上就会有她长长的信封和她工整、娟秀的字迹。于是，每个月的这四天都是他的节日，他买了一本小日历，提前标出会收到她的信的日子，纯粹是为了享受这种确定无疑的快乐。他用红笔做了记号，到年前一共还有十二封她的信，那时他就可以回家见她了。除此之外，再无任何标记，因为他有自己隐秘的期许。

就这样，源过了一个又一个七天，除了工作，他几乎不愿意去别的地方，也不需要朋友，他的心已经被填满。

偶尔孟会强迫他出去，于是源就在某个茶馆里坐上一个晚上，听孟和他的朋友们发发牢骚。孟没有源刚到时那么得意了。源听着，孟仍然愤慨，仍然叫嚷着反对时代，即使是新的时代。有一天晚上，在新街一个刚开张的茶馆里，源和他还有四个年轻的军官坐在一起吃饭，他们都对一切很不满意。餐桌上的灯光一开始太亮，后来又太暗，上菜速度也不够快，他们想喝一种外国才有的白葡萄酒。在孟和其他四人之间的跑堂已经汗流浃背，擦着自己光头上的汗，气喘吁吁地跑来跑去，生怕惹这些腰间别着明晃晃武器的年轻军官生气。卖艺的姑娘们走进来，模仿外国的潮流翩翩起舞、扭动四肢。他们也不满意，甚至大声地评头论足：这个眼睛小得像猪眼睛，那个鼻子像韭菜，一个太胖，一个太老，直到姑娘们泪眼婆娑，满是怒气。源虽不觉得她们漂亮，见此情形也忍不住心生怜悯，最后开口说："算了吧。她们总得赚钱吃饭。"

接着一位年轻的军官就说："依我看，她们还是饿着吧。"他们肆意哄笑，起身的时候，佩剑相交，发出乒乒乓乓的声音，才离开。

当晚，孟和源走回房间，他们一起走在街上，他才说了自己的不快："其实，我们都一肚子气，上头的人偏心。革命的原则是人人平等，机会均等。然而，现在我们的领导却在压迫我们。我的将军，你认识的，源！你见过。呵，他坐在那就像一个旧军阀，作为这个地区的军队首领，他每个月都能领到一大笔军饷，而我们这些年轻人却总是被困在一个职位。我很快就当上了队长，所以我满怀希望，愿意为美好的未来赴汤蹈火，期待着更上一层楼。但是就算我在这个位置上兢兢业业，丝毫不敢懈怠，也不可能升官。你知道为什么吗？因为他忌惮我们。他担心我们有一天比他更强大。我们年轻，能干，所以他压制我们。这就是革命精神吗？"孟停在一盏街灯下，朝着源发出尖锐的问题，源看到孟愤怒的脸，一如他闷闷不乐的少年时代。已经有几个路人好奇地侧目而视，孟看到他们，压低声音继续前行，最后他非常沉闷地说："源，这不是真正的革命。肯定有不一样的革命。这些不是我们真正的领袖。他们和旧军阀一样自私自利。源，我们还年轻，我们必须重新开始，老百姓和以前一样遭受压迫，为了他们，我们必须继续斗争，我们现在的这些领导人已经完全忘记了老百姓……"

就在孟说这话的时候，他停顿了下，看向了别处，前面一家非常有名的娱乐场门口，有人在争吵。娱乐场的灯光打下来，像血一样鲜红明亮，灯光下，他们看到了让人憎恶的一幕。一个从外国船上下来的外国水手，就像源在流经这座城市的大河上看到的那样，半醉半醒之间，紧握着拳头殴打那个拉他到娱乐场的车夫。他喝多了，大喊大叫，怒气冲冲，笨拙的脚步踉踉跄跄。孟看清了白人是怎么打对方的，立马冲向前，源紧随其后。他们走近了，便听到白人粗暴地咒骂黄包车车夫，竟敢嫌给的车费不够。在他的殴打下，车夫缩成一团，举起双臂保护自己。白人身材高大，举止粗暴，醉酒后下手更是毫不留情。

眨眼，孟已经挤进人群，冲着那个外国人喊道："你敢——你竟敢！"他纵身一跃，抓住了那个人的胳膊，把他的胳膊别到了背后。水手可不会轻易屈服，他根本不在乎孟是军官还是什么。在他眼里，所有中国人都是一样的，都低人一等，他咒骂孟。要不是源和车夫隔开他们，拦住双方的攻击，两个人当时就会凶狠地扭打起来。源苦苦哀求孟："他喝醉了，这厮，就是个普通人，别忘了你是什么身份。"他一边喊，一边急忙把醉酒的水手推进娱乐场的大门。那水手进去就忘记了争吵，继续快活去了。

然后，源从口袋里掏出一些零散的铜钱，给了车夫，就这样平息了争吵。车夫是个干枯的小老头，食不果腹，事情这样草草了结，他倒是很开心。为了表示感谢，他咯咯地笑了几声，说："先生，您是个明事理的！大男人不和孩子、女人还有醉汉一般计较！"

孟一直气喘吁吁地站在那里，浑身燥热。他的怒火没完全发泄在水手身上，一半的怒火都未消，气得发疯了。他看到用几块铜板就能轻而易举地安抚被打的人，他听到那可悲的笑声和那迂腐的套话，孟难以忍受。是的，不知怎的，外国人对自己同胞的侮辱，在他心中激起的愤怒变得有些异样。二话不说，他又盯上了那个黄包车车夫，俯身给了那人一个巴掌。源见此情景，大喊道："孟，你这是做什么！"他急忙又翻出一枚硬币，给了那人以示歉意。但那人没有收钱。他怔怔地站着。这一击来得如此迅猛，毫无预兆，他张口结舌，嘴角缓缓流出一丝鲜血。突然，他弯下腰，提起黄包车的拉杆，对源说："这

279

比外国人打的哪一拳都重。"就这样，他走了。

孟打完那一拳后，一刻也没有停留，大步流星地走了。源追上他，走到孟前面，正想质问孟为什么要打车夫，然而他一见孟的脸，便沉默了。因为他没想到，在街上明亮的灯光的照射下，孟的泪水正顺着脸颊滑落。孟泪眼蒙眬地望着前方，他愤怒地嘟囔："为这种人斗争有什么用呢？他们甚至不恨压迫自己的人，对这样的人来说，一点钱就能解决一切问题。"话毕，他离开了源，转身走进一条昏暗的小巷。

源踌躇了一会，不确定是否应该跟在孟的后面，看看他是否会因生气而做什么出格的举动。但他又急切地想回自己的房间，这是第七天的晚上，他知道有封信在等着他。于是，再一次，他放任生气的孟独自离开了。

终于挨到了年末，再过几天，源就又能见到美玲了。这些日子，不管他做什么，似乎都只是为了等放假。对于工作，他尽职尽责，对于学生，他再也不觉得有什么活力和意义，也不太关心他们学得怎么样，学没学进去了。他早早就躺上床，期盼夜晚过得快些，早早就起床，希望早点过完这一天。就算他做到这份上，时间还是过得很慢，就像时钟停了一样。

有一次，他去探望孟，打算坐同一班火车回家，因为这次孟也在休假，虽然他总自诩革命党，就算永远回不了家也无所谓，但这段时间，他焦躁不安，渴望一些他无法做到的改变，所以，他也想回家，毕竟也没更好的事可做。他再也没有和源提起那天晚上打车夫的事，好像早就忘了这件事。现在，让他一肚子火的是一件别的事。他恨老百姓太顽固，气他们不按照新政府规定的日期来过年。实际上，人们都习惯了过农历年，而现在的年轻人却要效仿外国过阳历年，老百姓心里当然纳闷。街上随处都贴着标语，命令大家快快乐乐过阳历年。人们围成一圈看标识语，或者听标语。老百姓要是不识字，读书人就念给他们听。这样一来，人们都在嘟囔："过年是哪一天都行吗？要是我们早一个月送灶王爷，天上的神仙会怎么想？神仙可不情愿按什么外来的阳历来算日子。"所以妇女不准备点心和饭菜，男人也不买红对联贴在门上祈福。

年轻的领导人气老百姓们太顽固，制作了新对联，内容无关愚昧的神话，而是关于革命。他们派出自己的下属，强行将这些对联贴在老百姓的门上。

源见孟那天，孟堆了一箩筐这样的事，不过他还是成功地解决了所有事："所以，不管人民愿不愿意，都必须接受教化，强行让他们摆脱封建迷信！"

源沉默不语，他确实也不知道该说什么，因为他觉得这事有利有弊。

接下来两天，源见到了各个门上确实都贴着新对联。没人反抗。男人和女人们看着自己门上的红对联，默不作声。偶尔有个别人冷笑一声，或者向地上啐一口，就走了，用这种方式表达他难以言说的不悦。男男女女如往常一样四处工作，就好像这一年中没有任何节日是属于他们的。所有大门都是喜气洋洋的鲜红色，老百姓却像什么也没看到，只是若无其事地照常工作。尽管源知道孟恼火事出有因，而且如果有人问他，他也会认同老百姓应该服从新政，但他想起这事，还是会情不自禁地偷笑几声。

这几天，源对什么事情都乐乐呵呵的，不知怎的，他总觉得美玲一定对他有所转变，会更亲近了。虽然她没回复他的情话，但至少她看了，他不相信她会忘得干干净净。至少对他来说，这是他有生以来最幸福快乐的一年，因为他满怀希望。

怀着这样的期待，源开始度假了，孟的怒火丝毫也影响不到他的好心情。要知道，那天在路途中，要不是源忍让了，孟就和他吵起来了。孟心里一直憋着火，看什么都不顺眼。在火车上，他朝一个有钱人大发雷霆，因为这个人把自己的裘皮长袍铺在座位上，占了两个人的位置。这样一来，另一个看起来没那么有钱的人就得站着，然后他又对那个没那么有钱的人大发雷霆，怒其不争。最后，源禁不住笑了，他半开半笑地推了一把孟，说："孟，你气他们有钱，又气他们贫穷，就没有什么能让你开心的！"

但是，孟暗自神伤，根本快乐不起来。他向源发火，咬牙切齿地低声说："是，你和他们一样，你什么都能忍，你是我认识的最漠然的人，永远不配做一个真正的革命党！"

孟表现得这么激烈，源不禁也严肃起来。他沉默不语，因为大家都盯着他看。就算孟压低了声音，但他的表情太生气了，他的眼睛在乌黑眉毛下怒目而视。这样的人，让老百姓害怕，何况他的腰上还别着一支枪。如此，源便沉默了。在心里，他承认孟说的是实话。就算他知道孟是因为那些隐秘的事情而生气，不是朝自己来的，还是有点难过。于是，火车蜿蜒穿过山谷、丘陵和田野时，源冷静地坐了一会儿。他思考，扪心自问，自己是什么人，最想要什么。确实，他不是伟大的革命家，也永远不会是，因为他做不到像孟那样，始终保持愤恨。对，可能在某一段时间内，他会生气，会憎恨，但时间一长，他就会忘记这些。他真正想要的，就是平和地工作。他现在做的就是他最爱的工作。最好的时光就是传授知识，除了给他心爱的女孩写信之外……

他幻想的时候，孟轻蔑地说："想什么呢，源？你坐在那傻笑什么，像塞了一嘴麦芽糖的小男孩一样！"

听闻，源不禁羞愧地笑了，脸庞变得红通通，他现在的想法不能告诉孟。

然而，又有哪一次相聚能像幻想的那样甜蜜呢？傍晚，源到家，他跃上台阶，走到屋子里。一开始，空无一人，过了一会儿，有个女仆过来向他问好："夫人说，要您马上去您大堂哥家，那里在为从国外回家的少爷接风。她在那里等您。"

比起盛回家，他更想知道美玲有没有陪女士去。不管多好奇，他都不会去问她的仆人，因为仆人立马就会把一个男人和一个姑娘联系到一起。所以，他必须耐心等待，直到他到了大伯家，就能知道美玲是否在那里。

这些天里，源一直幻想着他和美玲重逢的第一面会是什么样。他总是梦想着能单独见到她：他一踏进家门，他们就神奇地在门内相遇了，不知道她怎么会出现在那。但她不在那，即使她在大堂哥家，他也不能奢望单独见到她。当着家里人的面，除了客气，礼貌，他什么也不敢表现出来。

事实如此。他来到大堂哥家，走进宽敞的屋子，里面摆满了富丽堂皇的进口装饰品和椅子，大家都聚在这。孟比源先到，源进来的时候，他们才刚刚欢迎完孟，又要重新欢迎他。他得去向大伯行礼，他的大伯很清醒，非常欣慰。他的儿子都在身边，除了过继给王虎的那个儿子和那个驼背的和尚，但他和他的夫人早就不把他们俩当儿子了。这对老夫妇身着最华丽的礼服坐在那里。女主人彰显出高贵和尊严，她威严地抽着水烟，一个女仆站在一旁，每抽一两口就为她装满水。她手里盘着念珠，棕色的珠子在她的手指间来回穿梭，她一边吸着水烟，一边帮男主人的玩笑话找补。大伯回答源的问题，松弛的脸上布满皱纹，他喊道："好了，源，我家这个小子像姑娘一样漂亮，现在他又回家了。我们之前还担心他带回来一个外国媳妇儿呢，现在看是多虑了，他还没成家呢！"

年迈的老夫人慢悠悠地说："老爷，盛一向聪明过人，不会有这样的傻主意。到了这年纪，你就别乱说话了！"

今天，老爷不畏惧夫人的毒舌。他觉得自己才是这间房子的主人，是这间富丽堂皇的房子里所有俊男美女的领导人。有其他人在场，他也越发大胆，喊道："我想，盛会结婚吧？讨论儿子的婚事没什么不妥吧？"对此，夫人威严地回道："我知道在这个新时代该怎么做，我的儿子不会抱怨他的母亲强迫他违背自己的意愿。"

源似笑非笑地听着这对老夫妻争吵的时候，看到了一件奇怪的事。他看到盛冷冷地凄然一笑，说道："不，母亲，我毕竟还没那么赶潮流。我的婚礼，您想怎么办就怎么办，我不介意，所有姑娘对我来说都一样。"

闻言，艾兰笑着说："盛，你还是太年轻了。"大家也跟着笑，笑完就忘了。只剩源忘不掉盛的表情，他从容微笑的眼神，以及其他人笑他的眼神。那种表情好像是什么也不在乎，甚至是他要娶的姑娘。

然而，那天晚上，源怎么可能有心思琢磨盛的事？还没等他向这对老夫妇行礼，余光就瞥到了美玲。他一眼就看到了她，她静静地站在她养母的身旁。他们的目光在一瞬间相遇了，但双方都没有微笑示意。她就在那里，尽管与他幻想的不一样，但也算不上失望。此刻，尽管他们没说上话，但她在这里就已经足够了。后来他想，现在，在这个拥挤的房间里，他不会对她说一个字。就让他们稍后在别的地方真正见面吧。源经常偷看她，但除了第一次，他再也没有捕捉到她的目光。源的小妈热切地呼唤他过去，他走到她身边，女士抓住了他的手，拍了好几下才舍得放开。源陪了女士一会儿，他在的时候，美玲找借口溜去拿她喜欢的小点心。尽管他得和大家寒暄客套，但有她在，他还是觉得温暖。不管她是朝碗里倒茶还是给孩子分点心，源的目光都能追寻到她。

晚上，所有的谈话和寒暄都围绕着盛，孟和源很快就被归入到其他人中。盛比以往任何时候都要迷人，博学多才，一言一行都游刃有余，大方得体。以至于源在他这个完美的人面前像以前一样羞涩、扭捏，感觉自己回到了小时候。盛不希望源这样不自在。他像老朋友一样抓住源的手，紧握着。源感觉到了盛的手指细腻光滑，摸起来就像女人的手。这种触感让人愉悦，不知怎的又让人讨厌，如同盛现在的眼神。这几天，盛的表情举止看似坦率，又让人感觉有一种近乎邪恶的东西。就像花开得太艳，香味太浓，源不知道这是为什么。有时他觉得是自己臆想出来的，有时他又觉得不是。盛谈笑风生，他的笑声总是那么动听，那么恰到好处，他的声音也像钟声一样，不卑不亢，音调柔和。他似乎对所有的家常闲话都乐此不疲，源却觉得他的心思不在这里，在很远的地方。他好奇盛就这样回家会不会心有不甘。一次，他抓住机会，在他靠近的时候悄悄地问他："盛，离开那个外国城市，你遗憾吗？"

他盯着盛的脸，想一探究竟。但他容光焕发，毫无忧虑，眼珠像墨玉一样明亮，什么也不说，露出他早就准备好的迷人笑脸，回答说："哦，没有啊，我准备好回家了。我在哪儿都一样。"

源追问："你还写诗吗？"盛漫不经心地回道："写呀，我现在印了一本小诗集，里面都是我的诗，有几首你读过，大部分都是你走后新写的，你要是喜欢，今晚你回家之前赠你一册。"见源答应了，他笑了笑。源接着问："你准备留在家里，还是到新首都去？"

盛这才赶紧回答，似乎很在意这事，他说："哦，我当然留在家里。我离家太久，已经习惯了现代城市的生活。那样百废待兴的城市，我受不了。我听孟提过一点，他对新的街道和房屋非常自豪。我问他那有没有现代化的浴室，他只能实话实说，那儿压根没有正儿八经的娱乐场所，也没有高级剧院。其实，对我们这样有教养的上流人士来说，去那根本什么也享受不到。我问他：'我的孟，请问这座你引以为豪的城市里，到底有什么？'他一字不说，怒视着我！他真是一点没变！"盛说的是英文，张口就来，游刃有余，说得比他的母语还溜。

盛的大嫂觉得盛实在无可挑剔，艾兰和她的丈夫也觉得如此。这三个人怎么看盛都看不够。艾兰当时已经快要临盆，却笑得比平时更肆意。她和盛在一起很自在，也很喜欢他。盛对她所有机智的问题都对答如流，连连赞赏她。艾兰也乐在其中，就算她身怀六甲，也还是和以前一样靓丽。其他女人怀孕皮肤会变黑、身材会走样，行动变迟缓。艾兰却像一朵盛开的娇嫩花朵，一朵在阳光下绽放的玫瑰。她活泼可爱地向源问好，像妹妹见到了哥哥。对盛，她总是微笑，妙语连珠。她的丈夫英俊潇洒，总是漫不经心、懒洋洋地看着她，毫无妒意。他觉得，盛再玉树临风，风度翩翩，自己也更胜一筹，更值得任何女人喜欢，尤其是他的妻子。他自信满满，才不会嫉妒。

在谈笑风生中，宴会开始了，大家都坐在一起，不像旧时代那样分为长辈和晚辈。没有，新时代不这样区分。老爷和老夫人坐在上席，艾兰和盛一直欢声笑语，偶尔有人插句嘴。他们听不见老夫妇的声音。这几个小时其乐融融，源不禁为自己这些血亲感到骄傲。他们衣着考究，每个女人都穿着最漂亮、最时髦的绸缎长袍，男人们，除了他大伯，都身着西服，孟傲慢地穿着他的军官制服，甚至孩子们也高高兴兴地穿着丝绸，戴着进口丝带，餐桌上摆满了各种西式菜肴、进口糖果和葡萄酒。源想到，他还有家人不在这。的确，在离海边很远的地方，他的亲生父亲王虎像往常一样生活着，二伯和他的儿女也是如此。他们不说外国话，不吃进口的东西，他们像自己的祖辈一样生活。如果他们来到这间屋子，一定会很不自在。王虎很快就会抱怨，他不能像以前那样随地吐痰了，因为地板上铺着带花的丝毯。他有钱，但还是最适合住在砖瓦房里。看到他们把钱花在画像、缎面座椅和外国小玩意儿上，还有女人们戴的那些外国戒指和饰品，二伯肯定会痛心疾首。爷爷王龙养育的这些人，其中有一半都受不了王虎过的那种日子，甚至是二伯在老家的日子也不行，那房子是王龙在古镇上为儿孙留的。这些子子孙孙觉得这房子太简陋了，冬天除了南边太阳照进来的地方，其他地方都冻得很，没有天花板，到处都不现代，不适合他们居住。至于那间土屋，一间小屋罢了，他们甚至都记不起来了。

源没有忘记。他坐在宴席上，看着桌上的一切，身着外国时尚的白礼服，往事奇怪地在他脑海中闪现，他突然想起了那个土房子，不知怎的，一想起来，就觉得亲切、欢喜……他慢慢地想，他和他们并不完全相同，和艾兰不同，和盛也不同……他们的着装和举止太西式了，他不希望自己也变成那样。他也不能住在那座土房子里，不能，他非常喜欢它的某些地方，但他知道，自己不可能像爷爷那样，住在那里，并把它当成自己的家。不知怎的，他介于这栋外国房子和土房子之间。他没有真正的家，他的心非常孤独，四处飘零，无处可去。

他盯着盛看了一会。除了黄皮肤和一双漆黑、尖锐的眼睛，盛可能完全就是个外国人。他现在的举动都很西式，说话也像外国人。是的，艾兰喜欢，堂嫂也喜欢，就连大堂哥也觉得盛很时髦，与众不同。大堂哥沉默不语，心中惭愧又羡慕，为了宽慰自己，他默默地吃了很多东西。

　　源快速地瞥了一眼美玲，看到她对盛满眼赞赏，他想到了一件事，心里酸溜溜的。美玲也像其他年轻女人一样，觉得盛幽默，欣赏他吗？他看到她平静地看着盛，又毫无波澜地看向别处。他一下子放心下来。不为别的，只因为她和自己一样！她也是介于两者之间，既谈不上非常赶潮流，但又不同于守旧派。他又凝望着她，目光如炬而热切，任凭谈笑的浪潮淹没自己，那一瞬间，他眼里只有她。她坐在女士身边，俯身优雅地从中间的盘子里夹了一点白肉，放到女士的碗里，朝她微笑。源在心里激动地说，对！她和艾兰以及其他人太不一样了，就像竹子下面野蛮生长的百合花和温室里盛开的山茶花截然不同。是的，有她同在，他就不寂寞了！

　　瞬间，源内心升起一股暖意，自信满满，他坚信美玲对他也情有独钟。他对美玲的爱已经难以自持，万千思绪皆因这份爱而生，内心悸动不已。

　　晚上，他躺在床上，难以入眠，盘算着第二天应该怎么和美玲单独聊聊，试探她对自己的心意。他想，写了这么多信，多多少少能让她回心转意。他盘算着他们应该坐哪，怎么谈，他也可以说服她和自己一起散步。毕竟现在很多女孩都会同自己了解、信任的小伙散步。他想了想，如果她犹豫不决，自己就拿兄长的身份搪塞她。但他很快就否定了这个借口，坚定地对自己说："不，我才不是她的兄长，我不可能是别的身份。"最后，他终于睡着了，断断续续做了许多光怪陆离的梦。

　　谁能料想到艾兰当天晚上就会分娩呢？事实就是如此。早晨，源醒来，听到整个房子里一片混乱，仆人们跑来跑去，十分聒噪。他起身洗漱，穿好衣服来到餐厅，餐桌上的饭菜只上了一半，一个昏昏欲睡的女仆耷拉着脑袋来回走动。只有艾兰的丈夫在房间，他还穿着前一天晚上的衣服坐在那里。源走进房间，他兴奋地说："源，如果你的夫人是新时代的女性，你最好永远别当父亲！我就像生孩子一样痛苦——睡不着觉，艾兰又哭又闹，我还以为她快不行了，只是医生和美玲向我保证，她的情况很好。现在的女人生孩子都很痛苦。我说幸好是个男孩。今天早上艾兰已经把我叫到她床前，发誓她再也不会生第二个了！"他又笑了起来，细腻修长的手拂过他哭笑不得的脸。他坐下，津津有味地吃着女仆摆好的早饭。在此之前，他已经有了几个子女，此刻对他来说也没什么大不了的。

就这样，艾兰的孩子在这栋房子里出生了，家里所有的人都全神贯注地忙着这个孩子。源除了偶尔能在经过的时候看美玲一眼外，根本见不到她。医生一天来三次，艾兰只信任外国医生，所以请来了一个高个子红头发的英国人为她诊治。他告诉美玲和夫人，艾兰必须吃什么，必须休息几天。孩子也需要照顾，艾兰要求美玲亲自照看，美玲照做了。孩子哭得很厉害，他们一开始请的奶妈不合适，还得多找多试。

艾兰和现在许多新时代的女性一样，不愿意母乳喂养，以免乳房长得太大太丰满，影响她纤细的身材。这也引发了美玲和艾兰唯一的一次争吵。她指责艾兰："你不配当这个可爱孩子的母亲！他生下来就又壮又饿，你都涨奶了，却不愿意喂他！可耻，可耻啊，艾兰！"

艾兰气得哭了起来，她越想越委屈，朝美玲哭诉："你知道什么！你这样的少女知道什么啊！你不知道几个月来肚子里有个孩子多难受，我身上的衣服有多难看，我都受了这么多苦，难道还要再丑个一两年吗？不，这种粗活还是让奶妈来吧！我不干，我不干！"

艾兰哭得满脸通红，伤心欲绝，但美玲没有心软。美玲把这件事告诉了艾兰的丈夫，源正好在房间里，就听说了这件事。她向孩子父亲求情，源听得入了神。他好像从未见过如此真实可爱的美玲。她快步走进房间，怒气冲冲，没注意到源，直接苦口婆心地对孩子父亲说："你就由着她？你能劝艾兰自己喂奶吗？孩子都饿了，她竟然不给孩子吃。"

但男人只是笑了笑，耸耸肩说："有人能强迫艾兰做她不愿意的事情吗？至少我没试过，也不敢。你知道的，艾兰是个现代女性！"

他笑着瞥了一眼源。源盯着美玲。她怒目圆睁，表情严肃，盯着男人微笑的脸，本来就清秀苍白的脸变得更苍白，她口中快速念叨着："唉，不像话，不像话，太不像话！"转身走了。

她走后，艾兰的丈夫和蔼地对源说："毕竟，我不能怪艾兰，哺育一个小淘气，每隔一两个小时就得回家，实在太辛苦了。我不能要求她放弃自己的快乐，说心里话，我也希望她保持美丽。再说了，孩子喝谁的奶不是喝，都一样好。"

听闻，源心里急切地想要维护美玲。她的所言所行都是对的！他突然站起身来，不知道为什么，他现在有点讨厌这个男人了，他要离开。"至于我，"他冷冷地说："我觉得有时候女人可能太现代了。我觉得艾兰不对。"他慢悠悠地走回自己房间，期盼能在路上遇到美玲，但没有。

他短暂的假期一天天过去了，他没有哪一天能见到美玲超过十分钟，而且从来没有单独见过。她和女士总是一起忙着照看婴儿。女士大喜过望，她已经期待这个男孩很久了。她已经习惯了新的生活方式，但在欣喜之余，也按照旧俗做了几件事。她染了一些红鸡蛋，买了一些银饰品，筹办满月酒，尽管还有段日子。她每一个计划都必须和美玲商量，几乎忘记了艾兰才是孩子的母亲，她太依赖这个养女了。

满月酒之前，源就得回到新首都去工作。日子一天天过去，他的心里空落落的。不久，他就变得闷闷不乐，他告诉自己，美玲哪有这么忙，只要她愿意，就可以抽出时间来陪他。他就这样想了一两天，到最后一天临近，他确信自己的感觉是对的，美玲是故意这样做的，为的就是避免单独见他。女士也沉浸在对新生儿的喜悦中，忘记了他和他的感情。

就这样，一直到他必须返工的那一天。这天，盛兴高采烈地来了，告诉源和艾兰的丈夫说："我今晚要去参加一个盛大的宴会，他们缺少一两个年轻人，你们两位能不能忘掉年龄，装作年轻的样子，和几位漂亮的女士做伴？"

艾兰的丈夫笑着说他荣幸之至，这十四天来他一直被艾兰绑在身边，已经忘了什么是快乐。源却有些踌躇不决，他已经很多年没有参加过这样的娱乐活动了。他上一次去还是以前和艾兰一起，一想到陌生的女人，他就想起了以前的那种羞涩。盛要他去，两人催促他，起初源不愿去，后来他索性想："为什么不去？坐在屋子里等待永远不会到来的时刻太愚蠢了。美玲哪里会在乎我去寻欢作乐？"在这种想法的驱使下，他大声说："好吧，那我就去。"

这些日子以来，美玲似乎一直没注意过源，她一直在忙。但是那天晚上，他穿着平常晚宴才会穿的黑色洋装从房间里出来，碰巧看到美玲怀里抱着酣睡的新生儿路过。她疑惑地问："源，你这是要去哪儿？"他回答："和盛还有艾兰的丈夫出去消遣消遣。"

那一刻，他幻想能看到美玲神情有变化。但又不确定，后来他想一定是看错了。她只是把熟睡的孩子抱得更紧了，轻声说："玩得开心。"就离开了。

源硬着头皮赴宴，心里嘀咕："好，既然如此，我会好好享受的。这是我在家的最后一晚，我定要好好享受。"

确实如此。那天晚上，源做了他从未做过的事。他畅饮美酒，只要有人喊他喝酒，他来者不拒，直到看不清女舞伴的脸，只知道怀里抱着某个女伴。他喝了太多平常不接触的洋酒，以至于整个花团锦簇的大厅，在他眼前变成了一个闪闪发光的移动迷宫。尽管如此，他还是很好地控制住了自己的醉意，除了他自己，没有人知道他到底醉到什么程度。就连盛也为他叫好："源，你真走运！你是那种越喝脸色越苍白的人，不像我们，喝得满脸通红！我发誓，只能从你的眼睛里看出来，它红得像火炭一样！"

在那天晚上的酒局上，源遇到了一个似曾相识的人。盛带她来的，他说："源，这是我的一个新朋友！我把她借给你跳支舞，结束后告诉我是不是有人比她跳得还好！"话毕，那女孩已经在源怀里了，她娇小瘦弱，身着白色亮片的西式连衣裙。他低头看到她的面容，觉得面熟。她的脸圆圆的、黑黑的，嘴唇厚厚的、热情洋溢，让人难以忘记。她不漂亮，奇怪的是，就想多看几眼。她自顾自惊讶地说："欸？我见过你，我们坐的同一条船，还有印象吗？"源强迫自己燥热的脑袋去回忆，还真想起来了，笑着说："你是那个嚷嚷要永远自由的姑娘。"

说到这里，她那双黑色的大眼睛严肃起来，涂得又厚又红的丰满嘴唇高高噘起，答道："在这里想要自由可不容易。哦，我觉得我已经够自由了，就是实在孤独……"突然，她停下来，拉着源的袖子喊道："过来找个地方坐会儿，陪我聊聊天。你有我惨吗？你看，我是最小的孩子，可我母亲已经去世了，我父亲是市里的二把手……他有四个小妾，都是歌女，你可以想象到我的生活！我认识你妹妹，她很漂亮，但和其他人没什么不同。你知道她们的生活吗？就是整天赌博、闲聊、通宵跳舞！我不能过这样的生活，我想做点什么——你在做什么？"

恳切的话语从她那涂脂抹粉的嘴唇中如此奇怪地蹦了出来，源不得不听。源告诉她新首都的情况和他在那里的工作，以及他是怎么找到了一个小小的容身之所，以及这份微不足道的工作的。她一直侧耳听着。这时，盛走过来拉着她的手，想带她回去跳舞，她撒娇地推开了他，朝他噘起了丰唇，恳切地喊道："别来烦我！我想和他说点正经事……"

盛听了哈哈大笑，戏谑地说："源，你要能让她正经起来，我倒要嫉妒你了！"

女孩已经转向了源，向他倾诉自己热切的心声，她手舞足蹈，圆圆的，露在外面的小肩膀在耸动，珠圆玉润的手激动地挥动着："唉，我讨厌这一切，你不讨厌吗？我不能再出国了，我父亲不给我钱，他说他不能再在我身上浪费了，还有他那些老婆们从早到晚都在赌博！我讨厌这里！我父亲的那些小老婆都在说我的坏话，就因为我和男人出门！"

至此，源根本喜欢不来这个姑娘，他讨厌她裸露的胸脯、洋装和烈焰红唇，但至少能感觉到她的真诚，对她的处境感到惋惜，于是说："你为什么不找点事做呢？"

"我能做什么？"她问，"你知道我大学里学的什么吗？西方室内设计！我把自己的房间装修了。我免费给一个朋友家里做过一点。还有谁需要我的才能呢？我想属于这里，这是我的国家，但我离开太久了。我无处可去……没有国家容得下我……"

此时此刻，源已经忘了这是一个寻欢作乐的夜晚，这个处在困境里的可怜人深深打动了他。他怜悯地看着她：穿着俗气的亮片服装，浓妆艳抹的眼睛里浸满了泪水。

但还没等他想好怎么安慰她，盛又来了。他不愿意再被拒绝。他没有看到她的眼泪，搂住她的腰，冲她笑了笑，把她带进了旋转的音乐中，只留下源一个人。

不知怎的，他没有心思再跳舞了，喧闹的大厅里也没有了之前的欢乐。女孩在盛的怀抱中转过来，现在她看向盛，又是明亮而空洞的，仿佛她从未对源说过那些话。他若有所思地坐了一会儿，任服务员一次又一次地为他斟满酒杯，不去理会任何人。

一夜欢快结束，他们回到家。酒在源体内灼烧，整个人像发烧了一样，但他看起来还算正常。他还能够支撑艾兰的丈夫靠在自己身上，这个人已经瘫软了，他醉得太厉害了，整张脸都是绯红的，像个傻孩子一样胡言乱语。

源敲门正准备进去，门突然开了，开门的男用人旁边站着美玲。醉汉看到她时，似乎想起了源和美玲两人之间的事，喊道："你……你应该去的……那有一个……你的漂亮情敌……她缠着源……啊呀，你不担心吗？"然后傻傻地笑了。

美玲没回他。她看到两人，冷冷地对仆人说："我姐夫醉得太厉害了，扶他到床上去吧！"

艾兰的丈夫走后，她扶着源，怒气冲冲地盯着他。就这样，两人终于独处了，源感受到美玲恼怒的目光，就像一阵寒冷的北风吹来，让他清醒了许多。他感到体内的温度迅速消退，一瞬间，他几乎惧怕起她来，她是那么高大、挺拔、愤怒，他哑口无言。

这一回，她没有沉默。确实，这些日子以来，她几乎没有和他说过话，但现在她说了，她的话一字一字蹦出来："源，你和其他人一样，和其他愚昧无知，无所事事的王家人一样！是我傻。我想，'源和他们不一样……他不是个崇洋媚外的纨绔子弟，大好年华只会喝酒跳舞'但其实你是……你和他们一样！看看你自己！看看你这身愚蠢的洋装……你满身酒臭……你也喝多了！"

源越听越生气，像个孩子一样闷闷不乐，嘟囔道："你什么都不肯给我，你知道我是怎么等你的，你找了很多借口……"

"我没有！"她喊道，急得直跺脚，身体前倾，给了源一记迅猛的耳光，好像他确实是个调皮的孩子。"你知道我有多忙……他说的那个女人是谁？这是你在家最后一个晚上……我本来打算……啊，我恨你！"

她号啕大哭，急匆匆跑开了，源痛苦地站在原地，除了听见她说恨他之外，什么也不明白。短暂的假期就这样结束了。

第二天，源独自一人又回到了工作岗位上，孟的假期较短，早就出发了。深冬的雨开始下了，火车在黑暗中行驶，雨水顺着窗玻璃滑落，他几乎看不到泥泞的田野。每个城镇的街道上都流淌着污秽的液体，车站里空无一人，只有少数几个工作人员在瑟瑟发抖。源想起他再也没见到美玲，他清晨出发，她不在道别的人群里。他对自己说，这是他一生中最凄凉的时刻……

终于，他看倦了雨，在不安和苦闷中，他从包里拿出头天晚上盛给他的那本诗集，还没有读过。他翻动厚厚的象牙纸，不太在意读不读得进。每一页上都清清楚楚地印着几行或几个字，一小簇串起来的短句，看起来很精致，源想。他好奇心大增，把烦恼忘得一干二净，又仔细地读了一遍，他发现盛写的这些小诗只是徒有其表。它们只是一些小巧可爱的空壳，很精致，也很空洞，虽然它们的排列和音韵非常流畅，让源忽略了它们毫无内涵，但待到形式的最初魅力不再，却发现内在空无一物。

他合上那本精致的银色封面的书，重新把它放进封套里，然后装起来。窗外，村庄黑压压一片，在雨中向后飞驰。在门口，人们闷闷不乐地望着头顶茅草屋顶上的雨水。阳光灿烂的日子里，这些人可以像野兽一样在户外活动，肆意生长。连日的阴雨把他们赶进了自己的小屋，雨一天接一天地下个不停，难挨的寒冷引起争吵，折磨得他们快要发疯。他们向外张望，憎恨老天爷为什么要下这么久的雨。

盛写的诗甚是唯美精致，什么月光如水，照在一位死去女人的金发上；公园里，一眼冰封的喷泉；碧波浩渺的大海中，一座两边都是浅白沙滩的狭长仙岛……

源看到那些阴沉的野兽般的脸，苦恼地想："我，我什么也写不出来。我一眼就能发现盛写的这些诗句精致得很，要是让我来写的话，为什么，我就会想起这些黝黑的面孔、破败的村屋和所有这些底层生活。盛从不了解这些，永远也不会了解。我也写不出这样的生活。为什么，我什么都写不出又这么苦恼？"

他陷入沉思，也许只有真正地生活在那里，才能写出好东西。他回想起艾兰结婚那天，自己身处老传统和新观念之间的那种感觉。然后他不由得苦笑起来，自己明明是形单影只，却不自知，真是愚蠢。

车已到站，雨声淅沥。源伴着暮色走下车。古老的城墙矗立在雨中，昏暗不明，直冲云霄。他叫了一辆黄包车，钻了进去，坐在车上，寒冷又孤寂。车夫拉着车在湿滑的街道上小跑。一不小心，他一个踉跄摔倒在地，站稳后，喘了口气，擦了擦脸上滴落的雨水。源向外望去，只见那些棚子仍然紧紧贴着城墙。雨水漫进了棚子，里面凄苦无助的老百姓坐在洪水中，静待上天垂怜。

新的一年开始了，源本以为这将是他最美好、最幸福的一年。但厄运却从一开始就如影随形。开春雨水过多，寺庙里的和尚们一直在祈祷，但这些祈祷和法事除了新的坏消息之外，什么也没有带来。这种迷信激起了年轻将领们的愤怒，他们除了自己的英雄之外，根本不相信任何神灵。他们下令关闭这些地区的寺庙，派士兵驻扎在寺庙里，并将那些和尚毫不留情地赶到最小、最差的杂屋子里。而这一举动反过来又激怒了农民，他们来寺庙祈福的时候，因为这样或那样的原因对这些和尚大发雷霆，但又担心老天爷会再发怒，降祸人间，便大声控诉，毫无疑问，这些日子来的邪恶降雨都是这些新统治者招来的，便联合和尚一起反对年轻的统治者们。

降雨持续了一个月，且毫不收敛，江水暴涨，吞并溪流和运河，自古有之的洪灾重现在人们眼前。洪灾如果来临，接着便是饿殍遍野。如今，人们相信新时代会改天换地，保他们衣食无忧，可事实并非如此。老天爷还是一如既往地草菅人命，旱涝交加，颗粒无收。他们大喊新的统治者无知无能，还不如以前。人们的怨恨曾因为新时代统治者的承诺而平息，现在又开始抬头。

源发现自己也动摇了。这么多天，孟一直在他狭窄的房间里待着，没办法练兵消耗精力，他就经常去源的房间，反驳源的每句话。他咒骂雨水，咒骂司令，咒骂新的领导人。他说这些人越来越自私自利，越来越不顾人民的利益。他有时过于偏激，有一天，源忍不住温声劝他："阴雨绵绵，也怪不得他们，就算发了洪灾，也怪不到他们头上。"

孟野蛮地嚷道："我就要责怪他们，他们称不上真正的革命者！"然后，他压低声音，焦躁不安地说："源，告诉你一件别人不知道的事。我告诉你，因为就算你性子软弱，没有明确加入哪个党派，但你自己的事情做得还不错，足够忠诚，而且始终如一。听我说，要是有一天我离开了，你不要惊讶！告诉我爹娘不必担心。事实是，在这场革命底下，正酝酿着另一场更彻底的、更真实的革命，一场新革命！我和我的四个部下已经决心加入——我们要带着忠诚的部下，前往西部，那正形成一股势力。已经有成千上万年轻热血的好男儿秘密加入了。我还有机会同这个一直压着我的老司令一决高下！"孟双眼圆睁站了一会儿，直到他那张黝黑的脸突然变得明亮起来，或者说像以前一样明亮，因为充其量那就是一张阴沉的脸。他若有所思，更小声地说："源，真正的革命，是为了人民的利益而斗争。我们要夺取政权，造福老百姓，到时候世上再没有贫富之分。"

孟喋喋不休，源伤感地听他说着，一字不发。他心情沉重地想，这种话他已经听过无数遍，但百姓还是穷，这些话也一直没停过。他想起就算是那些富裕的国家也有穷人。确实，穷人总是有的。他让孟发泄完，孟走之后，他走到窗边，看着在雨中跋涉的几个人。他看到孟出来了，大步流星地走在街上，即使在雨中也昂首挺胸。他是街上唯一的一个铁骨铮铮的人。大多数时候，只有雨中的黄包车车夫在湿滑的石子路上挣扎。他又想起了那件难以忘怀的事，美玲一次信也没给他写过。他也没给她写信，他对自己说："如果她那么恨我，写信也于事无补。"对源来说，这一天满是悲伤。

源只剩下工作，他本想把全部精力都投入工作中去，即便如此，厄运也没放过他。学生们对时局的不满蔓延到了学校，他们反对学校的规则，滥用年轻赋予的权利，与领导和老师争吵，拒绝上课，不去学校。源去上课，教室里常常空荡荡的，没有人来上课，他只好回家，没钱买新书，就坐下读他以前读过的旧书。他决心把挣到的钱寄一半给二伯抵债。漫长的黑夜里，对他来说，还债就像关于美玲的梦一样无望。

源连续去了七天学校，教室里却空无一人。他无所事事，十分绝望。冒着丝丝细雨，踩着泥泞土地，他又来到种下外国种子的那片土地。这里同样一片荒芜，不知道是外国种子适应不了长时间降雨，还是肥沃的黑土地含水量太高，或者是其他的什么原因，种子都烂在了泥泞的土地里。种子本来发得又快又高，每一粒都生机勃勃，等不及破土。但可能适应不了这里的土质和气候，也没有扎下深根，自然就腐烂了。

源定在原地，悲哀地看着希望破灭。有个农民见了他，冒着大雨跑出来，幸灾乐祸地喊道："你看，外国的种子到底不好！别看长得又高又壮，但是不稳固啊！我早就说了，正常的种子哪有那么大，那么白，看看我的麦子，地里是潮，但肯定死不了！"

源沉默地看着。确实如此：旁边田里，小而结实的麦苗在泥泞中依然挺立着，稀疏矮小，却没腐烂……他无法回答。他无法忍受这个人愚昧的脸庞和因为得意而发出的愚蠢笑声。有那么一瞬间，他明白了孟为什么要打黄包车车夫。但是，源永远不会动手。他只是默默地转过身，走回自己的路。

在这个沉闷的春天，源不知道绝望何时能有尽头。那天晚上，他蜷缩在床上泣不成声，愁肠百结。最近的事，桩桩件件，都令他流泪。他悲伤地啜泣：时代是如此无望；穷人仍然困苦；新城市尚未竣工，在雨中显得单调沉闷；小麦烂在地里；革命势头减弱；新的战争随时爆发；工作也被闹事的学生耽搁了。那天晚上，对源来说，所有事情都不对头，最不对的就是这四十天，美玲一封信也没写来。源对她最后说的话记忆犹新。自从她说："啊，我恨你！"之后，他们就再没见过。

女士倒是给他写了一封信，源急匆匆地打开信，想了解美玲的近况，但信里只字未提。女士只提到艾兰的儿子，她很高兴，艾兰又回到了自己丈夫的身边，把孩子留给了自己母亲看顾。艾兰觉得孩子太麻烦。女士兴奋地说："艾兰追求自由和快乐，我真是太开心了，她把孩子留给了我。我知道她这样不对……但我依然整天都坐在那里，搂着他。"

他独自躺在昏暗的房间里，想到这封信，又添了一丝愁绪。女士一门心思扑在小婴儿身上，根本无暇顾及自己，她也不再需要自己了。源不禁为自己感到悲哀，心想："看来，大家都不需要我了！"便带着泪水进入了梦乡。

很快，越来越多的人开始抱怨时代，比源想象的更多，新首都孤独的生活束缚了他。他每个月都会给父亲写一封信，尽做儿子的责任，王虎每隔一个月也会给他回一封信。源没有再回家探望他，一方面他希望坚守自己的工作，更因为在这个多变的时代，坚守岗位的人并不多，另一方面是在仅有的一点假期里，他最渴望见到美玲。

他从王虎的信中无法清楚地感知时代的变迁，王虎在不知不觉中反复说着一件事。他总是豪情壮志地写道土匪的胆子越来越大了，他们计划在春天大举进攻。王虎发誓要带领他忠心的部下，为了所有老百姓，打倒这些土匪。

这些话，源读来几乎不再理会。现在听到老父亲夸夸其谈，他也不生气了，只能无奈地笑笑。他以前害怕这种夸夸其谈，现在他知道那只是可怜的空话。有时他想："父亲真的老了。夏天我得去一趟，看看他怎么样了。"有时候他又难过地想，"我还不如去度个假呢，能散散心。"他叹了口气，开始盘算以现在还债的速度，到夏天能还掉多少债。最好是工资不会被拖欠或扣留，在这个半新半旧，充满不确定的动荡年代，人们的工资经常被拖欠或扣留。

王虎的信中只字未提自己的遭遇，源也没有一点心理准备。

有一天，源刚从床上爬起来，同往常一样，站在他的小火炉旁生火取暖，洗漱到一半，有人敲响了房门，敲门声很小，却很长久。他大声喊道："请进！"万万没想到，来人是他乡下的堂哥，他二伯王掌柜的长子。

源一眼就发现，瘦弱的堂哥惨遭不幸。他干黄的喉咙上带着黑色瘀伤，枯瘦的小脸上布满深深的血痕，右手断了一根手指，鲜血染红了缠在他手掌上的破布。

源目睹了这些残暴的痕迹，愣在原地，瞠目结舌。小个子男人一见到源，就开始抽泣，他强忍着，没有发出声音。源赶紧把衣服披在来人身上，让他坐下，从罐子里取了茶叶，又用水壶里的开水沏了茶，说道："你可以说话了就告诉我，发生了什么事。我知道一定是恐怖的事。"话毕，等着那人张口。

他喘了口气，准备说话，声音很低，时不时地瞟一眼紧闭的房门，观察有没有动静，然后他说："九天前的晚上，土匪袭击了我们的镇子。都是你父亲的错。他来我父亲家住了一段时间，过农历年。他根本不像老年人，一直在嚷嚷。我们一而再，再而三地求他低调些，可他却到处宣扬，他打算春天一到就攻打土匪，同以前一样打败他们。我们在镇子上的敌人已经够多了，佃户们恨透了我们这些地主，肯定是他们向土匪告密的。土匪头子气得很，派人到处辱骂，说他不怕没牙的王虎，他等不到春天，现在就要向王虎和他的家人开战。就算这样，老弟，我们也可以阻止他，一听到这个消息，我和我父亲赶紧给他送去了一大笔钱、二十头牛和五十头羊，让他的手下宰了吃，还为你父亲的侮辱赔礼道歉，劝土匪头子不要听信一个老头的话。所以我说，要不是我们自己镇上发生了一件麻烦事，一切可能都过去了。"

说到这，那人突然停了，颤抖起来，源安慰他说："莫急，喝口热茶。堂哥，不必害怕。我会尽我所能护你。缓过来了就继续说吧。"

慢慢地，他终于可以继续说下去了，他抑制住颤抖，声音还是很低，轻声说："好，新时代的问题我不明白。不过，现在我们镇上有一所新的革命学校，年轻人都去那上课，他们唱歌，向墙上挂着的新神的画像行礼，还十分憎恨旧神。即便如此，问题也不严重，直到他们策反了一个人，那人宣誓入伙之前是我的堂哥，有点驼背，你肯定没见过。"他顿了一下，说出了他的疑惑，源严肃地回道："很久之前，我见过他一面。"他想起了那个驼背的小伙子，王虎曾告诉他，他相信这孩子有一颗军人的心。有一次王虎路过土屋时，这个人抚摸着王虎的洋枪，他端着枪，投入地观察着枪的每一个部件，就像看着自己的枪一样。王虎总是喃喃自语："他要不是个驼背，我就朝我哥讨了他来。"源记得他，点头说："继续，继续！"

小个子男人接着哭诉道："我这个堂哥也发起疯来，听人说，他养母在附近做尼姑，常年咳嗽，不治而死，从那以后的两年他就躁动不安，像变了个人。他养母在世的时候，经常给他缝袍子，时不时给他带一些她做的素点心，他也一直本分地过日子。但他养母一死，他就在寺庙里变得越来越叛逆，终于有一天，跑了，进了一种我也不了解的新团伙，他们煽动农民给他们占土地。这伙人和之前的土匪狼狈为奸，镇子上，村子里都被搅得昏天黑地，我从来没见过那种场面。他们讲话卑鄙无耻，那些话我都说不出口，他们六亲不认，先杀的就是自己的家人。加上今年雨水前所未有地多，大家都知道洪水过后肯定就是饥荒，弱肉强食的新时代让他们更加肆无忌惮，丧心病狂。"

小个子男人讲得太拖拉，又开始颤抖，源受不了了，越来越不耐烦，强迫对方说下去："确实，确实，我知道，我们都知道一直在下雨，然后呢？"

听了这话，小个子男人严肃地说："如此一来，他们联合起来，新团伙、原本的土匪和农民都来了，他们袭击了我们的城镇，洗劫一空，我父亲、我兄弟们以及我们的妻儿逃了出来，身上只带了一点能藏的东西，跑到了我大哥家里。他在城里做你父亲手下的官，但你父亲不跑，坚决不跑，他还像个老傻瓜一样夸夸其谈。他顶多也就是跑到爷爷那块土地上的土房子里……"

说到这里，他又顿了一下，颤抖得更凶了，气喘吁吁地说道："但他们很快就追到了那，土匪头子和那些土匪，他们抓住了你父亲，绑住他的大拇指，把他吊在他中房的横梁上。他们把房子洗劫一空，还抢走了你父亲心爱的宝剑，除了他的豁嘴老奴躲在井里自救外，一个士兵也没留下。我听说后偷偷去救他，他们又回来了，我还没反应过来，他们就抓住了我，砍了我的手指。我没告诉他们我是谁，不然他们肯定会杀了我，他们以为我是个仆人。他们说：'去告诉他的儿子，他被吊死在这里了'所以我就来了。"

那人痛苦地抽泣，急忙从手上解下染血的破布，给源看那四分五裂的骨头和破损的皮肉，残肢又开始流血。

源手足无措，他坐下来，抱着头，试图尽快想出自己该做什么。首先，他必须去找父亲。但是，如果他父亲已经死了——但那个忠实的老奴还在那，他一定还有希望。他猛然抬起头问道："土匪走了吗？"

"他们洗劫一空后就走了。"他说着又啜泣起来，"但是宅子！宅子着了火！烧得一干二净！是佃户们干的好事，他们为虎作伥！他们应该要救我们的，吃里爬外的东西！抢走了我们的家产，我们的祖宅，还要霸占我们的田地，拿去瓜分！他们都这样说，谁敢去看看到底是怎么回事啊？"

听罢，比起他父亲的经历，这对源的打击更大。如果没有了土地，那他真的一无所有了。他缓缓起身，心情沉重，一脸迷茫。

"我得马上去找我父亲。"他说道。深思熟虑了一会儿，又补充说："你呢，你得去沿海的城市，我给你写个地址，你到那找到我父亲的小妾，告诉她我先走了，如果她愿意，就去见见她的丈夫吧。"

源下定决心，等那人吃完，踏上旅程后，他也在同一天出发了。

在火车上的整整两天两夜，源总觉得这好像是古书中的恐怖故事。在这样一个新时代，怎么可能发生如此陈腐的恐怖之事？他告诉自己，这不可能。他想起了那个井然有序、宁静祥和的沿海城市，盛在那里过着优哉游哉的日子，艾兰也过得无忧无虑，对这些事情一无所知。的确，如同那个万里之外的白人女子，对这些故事一无所知。他重重地叹了口气，凝视着窗外。

其实在离开首都之前，源带着孟去了一家茶馆，在角落坐下，把一切都告诉了他。带着一丝微弱的希望，源期盼孟能为了他们家打抱不平，和他一同回去，帮一把他的亲戚。

但是，孟没有。他听着，挑起了他那乌黑的眉毛，争辩道："我想实际情况是我的叔叔们压榨了老百姓。就随他们自食其果去吧。我既没有剥削过老百姓，也没必要受这份苦。"他进一步说，"在我看来，你实在是蠢。为什么要为了一个或许早已不在人世的老人去冒险呢？""你父亲为你做过什么？我对他们一概不关心。"孟看着源，他坐在那儿，面对新的困境，沉默、渴望又无助。孟并非铁石心肠，他倾过身去，把手搭在源的手上，低沉地说："和我一起走吧，源！你以前来过一次，但不是真心的。现在真正加入我们的正义事业吧！这一次，是真正的革命！"

源的手没动，头却摇了。孟见状突然抽回了手，站起身来说："那么，这就是告别了。你回来时，我应该已经走了。也许我们再无相见之日……"坐在火车上，源回想起孟的模样，想起他穿着军装的样子是那么高大、勇敢和冲动，想起他说完话后立刻掉头就走了。

午后的旅途中，火车微微摇晃着。源轻轻叹息，环顾四周：列车上大同小异的旅客，有身着绸缎皮草的富商、士兵、学生，还有怀抱哭闹孩童的母亲。但在他座位对面的过道那边，坐着两个年轻人。他们是兄弟，显然刚刚从异国他乡返回故土。他们的衣服崭新，剪裁也是最流行的外国式样，宽松的短裤，鲜艳的长筒袜，黄色的皮鞋，上身穿着厚厚的针织纱衣，胸前缝着外国字母，皮包光亮如新。他们轻松地笑着，说着外语，侃侃而谈，其中一个还弹着外国琵琶，有时他们还唱外国歌，所有的人都惊奇不已。源听得明白他们在说什么，但他没表现出来。他太疲惫了，心情低落，不想张嘴。有一次火车停下，他听到一个人对另一个人说："工厂越早开工越好，赶紧让这些贱民开工吧。"有一次，他还听到另一个人指责乘务员挂在肩上擦茶碗的抹布太黑。源旁边的商人咳嗽并往地板上吐痰，也招致他们嫌弃的目光。

其实源能理解，因为他之前也是这番做派。但现在，他看着旁边的胖子咳个不停，最后一口老痰吐在地上，他就当没看见。现在他看到这一切，既不羞耻也不愤怒，是无动于衷。是的，虽然他自己不能这样做，但最近，他已经可以接受别人做他们想做的事。他可以看到服务员的黑抹布而不大声驳斥，也能默默忍受车站小贩的脏污。他已经麻木了，但他不知道为什么会这样，似乎是因为这些人实在顽固迂腐，难以改变。他知道自己不可能像盛那样，活着只图享乐，也不可能像孟那样，抛却自己做儿子的责任。对他来说，如果可以的话，他当然也想抛却所有，随心所欲地生活，凡尘杂事一概不管，逍遥自在。但事实改变不了，他是这样，他父亲也是。他放不下对旧时代的责任，那也包含着他的过去，在某种程度上仍然是他的一部分。就这样，他耐心地走完了漫长的旅程，抵达终点。

火车终于在土屋附近的小镇停了下来。源下了车，就快步穿过小镇，虽没驻足观察，但不难看出，这个小镇刚刚遭到了土匪的洗劫。人们瞠目结舌，胆战心惊，到处都是烧毁的房屋，直到现在，逃跑的主人才敢回来，悲痛地查看废墟。源径直穿过了主街道，无心停下来查看大宅子，而是从另一个门走了出去，穿过田野，朝他记忆中的小村庄走去，找到了老土屋。同以前一样，他弯腰走进中间的房间，墙壁上，他之前写的诗句依然如故，但他根本无暇顾及这些。他叫了一声，有两个人应声而来。一个是那个老佃户，垂垂老矣，他的老伴已经去世了，剩他一人孤苦伶仃。另一个就是那个豁嘴老奴。见到源，两人大哭，老奴抓着源的手，激动得说不出话，甚至忘了行礼，急匆匆领着源走进了他以前睡过的里屋，王虎正躺在床上。

他躺的时间太长，身体僵硬，一动不动，并未断气。他眼神呆滞，嘴里不停地念叨，见到源，居然丝毫不惊讶。相反，像个可怜的孩子，举起他的两只老手，只说："看我这双手！"源看着那一双残缺不全的老手，心痛得大哭："啊！我可怜的父亲！"这时，老人似乎第一次感受到了疼痛，浑浊的泪水在眼眶里打转，他呜咽："他们弄疼我了……"源一边安慰他，一边轻轻地触摸着他肿胀的拇指，不停地说："我知道很疼，肯定很疼……"

泪水从源的脸上悄然滑落，王虎的眼眶也逐渐湿润。

除了哭，源还能做什么呢？他看到王虎已经奄奄一息，脸色暗黄，哭泣的时候呼吸非常急促。源害怕，他劝王虎平静下来，也强迫自己别哭。王虎哭着告诉了源一件麻烦事："他们抢走了我的宝剑……"说着嘴唇就颤抖起来，他本想像往常一样用手按住嘴唇，但手一动就疼，只好把手放在床上，就这样看着源。

在他的一生中，源从未像现在这样对他的父亲如此温柔。他忘记了岁月流逝，好像父亲一直是现在这个样子，有着单纯的童心。他一遍又一遍地宽慰父亲："我会想办法把它找回来的，父亲，我会寄一笔银子把它买回来的。"

源知道自己做不到，但他不知道老父亲是否能活到明天，还惦念着他的剑。源什么事都答应，只为宽慰老父亲。

除了宽慰还能做什么呢？老人得到了一点安慰，终于入睡了。源坐在旁边，老奴给他送去了一点吃食。老奴轻手轻脚，一言不发，生怕惊醒了老爷的浅眠。源沉默地坐着，陪在熟睡的老父亲身边，后来他把头靠在身边的桌子上，也眯了一会儿。

夜幕降临，源醒了，浑身酸痛难忍，得站一会儿，他就蹑手蹑脚地走到了老奴所在的房间。老奴啜泣着又给他讲了一遍他已经知道的故事，说完又补充道："咱们得想办法离开这儿，这附近的农户恨透了咱们，他们知道老爷不行了。要不是少爷您来了，他们肯定会对咱们下手的。您年轻力壮，他们八成会拖上几日……"

这时，老佃户插话了，看着源迟疑地说："您别再穿洋装了，少爷。这段时间，村里人都烦透了新派的年轻小伙子。那些人打包票，说让我们过上好日子，但一直下雨，肯定要发大水。要是他们看到你的洋装和他们的一样……"他说到一半就走了，又拿着自己最好的蓝棉布长袍走了回来，这袍子就补过一两次，他劝道："穿上它就当是救救我们吧，少爷，我还有双鞋，要是被人看到你穿洋鞋可就……"

分家

源穿上了袍子，如果这样做更安全的话，他愿意。他知道受伤的王虎现在哪儿也去不了，他一倒下就起不来了。他没有说出来，他知道老奴永远听不得"死"字。

源在父亲身边守了两天，王虎一息尚存，源一直在思量女士到底会不会来。应该不会来了，她深爱的孩子还需要她来照顾。

但她来了。第二天快傍晚的时候，源坐在父亲身边，父亲躺在那里，除非逼他吃点东西或活动一下，其他时间好像一直在昏睡，脸色越来越苍白，伤口感染腐败，散发出淡淡的恶臭，弥漫在房间里。外面，初春的脚步越来越近，源没有出去眺望过一次天空和大地。他记得老人说过，人们对他恨之入骨，为了王虎，他现在不愿挑起这种憎恨，至少可以让他在这座老房子里安详离去。

他坐在床边，想了很多，最多的是他的生活太离奇，太迷茫，一个已知的希望都把握不住。这些长辈，在他们的时代，他们的想法简单明了，金钱、战争、享乐，这些都好，值得为之终生奋斗。也有少数人像他的大妈那样，或像大洋彼岸的那对外国夫妇那样，为神灵奉献一切。所有的老人都一样，像孩子一样单纯，什么也不明白。但是年轻人，他的同伴，他们也同样困惑，不满足于旧的神灵和利益！有那么一瞬间，他想起了那个叫玛丽的女人，不知道她的生活是怎样的，可能和他一样吧，没有明确的伟大目标。在他所认识的人中，只有美玲坚定地做着自己想做的事。要是能娶到美玲……

就在他胡思乱想的时候，听到了女士的声音。她来了！他迅速起身走了出去，能听到她的声音，真是太开心了，比自己想象的还要开心。她来了，和她一起的还有美玲！

源从未奢望过这一切，他惊愕地看着美玲，结结巴巴地说："我还以为……那谁照顾孩子呢？"

美玲冷静而坚定地答道："我告诉艾兰,这次她必须回来带孩子。老天有眼,她抱怨她丈夫经常去别的女人那,为此他们大吵一架,她正好想回家待几天。你父亲在哪里?"

"快带我们去看他。"女士说,"源,我把美玲一同带来了,她应该能帮到你父亲。"源没有耽搁,带着他们进去了,他们三个就站在王虎床边。

不知是说话声太吵,还是不习惯女人的声音,又或者是什么原因,王虎一瞬间从昏迷中清醒过来,看到他睁开沉重的眼睛看着自己,女士轻声说:"老爷,您还记得我吗?""嗯,记得……"王虎说完又昏睡过去,不知道是真是假。但很快他又睁开了眼睛,望着美玲,睡梦里呢喃一般:"我的女儿……"

源本想解释一下,美玲阻止了他,怜悯地开口:"让他叫我女儿吧。他已经奄奄一息了。不要打扰他……"

父亲的目光再次转向他,源什么都没说。尽管他知道王虎不知道他说了什么,但听到他这样呼唤美玲,源心里也很甜蜜。

他们三个站在那里,不知怎的形成了一体,守着王虎。王虎却陷入了更深层的昏迷。

当晚,源、女士和美玲三人商议接下来该怎么做。美玲一脸严肃:"如果我没看错的话,他挺不过今晚。他能挺过这三天已经很顽强了,但还不够顽强,不足以承受他所经历的一切,并接受自己失败了的事实。还有,我给他洗手包扎的时候发现,他手上的毒蔓延到血液,已经发炎了。"

王虎昏迷的时候,美玲熟练地清洗王虎的伤口并为他止痛。源站在一旁谦恭地看着她。他不禁自问,这个温柔体贴的人,是否就是那个曾哭着说恨他的那个愤怒女人。在这间简陋的老房子里,她行动自如，好似一直住在这里。她在这个破败的房子里找到了一些救治所需的东西。源做梦也想不到这些东西还有这些用途。她把稻草编成垫子，垫在奄奄一息的人身下，让他在床板上躺得更舒服点；她从干涸的小池边捡来一块砖头，放在土灶的草木灰中加热，温暖他冰冷的脚；她耐心地熬了小米粥，喂他喝下。他还是不说话，但也不像前几天那样呻吟了。源一边自责自己没有亲手做这些事，一边谦卑地知道自己做不到。她那双强健而纤细的手动作轻柔，看似没有触碰那苍老干瘪的身躯，却让他舒缓了不少。

她说话，他就听着，深信她所说的一切。他们盘算接下来的事，女士也听老奴说，王虎一旦去世，他们就得马上离开，因为他们周围的恶意越积越多。老佃户小声嘀咕道："是真的，今天我四处走了走，大家都在嘀咕，他们说少爷回来是来收回土地的。你们最好还是走吧，等大家这口恶气消了再说。我和这个老奴留在这里，假装和他们一伙，暗地里给您做事。少爷，违背土地律法是罪无可恕的。如果真用这种无法无天的手段，神仙是不会原谅我们的……土地爷知道，谁才是真正的主人。"

一切都盘算好了，老佃户到镇上找了一口普通的棺材，趁着夜里人们都睡着了，把棺材抬了回来。老奴一看到这口棺材，不禁啜泣，这种普通的棺材怎么配得上他的老爷，他拉住源，恳求道："答应我，有一天你会回来，挖出他的尸骨，像原本那样，把他埋在一口巨大的双人棺材里。他是我见过的最勇敢、最善良的人！"

源答应了，但他也怀疑自己是否能做到。谁能说得准未来的日子呢？这个时代里，连土地都没有了保障，甚至连王虎下葬在他父亲王龙旁边这事都保障不了。

他们听到王虎喊叫，源跑了进去，美玲紧跟其后。王虎睁大眼睛，神志清楚，一字一句地说："我的剑在哪里？"

但他没有等到答案。源还没来得及说出承诺，王虎两眼一闭，又睡了，不再说话。

晚上，源从他守夜的椅子上站起来，非常不安。每隔一会儿，源就把手放在他父亲的喉咙上。微弱的呼吸如同游丝。这确实是一颗坚强的老心脏。灵魂已经离去，但心脏仍在跳动，甚至可能还会再跳动几个小时。

源心里焦躁不安，三天来他一直闭门不出，现在就想出去透会气。他想到打谷场去，吸上几分钟的凉爽空气。

他去了，心里压着各种麻烦事，但也享受了一会儿新鲜空气。他环顾四周的田野。按道理说，附近的田地都应该是他的，他父亲去世后，这栋房子也是他的。旧时代里，他祖父去世后，房子就是这样分配的。他想起了老佃户的话，这片土地上的人变得很凶悍。他还想起了更早之前，他们仇视他，觉得他是外来的，但他当时没觉得这么明显。这些天来，没有什么是确定的，他很害怕。在这个新时代，谁又能说什么是属于自己的呢？除了自己这双手、头脑和爱人的心，他没有任何东西属于自己。他深爱的那个人，却不能称之为自己的人。

他正思索着，听到有人轻柔地呼唤他，美玲正站在门前。他快步走向她。她问："他的情况更糟了吗？"

"他的气息一次比一次弱，我好害怕天亮。"源回答。

"我也不睡。"她说，"我们一起等。"

听到这句话，源的心强烈跳动了一两下。他似乎从来没觉得"一起"这个词如此动听。但他什么也说不出来。他身靠土墙，美玲站在门外，他们凝望着月光下的田野。时近月中，月亮又圆又亮。他们对视，氛围越来越沉默，越来越难以忍受。最后，源感到自己心如火焚，情意浓浓，充满了渴望。他不得不说句平常话，打破这寂静，也听听她的回答，以免自己伸出手去触碰这个说恨他的人，干出什么蠢事。于是，他结结巴巴地说："我很开心你能来……减轻了我父亲的痛苦。"她平静地说："我想来，很开心能帮上忙。"话毕，她又沉默了。源再次开口，他压低声音，一如这静谧的夜色："你……你住在这样一个孤独的地方，害怕吗？我以前挺喜欢的……我是说，很小的时候……现在，我也不知道……"

她望着月光下泛着银光的田野和小村庄银色的茅草，若有所思地说："我想，我住在什么地方都行，但对于我们这样的人来说，最好还是住在新首都里。我一直念着那个新城市。我想亲眼看看。我想在那里工作……也许有一天我能在那里建一所医院……为那里的新生活出自己的一份力。我们属于那里……我们新一代的人……我们……"

她停住了，有些语无伦次，轻轻笑了出来。源听到了她的笑声，朝她看去。那一瞥之间，他们忘记了身处何处，忘记了那个奄奄一息的老人，忘记了土地不再牢牢属于自己，忘记了一切，只记得他们彼此的目光。源的眼睛仍然凝望着她，低声道："你说你恨我！"

她心慌意乱地说："我确实恨过你，源，但只有那一刻……"

她的唇轻启，看着他，两人的眼光深深地注视着对方。其实源根本挪不开眼睛，直到他看到她的舌头微微探出，触碰到张开的嘴唇。他的视线才真正移到那嘴唇上。突然，他感到自己的嘴唇发烫。之前有个女人曾吻过他，他觉得很恶心。但他想触碰这个女人的嘴唇！突然间，他涌起一阵前所未有的强烈渴望，他就想做这一件事，除了这一件事，别无他想。他立刻俯下身子，将嘴唇贴在了她的嘴唇上。

她站得笔直，一动不动，任由他亲吻。这个身子属于他，他们是同一类人……他终于抽离嘴唇，看着她的眼睛。她也含笑注视着他。

迎着微弱的月光，他也能看到她泛红的脸颊和忽闪忽闪的眼睛。

她装出一副若无其事的样子说："你穿这件长棉袍和平常不太一样。我有点不习惯。"

一时间，他无法回答。他惊讶，她被吻过之后还能如此镇定自若地说话，能够如此从容地站着，双手仍紧扣身后。他颤抖着说："你不喜欢吗？我看起来像个农民……"

"我喜欢呀。"她直截了当地开口，若有所思地将他打量了一番，"很适合你，比你穿洋装合适多了。"

"如果你喜欢看。"他热切地说，"我就穿长袍。"她摇摇头，笑着说："不一定吧，穿什么衣服，视场合而定，不可能总是一样的。"

他们不自觉地又看向对方，默默传情，将死亡抛之脑后，对他们来说，死亡微不足道。现在他得张口说话了，不然他怎么能忍受得了这种全神贯注，毫无保留的对视呢？

"我……我刚才做的……那是外国习俗……如果你不喜欢……"他一边说一边看着她。要是她不喜欢的话，他准备继续求她原谅。他也想知道她知不知道自己说的是那个吻。但他说不出口，就站在那，盯着她。

她轻声说："并不是所有的外国东西都是坏的！"她突然移走目光，低头看着地面，像传统的姑娘一样害羞。他看到她的眼睛闪了几下，有那么一瞬间，她似乎摇摆不定，又要转身离开，不再理他。

但她没有。她勇敢地挺起胸膛，挺直肩膀，笃定地抬起头，坚定地回看着他，微笑着，等待着。这一切，源全看得真切。

他的心跳如擂鼓般急促，仿佛要将他整个人淹没。在黑夜里，他笑了起来。就在刚刚，他在怕什么呢？

"我俩，"他说，"我们俩……我们什么都不用怕。"